2019

民生 散文选

古耜 主编

中国言实出版社

图书在版编目（CIP）数据

2019民生散文选 / 古耜主编. — 北京：中国言实
出版社，2019. 12
ISBN 978-7-5171-3288-2

Ⅰ . ① 2… Ⅱ . ① 古… Ⅲ . ① 散文集－中国－当代
Ⅳ . ① I267

中国版本图书馆 CIP 数据核字（2019）第 278517 号

出　版　人　王昕朋
总　监　制　朱艳华
责任编辑　史会美
责任校对　崔文婷
责任印制　佟贵兆
封面设计　淡晓库

出版发行　**中国言实出版社**
　　　　　地　　址：北京市朝阳区北苑路 180 号加利大厦 5 号楼 105 室
　　　　　邮　　编：100101
　　　　　编辑部：北京市海淀区北太平庄路甲 1 号
　　　　　邮　　编：100088
　　　　　电　　话：64924853（总编室）　64924716（发行部）
　　　　　网　　址：www.zgyscbs.cn
　　　　　E－mail：zgyscbs@263.net
经　　销　新华书店
印　　刷　北京温林源印刷有限公司
版　　次　2020 年 1 月第 1 版　2020 年 1 月第 1 次印刷
规　　格　880 毫米 × 1230 毫米　1/32　13.5 印张
字　　数　310 千字
定　　价　59.80 元　ISBN 978-7-5171-3288-2

目 录

进京赶考

丁晓平

1949年春天，中共中央的驻地香山，对外称"劳动大学"。安顿好宿舍，叶子龙打开背包，拿出毛泽东离开西柏坡时送给他的那本书，才发现这是延安整风运动时的必读书——郭沫若的《甲申三百年祭》。

叶子龙清楚地记得，毛泽东曾经不止一次说起过这篇文章。1944年底，毛泽东在给郭沫若的信中写道："小胜即骄傲，大胜更骄傲，一次又一次吃亏，如何避免此种毛病，实在值得注意。"

让叶子龙没想到的是，在离开西柏坡的最后时刻，毛泽东还在阅读这本《甲申三百年祭》。这不禁让他想起，毛泽东上车时与周恩来关于"进京赶考"的对话——赶考！决不当李自成！还要考一个好成绩！

现在，毛泽东把进城执政当作是"进京赶考"，意味着什么呢？在旧时的中国，对一个读书人来说，十年寒窗苦读，成败一朝赶考。赶考可以改变一个人的命运，改变一个家庭甚至一个家族的命运。进京赶考是人生的大事，金榜题名是家庭的大事。现在，对中国共产党来说，自1921年成立，已经28年，历尽千辛万苦，历经千难万险，无数优秀儿女为中国的革命事业献出了宝贵生命，胜利来之不易啊！

赶考，谁都希望要考个好成绩。

现在，谁来考中国共产党人呢？

毛泽东心里明白，是人民，也是国内外的反动派和敌人；是历史，也是现实和未来——他们都在出题，考验着共产党人。也正因此，毛泽东念念不忘郭沫若写的这篇《甲申三百年祭》。现在，自己进京赶考的时刻到了，他要重温一遍，用李自成进京的殷鉴警醒自己。

那也是一个春天。1944年3月，抗日战争由战略相持转入战略反攻，中国人民正全力以赴夺取最后的胜利。为迎接胜利，推动斗争，郭沫若在纪念李自成领导农民起义300周年的时候，撰写了《甲申三百年祭》，以历史唯物主义的观点辩证分析了这次农民起义失败的经验教训。3月19日，《甲申三百年祭》在重庆《新华日报》上发表，连载四天。4月，《群众》杂志刊载了柳亚子的《纪念三百年前的甲申》、翦伯赞的《桃花扇底看南朝》、鲁西良的《明末的政治风气》一组关于明王朝灭亡的文章，配合《甲申三百年祭》，形成一股舆论风潮。

自1644年进京，到1645年以失败告终，李自成领导的农民大起义之所以从巨大胜利的顶峰迅速跌落下来，主要原因就是部分首领骄奢淫逸，生活腐化。李自成打了18年的仗，做了18天的皇帝。进京后，几十万大军贪图享乐，纪律废弛，人心涣散，作风蜕变。一场本为划时代的农民起义，由盛而衰、从成功到失败、从顶峰跌落谷底，只用了短短的 40 天。这天翻地覆的 40 天，也是自取灭亡的 40 天。可见，作风一变，"其兴也勃焉，其亡也忽焉"。

生于忧患，死于安乐。在延安，熟读史书的毛泽东阅读了郭沫若的这本仅 30 多页的小册子后，分析时局，不仅对李自成的失败有了更清醒的认识，更对中共党内提出了要引以为戒的警示，决定将《甲申三百年祭》作为整风运动的学习资料印发给高级干部学习。1944 年 4 月 12 日，《甲申三百年祭》刚刚发表 20 多天，毛泽东便在延安高级干部会议上专门指出："我党历史上曾经有过几次表现了大的骄傲，都是吃了亏的。近日我们印了郭沫若论李自成的文章，也是叫同志们引为鉴戒，不要重犯胜利时骄傲的错误。"

然而，当毛泽东在延安号召高级干部学习《甲申三百年祭》的时候，蒋介石的国民党政府则认为这篇文章是"影射当局"，组织人马以《中央日报》为阵地，发起了"围剿"，围攻郭沫若。那个时候，从对《甲申三百年祭》的态度上来对比，有识之士就已经做出了准确的判断——正在政治、军事上相互角力的国共双方，延安的毛泽东虚怀若谷、不断自省，而重庆的蒋介石则是掩耳盗铃、盲目自大——泾渭分明，实则胜负已分矣。

1945 年 5 月，世界反法西斯战争在西方取得了胜利。但在中国战场，抗日战争却迎来了胜利前的最黑暗时刻。国民党政府横征暴敛，巧取豪夺，民怨沸腾，士气低落，在对日作战中一触即溃。日本侵略者一直打到了贵州的独山，重庆为之震动，人心惶惶。国民党政府甚至已经做好了把"陪都"搬迁到西康山区的准备。为了将全民族抗战坚持到底，夺取抗日战争的最后胜利，中共中央提出建立民主联合政府的主张，决定同国民党当局重开谈判。7 月 1 日，中共中央和毛泽东邀请褚辅成、黄炎培、冷遹、傅斯年、左舜生、章伯钧等六位国民参政员，来延安访问，商谈国是。

7月4日，访问结束之际，毛泽东特地邀请黄炎培到家中做客，促膝长谈了一个下午。毛泽东问黄炎培在延安三四天的考察、谈话有什么感想？作为一位老资格的资产阶级政治家，在饱经世事沧桑之后，黄炎培向中国无产阶级先锋队的领袖明确而尖锐地提出了一个重大而发人深省的问题。他说："我生六十多年，耳闻的不说，所亲眼看到的，真所谓'其兴也勃焉，其亡也忽焉'。一人，一家，一团体，一地方，乃至一国，不少单位都没有能跳出这周期率的支配力。一部历史，'政怠宦成'的也有，'人亡政息'的也有，'求荣取辱'的也有，总之没有能跳出这周期率。中共诸君从过去到现在，我略略了解了的，就是希望找出一条新路，来跳出这周期率的支配。"

黄炎培一席话不无根据。中华民族几千年的历史从某种角度看，就是各朝各代兴亡更替的历史。历朝历代都没跳出兴亡的周期率，只是盛衰的时间有长有短而已。

听了黄炎培的话，毛泽东深有感慨，平静地回答道："我们已经找到了新路，我们能跳出这周期率。这条新路，就是民主。只有让人民来监督政府，政府才不敢松懈。只有人人起来负责，才不会人亡政息。"

如今一晃就四年多过去了，无论是郭沫若，还是黄炎培，他们提出的问题都更加紧迫地摆在了毛泽东的面前。这天下午，在西苑机场阅兵时，他们三个老朋友在北平见面了。现在，进城了，进京了，眼前的胜利比历史上任何时候的胜利都重大，但毛泽东始终没有忘记他们的提醒。

进城前夕，毛泽东在西柏坡召开的七届二中全会上，向全党发出警告："可能有这样一些共产党人，他们是不曾被拿枪的敌人征服过的，他们在这些敌人面前不愧英雄的称号；但是经不起人们用糖衣裹着的炮弹的攻击，他们在糖弹面前要打败仗。"他还把这次会议称作"城市工作会议"，要求全党在胜利面前要保持清醒头脑，在夺取全国政权后要经受执政的考验。为此，他提出了"两个务必"——"务必使同志们继续地保持谦虚、谨慎、不骄、不躁的作风，务必使同志们继续地保持艰苦奋斗的作风"，他还提出了"六条规定"——"不做寿，不送礼，少敬酒，少拍掌，不以人名作地名，不要把中国同志同马恩列斯平列"。

赶考之路，任重道远。毛泽东对此有着非常敏锐的警觉和清醒的忧思。进京赶考，是在获得胜利之后的考验：第一，应该建立一个什么样的国家，这是个大问题；其次，怎样建立一个国家，这是一个更大的问题。用老百姓的话说，就是"打江山"和"坐江山"。现在，江山是"打"下来了，如何"坐"呢？如何坐稳呢？这是摆在毛泽东和中国共产党人面前的一道试题。五千年的中国历史不会给出现成的标准答案，更何况现实的世界依然有着意料不到的变化。

"打江山容易，坐江山难。"这是中国的老话，毛泽东现在用"进京赶考"来形容。由此可见，对于"赶考"二字的理解，以及在未来国家政权建设的设想上，毛泽东都显示出了远见卓识的历史观，他没有把胜利当成胜利，没有把进城当作落脚休息。

在西柏坡，关于"进城"的问题，毛泽东讲得够清楚的了。就在出发进京的时刻，他又把中直机关各部、委、办的负责人叫来，对大家说："我们要进北平了，希望大家一定要做好准备。我说的准备不是收拾盆盆罐罐，是思想准备。要告诉每一个干部和战士，我们进北平不是去享福，决不能像李自成进北京。"毛泽东不仅给领导干部们讲，还让领导干部们给普通的工作人员和士兵们讲，打预防针。

进京前的一天，警卫排长阎长林陪毛泽东散步。毛泽东说："我们进北平，可不是李自成进北平。他们进了北平就变了，我们共产党人进北平，是要继续革命，建设社会主义。教育大家不要中了资产阶级的糖衣炮弹。"

散步回来，走进院子，毛泽东来到警卫班宿舍门口，看了看，说："你们进城的工作都准备好了，可是，看不出来你们房间里有什么变化嘛。"

阎长林说："大家不用的东西已经打了两个大包，到时候往汽车上一放就行了。棉衣和被褥都拆洗过了。我们这里没有农民的家具，桌椅板凳都是公家的，到时交给行政科就行了。"

毛泽东问大家："进北平以后干什么，你们想过没有？你们有没有进城享福的思想？"

阎长林说："大家在讨论的时候，都认为进城以后要提高警惕，做好保密、保卫工作，要防止坏人的破坏和捣乱。面对大城市里的花花世界，要保持革命本色，决不中资产阶级的糖衣炮弹。"

毛泽东说："你们的准备工作还不错，有物质准备，也有精神准备。"接着，他又问每个人都有什么想法。

一个战士说："进城以后，少出门，防止出车祸。"

毛泽东说："不对，应当多见世面，这样才能长知识。"

一个战士说："进城以后，大概不吃小米饭了吧。我吃小米饭实在吃伤了，看到小米饭就饱了。"

毛泽东语重心长地说："这不是思想问题出来了吗！吃小米吃了那么多年，不要忘掉我们是用小米加步枪打败了日本侵略者和美蒋反动派的。就是革命胜利了，进了大城市，可能在粮食上有些调剂，但中国现在还很落后，在短期内也很难完全做到想吃什么就吃什么。我们进城后还要建立新中国政府，很多人要在政府里当官。不管当多么大的官，做什么样的工作，都是为人民服务，都是革命工作，都需要努力奋斗，把我们伟大的祖国建设得繁荣富强。"

阎长林报告毛泽东说："周副主席早就给中央机关人员作了指示，所有的人员三个月内一律不准进城。"

毛泽东说："好！军队向前进，生产长一寸，加强纪律性，革命无不胜。你们要守纪律。谁也不准违犯纪律。"

这是一段意味深长的对话，也是一段寓意深刻的对话。时间只隔了一天，阎长林和他的警卫班就收到了一份中央办公厅印发的"进京守则"，也叫"进京八项注意"："一、把艰苦朴素的优良作风带进北平；二、不准进入民家，不准随便进入戏院、影院等公共场所；三、保守机关机密，不知者不求知，知者不外传；四、出门不带机密文件，不准携带武器；五、严格执行三大纪律八项注意；六、进城三个月不准通信、会客、访友，不准外出游览名胜古迹；七、不许贪污浪费，不被金钱美女收买利用，不被阿谀奉承迷了心；八、手不许乱动，嘴不许乱说，脚不许乱走。"

八项注意，就是八句大白话、大实话。管用！进城后，确实没有人违反。

香山的春天是美丽的，但毛泽东没有时间欣赏。这个春天，他一边忙着指挥作战，一边忙着筹备召开新政治协商会议，时常要同张澜、李济深、沈钧儒、陈叔通、何香凝、马叙伦、柳亚子等各民主党派领导人和爱国民主人士见面交谈。

有一天，毛泽东准备会见张澜，就吩咐卫士李银桥："张澜先生为中国人民的解放事业作了不少贡献，在民主人士中威望很高，我们要尊敬老先生，你帮我找件好些的衣服换换。"

李银桥赶紧在仅有的几件衣服里找，挑了半天也没选出一件没有补丁的衣服，心里很不是滋味，就对毛泽东发牢骚："主席，咱们真是穷秀才进京赶考，一件好衣服都没有。"

听了李银桥的诉苦，毛泽东笑着说："历来纨绔子弟考不出好成绩，安贫者能成事，嚼得菜根百事可做，我们会考出好成绩！"

李银桥说："现在做衣服也来不及了，要不先找人借一件穿？"

毛泽东摆摆手，说："不要借，有补丁不要紧，整齐干净就行。张老先生是贤达之士，不会怪我们的。"

这一天，毛泽东就穿着一件补丁衣服会见了张澜。后来，毛泽东还穿着它会见过许多客人。

1949 年春天，进京赶考的中国共产党和毛泽东都明白，夺取全国胜利，这只是万里长征走完了第一步，建设国家、治理国家的路更长，更艰苦，更伟大。而要想考一个好成绩，不仅要一切为了人民，更要一切依靠人民；不仅要敢于斗争，更要敢于胜利；不仅要善于打破一个旧世界，更要善于建设一个新世界；不仅要继续保持谦虚谨慎、不骄不躁的作风，更要继续保持艰苦奋斗的作风。

1949 年春天，进京赶考的毛泽东，始终没有忘记共产党人的初心。

春种秋收。那年秋天，赶考的成绩单出来了——1949 年 10 月 1日，新中国诞生了，毛泽东向世界宣告："我们的工作将写在人类的历史上，它将表明：占人类总数四分之一的中国人从此站立起来了。"那个春天，已经过去了 70 年。那个春天种下了希望，如今结出了硕果……

原载《解放军报》2019 年 3 月 20 日

我的两个梦

袁隆平

　　我已经 90 岁了，但"老骥伏枥，志在千里"，我要力争让我们的团队早日完成每公顷 18 吨的高产攻关，做好第三代杂交水稻技术的生产应用。我希望最终能实现"禾下乘凉、覆盖全球"的两大心愿。

　　时光如白驹过隙，一转眼，90 年过去，我成了正儿八经的"90 后"。我大半辈子都在与水稻打交道，至今从事杂交水稻研究工作已有 55 个年头。我最关心的，就是与水稻和粮食相关的事。

　　新中国成立之前，中华大地上到处灾荒战乱，人民生活颠沛流离，少年时我就被迫从一个城市辗转到另一个城市，虽然少不更事，但每当看到沿路举家逃难、面如菜色的同胞，看到荒芜的田野和满目疮痍的土地，我的内心总会泛起一阵阵痛楚。报考大学时，我就对父母说，我要学农。母亲听了，吓一跳，说，傻孩子，学农多苦啊，你以为好玩儿呢？但我是真正爱上了农业，死活要学，还摆出大道理：吃饭可是天下第一桩大事，没有饭吃，人类怎么生存？最后，父母尊重我的选择。

毕业后，我被分配到湖南安江农校任教。安江农校地处偏远，临行前，学校的领导告诉我，那里很偏僻，"一盏孤灯照终身"，你可要做好思想准备。当时我想，能传播农业科学知识，也是为国家做贡献！没想到，去了不久，就碰上困难时期。我当时想，这么大一个国家，如果粮食安全得不到保障，其他一切都无从谈起，我要为让中国人吃饱饭而奋斗！

一天，我看到一些农民从高山上兑了种子，担回来种，就问他们，为什么跑到那么高的山上去换种呢？他们说，山上的种子质量好一些，产得多些。他们接着还说了一句话，叫作"施肥不如勤换种"。这对我有很大启发：农业上增产的途径有很多，但其中良种是非常重要的因素。

从此以后，我开始自己的杂交水稻研究之路。一路走来，有汗水和辛酸，也有丰收和喜悦。科学探索无止境，在这条漫长而又艰辛的路上，我一直有两个梦，一个是禾下乘凉梦，一个是杂交水稻覆盖全球梦。

禾下乘凉梦，我是真做过，我梦见水稻长得有高粱那么高，穗子像扫把那么长，颗粒像花生那么大，而我则和助手坐在稻穗下面乘凉。其实我这个梦想的实质，就是水稻高产梦，让人们吃上更多的米饭，永远都不用再饿肚子。

做梦容易，但要把梦变成现实，则需要付出大量艰苦的劳动和努力。我清楚地记得，那是1961年7月的一天，我到安江农校的试验田选种。突然，我发现了一株"鹤立鸡群"的稻株。穗大，颗粒饱满。我随手挑了一穗，竟有230粒之多！当时以为，选到了优良品种，岂不是可以增产无数粮食？

第二年春天，我把种子播下，结果却令人大失所望，一眼望去，高的高，矮的矮，没有一株赶得上最初的那株水稻。我不甘心，开始反复琢磨其中的奥秘，研究那一片试验田的稻株比例，最终得出一个结论：水稻是有杂交优势的，那株"鹤立鸡群"的水稻，就是天然的杂交水稻。既然天然杂交稻具有这样强的优势，那么人工杂交稻，也一定有优势。当时，遗传学理论一直否定自花授粉作物有杂交优势。我对此理论提出质疑。随后，我又拜访专家，翻找资料，最终得出结论：既然自然界存在杂交稻，那么人工杂交水稻也一定可以利用。而要想利用这一优势，首先需要找到"天然的雄性不育水稻"。

于是，我又走上曲折的寻找之旅。

其中，最令人刻骨铭心的是，在海南岛找到天然雄性不育野生稻"野败"并加以利用的过程。那是1970年11月，我和助手李必湖、尹华奇驻守在海南岛崖县南红农场，在当地寻找野生稻。在那里，有一位农专毕业的冯克珊，是南红良种繁育场的技术员，经常跑来听我讲课。冯克珊联想到农场附近有一种名叫"假禾"的草，很可能就是我要找的野生稻。11月23日，他找到李必湖，来到南红农场铁路涵洞附近的水塘边，到那片正在开花的野生稻中察看。他们发现了三个雄花异常的野生稻穗，野生稻穗的花药细瘦，色浅呈水渍状，不开裂散粉。这三个稻穗生长于同一禾蔸，是从一粒种子长出、匍匐于水面的分蘖。他们立即把这蔸野生稻连泥挖起，放在铁桶里拉回去，然后移栽到试验田里，等待鉴定。当时，我正在北京开会，收到助手们从海南发来的电报，连夜赶火车奔回海南岛。经过仔细检验，我们最终确认这是一株十分难得的天然雄性不育株野生稻，我给它命名为"野败"。

这真是大海捞针啊!

"野败"的发现对杂交水稻研究具有里程碑的意义,更是杂交水稻"三系"配套成功的突破口。1973年,我们协作组历尽千辛万苦才通过测交找到恢复系,攻克"三系"配套难关,才有了新中国第一代杂交水稻。第一代以细胞质雄性不育系为遗传工具的杂交水稻,优点是不育系不育性稳定,但也有缺点,即配组的时候受到恢保关系制约,因此选择优良组合的几率比较低,难度大。自20世纪80年代中后期起,我们开始研究两系杂交水稻。1995年,第二代以光温敏不育系为遗传工具的杂交水稻——两系法杂交稻研制成功,它的主要优点是配组自由选择,能选配到优良稻组合的几率比较高。但是,第二代杂交稻也不是完美的:不育系育性受气温和光照影响较大。我想,如果有一种杂交水稻,既兼具第一代和第二代的优点,又能克服二者的缺点,那该多好啊! 2011年,我们又启动第三代杂交水稻育种技术的研究与利用,这是以遗传工程雄性不育系为遗传工具的杂交水稻,已初步研究成功,该杂交水稻克服了前两代的缺点。现在,我们甚至开始了第四代、第五代杂交水稻的研制。

追求高产更高产,是我们永恒的目标。自20世纪90年代中后期起,我们开始超级杂交稻攻关,分别于2000年、2004年、2011年、2014年实现大面积示范亩产700公斤、800公斤、900公斤、1000公斤目标。近5年又突破每公顷16吨、17吨的目标。2017年,世界水稻平均每公顷产量仅4.61吨,而我国杂交水稻平均产量每公顷达7.5吨,在世界上遥遥领先。

不可否认,20世纪我们的主要任务是解决人民群众的温饱问题,所以杂交水稻把产量摆在优先地位。现在生活水平提高了,人民不仅要吃饱,还要吃好。所以,我们也改变思路,提出既要高产,又要优质。但是必须说清楚,虽然要满足市场对优质大米的需求,但我们仍然坚持一条，即不能以牺牲产量来求优质。我始终觉得，粮食安全问题必须时刻警惕。历史也无数次告诫我们，把饭碗牢牢端在自己手中的最有效途径，就是提高水稻的产量。

科学探索永无止境，我的另一个梦，就是杂交水稻走向世界、覆盖全球梦。

世界上超过一半人口以稻米为主食，一个令人担忧的事实却是，全球现有1.6亿公顷稻田中，杂交水稻种植面积还不到15%。发展杂交水稻不仅有广阔的舞台，更对保障世界粮食安全具有重要意义，倘若全球有一半稻田种上杂交稻，按每公顷比常规水稻增产2吨计算，则增产的粮食可以多养活4亿—5亿人口。杂交水稻覆盖全球不仅能提升全球水稻产量，造福人类，还能提升我国的国际地位。

为了实现这个梦，我们一直在努力。从20世纪80年代至今，我们坚持开办杂交水稻技术国际培训班，为80多个发展中国家培训了14000多名杂交水稻技术人才，我还受邀担任联合国粮农组织首席顾问，帮助其他国家发展杂交水稻。目前，杂交水稻已在印度、越南、菲律宾、孟加拉国、巴基斯坦、印度尼西亚、美国、巴西等国实现大面积种植。今年6月，在长沙举行的中非经贸博览会上，来了不少非洲国家农业界的朋友，看到他们对杂交水稻充满感激和期待，更坚定了我们将杂交水稻推向世界的信心与决心。

新中国杂交水稻事业能够取得丰硕成果，离不开党和国家的高度重视与大力支持，同时也是广大科技工作者集体智慧的结晶。我已经90岁了，但"老骥伏枥，志在千里"，我要力争让我们的团队早日完成每公顷18吨的高产攻关，做好第三代杂交水稻技术的生产应用。我希望最终能实现"禾下乘凉、覆盖全球"的两大心愿。

原载《人民日报》2019年10月23日

夜来风雨连清晓

王巨才

　　这是渭北高原向陕北丘陵过渡地带的一处平缓高地，方圆 2000 平方公里，统称洛川塬。

　　春天的气候变化莫测。薄暮时分，当我们从阿寺村出发走向与后子头隔沟相望的塬畔时，天空骤然阴云密布，黄尘漫起，随着夜色加重，沟壑遍布的开阔塬面如同灯光渐次转暗的露天舞台，看去更其空旷、雄浑、苍莽。

　　塬下的深沟蒿草茂密，荆棘丛生。靠近沟掌的地方，一条羊肠小路从斜坡弯弯曲曲绕到沟底，又从沟底爬到对面后子头塬上，是学生上学、老乡赶集抄近道踩出来的。高专员说，这一带他熟悉，他姐家就在对岸，多年没去了。高专员在行署领导中算是文化程度较高的，上过边区师范，能写会讲，工作有激情，有魄力。1970 年修建王尧水库，作为总指挥，他吃住在工地，与各县抽调的数千民工一道，吃大苦耐大劳，奋战两年，建成延安历史上第一座蓄水3亿方的大中型水库，缓解了延河下游生产生活用水，群众至今受益。虽是副专员，我们习惯叫他专员，略去"副"字，既是通行的职务称呼，也兼有尊敬的成分。许是看我"笔头子还行"，又能吃苦，下乡调研起草文件总爱点名要我。

这次去永乡公社阿寺村，是为拜访李新安。这位50多岁的老农，解放前夕到河南灵宝投亲，学会一套果树栽培技术，回来时带了200株苹果树苗，建起洛川第一个果园，家庭收入增加，日子越过越红火，引来乡亲们的羡慕和政府的鼓励。在他带动指导下，20世纪50年代全县掀起大办果园的热潮，先后有50多个村子建起果园，成为有名的"苹果县"，李新安本人作为省地县和全国农民科学家、园艺家、劳动模范，受到毛主席和其他领导接见。只是后来由于单抓粮食的片面政策和"文革"破坏，洛川果业生产逐渐萎缩，被誉为"苹果之王"的李新安也变得籍籍无名。

高专员在行署分管农业。去年初，为摸索解决群众温饱问题的路子，他带领地区机关30多名干部进驻后子头公社，调查研究，抓点带面。当时的延安，粮食亩产145斤，农民年均纯收入不到70块钱，职工年平均工资也只有607元，属特困地区。1971年，周恩来总理得知延安街头还有盲流乞讨人员时，曾痛心地说："全国解放20多年了，北京这样好，延安那样，怎么行呢，我做了20多年总理，陕北没有改变，心里很不安，我们对不起延安人民，对不起陕北人民……"这既是自责之辞，也不难听出总理对国计民生整体时局的深长忧思。我们进驻的后子头，地处城关，又在西延公路沿线，群众生活相当困难。好在现任公社书记车保成是一位经验丰富、敢作敢为的干部，此前在别的公社当过多年一把手，到后子头后，他提出一整套塬面修渠打井，精耕细作，提高粮食产量，塬下修建梯田，营造万亩果园，增加农民现金收入的规划。因其牵涉广，动静大，县乡两级拿不准与现行方针有无冲撞，一时下不了决心。县委要我们把蹲点地放在后子头，这亦是一个原因。

可以看出，惺惺相惜，高专员对车保成的方案是赞赏的。经过一年多时间的调研、论证、动员，县乡村三级和工作队的认识基本统一，后子头公社万亩造林誓师大会明天就要召开。作为地区领导和工作队长，高专员是一定要出席讲话的，为此我们已一起熬了好几个晚上。为给讲话充实具体鲜活的内容，使之更有说服力，他说，还是得见见李新安。凡事认真，是他一贯的作风。见面从早上开始，谈得十分投机。听了后子头造园计划，李新安如遇知音，从自己的曲折经历、经验体会到农村政策的利弊得失、群众呼声愿望，滔滔不绝一口气讲了半天。高专员问的也足够详细，果园如何整地，每亩栽多少株，产多少斤，卖多少钱，各个品种的优长特点，施肥、浇水、剪枝、疏果、防治病虫害等各个环节的注意事项，凡所关涉，几无遗漏。原说吃过午饭就离开，由于谈兴尚浓，李新安又翻箱倒柜要找寻早年编写的宣传资料，告别时已近傍晚。公社陪同的人员见天色阴沉，怕会下雨，非得留我们住下来。高专员说："那绝对不行，这么重要的会，万一误事咋办！放心，走近路，用不了多长时间。"说罢头也不回地穿过公路朝对面的田间便道走去。

雨倒暂且没下，风却一路追随。这风，起初只如裙裾摆动，环佩摇曳般窸窸窣窣从背后吹来，带着刚泛绿的麦苗和油菜气息，新鲜怡人。只是没多久，它突然毫无来由地烦躁起来，推推搡搡怒气冲冲地从身边刮过，嘶声凄厉，寒意逼人。再后来，便真像被谁激怒一般，狂吼野啸左冲右突跌跌撞撞席卷而来，携土扬尘，折枝摧叶，大有排山倒海掀天揭地的气势，吹得人目眩耳聋，蒙头转向。所幸这风来得猛，去得也快，等我们相互搀扶走到塬畔时，也就余威渐消、偃旗息鼓了。现在，无论如何得坐下缓口气了。高专员虽然精力充沛，但毕竟也是五十大几的人了；而我，憋了一路的烟瘾此时也已忍无可忍。于是从裤兜摸出打火机，点燃早在指间捏来捏去的"金丝猴"（地产卷烟）开始满脸惬意地吞云吐雾了。这当儿，高专员一直静静地站在塬畔，一会儿望望愈益厚重的云层，一会儿看看模模糊糊的沟底，表情不无犹疑。

正当我通身舒泰，点燃第二支香烟时，身后猛地喊道，别抽了！快走！有雨！我立马起身朝后望去，果见一道隐隐约约的闪电从远方天幕掠过。而当我们刚下到沟边，随着一阵隆隆雷声从头顶滚过，猛烈的雨滴便噼里啪啦砸了下来。许是"蓄谋"已久，这雨也是来势汹汹，黑暗中，满沟的野草灌木说不清是惊喜抑或惶恐，切切嘈嘈哗哗啦啦响成一片。空气中随之充斥着浓重的泥腥和野艾的清新气息。布谷和草鸮的鸣叫高低应答，声音格外亢奋。脚下的小路看去倒是亮晃晃的，但糟糕的是，我脚上穿的是一双时兴的白塑料底棉鞋，走在上面不停打滑，没走多长就跌倒爬起连摔几跤，无奈之下，只好脱掉鞋袜一步一停向下挪去。高专员本已走到前头，见我战战兢兢哆哆嗦嗦的样子，又回头走了上来，将一截杨木棍子递给我当拐杖使，又搀着我的胳膊说，不用紧张，"飘雨不终朝，骤雨不终日"，现在已开始退云了，这雨不会下太久，咱到底下先避一避，别把身体冻坏。我低头一看，他那双千层底布鞋也早已灌满泥浆，挽起裤管的腿肚上，有明显被划擦出血的伤痕。

事有凑巧，快到谷底，左手坡面下还真有一孔破败的小土窑，不知是何年何月哪位拦羊汉的遗作，进去顿觉暖和多了。高专员一边让我"抽你的吧"，一边连声自责："都怪我，都怪我，遇事总着急。"我说着急算什么毛病，总比应付差事敷衍塞责强。他长出一口气，说，也是，不急不行啊……说罢双手抱膝，盯着外面的雨丝，陷入沉思。我揣测，他此时又是想起毛主席 1949 年 10 月 4 日给延安的《复电》中所讲的，希望延安和陕甘宁边区的人民"继续团结一致，迅速恢复战争创伤，发展经济建设和文化建设""并且希望，全国一切革命工作人员永远保持过去十余年间在延安和陕甘宁边区工作人员中所具有的艰苦奋斗的作风"。想起周总理 1973 年 6 月回延安时关于"三年变面貌、五年粮食翻一番"的指示和说过的"你们五年粮食翻番了，只要我不死，只要我不犯错误，我一定再来延安"。想起李先念、王震等诸多党和国家领导人每当提到延安和老区群众时那种一往情深的眷念与牵肠挂肚的关切。因为这些都是他在作报告或写文章时经常讲到的，每见情不自禁，热泪盈眶。

雨住了，风停了，上坡的路好走多了。上到塬畔一看手表，12 点一刻。高专员说，现在离城还有五里地，看来只能在大姐家歇脚了，不远，就在前面村子。叫开门，点亮灯，专员的大姐满脸惊讶，责怪道，不要命啦，这么大的雨，黑天半夜，怎敢过沟来着，自个儿不打紧，同事有个闪失咋给组织交代……专员连忙拦住话头，别啰嗦啦，赶快打搅团，最好再蒸几个杂面窝头，有客；你先做，我得到前炕上歇会儿。刚躺下，又朝里喊，记着，明早 7 点必须走！毕竟是弟弟，50 多岁了，在老姐姐面前总还要撒撒娇。

这一躺就躺到日头冒花。姐夫说，见你们睡得王朝马汉，吓里震道，你姐没让叫，别误事吧？我看看表，说没有没有。再看后炕炕头，昨晚进门脱下的外衣都已烘干，两双鞋子还在灶火口烤着，旁边放两副棉毡鞋垫，原来老两口整宿没睡啊。抹把脸，吃过饭，高专员一声"走啦！"便径自出了院子。

雨后的高塬碧空如洗，和煦的晨光里，田野村庄俱有喜意。通往誓师大会现场的各条道路上，后子头各队的社员正搭着锄头铁锨匆匆前行。在乍暖还寒的季节和阴晴无定的气象中，这似乎是一个人们内心怀有某种希冀和期待的时令：

1975 年，农历谷雨。人们说，倒春寒过去，气候该慢慢转换了……

2015 年金秋，我应邀参加原农业部和陕西省政府主办的第八届"中国陕西（洛川）国际苹果博览会"。乘车从西安出发，一进入洛川地界，公路沿线，塬上塬下，视野所及全是大片大片的果园。地头和路边新摘的苹果海量山积，红艳艳分外耀眼。到宾馆，翻阅会议资料，里面介绍，洛川苹果年产 70 多万吨，销往全国 28 个省市和亚欧 20 多个国家地区；全县农村人均纯收入 15000 元，16 万户果农家修了新房，买了小车，年收入都在一二十万以上。多年没回延安，如许见闻，如许情景，感慨万千！随手写了两则俚语，以记感触：应是秋风醉流霞，红遍川塬廿万家。异香盈袖君勿疑，枝头鲜果妍如花。又：犹记挥汗斩荆棘，也曾茅庐问桑麻。当年种树人何处，弦歌不辍思无涯。

我想到的当然不只是李新安和高专员。那些在困难年代不避风霜劳苦，不畏艰难险阻，为国家前途、人民福祉，在一起殚精竭虑不懈奋斗，并言传身教给我以指导帮助的所有领导、同事、乡亲，我都永远感念。高专员已去世多年。1995 年我调北京不久，他在国际广播电台工作的孩子找我，说父亲病危时有过叮嘱，去世后要由我书写墓碑。感旧之情，一至于此。在反复斟酌运思之后，我是流着泪水完成这个任务的。这次博览会上遇见当年一起蹲点的朋友，提到那次风雨夜行的事，都说那真是够冒险的，搁现在，大不了打个手机，报个警，但那时候延安不少乡镇还没通公路，多数乡村不通电，所谓耕地靠牛，照明靠油，通讯靠吼，交通靠走。如此一想，这几十年的发展变化，真可谓日新月异翻天覆地了。

很长时间我都在想，历史的进步和社会的发展正如江河行船，只要驾驭有方，风正岸阔，那么"朦胧巨舰一毛轻"，无论什么样令世人惊叹和歆羡的速度、奇迹都是可能的，都不奇怪。

原载《文艺报》2019 年 6 月 10 日

芒果树

南帆

　　乔迁新居是一件乐事，但搬家工程繁琐累人。沉重的家具可以交给腰圆膀阔的搬家公司工人，转移书架上的书籍却十分耗神。众多书籍一册册装入纸箱，用胶带细心封好，纸箱的重量令人绝望。满头大汗忙碌了一阵直起腰来，一个尖锐的问题突如其来地摆在面前：那些带不走的怎么办？——例如庭院里的那几棵树。我知道，太太正在为庭院中央的那一棵芒果树伤感。

　　所谓的庭院，不过是屋前十来平米见方的一块小空地。太太将这里建设为自己的农业王国。她网购了几片竹篱围了起来，摆上木制的、紫砂的或者陶瓷的花盆，空地的边缘用砖头和石块垒成一尺宽的沟槽，然后千方百计运来泥土填满。于是，一段袖珍型的田园生活开始了。

她不知从哪弄到一套小农具，例如木柄只有一尺长的锄头和铲子，时常蹲在那儿挖或者刨，继而播撒各种植物种子。这么小的一块地先后种植过茶花、无花果、地瓜叶、三角梅、秋葵、丝瓜、芭乐、发财树、玫瑰、炮仗花、芥菜，以及一些我叫不出名字的玩意儿。我在乡村当过几年农民，曾挥舞十字大镐开荒种地，对付的是一望无际的水稻和山坳里深不可测的烂泥田，对于庭院之中这些鸡零狗碎的花花草草根本不屑一顾——除了那棵芒果树。

　　芒果树是太太从果树市场买来的，据说是泰国的亚热带品种，果实肥大，饱满多汁。起初她打算将这棵树种在空地的东北角，但邻居不太愿意，因为芒果树长大之后可能将树枝伸入他家院子的领空。于是太太把芒果树种在空地的正中央。接纳芒果树的土坑是油漆工和果树店老板共同挖出来的，两个人对于土坑深度的理解产生了严重分歧，据说两人几乎当场打起来。芒果树种下的那一天，太太用卷尺量了树干的周长。她的结论是，这棵芒果树目前与她的胳膊一般粗细。我到达现场的时候，芒果树已经亭亭玉立，嫩绿的树叶上骄傲地闪烁着午后的阳光。听着太太两眼发光地描述未来芒果丰收的盛大景象，我不禁一怔，内心涌起无功受禄的惭愧之情。

　　夏季如期到来，可是芒果树非常平静，上面根本没有任何果实。第二年夏天，芒果树仍然毫无动静。这期间我时常被打发到空地上为诸多植物浇水。竹篱围出的小天地日复一日欣欣向荣，三角梅、芭乐和丝瓜、秋葵竞相表演，该开花的开花，该结果的结果，只有芒果树仿佛睡着了，丝毫不想为世界贡献一些什么。令人气恼的是，社区里另一些人家的芒果树纷纷挂果。那些芒果树仅是本土品种，果实瘦小，而且核大肉少，但只要枝叶之间有那么几粒小芒果若隐若现，那一家主人就可以站在路边用超常的音量夸耀他们的肥沃土地和种植技术。太太终于犹犹豫豫地开始和我商讨芒果树不孕不育的问题。我问：你确定买的是芒果树？她表情坚定地点头，并说在市场第一眼看到这棵芒果树时，她明明看到树枝上还挂着一颗芒果。既然如此，那就耐心等待吧。或许，这个来自泰国的家伙只是有些水土不服？

我仅仅当过半吊子的短期农民，太太基本不认同我的观点，她更热衷于在互联网上请教各路高人。一个网友的建议是，对着树干猛砍一刀，有了创伤的果树才会积极养育后代。这种观点如同从某本心理学教科书上抄下来的，似乎包含了励志、创伤记忆、浪子回头或者痛苦令人成熟的意味。太太将信将疑，她试着砍了芒果树一刀。事实证明，心理学的巫术并未奏效，尽管我没有看出树干上的刀疤在哪里。

太太曾回访那个果树市场，试图找到卖主求证芒果树的真实身份。但她失望了，市场已经拆除，变成街头公园。表明身世的历史线索彻底掐断，这棵芒果树于是来历不明，身世成谜。这时太太迅速地回归一个传统角色——一个溺爱的母亲：她不懈地给芒果树增添营养，犹如喂养一个来自灾区的瘦弱孤儿。一个朋友拎来了两麻袋的草木灰，她慷慨地往树根倒了半麻袋。我未曾见过如此奢侈的施肥，担心过量的肥料会把芒果树烧死，太太却对我的劝告嗤之以鼻。

芒果树并未显示消化不良的症状，而是长得"人高马大"，茂密的树叶在夏季晚风中哗啦啦作响。然而，这并非好事。台风光临的季节，树大招风，芒果树所有枝叶都成了甩不下的负担。呼啸的疾风转过山坳浩浩荡荡地卷地而来，芒果树总是首当其冲。庭院里的各种植物无不知趣地蜷缩起身子倚在竹篱上，俯首帖耳，战战兢兢；只有呆头呆脑的芒果树茫然地站在风口，被一记又一记的重拳打得踉踉跄跄。每一场台风过后，我都得费尽气力把芒果树搀扶起来，重建它的生存信心，重塑它站立于庭院中心的尊严。有一天我想出一个办法：在芒果树的腰眼锯出一个小缺口，斜斜地支上一根木棍，这个简陋的装置终于让芒果树可以迎风伫立，但我的关怀和设计并未赢得芒果树的回报。果实在哪里？风和日丽的时候，芒果树如同一个手握文明杖的绅士，潇洒地站在那儿，它似乎从未费神想一想我为什么如此殷勤，它又该做些什么。

一天傍晚，我偶然看到太太蹲在那儿用小锄头在树根处刨了一个坑，然后从兜里掏出一个鸡蛋埋下去。我不由大喝一声：你在干什么？

太太直起身来，理直气壮地回答：给芒果树过生日。每年芒果树落户我们家的日子，我都给它喂鸡蛋过生日啊。

我愕然无言。芒果树过生日，还要吃一个鸡蛋？岂有此理！

太太补充说，鸡蛋是她从自己的早餐中节省下来的。她言下之意是，我没有必要像审计官员那样唠叨，伙食费并未超标。我曾经生活在饥馑的年代，对于鸡蛋怀有强烈的景仰之情。现在居然连芒果树都有资格享用，是可忍孰不可忍！尽管没有借口谴责太太，但是，我仍然无法按捺内心的愤怒：这个世界怎么能怂恿一棵吃鸡蛋的芒果树年复一年地不劳而获？

幸而不久之后，太太终于愿意和我同仇敌忾。那天太太站在芒果树下恶狠狠地威胁说，如果今年夏天还是没有果实，就要将它砍掉。太太认为芒果树听懂了，因为一个奇迹很快悄悄出现——芒果树突然长出了一批新叶。仔细一看，树枝上确实左一簇、右一簇地涌出色泽鲜嫩的叶子，暗红或者浅褐色的。这一批新叶特别阔大，大小几乎接近一个成人的巴掌。几天之内，巴掌大小的新叶覆盖了整个树冠，远远望去，整棵树如同新烫了一个时髦的发型。然而，奇迹到此为止。疯长了满树新叶之后，令人期待的故事又毫无理由地停下来，直至深秋，果实仍然是一个遥不可及的悬念。

乔迁新居多少有些突然。新居也有一块面积相当的小空地，我们打算尽量将庭院里的各种植物移过来，芒果树当然在计划之中。尽管这棵芒果树始终没有出息，它仍然是我们的家庭成员。然而，计划的执行遇到了很大困难。芒果树的树干已经有小腿那么粗，树身高达20多米，根须深深地扎入地下，怎么挖掘和搬运？一个内行人建议动用吊车，而且需要请一个园林工程师当顾问。这种做法当然有些夸张，又不是什么奇特的名贵树种。

或许还是让芒果树留在原地吧。太太有些不愿意，她觉得我们离去后，芒果树必定会陷入极度悲伤——仿佛一个被突然无情地抛在陌生旷野里的人，孤独和痛苦于是连绵不绝。这就过分了，一棵树而已。风也罢，雨也罢，真正的树是不会惧怕离别，也扛得起所有的伤痛。这棵芒果树或许大器晚成，积攒多年的能量，明年也许就可能果满枝头。生而为树，扎根于土，它不会四处游荡，而我们则可以随时前来探访，即使许久不见，也仍然心存一念，觉得有一个亲戚留在原地，随时等着我们。

真的是这样吗？芒果树沉默不语。

原载《文汇报》2019 年 2 月 22 日

徽饶古道坚强树

梁衡

通常，我们确定一棵树的树龄是看它的年轮。如果告诉你，有一棵树连年轮都没有了，却还青枝绿叶地活着，你相信吗？

在安徽与江西交界的浙岭，山路弯弯，石梯接天。山口有巨石，上书"徽饶古道"。古驿道下山进入江西婺源界，路旁有一棵古樟卓然而立。它下临一马平川，天垂野阔；北眺远山如屏，层峦起伏。这棵古樟在网上被称为"坚强树"，它像一位检阅历史的将军，自宋以来，就这样俯视大千世界，阅尽人间之变。树之所以名"坚强"，是因为它创造了生命的奇迹。

三年前，我第一次经过这里，一见这树即有一种说不出的激动。类似的古树名木，我见过苏州的"清奇古怪"汉柏，那是雷电的杰作，四棵树撕肝裂肺，东奔西突，2000年了仍顽强地存活。也见过宁夏500岁的震柳，那是世界级大地震的产物，100年前，灾难之手从地心伸出，生将一棵老柳撕为两半，现在仍枝叶繁茂，如一团绿云。但是，还从来没有见过天火从天而降，硬将一棵大树的树心掏空，空得只剩下一个薄壳，像一个工厂里废弃了的铁烟囱。当地为加强保护，筑了一个高台小心地将它拥立在上，四周又设了栏杆。那天我踏上高台时，庄严之情油然而生，有一种走近英雄碑的感觉。我绕树一周，轻轻抚摸着它粗涩枯硬的树皮。树皮已经很薄，六米之围的树身，只有一个指头厚度的树皮，轻轻叩击，嗡嗡有声。它完全是借助筒状的力学原理，巧妙支撑才不会倒掉。树约三四层楼高，仰头看树梢，云卷云舒，乌啼鸟落。树下有洞，洞内足够宽敞，地上长满了茸茸的绿草，如毡如毯。我小心弯腰进去，仰面平躺在这块不规则的地毯上，透过朝天的洞口，看绿叶婆娑，白云飘过，有一种当年躺在内蒙古草原上的感觉，只差飘过一首牧人的歌。

一棵树，一棵有生命的树，怎么就像一个铁烟囱似的屹立在旷野上了呢？当地人说，十多年前的一天晚上，突然雷电交加，霹雳一声，这棵千年古樟，就如一根蜡烛一样被轻轻点燃了。大树喷着火苗，映红了半个天空，直烧了三天三夜。就是树上的余烟也袅袅地飘了半个多月。到火灭烟散时，古樟本已腐朽的内瓤已被全部烧尽，只留下了一层盔甲似的外壳。但祸兮福所倚，大火过后，树的内壁已经完全炭化，反而有了抗腐能力，从此雨淋不朽，坚挺至今。我小时候常见路边的架线工人，在埋木头电杆前，先将其下部烧焦。这说明若要木不朽，先炼之以火。人们都以为这棵树死了，像一个标本那样小心地保护着它。但是天火炼木本是要它凤凰涅槃的，怎么会让它去死呢？三年之后，人们惊喜地发现在树腰、树梢处吐发出了一层嫩芽，渐渐地又长出一层新绿。婺源向以黛瓦粉墙的徽派民居和漫山遍野的油菜花给人轻柔的印象，如今这个秀美的背景又添上了坚强的一笔。

这棵坚强树引起人们的关注，一度在网上热闹了一阵子，后就沉寂下来，而我却总不能释怀，第二年便再去上饶婺源搜求资料。树者，书也。我想，要读懂一棵树，先得读上几本书，读懂书中的人。婺源在历史上的文化崛起是南宋之后。全县在唐代时进士屈指可数，宋代就猛增到数百人。靖康之耻，宋人南渡，大批望族、文人聚集婺源。同时，因江北为金人侵占，这里也就成了前线。于是自南宋以降，独立、坚强、自尊、向上，就成了徽饶道德的主流传统。这种精神不断砥砺发扬，长久不衰。我灯下翻书，那一个个有志、有节、有能、有为之士，如那棵坚强树一样，在历史长河的彼岸向我们默默颔首。

　　在我看来，在古道上喊出坚强不屈第一声的人是朱弁（1085—1144）。正当北、南宋之交的乱世，他出生在离坚强树四五十公里的紫阳镇。赵构的江南政权一成立，即派使者到金国去议和，朱弁为副使。弱国无外交，金人不但不加理睬，反将朱弁扣留，这一扣就是17年。金人惜其才，17年间屡屡逼他为官，他凛然道："自古交兵，使在其间，言可从，则从之；不可从，则囚之、杀之，何必易其官？"他将使节印抱在怀里，片刻不离，表示若再加辱，就抱印而死。他南望故国，感慨赋诗：

　　　　关河迢递绕黄沙，惨惨阴风塞柳斜。
　　　　花带露寒无戏蝶，草连云暗有藏鸦。
　　　　诗穷莫写愁如海，酒薄难将梦到家。
　　　　绝域东风竟何事？只应催我鬓边华！

　　诗写得悲愁交集，沉雄刚毅，钱锺书评其有晚唐之风。在这样的境遇下，他也没有忘记尽忠报国，完成了对北国人事、景物的调查，返宋后即上递朝廷。他的流亡诗抄也成了重要文献。一般人知道汉苏武留胡 19 年，却很少知道宋朱弁留金 17 年。17 年的坚持，这要有多么坚定的信念？他在徽饶古道上举起一面坚守气节的大旗。

大名鼎鼎的朱熹比朱弁小 45 岁，祖籍婺源，也是个主战派、硬骨头。过去，我只知道他是个哲学家、文化人，写过那首著名的"问渠那得清如许，为有源头活水来"。这次树下读史，才知道那活水之源即是他正义的胸怀。朱熹到江西星子县任职，正赶上大旱，他组织百姓平安度灾。灾后他向朝廷写了一封长长的汇报，大诉民间疾苦，痛批军政腐败，言辞激烈。他为官有两个特点，一是每到一地先调查研究，"下轿问志"就是从他而来；二是刚正不阿，有那不干净的官员知他要来上任，就先主动辞职。晚年，他被推荐去给皇帝讲儒家经典，但总是借机大讲民间疾苦，要求整肃纲纪。皇帝听得不耐烦，很快就把他赶出宫去。朱熹一生官场浮沉，治学不辍，但依旧忘不了家乡。家乡的那棵坚强树啊，民族恨，臣子泪，多少忠魂日夜萦绕在树梢。

婺源虽小县，却名士不绝。为官清廉，坚持真理，已成了这树下绵长的清风。宋末名士许月卿，许村人，常犯颜直谏，写了《百官箴》，列出各职各官的注意事项。元代汪泽民，为官一尘不染。明代大臣汪鋐心忧国事，主持兵部，引进西方"佛郎机"大炮，遍布海防、边防，抵御外侮。这都是在坚强树下发生的坚强事。

当历史的脚步刚刚迈过中国近代史的门槛时，有一个人出现在树下。他就是大名鼎鼎的中国铁路工程第一人詹天佑。詹家祖居老樟树下的岭脚村。1872 年清政府派出第一批留美幼童，11 岁的詹天佑即在其列。他学成归国后正值帝国主义列强欺我无人，肆意瓜分、垄断中国的铁路修筑权。清政府决定修一条津榆铁路，要架滦河大桥，河床泥沙深，水流急。先由英国人设计，失败；又转手日本人，不行；德国工程师出马，还是不行。詹天佑要求试一试。他采用"压气沉箱法",获得成功,外国人刮目相看。不久,詹天佑在英法两国相持不下时接手西太后去祭扫西陵的新易铁路工程,四个月通车。而最长中国人志气的是京张铁路。路在八达岭丛山中穿行,地形十分复杂。英俄两国没有争到修路权,就封锁技术,威胁不给任何帮助。詹天佑大胆启用本国人才,并创造性地把工程变学校,一开工即招收练习生,同步教学培养。为测工程最难的八达岭隧道,他攀岩踏雪,餐风饮露。从青龙桥到八达岭地势最陡的一段,他不用通常的"大回环",而用"人"字形,两个车头,前拉后推,巧妙解决难题。京张铁路的成功,使詹天佑名扬中外,他先后出任了中国众多重要铁路的总工程师,并代表中方在远东铁路会议与列强唇枪舌剑,为国家争主权。他洁身自好,要求学生和子弟"勿屈己而徇人,勿沽名而钓誉"。

我对詹天佑的第一次印象,是17岁那年考上大学坐京张铁路进京,当列车缓缓通过那个著名的"人"字路段时,全车厢的人都探出身来,向路边詹天佑的铜像默默行注目礼。这次又去看了离坚强树不远的詹氏祠堂和詹天佑纪念馆,都是詹氏族人和民间集资所建,高大敞亮,藏品丰富。我印象最深的是一张当年詹天佑对八达岭路基的地质测绘图。在乱石如麻、荆棘丛生的荒岭上,他像切蛋糕一样切出一个坡形剖面,上面满是密密麻麻的数据和外文符号。那是光绪年间,科学的曙光终于初照这亘古的八达岭荒原。

今年我又三访坚强树,发现虽斗转星移,这里的人们仍然守树如玉,义心不改。20世纪六七十年代,岭脚村一位名詹永萱的文化人默默地征集文物。当时100元收来一麻袋杂玉,他慧眼识珠,发现其中一粒疑是"猫眼",带到故宫鉴定,果如所猜,价值不菲。前面提到的乡贤,明代大臣汪铉随身佩带的一条玉带,居然也被他们收来。后来成立县博物馆,詹永萱任第一任馆长,馆里多半重要文物都经他之手,那"猫眼"自然成了镇馆之宝。詹永萱的儿子詹祥生从小受父亲耳提面命，子承父业，现在是第二任馆长。詹家父子不知过手多少文物、瑰宝，虽一毫而莫取；也不知接待过多少名人要人，不卑不亢，虽布衣而有名士之风。那天我向小詹馆长请教了许多问题，他还特别讲述了詹天佑送给家乡"灭火水龙"的事。

我在树下的高台上凭栏眺望，远山一线，白云悠悠。以这棵树为中心，方圆也就不过百公里吧，坚强之人，数之不尽；大义之举，连绵不绝。这还只说到土生土长的婺源人，如果算上北人南迁，再至上饶各县，在此生活过的爱国诗人，如岳飞、陆游、辛弃疾；革命先烈方志敏，民主人士黄炎培，还有上饶集中营里的英雄群体，就更多了。说到这里，我不得不略费笔墨提到一个人。我们报社有一位老记者名季音，当年的新四军战士，曾被关在上饶集中营，九死一生。今年已经96岁，还在写回忆录，发表文章。行文至此，我不觉动了情，专门拨通了电话，向他表示致敬。他说全北京，当年上饶的狱友也就只剩两人了。岁月的尘埃正在一点一点地覆盖上他们的身躯，最后他们或将无言地离去，但有这棵擎天一柱的英雄树为他们代言，这一代代的慷慨悲歌就会永不停歇地震彻山谷，席卷河川，在青史上呜呜回响。巍巍古樟，山高水长。

樟树是我国长江中下游常见的树种，更是江西的省树。其树形高大，动辄七八米之围，树干横生旁出，荫蔽四方，千年不老，四季常青，蔚然而有文化之象。樟树从不亭亭玉立、孤芳自赏，总是枝叶交错你绕我缠，老干上覆盖着厚厚的苔藓，又常寄生一种骨科良药——"接骨草"。村民如有牛羊鸡鸭腿折，捣烂敷之即好。樟树还喜与他树共生，最多见的是苦槠树和红豆杉。樟喜随人而居，总是长在村头水口人气兴旺的地方，人树相依，情深意长。有倒地跨河者就顺便为桥，任人行走；有生路边浓荫如盖者，就让人们设个凉亭喝茶歇脚；有树洞中空者，孩童常出入嬉闹。我见过一棵大樟树，其树洞之大，在人民公社时期，里面曾养过一头牛，现在里面摆着一副麻将桌，供人打牌。一棵探身江边的老樟树，树枝扫到水面，一年上游发大水冲下不少人来，它竟如一把笊篱一样捞出十多个人。乐安县有一条长十余里的夹岸古樟树林，每株两抱以上。离坚强樟不远的婺源赋春镇还有一棵宋代古樟，一枝平伸探过河去，荫遮两岸。

樟者，木旁加章，此树大有文章。我在江西考察人文古树，几乎逢樟必有故事。这棵名坚强树的古樟"劝人信高洁，拳拳表予心"，就是专讲正义、忠诚、高洁、自强的故事。我信凡物之有异者必有其理，必暗含其情，等待有人来认识，来解读。

我们平常说读懂一个人不容易，其实要读懂一棵树更难。人难过百岁，树可千年；人才几族几种，树论科、属、种，有万万千；人有衣食保障还生命多舛，而树曝于荒野，山崩地裂，雷劈电闪，却仍然挺直脊梁；人的大脑里只存有一生的记忆，树的年轮里却藏有数朝数代的沧桑；人到须发皆白时，儿孙绕膝，大不了讲讲一生的经历，可大树呢，我见过三千年的大树，立于山，临于水，居然能不慌不忙，娓娓道出秦汉唐宋。一棵树，树皮上有多少道纹路，就有多少个故事；树枝上有多少张叶片，就有多少首诗篇。你要能读懂一棵古树，就得俯下身子去吻它的根，那根里浸泡着先人的血泪；你要能读懂一棵古树，就得仰起头去看它头上的天，那天空有无言的悲欢。请读懂一棵树吧，这是在考古，在探秘，在复盘历史，在追溯文明，在破解一本自然留给我们的天书，是在回望人类自身的成长。

也许别的地方还有类似的古树，但这样身高皮薄巍然而立的坚强树不多，树下又有这么多坚强的人和事的更不多。这是自然的选择，也是人文的表达．我们应该格外地珍惜它。

原载《人民日报》2019 年 3 月 30 日

生命里的祖国

剑钧

一

长城脚下，繁花丛中的 S2 城际列车，穿行在居庸关前。一路粉色的花海，荡漾在叠翠的峰峦间。透过车窗，我似乎闻到了春日的花香。一年一度的桃花、杏花、樱花竞相绽放，吸引无数游人搭乘上"开往春天的列车"。恰逢周日，很多人都是举家出游，车厢里充溢着舒心而惬意的情愫。我对面坐着三口之家，年轻夫妇带着一个五六岁的女儿。小女孩活泼可爱，对着车窗外的花海轻声哼一首我熟悉的歌曲："我们的祖国是花园，花园里花朵真鲜艳，和暖的阳光照耀着我们，每个人脸上都笑开颜，娃哈哈娃哈哈，每个人脸上都笑开颜……"这首由新疆民歌改编的儿童歌曲，传唱了几十年，仍经久不衰。当年，我女儿就是唱着这首歌长大的。

我还依稀记得，那天她很突兀地问了句，爸爸，什么是祖国呀？面对刚满 3 岁的娃娃，我不知该用怎样通俗的言语来诠释这个名词，便问，你从哪儿听到这两个字的？她说，幼儿园、歌里呀，说罢便唱起了"我们的祖国是花园，花园里花朵真鲜艳……"我告诉她，每个人都有一个小家，还有一个大家，小家里养育你的是母亲，大家里养育你的就是祖国。女儿说，那我懂了，祖国就是大家的母亲吧？我说，是的，每一个人都离不开母亲，祖国和每一个人的命运都是连接在一起的。我从女儿懵懵懂懂的眼神里，仿佛也找回了我童年的时光。在我很小很小的时候，父母也是这样告诉我的。

我幼年生长在军营里，孩提时的记忆，不仅是珍贵的，而且还有着别样的闪光，就像天边挂的那轮圆圆的月亮，常常令我想起多少年前，部队营区那白墙绿瓦的月亮门和月亮门引出的一条碎石铺就的小路。那会儿，我还小着呢，生活在营区军官宿舍大院里。从那月亮门进进出出的大都是穿军装的叔叔和阿姨。父母他们从硝烟弥漫的朝鲜战场上下来没几年，我幼小心灵就铭刻了一个耳熟能详的词汇——"抗美援朝，保家卫国"。稍大些，我才对这个词有了更多的理解。有一天，得知爸爸妈妈是在朝鲜战场的防空洞结的婚时，我羡慕地说，你们的婚礼真好玩，到处都在放"礼花礼炮"。妈妈把脸一板，说："你们这一辈太幸福了，根本不懂得什么是战争！"父母所在的中国人民志愿军第 40 军是第一批入朝参战的。那时，新中国刚满一岁，他们是带着"保家为国"的激情跨过鸭绿江的。在他们的生命里，祖国是什么？那是他们祖祖辈辈的根，是无数先烈热血浇灌的土地。

说也巧，1953 年 7 月 27 日，《关于朝鲜军事停战的协定》在朝鲜板门店签订，一年后的 7 月 27 日，我就在解放军 205 医院出生了。

听妈妈讲，出生前，父母相约，如生男孩，就叫"建军"，因为预产期恰恰在"八一"那天。可天公不随人愿，我偏偏提前四天来到这个世上，母亲躺在产床上，冲着嗷嗷待哺的我说："小家伙，你就是再早几天，这名字也归你了。"于是，我有了一个现在听起来很普通的名字，可我就是喜欢，也不想再赶什么时髦了。

二

S2 城际列车穿过了一个又一个隧道，行驶在祖国的春天里，透过车窗，我看到远山和繁花交织在一起，蓝天和白云交织在一起，美景和安宁交织在一起。此情此景，也让我的思绪和祖国交织在一起。在我印象里，父亲生前很少对我讲起那场战争的残酷，但我深知，志愿军将士是为新生的共和国而战的。为了"我们的祖国是花园"，为了"花园里花朵真鲜艳"，他们付出了鲜血和生命的代价。小学五年级学了《谁是最可爱的人》那篇课文，我感到那么亲切，因为我身边就有两位最可爱的人啊。电影《上甘岭》，我看了无数场；歌曲《我的祖国》，我唱了无数遍。可以说，从儿时起，生命中"祖国"二字就融入我的血液中了。在我心中，祖国就是魂牵梦萦的沃土，就是生我养我的地方。

有一天，我惊喜地发现，魏巍笔下"最可爱的人"马玉祥居然就生活在我的家乡。这位在熊熊大火中抢救出朝鲜儿童的战斗英雄，这位"像秋天田野里一株红高粱那样的淳朴可爱"的志愿军英模，回到祖国 30 年之后，世人才得知他的真实身份。从此，我与马玉祥叔叔有了二十几年的交往。20 世纪 70 年代，马玉祥担任内蒙古通辽市轻化工局供销公司党支部书记。每天除了分内工作，还要扫地、打水、倒垃圾，人们称他为"勤杂工"书记。在任上时，多少人问他，哎，你是不是《谁是最可爱的人》里的马玉祥啊？他笑笑说，同名同姓的人多着呢。有人说，可我看你精神头像。他却说，我是在向英雄学习。直到1984年离休后，他才承认自己就是魏巍笔下的马玉祥。马老坦言："我如果再不承认，那就对不起那段历史和长眠地下的战友了。"有一天，我采访马老，问道："您后来在'汉江保卫战'中，和三连战友誓与阵地共存亡，打了三天三夜，一百多位战友，就剩下指导员、您和一个弹药手，被誉为'汉江南岸三勇士'，您挺下来了，靠的是什么呢？"他沉思了片刻，说："靠的是信念。负伤的指导员说，身后就是我们的祖国，就是我们的家乡，我们宁愿站着死，也决不后退半步生！"这就是志愿军战士心目中重于泰山的祖国啊！在志愿军战士眼中，走出家门，生长的那片土地就是故乡；走出国门，远方的祖国就是故乡。追溯古老中国，从来就不乏以身报国的仁人志士，恰如爱国诗人陆游所言："一身报国有万死，双鬓向人无再青。"祖国五千年悠悠岁月，熔铸了中华文明的宝鼎，锻造了中华民族的精神。祖国的血液流淌着黄河的涛声，祖国的脊梁挺立着珠穆朗玛的风骨，祖国的未来托起了泰山的旭日……

1999年秋天，为拍一部爱国主义教育电视专题片，我陪马老来到了魏巍先生位于北京西山的住所，采访了魏老，听他倾情讲述那些难忘往事，并撰文刊发在《解放军报》上。之后，魏巍先生又先后为我主编的两部战争题材的纪实文学集撰写了序言。我从他们身上读懂了一个道理：生命里有了祖国，灵魂才有信仰；心中装着祖国，人生才有目标。晚年的马玉祥叔叔将全部身心都投入关心下一代教育上。他担任了当地关心下一代工委常务副主任，曾任十多所学校的课外辅导员，先后作过200多场革命传统教育和爱国主义教育报告，听众达30余万人次，足迹遍布内蒙古、黑龙江、辽宁、北京等地。2007年，马玉祥当之无愧地荣获"首届感动内蒙古人物"称号。

三

　　S2 城际列车穿过有燕京八景美誉的"居庸叠翠",沿途花开正盛,春意和暖。透过车窗,可以看到蜿蜒的长城在花海簇拥下,雄浑而有气势,犹如昂扬向上的中华民族精神。我在想,我古老而年轻的祖国犹如一轮喷薄而出的旭日,中华儿女沐浴在这和煦的阳光下,和平、安宁、美好,其乐融融,这一切的一切都是经历了战火的洗礼与创业的奋斗而得来的。我们有最好的人民在建设祖国,我们有最好的军队在保卫祖国,因而,祖国才有了今天的繁荣昌盛与和平安宁。

　　由此,我想起了祖国西部边陲的帕米尔高原,它位于喀喇昆仑山脉的西北部,平均海拔在 4500 米以上,古称"不周山",传说是由它支撑着蓝天和大地的。屈原在《离骚》有"路不周以左转兮,指西海以为期"的诗句。《淮南子·天文训》则对不周山的"不周",作了更为神奇的描述:"昔者,共工与颛顼争为帝,怒而触不周之山,天柱折,地维绝。天倾西北,故日月星辰移焉;地不满东南,故水潦尘埃归焉。"足见帕米尔高原的险峻。但就是在这片空气稀薄、人烟罕迹的丛山峻岭间,共和国的军人日夜巡逻在崎岖的边防线上。他们踏冰河、翻雪山、守边关,克服常人难以想象的艰难困苦,用赤子之心、家国情怀书写边防官兵对祖国的忠诚。

　　这是一个真实的故事,讲述者是位女军人,不久前刚刚从帕米尔高原的边防部队回到北京。在那里,她结识了一位基层干部,他的连队驻守在海拔 4000 多米的国境线上。高寒缺氧、雪地寒天,严重的高原反应让许多初到那里的新战士面部黑红、嘴唇发紫。他们顶着凛冽的寒风,跋涉在没膝的雪地,每迈一步都那么艰难;他们每一次翻山越岭巡逻,都是在向生命极限挑战。女军人感慨地说:"我们的战友在那样一种环境下，仍不改初心，扎根雪域高原，守卫西陲边关，为祖国站岗，为人民放哨，多么可敬，多么可爱！"我在看女军人发来的一组图片截图和留言。照片上，一个可爱的小女孩有三四岁的样子，扎两根小短辫，穿一件粉色外套，一个人在玩吹泡泡。照片上方有边防军人父亲写的几行字："停水停电停网的夜里，静静听着窗外扑簌簌的落雪声。月余的昏天暗地，一停下来就难以抑制地想念，害怕一个转身就丢失了生命中的美好，担心再也找不回……"原来，那位勇敢的小女孩跟着妈妈从古都西安来到帕米尔高原营区，想陪伴爸爸待上几天。可是，正在执行任务的爸爸还是离她好远。妈妈告诉她，爸爸在边境线上正守护着祖国的界碑。看到这段话，我的眼睛湿润了。当人们尽情享受现代文明带来的安逸生活，乘高铁、坐航班、云游四方、穿行花海时，可否想到，共和国的军人正在用他们的青春和热血日夜守护着祖国的安宁？

另一张图片截图，还是那个边防军人写的："宝贝高烧了六天，我也揪心了六天，恨不能过去照顾她。我亲爱的小公主，天天和她妈妈念叨'爸爸啥时回来'！"从画面看，小女孩的照片是在帕米尔高原拍的，她站在皑皑积雪里，戴着厚厚的白皮帽，穿着粉红的花羽绒服，脚上穿一双高勒小红靴，那双冻红的小手抱着一个小雪球，望着远方，似乎在寻找什么。面对照片旁的留言，我读懂了一位军人、一位父亲的温情、责任与担当，这就是新时代军人。和平年代，他们仍然在前线守护祖国。无数军人的青春热血在燃烧，在熊熊燃烧中化为守卫祖国、拥抱祖国的漫天朝霞。

四

S2城际列车驶过了连绵的群山峰峦，携着春日的繁花和葱郁，一路向西驶到了青龙桥。那里有京张铁路纪念碑和中国第一条铁路建设的开拓者詹天佑的塑像。那是一段历史的记忆。不久以后，另一条技术世界领先、设计时速350公里的京张高铁也将投入运行。这就是前进中的祖国，这就是21世纪的中国速度。

对面那个小女孩在父母身边开心地微笑，让我禁不住想到边防军人的小女儿，她们几乎是同龄人，在父母眼里都是那般可爱，也都在享受共和国的雨露和阳光。她们是幸运的，也是幸福的。哦，一个强盛的祖国是儿女们幸福的源头，就像奔流的长江黄河，一往无前、波澜壮阔。此时，我真想为生命里的祖国唱首心中的歌："一条大河波浪宽，风吹稻花香两岸，我家就在岸上住，听惯了艄公的号子，看惯了船上的白帆，这是美丽的祖国，是我生长的地方……"

是啊，祖国就是我们的生命，我们都在祖国的生命中。

原载《解放军报》2019 年 5 月 24 日

点滴乡愁说童年

高洪波

两年前的秋天，我应邀赶赴南京，出席一家报纸主办的主题征文颁奖晚会。什么主题征文？两个时尚又古老的字：乡愁。

我的任务比较轻松，为一个 11 岁的小姑娘颁奖并即兴讲话，同时送一本我签名的书。

颁奖典礼热闹又朴素，地点就在报社大厅，将台阶设计成舞台背景，很有创意。由于乡愁这个主题的普遍性与广泛性，获奖作者下至 11 岁，上到 91 岁，年龄跨度极大。在这当中，我就见到了 80 岁的老上将、南京军区原政委方祖歧，他也是获奖作者中的一员，潇潇白发，令人肃然。

由我来颁奖的这个小姑娘，随父母从湖北来到江苏苏州打工，她用文字表达了对故乡朴素的怀念，同时表达出一个孩子对父爱的渴望。她只盼望能经常和爸爸妈妈一起吃晚饭，这个愿望深深感动了我。在致辞中我除了祝福小姑娘之外，还谈到乡愁所具备的色、香、味、音四种特质，讲到故乡与童年给予每一个人味蕾的培养，最得意的一句话：乡愁与童年焊接。

当我脱口说出这句话时，远在内蒙古科尔沁草原的故乡开鲁县浮现在眼前：故乡的青纱帐、瓜园和黏豆包；故乡田野上潺潺的渠水，以及鸣叫不止的绿蝈蝈、"山叫驴"；故乡的厚达半米的冬雪，雪地上顽童们的追逐打闹，冰糖葫芦和秋子梨；还有过年时的杀猪菜的芳香，腌酸菜的滋味，甚至还仿佛嗅到了点燃鞭炮时弥漫于冷空气中的火药味儿，听到那被鞭炮声震落于树梢的雪粉们滑落时的窸窣声……

从本质上说我是一个乐观主义者，乡愁对我而言，真的是一个成年人对童年的回望。我13岁离乡，随父母远行贵州，记得那是一个大雪漫漫的冬日，我刚升入初中的第三个月，同学还没认全，就分手南下。但我仍然认定开鲁一中是我的母校。离开时，校门走廊的黑板报上还抄录着我一篇题为《复习》的作文，抄写的老师有漂亮的板书功底，让我一个小新生的作文生色不少。这是我"公开发表"的第一篇文章吧，或许正是这开启了我创作才能的第一个阀门？

开鲁一中不仅是我的母校，也是蒙古族老作家玛拉沁夫和中央党校副校长、经济学家苏星的母校，不过他们读书时是20世纪40年代伪满洲国时期，我读书入校是在20世纪60年代，相差几近20年。虽然如此，老校友玛拉沁夫仍管我叫小校友，直到今天还这样叫我。

至今我还记得"小升初"的作文题目是关于向草原英雄小姐妹龙梅和玉荣学习的问答，我回答得很好，这要归功于我和龙梅、玉荣小姐俩生活在同一个环境、同一片蓝天下，对冬季的寒冷与风雪的体会刻骨铭心。内蒙古的冬季不好过，我们的脚上穿着厚重的毡靴，头上戴着狗皮帽子，手的两侧全是红肿的冻疮，棉衣袖口不是棉布质地，因此冷且硬，而缘于袖口就近可以擦拭被冷空气逗出的清鼻涕，一来二去，袖口被鼻涕浸润，再经超低温一冻，就真成了铠甲，弹一下铮然有声，是草原小城每一个男孩子冬季的标配。

故乡冬天的雪大，大到经常一夜封门。奋力推门，继而铲雪，在雪的甬道中走出，亦是惯常景致。记得一年暴雪，我的一个长辈出门早，在沿途的电线杆下居然捡到许多撞昏的鹌鹑，还有麻雀，成为一时的笑谈。这些在风雪中遇难的小飞禽，照例是被剁碎后与咸菜同炒，成为佐餐的上佳菜肴。

故乡冬季最让人惦记的是黏豆包，这是一种满族食品，也是过年必备的主食，一如南方山区的糍粑、北方内地的花馍。山海关外的黏豆包，"黏""年"同音，透着喜庆，加上香甜的红豆馅，芳香略酸的黏黄米面，底下衬以深绿的苏子叶，咬一口美妙无比。尤其是冻得梆硬的黏豆包放进炕上老奶奶的火盆烤过之后，用小手拍打下沾上的草木灰，这时托在手上的豆包有一层焦壳，你一口咬下，沁入舌尖的是热辣辣的芳香味道，其中有豆馅与红糖混合的滋味，有黏黄米发酵后的气息，像米酒，尽管那时我从没喝过，但这种混合气息似乎就像酒一样醉人和馋人，尤其对一个饥饿如狼的草原少年！

吃完火烤豆包，嘴唇肯定是沾满草木灰的，用那冷且硬的棉衣袖口一擦，便开心地冲向漫漫雪地去追逐打闹了。

如果说黏豆包的滋味属于冬天和白雪，属于火盆和春节的话，香瓜与甜杆儿则注定属于碧绿的夏天。故乡处在科尔沁草原边缘的沙地，适合种各种美味的香瓜，香瓜的学名叫甜瓜，因为本身成熟后特有的芳香，在我的故乡都叫它"香瓜"。记得乡下进城卖瓜的马车上，照例铺满碧绿的高粱叶子，香瓜们惬意地躺在松软的高粱沙发床上，向小城少年传递香甜的气息与梦想。夏天炎热时节，能吃上一个脆甜的香瓜，应是莫大的享受。后来冰棍儿出现在我们的生活中，冰棍儿比起香瓜，更加时尚和气派，滋味儿也更浓烈和奇异，因为它把冬季的冰雪引入夏天，同时又那么凉爽和可口，香瓜的地位便渐渐被冰棍儿所取代。儿提时，一个手擎冰棍儿走在街上的孩子，其骄傲的程度一如王子。

甜杆儿是一种甜汁饱满的高粱品种，好像可以榨糖，但由于产量低而形成不了"高粱糖"的规模，可在故乡的夏日，甜杆儿却成为我们最喜爱的小吃，它有甘蔗的甜，皮却不像甘蔗那么厚硬，啃起来十分方便。甜杆儿有绿色的硬皮，用牙齿逐一剥下硬皮，露出的是同样嫩绿的芯，一口咬下，甜水立刻顺舌尖流入喉底，反复咀嚼后吐出渣滓，吃法与甘蔗近似。不过更多的时候我们把竹竿状的甜杆握在手中，让它幻化为孙悟空的金箍棒，朝冥想中的白骨精一路打去；或者当成一把解放军的冲锋枪，向假想敌无情扫射。一根甜杆儿，甜蜜着多少草原小城孩子的童年！

此外，故乡的西红柿分红黄两个品种，吃起来汁多味美；故乡的黄瓜，在黄瓜架上时顶花戴刺，摘到手后水分充盈；故乡的西瓜皮薄瓤红，瓜园开园之日，便是孩子们喜庆之时，尤其产一种籽瓜，嫩黄色的瓜瓤，淡甜，大且黑色的瓜子如石榴籽般挤在瓜肚子里，这种瓜有一个专利：免费享用。人们可以尽情吃，只要把瓜子吐在盆里即可，这是乡俗，也是籽瓜生产瓜子的重要流程。

下面我要说一种更特别的食物"姑蔫儿"，一度我认为它的学名是灯笼果，因为它成熟后的葡萄状的果实有一层坚韧柔软的外衣，剥开后是苹果味儿的黄莹莹的果实，这层金黄色的外衣极像灯笼。"姑蔫儿"好像只产在北方山海关外，一种美味的小浆果，吃时不用洗，因为有一层天然的外包装。"姑蔫儿"外形如葡萄味道类苹果，有极好的口感，在故乡产量极低，大多种几株在菜地旁，与西红柿伴生共长，因为产量少故而显得珍稀，所以儿时的"姑蔫儿"迹近一个味道的传奇，把玩许久方才入口。

北京这几年瓜果市场上却不乏"姑蔫儿"，十几元一斤，我便大包地买回家，剥去软皮，一洗便是一大碗，然后逐一吃开去，奇怪的是再也没有昔日吃"姑蔫儿"的快乐，也许是供应太充足的缘故吧！

可见乡愁的触发，也需要适当的场景和适时的道具，不光是吃"姑蔫儿"，即便是香瓜，也再没吃出当年的口感。不知是品种的退化还是年龄的增长？总之舌尖上的乡愁，现在真是不易觅到，或许这乡愁一如远逝的岁月和童年，怅望中的怀念已远胜于实地踏勘乃至重回故乡，从这个意义上说，文学的乡愁变得更加重要起来。

日暮乡关，怎一个"愁"字了得！

原载《光明日报》2019 年 4 月 5 日

我是中国人！

赵丽宏

34年前，我第一次出国。

那天下午，在墨西哥城，我们几个中国作家走进特奥蒂瓦坎古城时，周围几乎没有人影。贯穿古城的大道在暮色中伸向远方，尽头是太阳金字塔，一座古老雄伟的塔。这里吸引了无数外国人的目光。我们在这条大道上行走时，一群穿红着绿的欧洲游客从一座古庙的残垣后面突然走出来，擦身而过时，他们用惊异的目光看着我们。走近金字塔，已经暮色四合，远方的塔影轮廓模糊了，几乎和深紫色的天空融为一体。一位黑头发黄皮肤的男游客看到我们，微笑着迎上来，表情有点激动，用英语问我们来自哪里，似乎期待我们是他的"老乡"。

"我们是中国人。"我大声回答。

他先是惊愕，然后面露失望之色，匆匆挥了

挥手……

离开特奥蒂瓦坎时，我的耳畔老是响着那句问话。

这样的提问，那时在国外似乎已听得耳熟了。在美国，在飞越墨西哥湾的美国飞机上，在墨西哥许多吸引国外旅游者的名胜之地，那些美国人、欧洲人，甚至墨西哥本地人，见面总会这样问。我已经记不清自己重复了多少遍："我是中国人。"

静下心来想想，也是事出有因：那时在国外，穿着旅游鞋背着照相机、兴致勃勃飞来飞去到处旅行的黑发黄肤者中，少有中国人——那时候，能出国旅行的中国人，实在少得很，也难怪外国人要惊诧了。

在国外，我喜欢逛书店，也希望在国外的书架上找到被翻译成外文的中国书籍，但结果多是失望。那次在墨西哥城最大的一家书店里，我找遍了所有的书架，只看到一本被翻译成西班牙语的《道德经》，是一本薄薄的小书。

和国外的作家交流时也能感到，中国的作家对外国文学的了解，远远超过外国人对中国文学的了解。外国作家也许知道老子孔子，知道李白杜甫，对中国现当代文学却所知甚少，连知道鲁迅和巴金的人也不多。

第一次出国，也到了美国。在旧金山，我曾访问一位老华侨。他家客厅的最显眼处，摆着一个中国青花瓷坛。每天，他都要摸一摸这个瓷坛。他说："摸一摸它，我的心里就踏实。"我感到奇怪。老华侨打开瓷坛的盖子，只见里面装着一捧黄色的泥土。"这是我家乡的泥土，60年前，漂洋过海，我怀揣着它一起来到美国。看到它，我就想起故乡，想起家乡的田野，家乡的河流，家乡的人，想起我是一个中国人。夜里做梦时，我就会回到家乡去，看到我熟悉的房子和树，听鸡飞狗闹，喜鹊在屋顶上不停地叫……"老人说这些话时，双手轻轻地抚摸这个装着故乡泥土的瓷坛，眼里含着晶莹的泪水。那情景，使我感动。我理解老人的那份恋土情结。怀揣着故乡的泥土，即便浪迹天涯，故乡也不会在记忆中暗淡失色。老华侨告诉我，从前，他在海外生活，情感是复杂的，他思念家乡，又为旧中国的积贫积弱心痛。说自己是中国人时，百感交集，常常是苦涩多于甘甜。然而，新中国成立后，情形不同了，说"我是中国人"时，感觉腰杆硬了，底气也足了。中国是一个苏醒的巨人，正在大步往前走。当时，中国的改革开放开始不久，但巨人的脚步已经开始震动世界。

　　然而，走出国门看世界，在那时，对大多数中国人来说似乎还是遥远的事情。那位老华侨曾经这样说："家乡人要出一次国，不知有多难。什么时候，我可以在家里接待来自家乡的人呢？"

　　那次回国后，我在一篇文章中这样感叹：

　　"'我是中国人！'在远离祖国的地方，我一遍又一遍地说着。今后，一定会有越来越多的中国人像我一样，走出国门，骄傲而又自信地向形形色色的外国人这样说。所有人类可以到达的地方，中国人都可以到达也应该到达。我相信有这样一天，当'我是中国人'的声音在远离中国的地方连连响起时，那些蓝色的、棕色的、灰色的眼睛再也不会闪烁惊奇。"

　　30多年中，我不断有出国访问的机会。当年在异域旅行时的那种孤独感，已经渐行渐远。在很多国家，哪怕是在一些不太著名的小城镇，几乎都会遇见中国人。更让人欣喜的是，到处会有素不相识的外国人，用流利的汉语大声招呼："中国人，你好！"

　　2001年夏天，访问澳大利亚。那是一个夏日的夜晚，在维多利亚州菲利普岛，来自不同国家的旅游者在一片海滩上聚会，为的是同一个目的：看企鹅登陆。每天晚上，会有大批企鹅从这里上岸。这是澳洲的一个奇观。坐在用水泥砌成的梯形看台上，看着夜幕下雪浪翻涌的大海，海和天交融在墨一般漆黑的远方。坐着等待时，听周围人说话也是一件很有意思的事情。到这里来的人群中，有说英语的，有说法语的，而耳畔最多出现的语言，竟然是中文！而且有各种各样不同的中文，普通话、广东话、闽南话、东北话、四川话、苏北话，还听到两个老人在说上海话……在远离国土万里之外的海滩上，听到如此丰富多彩的话语，那种奇妙感和亲切感，真是难以言喻。当时想起16年前我访问墨西哥，在玛雅古迹游览时，没有人相信我来自中国大陆。时过境迁，16年后，坐在南太平洋的海岸上，竟会遇到这么多中国人！

2012年秋天，访问荷兰，有机会去了一趟画家维米尔的故乡代尔夫特。这是一座古老的欧洲小城。在一条显得冷清的小街上，我走进一家书店，本以为在那里很难看到中国的文学作品，没有想到，在书店入口处最显眼的地方，陈列着英文版莫言的小说。大红的封面，层层叠叠，堆得像小山。很多荷兰人站在这座小山边，静静地翻阅着。在外国的书店里看到中国的书，已经不是稀奇的事情。

2017年春天，在摩洛哥的卡萨布兰卡，我走进那家因电影闻名世界的咖啡馆，一个戴着红帽子，穿着如电影中人物的服务员迎上前来，笑着用中文大声说："你好！欢迎！恭喜发财！"我发现，咖啡馆里的顾客有一半是中国人。大厅中间最显眼的座位上坐着四个举止优雅的中年女士，是中国来的旅游者，正轻声用上海话交谈。

2018年夏天，在遥远的智利，我走进大诗人聂鲁达在黑岛的故居。迎接我的智利诗人们微笑着用中文说："你好！欢迎！"聂鲁达故居博物馆在这里为我举办了一场朗诵会，发布我在智利出版的西班牙语版诗集。在聂鲁达曾经激情吟唱的大海边，人们用西班牙语和汉语朗诵我的诗。这真是梦幻一般的情景。

前不久，我和莫言一起访问阿尔及利亚。在首都阿尔及尔，我们走进一家临街的法语书店。琳琅满目的书架上，我们看到很多被译成法语的中国当代文学作品，莫言发现两部自己的法译本小说。离开书店时，书店主人大概认出了莫言，大声喊道："莫言！ CHINA！"

如果时光退回到 70 年前，谁会想到似乎辽阔神秘的世界会离中国如此近呢？在国外，几乎已经没有机会介绍自己是中国人，因为人人都知道，没有必要再说。可是，在我心里，这五个字比从前更使我骄傲："我是中国人！"

原载《人民日报》2019 年 7 月 3 日

在稻田里泥步修行

陈晨

沈希宏博士要来北京领一个奖，知道我借调在北京工作，说顺便来看看我。

我说好啊好啊，来呀来呀，请你喝酒。

这样回答，并不是我多么渴望他来，我只是出于修养和礼貌，或者说习惯了这样应对。在匆匆而过的人际交会中，守诺或许会成为彼此的负累，有时只需要哈哈一笑。

然而，沈博士却不是开玩笑，他是真的要来了。

一

来的路上，沈博士在微信里说，我穿得很邋遢，你不要笑我。

我问，你是从山里来吗？

他说，是从田里来。

我说，没事没事，我最多笑个一两声。

心里暗笑，又不是没见过，难道会对你的颜值抱有不切实际的幻想？那日在杭州西溪，鲁院同学周华诚设宴款待正在浙江省委党校培训的国福、纳兰和我，叫了当地的朋友沈博士、许诗人和毓美女作陪。

沈博士坐在我右侧，初时觉得他黑而土，不说话时像一颗安静的土豆，笃实沉稳，让人从心底里觉得可靠。他长得有点像我大学时的劳动委员阿丘，七分憨厚三分木讷，一脸童叟无欺的表情。大学时，每节课下课阿丘都会默默地上去擦黑板，两年擦下来，老师和同学都觉得非常过意不去，推选他入了党，早早地成了学生党员。

然而，沈博士只是披着土豆一样憨厚的伪装，三句话一说，土豆就剥了皮，暴露出活泼有趣的本性。他讲一口流利的"浙普"，聊着聊着，话语间常有智慧的火花闪烁，让人觉得机智可爱。"浙普"与"沪普"是难兄难弟，常常遭人耻笑，但我却以为，浙江人开玩笑，不似京式幽默油滑，也不似津式幽默常以略带刻薄的贬损为乐，更不似东北幽默一味走低俗路线，浙江人的幽默是被江南糯米粉包裹着的，无伤大雅的调笑里透着分寸和友好。华诚适时介绍，说他是博士，是水稻专家，我嘴里"哇哇"地表示仰慕，心里却在为他担心，中国有了"水稻之父"袁隆平院士，不知其他水稻专家是否还有用武之地。

我本是农家子弟，与土地、农事有一种天然的亲近，所以见到种水稻的沈博士，便如见到同村兄弟一般，是动不动就想摘瓜送菜的乡邻情谊，是忍不住就想"把酒话桑麻"的劳动情谊。

二

只是我空有摘瓜送菜的亲近之意，却并无瓜菜好送，倒是沈博士说要给我寄一包他种的米来。

我欲迎还拒，说米有什么好寄？哪里都有卖的。

沈博士说，我种的米比别的米好看，而且这米叫"长粳"，是长长的粳米，与你微信昵称"长今"同音。

我笑，吃了几十年米，从来都是吃饱算数，没有想过米的好看难看。

然而，沈博士的"长粳"真的很好看，一粒粒细细长长，肤色莹白，小巧玲珑，很乖巧的样子。

我把米粒小心捧起，摊放在阳光下，蹲下站起，拍了一张又一张照片，心里盘算着如何才能不辜负这把与我同名的好米。

客居之地，烹饪条件有限，只能煮粥。

轻淘米，慢和水，清水慢慢没过米粒的头顶，电炉的热情渐渐唤醒了米粒，在气泡的再三邀请之下，她们终于不再矜持，在水中跳起了清香四溢的舞蹈。顷刻间，整间小屋热气腾腾，米香弥漫，让独在异乡的我在人间烟火里感到了幸福。

我把煮好的粥拍给沈博士看。他说，你应该把这米煮成饭，煮饭的话，每一口要比其他的米多十几粒。

噢，多十几粒啊？那我下回买个电饭煲吧。

我嘴上应付着，心里却想，每一口多十几粒很重要吗？我大口大口吃不也一样多十几粒吗？

三

沈博士一路飞驰，飞机、地铁、汽车轮番换乘，到达我的暂住地西城区木樨地时天色已暗尽。北京的冬季，白天总是艳阳高照，晴空万里，然而那太阳却是不值得信赖的，你以为它能温暖你，却动不动让你领略深入骨髓的冷。等到太阳落山，那冷，便又深了一层。

我在昆玉河的桥边接到沈博士时，他正在瑟瑟发抖，像一株秋天漏割的稻子，乍然遇冷，在不属于他的季节里不知如何应付，只好机械地靠抖动身体给自己取暖。

我看看他单薄的衣衫，说，你怎么穿这么少？

他咔咔磕着牙齿，含混不清地告诉我，他是从海南的南繁基地陵水直接飞来的，对北京的寒冷根本没有心理准备。

我优越而又同情地看着他，很想抱抱他，给他一点温暖，又顾虑着男女授受不亲的古训，何况彼此间还不是特别熟悉，只好指指手里的酒，说，走，请你喝笨酒，饮酒取暖。

四

笨酒是我一个同学参与酿造经营的东北烈酒，以"笨"为名，是想说尊重时间，顺其自然，不投机取巧，让粮食慢慢发酵。但我不胜酒力，喝了半杯就感觉头脑迟钝，真的有些愚笨了，迷离的眼神望过去，对面的沈博士叠影重重，凌乱的头发上有博士帽在隐约闪光。

沈博士倒是越喝越清醒，不时地提醒我："再给我倒点。"如此三次。

那家小店名叫"粥立方"，卖粥为主，没有什么好的佐酒菜。沈博士并不在意菜的好坏，他有丰富的知识用来佐餐，关于水稻的话题一个接着一个。

讲到稻子，沈博士的眼睛里有细碎的光芒，对他来讲，他的稻田就是他的后宫，他的水稻就是他的三千佳丽。海南的陵水县，号称中国农业的"硅谷",驻扎着150多家农业科研机构,包括袁隆平院士在内的诸多农业科学家都在陵水做过科研。每年,沈博士都要去陵水待上几个月,那里有他的30亩水稻田,已经坚持了20多年。

他给我看陵水的水稻田照片,说,你看,这些水稻都是我自己插的,我的水稻株形多么俊朗。

噢,俊朗吗?的确是。

我歪着头看,心里有些不以为然,种水稻就种水稻,能结稻谷就行,还要管它俊朗不俊朗?偷偷瞄一眼沈博士,只见他肤色黝黑、身材矮小、衣着随意,不像博士,倒更像是农民兄弟。我心里暗暗发笑,你那么在意稻子株形俊朗,怎么一点都不注意你自身的株形是不是俊朗呢?

沈博士说,我们是追着太阳跑的候鸟,对于农业科研工作者来讲,一年种两季水稻是不够的,必须还要在热带地区开垦水稻基地。除了浙江、海南陵水之外,印尼的爪哇岛上也有我的水稻田。

爪哇岛?这个名字怎么这么熟悉?

他笑,肯定熟悉啦,小时候大人经常吓唬我们,你再不乖,就把你放在爪哇岛上去。

噢,原来真的有爪哇岛啊?那你肯定不乖啊,所以要去爪哇岛。

沈博士笑,是啊是啊,我也纳闷,我到底哪里不乖,要被流放到爪哇岛去。小时候,妈妈总是对我说,你不好好读书,将来只能种田。于是我拼命读书,读完大学读硕士,读完硕士读博士,可是妈妈呀,我已经好好读书了呀,为什么还在种田呢?

我笑得喷酒。

五

沈博士继续带着我流放爪哇岛。

他说，爪哇岛是印尼的第三大岛，那里地处赤道附近，阳光每天都非常热烈，任何时候都适合种植水稻。印尼人对稻米有一种原始的崇拜，在印尼人的心目中，稻米是有灵魂的，是从人的眼睛里长出来的。印尼人非常珍视米饭，常常做成讲究的食物，带到田间，带到工厂。他最爱的一种印尼米饭叫 soto ayam，翻译成中文就是"速度啊呀"，其实就是用鸡汤浇在米饭上，吃起来醋畅淋漓。

我朝着沈博士的眼睛看去，好像真的有稻米正从他狭长的小眼睛里长出来。我相信，若论对稻米的崇拜和热爱程度，沈博士一定超过了印尼人。在印尼种了很多年水稻，吃多了印尼的米饭，他长得越来越像印尼人，以至很多印尼人都以为他是当地人。其实，对沈博士来讲，像哪国人并不重要，自己是不是俊朗也不重要，只要他的水稻长得俊朗就行。

讲完爪哇岛，他又讲水稻午睡的事，说，你知道吗？水稻也是要午睡的。每天中午，它们都会轻轻合上眼睛，告诉你，我要午睡了。

我想象不出水稻午睡的模样，只是在酒精的作用下，我自己也想轻轻合上眼睛午睡了，尽管已是差不多晚上9点了。

菜凉了，酒没喝完，店里的其他客人都走光了。沈博士说，我得回去了。再不回去，我怕自己回不去了。

我不知道他在怕什么。朗朗乾坤，首都的治安很好，烧杀抢掠基本绝迹，身旁还有一名彪悍的女警。

天更冷了。我把他送到他来时的桥边，看着他缩着脖子，一蹦一跳走到对岸，像一滴墨汁滴进了更深的黑里，渐渐消失在寒风凛冽的首都街头。

他一定很冷。我想。

六

第二天，沈博士发来他领奖的照片。只见他穿着从学生那里借来的西装，胸前佩戴着大红花，笑得憨厚而腼腆，手捧奖牌的姿势，让我想起当年宣传画里手抱稻穗的农民兄弟。那稻穗颗粒饱满，抱在手里沉甸甸的。他是代表中国水稻研究所领的奖。

沈博士离开北京后，我才真正关注并了解他。从华诚的文章里，知道了他是很有建树的水稻育种专家，有精湛的杂交水稻技术。更让我佩服的是，他还写得一手好散文，并在《杭州日报》上开了一个叫"娓娓稻来"的散文专栏。在他的笔下，那些枯燥的农业科学技术竟然可以如此妙趣横生，也因此吸引了众多粉丝。

某一天，我翻开我的摘抄本，惊讶地发现，居然很久以前就摘抄过沈博士的一篇文章。嘀，原来，很久以前，他就把水稻种进了我的摘抄本里。摘抄的时候，根本没有想过，有朝一日我会坐在对面傻傻地听他讲水稻如何午睡。

沈博士的那篇文章叫《花开有时》，文中写道："春分一过，江南花事已然大肆铺陈。梅花开过了，桃花开。油菜花开过，野花开。惊艳了大地，也开遍了朋友圈。我是无缘这些鲜艳的。每年三月，我都远在海南看稻花。三月开的稻花，在去年冬天就播种了。海南地处亚热带与热带交界，四季光温充足，是植物生长的天堂，也是加快植物育种的天赐所在。每年冬天，除了来过冬的，还有一支南繁育种大军。他们通常被称为候鸟，人随育种材料走。所以呢，阳春三月，在江南叫作春暖花开，在海南叫作南繁加快……"

文章的结尾，他这样写："一花一世界。水稻的花语，叫作喂饱世界。我国常年种植 4.5 亿亩的水稻，其面积差不多等于三个浙江省。一朵稻花，一个月后就会长成一粒饱满的稻米。"

七

我后来很久没有再见到沈博士。有一天，我打开手机里的运动健康排行榜，看到沈博士已经走了一万五千多步，而且数字还在快速攀升。

我很好奇，问他，你在干吗？散步吗？

我想象着，此刻，他正走在南国的田埂上，两旁的稻子伸出邀宠的枝叶，稻花在吐露着淡淡的芳香。

沈博士很快回了信息，发来一个流泪的表情，说，哪有那么闲适？我是在强度劳动呢。

原来，他在观测水稻的变化，记录科学数据。

一个双休日的早晨，我闲来无事，问他在干什么？

他发来一张水稻的照片，说，我在剪杂交。

剪杂交？

就是把一株水稻上的雄蕊剪去，引入新的雄蕊，这样，后代就会基因重组，发生各种变化，然后可以进行选择。

噢。

我假装懂了，心里不自禁地为自己的无聊感到内疚。原来，风趣幽默只是他与朋友相处的样子，只要跟他的水稻在一起，他立马就成了"水稻痴"、工作狂，起早摸黑，没有双休日，比农民还要辛苦。

我很严肃地告诫自己——科学家的时间宝贵，他有很多科研任务要完成，浪费他的时间简直就是蓄意破坏农业！

此后，我很少打扰他。每次吃"长粳"米饭的时候，我都忍不住想数一数这一口到底有多少粒。一边数，一边想：沈博士这会儿是在海南陵水，还是在印尼爪哇岛？是在巡视他那株形俊朗的水稻，还是在吃流着黄油的"速度啊呀"？

　　无意间读到余秋雨先生的《泥步修行》，惊诧"泥步修行"这个词用来形容沈博士和他的同事是如此贴切。在稻田里，在泥泞中，他们深一脚浅一脚，日复一日，执着修行；在稻花里，在谷穗里，他们安顿自我。

　　他们的使命有如稻花，也叫"喂饱世界"。

原载《美文》2019 年第 10 期

家住百万庄（节选）

彭程

六

　　住在这里，隐约有一种都市里的村庄的感觉。

　　这是一幅近景：自中里楼房四层的房间朝下面望，在这座楼和对面楼房之间，是一个茂盛葳蕤的花园，被齐胸高的铁栏杆围成一个完整规则的长方形。花园里有二三十棵大树，有更多的灌木丛，它们之间的空隙则被野草完全覆盖。那种葱茏恣肆的野趣，不像是位于城市楼群之间。有一株高大的桑树，树干粗壮，树冠像一把巨伞，遮住了一大片空间。夏季，树上挂满了紫黑色的桑葚，还有不少掉到地上，引来众多鸟儿啄食、腾跃鸣啭。我猜想它该是栽种于小区初建之时，那时这一片正是中心绿地。

　　走下楼去，我在小区里大小宽窄不一的各条道路上行走。这个过程长达十年之久。东边的展览路大街、西边的甘家口大街、南边的百万庄大街、北边的车公庄大街，将小区整个围了起来，而每一条街脚步都可以轻松到达。我从一个个组团之间的道路和庭院中穿行，得以完整地掌握了它的样貌，也深切地感受了它的氛围。

那些年，小区的几条主要街道上没有多少汽车，显得很宽敞。街道旁有不少枝干粗壮的大树，远远高出三层的屋顶，我能认出的就有杨树、柳树、槭树、梧桐树等。有风的日子，白杨树叶会哗啦啦作响。到了五六月份，槐树会将浓郁的槐花香气向四处播撒，而被叫作"吊死鬼"的小虫子也会在半空中晃晃悠悠地飘浮，如果落在一个女孩子的头上，就会听到一阵尖叫。

每一组团中围拢着的楼房之间，有一种宽敞疏朗的风致。每个单元的一楼门口两旁，通常都各有一个小小的花园，用松柏矮墙围起来，种植着各色花草。窗台上往往也放着一排小小的花盆，有文竹、鸡冠花和俗称"死不了"的太阳花，等等。有的地方种了爬山虎，密密的藤蔓一直爬到三楼的窗子顶端。妻子上小学时有学农课，学习如何养蚕，同学们就向住在斜对过单元一楼的爷爷要桑叶，他家小花园里有一棵桑树，每个孩子都得到了几片。

在这个地方也更容易感受色彩的盛宴。绿树、红墙和蓝天，构成了它的日常色调，而秋天到处飘坠的黄叶，又添加了一抹酣畅秾艳。当冬天来临时，一场大雪会让这里具有一种异域的情调。曾经从网上读到过一位百万庄老住户的文章，当年她谈恋爱时，第一次把男友带到家里那天，正赶上下大雪，白雪红墙就像一幅画，给男友留下了深刻的印象，多年后还提起来过。

记忆中，那些年的雨水比现在要多很多，特别是经常在夜里降下。楼下花园里的树木，被灯光照射得绿幽幽一片，泛着隐约的光亮——

来自枝叶上的雨水。邻近光源的地方，绿色显得鲜嫩而透明。将窗子打开一条缝，伴随着淅沥的雨声，会有凉爽清新并略带腥味的空气悄然涌进来。这样的夜晚，总是让我感觉到身体里的活力，生发出对未来的憧憬，想象一些缥缈而美好的事情。

七

回想起来，那些年也是我的阅读时光。那种沉湎的程度，此前不曾达到，此后也不复能够重现。

如果一个人天性不喜欢热闹和交际，不认为觥筹交错是什么荣耀的事情，那么，还有什么能够像读书那样给他带来丰沛的快乐呢？更巧的是，那几年我的工作就是编一份与读书有关的杂志，阅读就理所当然地成了生活的一部分。

读书和买书，总是既如影随形又彼此怂恿。周边就有两个常去的书店。南边的百万庄大街上，国家外文局西边，有一家名为"地球村"的书店，是这家单位开办的，名字倒是十分契合它的工作性质。北边，车公庄大街对面，中国建筑设计研究院旁边，有一家"席殊书屋"，造型很是独特，没有书架，书摆放在一个个带轮子可以转动的小车上，寓意"学富五车"。设计者是张开济的儿子张永和，也是一位著名的建筑学家。那时正是实体书店最辉煌的时期，"席殊书屋"在北京就有多家。好几年中，我来这里的次数最多，购书也多，占到了家中藏书的相当部分。此外，甘家口大厦北边路边的一排新旧书摊，也是我时常盘桓的地方。

那些年里我读了数量可观的书，就像一个没有明确目标的游客，自由散漫，东张西望。除了因为工作考虑，对当时一些重要的或者走红的书需要留意之外，大多数的阅读是即兴随意的，从个人嗜好和关·

注出发的。这些书分属不同的类别，彼此之间也并无联系，但在不知不觉中，在经历了时光的发酵后，它们依据某种内在的逻辑线索勾连起来，一部书通向另一部书，构建生成了一个精神的有机体，影响着我对世界和生活的认识。

这件事情最突出的作用，我想还是进一步培育了我的文学感受和梦想。文学作品的阅读占了最大的比重，它们以潜移默化的方式，让我获得一种独特的眼光，来看待发生在周边的生活，并与某些书中的内容加以对比。在平静处看出某种波澜，在光亮里发现浅淡的阴影，在庸常中品味到一缕诗意，这样的感受带来的是一种深长的愉悦。我逐渐意识到，每一种感受或者领悟，总是能够获得印证。既然"日光底下无新事"，既然哲人说过"世界是一部大书"，那么世间的诸般形相，都可以在书里的某一页、某一行甚至某一个标点符号中，找到记录或者暗示。

譬如，住在这栋楼最西头单元里的一位年轻母亲，每天早晨领着一个女孩，匆匆走过我住的单元楼门口，去到东边的幼儿园，大约两年中都是如此。在旁边商店里偶然遇到几次，或者是她单独一人，或者带着女儿，不曾看到过第三个人。女儿长得很好看，母亲也是眉目端庄身材窈窕，但脸上从来没有笑容，这就让人觉得反常。曾经有什么故事发生在她的生命中？是关于轻信和失望，还是由于背叛甚至某种意外的灾祸？我曾经联想不已。这样的反应自然是个人化的、纤弱的、无足轻重的，有充分的理由被人嘲笑。后来某次外出培训，半个月后回来，就再也没有看到过这对母女，想来是搬走了。

有一次，到百万庄大街南边不远处一位朋友家聚会，认识了一位同龄人，在某政府部门工作，饭桌上他口才滔滔，为自己勾画种种仕途前景和实现途径，其雄心壮志令我自惭形秽。他的口音和经历，也让我联想到巴尔扎克笔下那个名叫拉斯蒂涅的外省青年。他供职的单位，工作内容与我所在报社的报道范围有一些交集。后来他数次主动电话联系我，要来家里坐坐，也来过一次，但估计是在聊天中意识到了我的迂腐无助于他实现远大目标，此后再无联系。这种消失，显然是他主动的选择。

更有一些感受缺乏具体的附着物。在周边的建筑和风景变得无比熟悉后，有一天我意识到，我行走时偶尔会张望那一个个狭窄的窗口，想象其中的人物和故事。某个房间里传出的钢琴声，随着某一扇玻璃窗推开而瞬间闪现出的一张俏丽面孔，会让我多年前经常体验的某种情绪，得到片刻的复苏。而从我四楼窗口的眺望，则更多具有主动的意味。探头出去，能够看到东边午区、巳区的一部分屋顶，连绵错落。目光掠过这些屋顶向前方伸延，直到被远处的高楼阻断。

在搬离这里几年后，我读到葡萄牙作家费尔南多·佩索阿的作品，有一种深切的会心之感。我意识到，其实那段时间，我是最接近于他所描写的那种内心状态的。这样一些句子让我沉醉，目光久久不肯挪移开来——

我们中的每一个人都是若干人，是很多人，是丰富的自我，比我们自己每一个人的无限增值更为丰富。

一个人为了摆脱单调，必须使存在单调化。一个人必须使每一天都如此平常不觉，那么在最微小的事故中，才有欢娱可供探测。……我一直被这种单调佑护。一样的日子乏味雷同，我不可区分的今天和昨天，使我得以开心地享乐于迷人的时间飞逝，还有眼前人世间任意的流变，还有大街下面什么地方源源送来的笑浪，夜间办公室关闭时巨大的自由感，我余生岁月的无穷无尽。

我们周围的一切，成为我们的一部分，成为渗透我们血肉和生命的一切经验，就像巨大蜘蛛之神布下的网，在我们轻摇于风中的地方，轻轻地缚住我们，用柔弱的陷阱诱捕我们，以便我们慢慢地死去。一切就是我们，而我们就是一切。

……

它们不正是我能够意识到但没有能力分析清楚尤其是无法清晰表达出来的东西吗？当时那些颇为飘忽的感受和意念，实际上有着自己的指向——试图窥测和捕捉生活的某种本质，那种平静掩盖下的悸动，狭小连接着的广阔，单纯后的复杂，清晰中的混沌，具象里的抽象……我沉溺于自己的思绪和梦幻中，时而慵倦烦闷，时而欢悦振奋。

八

生老病死，人生这一场戏剧中的不同章节，在这里也像在任何别的地方一样，轮番地上演。房屋本质上是一种生活的容器，彼此之间尽管有着外在形态上的差异，但其中展开的内容，却没有明显不同。"在这黑暗的或者光亮的洞穴里，生命在延长，生命在梦想，生命在受苦。"在《巴黎的忧郁》中，波德莱尔从阁楼上眺望高低远近的一个个窗口，写下了这样的句子。

平淡庸常的生活中，最能掀起一些波澜的，无过于死亡了。与这里安宁静谧的环境相称，发生在小区里的死亡也是悄无声息的。譬如某一天你忽然意识到，那个经常遇到的坐在轮椅上被人推着行走的老人已经好久不见了——这是生命消失的惯常方式。家人的悲伤哭泣，也总是在关闭着的房间内，好像死亡是一件私密的、羞于告人的事情。

一天深夜，岳父母被急促的敲门声惊醒，开门一看是对门阿姨，神色惊慌。伯伯起来上厕所，心脏病发作倒地，昏迷不醒。赶紧拨打120，不得要领地忙乱一番，一直到望着急救车闪烁着蓝色顶灯疾驰而去。黎明时分传来了消息，伯伯未能抢救过来。不久后，阿姨从小带大的外孙女去远在英国的父母身边读书，她也搬到了百万庄中里我的住处南边的那一栋楼房，单独一人住，儿子每周来一次。我和妻子去看望过她，房间在一层，南窗外有个小小花园，树木藤蔓遮挡了光线，屋子里有些昏暗。她参加了社区的老年国画班，画了不少花鸟鱼虫，散乱地堆放在餐桌上。暮年岁月在缓缓流逝，就像日光在房间里慢慢移动。

几年后，姥姥以 96 岁高龄去世。在那之前很长一段时间，衰弱以极其缓慢的步伐悄悄地逼近，直到有一天她无法下床。意识到她的日子不多了，家里人便时常坐在床头陪伴。头一天，姥姥招手把她带大的三姐妹叫到床边，挨个儿摸着每个人的手，说我喜欢你们。第二天，也是同样的时间，三姐妹正围坐在她身边聊天，忽然意识到什么，转眼看时，老人已经永远地睡过去了，神情平和安详。

我们离开百万庄几年后，岳父一家也搬到郊区，此后也就很少再来。但十年生活的经历执拗地存在于记忆中，时常会像阳光下的玻璃碎片一样地闪亮。有关这个地方的各种消息，也总是更能够让我留意。

妻子是家里的老小，上面有两个姐姐。三姐妹都有自己幼儿园、小学和中学的同学和伙伴，因此涉及许多人。如今大多数人都已经退休，有了时间，联络也开始多起来，时常相聚，还建了微信群，主题便是怀旧，追忆这个大家共同出生和成长的地方。家人聚会时，听三姐妹说起各自的发小辈的命运遭际，仿佛看到了一出出浓缩了的人生悲喜剧——

某某终身未婚，如今也快 70 了，一直与已过百岁的老母亲相依为伴。某某当年另寻新欢，现在身患重病孤身一人，儿女不怎么理他，十分凄凉。某某当上了副部级的领导。某某全家多年前就移民了。某某因经济犯罪关了几年，不久前刚出狱。某某最忧虑患重度自闭症的儿子，自己过世后他怎么办。还有某某死于疾病，某某车祸去世，某某得了抑郁症……

"从一粒沙看世界，从一朵花看天堂，把永恒纳进一个时辰，把无限握在自己手心。"威廉·布莱克这首名诗，早晚有一天会让你产生共鸣。生活的普遍性本质，都可以通过有限的现象获得体现，就仿佛一个小小的器官切片中，有着身体状况的丰富信息。

时光的不断伸延，让我关于这个地方的记忆，重重叠叠地增加，今天与昨天的穿插闪回，更使它们变得纷乱驳杂。

一些人不再需要回忆，他们也成为亲人记忆的一部分。三年前，岳父因病去世。他们于 20 世纪 50 年代初从武汉调到北京，推辞了单位分给的三居室，在两间房子里一住就是半个世纪。岳父最后的归宿是昌平南口的一处陵园，那个三人墓穴里，姥姥已经提前几年住进。他一生对自己的岳母至爱至孝，一如侍奉亲生母亲。

不久前，女儿的姨姥姥也在广州辞世。她的儿子——我妻子的表弟后来去广州创业和置业，数年后，她卖掉了回龙观的房子，搬去南方照看孙女。儿子给她买的墓地，在郊区的一座山坡上。记得很多年前，有一次她抱怨母亲，不该在她小时候把她送人，脾气倔强的姥姥气呼呼地反驳：不送人你早就活不成了！那个时代生活的艰难贫穷难以想象。她退休后来京居住的几年，终于有时间与母亲厮守了。如今，母女两人却又是关山阻隔迢遥相望，如同生前的大部分时光。

我望着一张多年前的大合影。岳母的一个粤北韶关的表亲，全家来京旅游，岳父母招待了他们，并将在京的几个远近亲戚叫到家里聚会。照片上将近 20 人挤在一起。姥姥当时还很壮实，岳父母更是神采奕奕。我头发乱蓬蓬的，女儿还没有出生。如今，这个合影中已经有多人辞别人世，几个抱在怀里的孩童也都已经为人父母了。

每个人的离去，都带走了一部分有关的记忆。早晚有一天，所有这些记忆，终将无所附着。

一切都在消亡，一切都是丧失，不曾改变的只有变化本身。但有一个地方作为固定的背景，这种意味就更容易得到凸显和认知。因此，物是人非便成为人们经常的感慨。

九

物是人非——这当然只是个修辞。实际上，物并非一成不变，它同样也在演化、衰老，一步步走向自己的暮年。

人的衰老体现为一系列生理指标：血液黏稠、钙质流失、感觉迟钝、步履蹒跚，等等。建筑物也有自己的生命体征。各种老化了的管线，是不是很像淤塞了的血管？因渗漏而发霉的墙体，是不是仿佛脸上晦暗的老年斑？

我在百万庄住了10年，离开它至今又已经过了20年。记得住在那里的后几年中，就已经在传说小区的房子老旧了，即将拆掉重建。的确，即使在20多年前，也已经能够明显地看出它的老态。

在20世纪50年代，作为国家重点建设项目、"首都第一住宅区"，百万庄小区有着令人艳羡的充足理由。除了少量三居室，大部分都是60平方米的两居，有独立的厨房和厕所，这在当时的住宅中还很罕见。房间里不仅都是统一装修好的，并且配好了家具、厨具、电灯和窗帘，可谓是拎包入住。建筑材料也十分讲究，用的是烧制良好的上等红砖，门窗木料都是东北的红杉木，经过高温处理，不变形不生虫。门把手、合页、水管、龙头、淋浴喷头以及马桶上的金属部件，都是苏联铸造的黄铜。甚至细节也十分讲究，譬如深红色的木楼门和楼梯间的外窗，采用同色系的中国传统回字形装饰，而白色的楼门挑梁、阳台栏板和楼梯间隔墙，则采用同色云纹装饰。

这样的比喻想来不会有人反对：当年的百万庄就仿佛一位风姿绰约的新嫁娘，容光焕发，楚楚动人。

当时虽然设计超前，但随着时光推移，一些当年不曾想到的不足之处也显现了：室内没有客厅，室外也没有规划停车的地方。另外就是岁月造成的磨蚀，市政设施老化，电线老旧，屋顶漏水，木质檐口掉皮。外来人口的租住及私搭乱建、迅速增多的私家车，侵占了原来的绿地和庭院。因为室内狭窄，一些旧家具随意堆放在室外。就连当年栽种的杨树，尽管长得比楼还高，有的也因树干中空而摇摇欲倒。因为20多年来一直传说要拆迁，公共设施只是很被动地维护，住户也是将就着住，不敢装修更新，舒适程度、生活质量都受到了明显的影响。曾经风华绝代的丽人，已经步入迟暮之年，粗服蓬头，邋遢不堪。今天如果一个外人走进这里，他的目光中恐怕更多的是一种同情怜悯。

由于在中国建筑史和规划史上具有重要影响力，百万庄小区自诞生之日起，就成为建筑规划学界的研究对象，曾经作为经典案例，被收入高等学校教材《城市规划原理》，并被若干建筑学方面的著作收录。在接下来的几十年中，百万庄社区居民换了几茬，城市环境也发生了巨变，累积了丰富的社区记忆、历史遗存和建筑多样性，形成一种独特的社区生态。它让人想到一种经历丰富的人生。

这种浓重的历史感，是它的光荣，也是它的负担。在实用和美学之间，应该如何取舍？而且，在随处可见的破败芜杂的后面，它的美是否仍然完整自足？

对于后一点倒没有太多的分歧。整个小区的整体格局尚属完好，地基依然坚固，已经发生的变化，也都被限制在张开济当年设计的区块网格之中。这种规划结构，预设了对于变化的极大的容忍度，也因而具有更强的生命力，耐住了岁月的消磨。后来的种种局部的变动，并没有影响整体的骨架。那种从容悠闲、波澜不惊的气度，仍然能够鲜明地感觉出来。在光怪陆离纷纭嘈杂的都市喧嚣中，在面貌雷同难分彼此的楼宇群落里，这种气质越来越成为空谷足音。

这些难以替代的品质，凸显出小区的重要和独特，也为在原地进行保护性改建提供了充分的理由和可能性。

我从报刊网络上了解到，一个以清华大学建筑学院毕业的青年建筑师为主体的专业团队，从几年前就开始关注小区的前景。这些年轻人大多是"80后"，敏锐地认识到了它的文化价值和诗意蕴涵，希望能够将小区的"九区八卦阵"布局完整地保留下来，在不损伤其肌理的前提下，对各项设施进行升级更新，使之能够满足现代生活的需求，并且拿出了详细完备的改造方案。其实不仅仅是他们和许多中老年建筑学家在努力，小区住户、文化学者、城市管理者等许多不同身份和行业的人，多少年来，也都在关注这个地方，形成了很多共识。而一年多前发布的一条消息，更是让人感到鼓舞：它被列入由中国文物学会、中国建筑学会确定的第二批20世纪中国建筑遗产项目名录。

当然，所有这些信息，也只是允诺着某种可能性。它未来的命运如何，现在还不明朗。它将被彻底拆除，在旧址上建造全新的建筑，还是得以存续下去，见证传统风致与新时代脉动的交汇融合？

我当然希望是后者。将那些赘肉割掉，将那些黑斑祛除，让松弛的肌肤绷紧，让伛偻的躯体挺直。就像在童话中，落叶飞回树上，老妪变作少女，目光明亮，秀发飘洒，步态轻盈。

原载《人民文学》2019年第7期

波涌浪卷西沙情

刘上洋

一

　　向往西沙，是从一首歌开始的。那是很多年以前，在电影《南海风云》中听到这首优美动人的插曲时，我心里便萌生了一个强烈的念头，一定要找个机会到西沙去看一看。

　　或许是因为愿望越是迫切反而越不容易实现，多少年过去了，西沙只能常常依稀在我的梦境里，看来这辈子西沙是去不成了。然而，就在我觉得无望之时，今年年初，一个偶然的机会降临了，我和几位朋友登上了前往西沙的航程。原以为不可能的事突然之间变成了现实，我想这大概就是生活的魔力所在吧！

　　据友人介绍，西沙最美丽的地方是石岛，而且就在三沙市首府永兴岛的旁边，并有新修的海堤相连。于是，我们一下飞机，就直奔石岛而去。这是一个只有 0.8 平方公里、海拔 15.9 米的小岛。由于兀立在茫茫的大海之上，看上去显得峻峭雄伟。在岛的前头，立有一块一人多高的花岗岩石碑，鲜红的中国国徽下，一幅蓝色中国地图庄严耀眼，左边竖写的"中国西沙石岛"几个大字苍劲有力。站在这里，举目远望，无边的蓝色奔涌而来，先是淡蓝、浅蓝，继而是翠蓝、深蓝，渐渐又变成褐蓝、墨蓝，一直延续至极远处，和天空的蔚蓝融为一体，这时海天之间，除了蓝色还是蓝色，显得无比的澄澈和空旷。不像陆地有高山江湖草原森林，有城市村庄田野花园，这里，只有唯一的蓝色。然而，比起陆地的五彩缤纷和五光十色来，这唯一的蓝却显出一种特殊的美，这是一种无边无际的美，是一种一尘不染的美。天地的博大、简约和本真在这里得到了完美的统一，这也是美的最高境界。

小岛的东南面是著名的老龙头。这是整个西沙群岛的制高点。一块长条形巨石，嶙峋交错，昂然而立，犹如一条巨龙腾跃在大海之上。风任性地刮着，汹涌的巨浪像狂舞的白练从海面奔来，随即化作滚滚的浪墙撞向礁石，激起一堆堆晶莹的雪花。但前一排浪墙还未消散，后一排浪墙又撞了上来，在礁石上又碎成一片水花腾空而起。就这样，一道浪墙追着一道浪墙，一道浪墙压着一道浪墙，奔腾怒吼，吞云吐雾，就像要把整个大海掀翻似的，场面惊险壮观极了。

在老龙头峭壁上，刻有"祖国万岁"四个鲜艳夺目的大字。这是一名曾在西沙当兵的战士的作品。据说他当年在石岛上站岗时，凝望着祖国的万里海疆，胸中总会荡起一股豪情，于是一个美好的构想在他心里酝酿开了。有一天，他找来钻子、凿子和锤子，让四个战友先把绳子的一头固定在礁顶上，再用绳子的另一头拴住他的腰，把他往下吊到礁壁上。他用粉笔先在峭壁上勾勒出字的雏形，接着一点一点凿刻起来，最后又在凿好的字体上涂上红漆。这样，一幅"祖国万岁"的摩崖石刻在祖国的最南端诞生了，并以其特有的风采，屹立在西沙海域的滔滔碧波之中。

在我国大陆，可以说摩崖石刻遍布名山大川，但那大多是帝王将相的风流挥洒，是文人骚客的闲情卖弄，是才子佳人的低吟浅唱。但老龙头的这幅摩崖石刻，却是一个普通海防战士从心底发出的对祖国领土主权的铿锵誓言。他刻下的是对伟大祖国的深深爱恋，是保卫祖国领土神圣不可侵犯的坚强决心。无论是其所处的位置还是其蕴含的意义，都是许许多多的摩崖石刻无法比拟的。

此时，我的眼睛忽地一亮，大海波涛辉映着红色的石刻，这不就是一幅绝妙而壮美的"碧海丹心"图画吗？

二

永兴岛是我们此行的第二站。这个面积只有 2.6 平方公里的岛屿，如今是我国最年轻城市三沙市的政治经济文化中心，处处焕发着蓬勃的生机和活力。如果说石岛是一部原始风光"短视频"，那么永兴岛就是一部流淌着时代气息的"现代片"。

走在小岛上，浓浓的绿色扑面而来。葱郁的树木、繁茂的灌木、茵茵的草地和怒放的鲜花，把小岛打扮得绿意盎然，香飘四溢，简直就是一座美丽的花园。透过婆娑的树影，可以看到宽阔的机场、湛蓝的港口，崭新的船舶和高高的灯塔。成片的树荫掩映着道路、街道和楼房，遮住了炎热，洒下了清凉。在参观了陈列着海龟、鲨鱼、砗磲等珍贵动物标本的西沙海洋博物馆后，我们来到了北京路。这条路虽然长度不到 500 米，但让我们感到格外亲切。整条街道非常整洁和漂亮，两旁有图书馆、学校、电影院、气象站、邮局、银行、书店、宾馆、百货商场、食品店、咖啡馆、餐饮店等。有的还开起了网店，我们看到店主在网上把西沙的金枪鱼、马鲛鱼和石斑鱼等热带海产品销往全国各地。三沙市委、市政府大楼位于北京路1号，白色的三层建筑前面是绿色的草坪，正中有一方形旗台。每天清晨，鲜艳的五星红旗和海上的红日一起徐徐升起，成了永兴岛的一大景观。

尤其使人欣喜的是，岛上还生长着一片"将军林"。1982年，时任中国人民解放军总参谋长的杨得志上将视察西沙时在这里种下了第一棵树。从此以后，凡是来岛的领导同志和有关人士都会自觉地在这里种树造林。久而久之，就逐渐形成了现在这样蔚为壮观的人工森林。大概是要人们记住植树绿化的功德，每棵树前都立着小石牌，刻上种树者的名字。伫立林前，只见那高大的椰子树，那伟岸的抗风桐，那挺拔的木麻黄，那茂盛的小叶榕，就像一个个身穿绿色军装昂首站立的军人，为小岛撑起了一片硕大的绿荫。因为树茂花繁，生态良好，小岛成了鸟儿的天堂，它们成群地在树林里自由自在地飞翔，以至为了确保飞行的安全，每每在飞机起降时，都要放炮驱赶。

在我们的印象中，整个西沙群岛是没有泥土和淡水的，只有甘泉岛上有一口淡水井。那永兴岛种树的泥土和淡水是怎样来的呢？原来，这都是守岛的解放军官兵和渔民们从遥远的陆地上运来的。每个人只要是从陆地上回来，哪怕少带些其他的物品，也要多带上些泥土，这样可以多栽几棵树。就是靠着这种"蚂蚁啃骨头"的精神，军民们几十年如一日，硬是在一个布满礁石的岛上铺上了一层厚厚的泥土。与此同时，为了解决种树和饮用没有淡水的问题，岛上还设立了一个特殊兵种，这就是雨水收集兵。他们唯一的使命就是收集雨水。别的人都喜欢风和日丽，而他们却盼望天天下雨，而且雨下得越大他们越高兴。每当风雨来临，他们不顾电闪雷鸣，忙前忙后，把收集雨水变成了一场场特殊的战斗。直到岛上的海水淡化厂建成投产以后，他们才卸下了肩上的担子，雨水收集兵也就成为历史，永远留在了海岛人们的记忆里。

我们常常把在沙漠里用人工建立起来的"绿洲"称为人间奇迹，其实，在远离大陆千里之外没有泥土和淡水的海岛上植树造林，要比在沙漠中植树造林艰难得多。由此看来，解放军官兵和渔民们把永兴岛变成了"海上绿洲"，可以说是创造了奇迹中的奇迹了。

三

七连屿，是永兴岛东北部20多公里海上的一串小岛。从飞机上俯瞰，这串小岛就像一头头巨鲸，列队游弋在海面上。我们到了其中最大的赵述岛。

波浪滔滔的大海，舟楫就是唯一的桥梁。我们是坐着冲锋舟去的。登舟之前，看着要坐这么一条只有十来米长、一米多宽的小艇在海上开行，心里有些害怕，但恐惧有时也是一种诱惑。随着马达声响起，冲锋舟如箭一般地离开码头奔向大海，后面顿时飞溅起一条长长的汹涌的浪的尾巴，那感觉真是刺激极了。但没过多久，冲锋舟的速度越开越快，海上的风浪也越来越大，冲锋舟不仅摇晃得更加厉害，而且还大落差地跳跃着，一会儿"唰"地冲上尖尖的浪峰，一会儿又"啪"地摔下深深的波谷；我们也一会儿被高高的浪头吞没，一会儿又从汹涌的浪涛中钻了出来。这情景，简直就是在"海上冲浪"啊！大概是从来没有经过这样的惊险，有几个人被吓得发出一声声尖叫，生怕冲锋舟翻到大海里去。就这样在大风大浪中经过了魂飞魄散的半个小时，冲锋舟终于停靠在了赵述岛的岸边，我们也长长地舒了一口气。

没想到赵述岛环境这样幽静。这里没有喧嚣，有的只是海风轻轻地吹海浪轻轻地摇；这里没有污浊，有的只是朗朗的阳光和甜甜的空气；这里没有绚丽，有的只是那条绿绿的环岛路和弯成了月牙形的海滩。当然，最庄严的是岛中间的中国领海基点方位碑，这是我国岛屿具体位置的标识，也是我国国家主权的象征。后面是一座高耸的风力发电塔，旁边不远处有两栋别致的小屋，是用珊瑚做的，里面墙上挂着赵述岛的历史图片，玻璃柜里摆着从岛上出土的中国古瓷等碎片，还有介绍近几年岛上建设成果的照片和文字。虽然物件不多，但也算是一个简单的展示馆。

在岛上，我们还看见了好几栋小洋楼，那是政府为渔民新建的住房。西沙和南海的渔民，绝大部分都来自海南岛琼海市潭门镇。从很早的古代开始，他们就祖祖辈辈在南海以捕鱼为生。在我们大陆人眼里，大海是美丽和浪漫的代名词。但对于渔民来说，却是艰苦、恐怖甚至死亡的同义语。可以想见，在科技不发达，没有机动船的古代，渔民们要长年累月在海上捕捞作业，不仅要克服淡水和蔬菜缺乏的困难，要忍受炎热、孤独乃至病痛的煎熬，而且要战胜各种风浪特别是台风暴雨的袭击，稍不留神，就有可能被茫茫的大海吞没。唯一可以安身立命的就是大海的岛礁和小小的帆船。所以，为了应付各种不测，渔民们用经验、汗水、心血和生命写下了一本《更路簿》，里面详细地记录了西沙和南海每个岛礁的具体位置、形状特征和航行路线。这其实是一本航海图。有了它，渔民们才得以乘风扬帆，冲破惊涛骇浪，把中国人民生产生活的身影不断地镌刻在西沙和南海岛礁上。也正是在这本航海图的导引下，郑和七下西洋，促进了中外文明的交流。

几千年中国版图形成的历史，是生活在这块土地上的各个民族不断融合的历史，也是中华各族人民披荆斩棘不断拓荒的历史。但由于长期重陆地轻海洋的思想观念影响，加上国力所不及，我们对海洋这块"蓝色国土"重视不够。因而在中国版图形成这本厚厚的史册上，镌刻的都是秦始皇、汉武帝、唐太宗、成吉思汗、努尔哈赤等如雷贯耳的名字，而唯独不见开发西沙、中沙和南沙群岛的历代渔民们。不能设想，如果没有历代中国渔民在三沙各个岛礁上生活并留下铁锅、瓷碗、铜钱等大量古代物品，南海诸岛也就不可能成为中国自古以来无可争辩的领土。所以，在中国版图形成的伟大史册上，应当郑重地写上"南海渔民"四个大字。

南海渔民，开拓中国"蓝色疆土"的无名英雄！

……

四

在永兴岛上，有一块"海军收复西沙群岛纪念碑"，这是当时国民党的海军军官张君然于1946年11月立的。旁边是一座日本人修建的三层炮楼。作为日本侵略中国西沙的铁证，一直完整无损地保留了下来。

1931年日本帝国主义悍然发动"九一八"事变，随后又侵占了大片中国领土，南海诸岛也未能幸免。在中华民族面临生死存亡的危急关头，中国人民奋勇掀起了反对日本侵略的民族革命斗争，并于1945年取得了抗日战争的伟大胜利，西沙群岛也重新回到了中国人民的怀抱。但在1956年，南越西贡政权却派兵占领了西沙的珊瑚岛，1974年又占领了西沙的甘泉岛和金银岛，并打死打伤中国渔民多人。这就逼得中国不得不进行自卫反击。面对军舰总吨位和火炮最大口径占绝对优势的南越海军，我国海军运用机动灵活的战略战术，经过四个多小时的激战，取得了击沉敌舰一艘，重创三艘的战绩。第二天，又乘胜追击，一举收复了被南越侵占的珊瑚、甘泉、金银三岛，用大无畏的英雄气概夺取了中国海军近代以来海上作战的首次大捷。

南越在西沙海战失败后不甘罢休，于是派出六艘军舰驶向西沙群岛，随后又派出两艘驱逐舰增援，摆出一副重新决战的架势。情势十分危急，三岛有可能得而复失。为此，中央果断决定调东海舰队三艘导弹护卫舰立即南下支援南海舰队。由于两岸关系紧张，原来大陆的海军舰艇从东海到南海都需绕道外海经过巴士海峡。这一次，由于时间非常紧迫，毛泽东主席亲自下令军舰直接由台湾海峡通过。潮声阵阵，夜色沉沉，没有灯火，没有船影，只有我方海军的三艘舰艇冲开黑暗，悄悄地在台湾海峡里向南航行。大陆舰艇当晚便顺利驶过台湾海峡到达西沙。在得知中国军舰赶来增援后，南越当局害怕了，做出了"应避免下一步同中国作战"的决定，随即将全部军舰撤回了，西沙海战最终以中国的完全胜利而结束。

近代以来，外国对中国的侵略，都是从海洋开始的。他们用军舰大炮轰开了中国的大门。在甲午海战中，清政府的海军被日本击败。在抗日战争中，国民党的海军同样又被日本打垮。但西沙一战，是新中国海军第一次参加海战，就打败了美国支持的南越海军，不仅极大地振奋了全国人民的精神和斗志，而且狠狠地打击和震慑了敌人，为我国后来解决南海问题奠定了重要基础。有了西沙之战，才有了我国对整个西沙群岛的控制，才有了南海长时期的和平与安宁，才有了今天我国在南沙群岛填海造岛的壮举。由此可见，和平有时要靠战争来获得。在一定条件下，战争是最好的和平盾牌。当然我们不希望有战争，但一旦敌人来犯，我们就毫不犹豫地与之战斗，用战争的胜利为和平筑起一道钢铁般的长城。

用战争消灭战争，这是战争的最终目的，也是战争的本质使然。

原载《江西日报》2019年3月22日，收入本书时略有删节

书与岁月

鲁枢元

恍然若书

我与书结缘，几乎是从零开始的。

五岁以前，我只知道家中有一本深蓝色、土布封面、手工制作的大"书"，高约一尺，宽约七寸，相当于现在大 16 开的版本，封面上还缝着两根蓝布带子，平时能够系起来。

后来才知道，那其实不是书，而是老祖母当年出嫁时娘家陪送的一个"针线包"。应当是在 1911 年，祖母的娘家在封丘县北关开一家文具店，卖些文房四宝笔墨纸砚，这个别致的"针线包"便是用旧账本里的白麻纸一页一页翻拆后裱褙起来，再装上一个靛蓝色的土布包皮。这样的针线包，至今我也没有见过第二个。它看上去很像是书：白麻纸上用毛笔记录的一笔笔流水账，透过纸背仍旧隐隐地显示出来，字迹一律漫漶，像道士驱鬼时画的符箓，又恍如汲古钩沉的书法珍品。

我从小就把这个"针线包"当成书看，里面除了那些若有若无的字，书页之间，长年夹着些五颜六色的丝线和花花绿绿的绸缎碎片，还有一些纸剪的鞋样、袜样。更有趣的是那些绣花时用来参照的各种各样的剪花："莲年有鱼""枣得桂子""蝠鹿双全""喜上梅梢"，以及"刘海戏蟾""麻姑献寿""麒麟送子"之类。这些剪花多数是白色，有的已喷上洋红、明黄；还有一些是在油灯上熏出的：将剪好的花样贴在白纸上，放在点燃的油灯上熏，纸被熏黑后，取下花样，花样的形状就留在纸上。这其实是一件"复印"技巧，如今怕早已失传了。这些花样无论有色无色，一律精巧灵动，趣味横生，类乎现代派视觉艺术的造型。现在看来，这样一本似书非书的大书，甚至可以用作改革当代图书装潢艺术的参照物。

很长时间里，我一直为自己没能出生在书香门第而遗憾。只是因为有了这本书，才多少弥补了一些心理上的欠缺。

祖母早已经去世，如今距离祖母当年出嫁也已经100多年过去。而这本"大书"虽然已经破败，我至今仍然保存着。它是祖母告别少女时代的一个物证，也是我在鸿蒙初开时最早亲近过的一本"书"，一本似是而非、似非而是的书。

北新书店

开封高中的校址还在东司门的时候，出了校门往西走，距离书店街不远，路北有一家书店——北新书店，这应该是上海北新书局的一家分店。北新书局创办于20世纪20年代，创办人为李小峰，曾受到鲁迅的鼎力支持，以出版、销售文艺书籍享誉四海。而开封作为七朝古都，又是解放前河南省会，自然成了人文荟萃之地，当时不过30万人的城市就开设近60家书店！

新中国成立后，随着省会迁往郑州、公私合营运动持续开展，开封的书业便渐渐衰落下来。待到我上高中的时候，这兴盛一时的北新书店也只剩下两间破旧的门面房，靠墙四周是书架，中间一张很大的案子，案子堆满了书，可以自由自在地翻检。

书店只卖古旧图书，价钱都是打了折扣的，很便宜，对于我这个身无余钱的中学生来说，这家书店成了我的精神殿堂。虽说只看不买的时候居多，但时日已久，这家古旧书店毕竟还是充实了我的第一批"藏书"。50年过去，从现在留存下来的一些书看，我那时买书是很杂的，有鲁迅的《彷徨》《呐喊》《中国小说史略》，有常任侠的《中国画法研究》、欧阳予倩的《一得余抄》，有《马雅可夫斯基诗集》，我还有侯外庐、杜国庠、赵纪彬等人的《中国思想通史》。我还曾买过几部残缺不全的线装书，如《今古奇观》《五女英烈传》，被母亲当作"四旧"烧掉了。

书虽然杂，主旨仍在文学艺术。破例的是，我还曾买到一本科学出版社1954年出版的《达尔文主义》，是苏联专家老大姐杜伯罗维娜在中国米丘林培训班上的讲稿，居然能够让我读得魂不守舍。这本32开、厚约400页的书，原价1200元（旧币），八成新，折价0.15元售出，真是便宜极了。这是一本讲生命进化的书，许多术语和概念我并不懂，但书中讲的某些道理如"自然选择""人工选择"我还是领悟了。

如今思忖起，我一生从事文学艺术研究，晚来又转向生态文化研究，是否和从北新书店买下的这些二手书有关呢？

灯下读书

许多年前，夜晚在灯下伏案读书与白日里看书感觉是不一样的。当夜幕降临，周围变成一片昏暗的时候，唯有一束灯光照射在书页上，那文字就显得更为显突，人的注意力就更容易集中，仿佛其他一切全都隐退到夜色的黑暗中去，只剩下了书。

每逢这个时候我就觉得，"灯"与"书"真是一对最好的伙伴。不只是由于灯光照亮了书本里的人物和故事、知识和学问，而且还正是书中显现的丰富的内涵反衬出灯的价值。

陆游曾在诗中吟咏："天涯怀友月千里，灯下读书鸡一鸣。"月下怀友与灯下读书，历来都是令人神往的人生至境。现在的人似乎已经不再能领悟到灯下读书的意趣，晚间读书写字时甚至不再想到灯的存在，那许是因为现在的灯来得太容易，房间里面的灯太多，用起来太方便的缘故。吊灯、射灯、壁灯、台灯、落地灯、吸顶灯，照得黑夜如白昼，灯与书之间富有诗意的关系反而被冲淡了。

我小时候，最初用的是油灯，那是一种黑陶烧制的灯台，高约五六寸，上端是一个浅浅的灯碗，里边盛着一汪豆油，豆油中浸着两根细细的灯草，点燃起来真是个"灯光如豆"，只能照亮油灯四周小小一团空间。这是一种很古老的灯，汉代墓葬出土文物中就有这一类的灯，从司马迁到陆游，夜间读书时用的都是这种灯。

后来，煤油灯取代了豆油灯，那亮光也就足以把一间屋子照得朦朦胧胧。缺点是烟气太重，尤其是当煤油质量不高的时候，看一个晚上的书，就会把两只鼻孔熏得黢黑。上中学之后为了照顾我每晚做功课，便又添置了一只带玻璃罩子的煤油灯，灯罩发挥烟囱的效用，让煤油燃烧得更充分，只是耗油太快，每天多费二两油，那几乎是三个鸡蛋的价钱，不能不让老奶奶心疼。

为了节油，我便到大门外的路灯下看书。一丈多高的杉木电线杆上悬着一只 40 瓦的白炽灯泡，从黄昏一直亮到第二天凌晨。那时，巷子里行人稀少，路灯下也是冷冷清清的，我常常捧一本书靠在电杆上，借着路灯洒下的金黄色的光线，一直读到三星高悬，两眼酸痛。

现在回想起来，那些曾经哺育了我的心灵和精神的《格林童话》《安徒生童话》《希腊神话故事》《三国演义》《水浒传》《牛虻》《钢铁是怎样炼成的》，以及高尔基的《母亲》、巴尔扎克的《幻灭》，这些宝贵的书籍，全都是在这样的豆油灯、煤油灯，以及路灯下读过来的。黄庭坚在诗中说"桃李春风一杯酒，江湖夜雨十年灯"，在我则是"古今中外一摞书，柴门寒窗十年灯"。正是这些简陋的灯光照亮了我手中的书本，而书本里的人类文化的结晶一旦融化在我的心里，便又在我的心中点燃起一盏明灯，在不同的人生阶段，照亮了我生命的岁月。

寒素好书

在我的书架上，有一部高步瀛先生选注的《唐宋诗举要》，中华书局 1959 年的版本，至今已经整整一个甲子，60 年了！

中国当代史上的三年困难时期，从 1959 年就开始了。经济困难，也反映在这本书上。书印制得很寒碜，封面用的似乎就是一般的新闻纸，正文用纸十分粗糙，摸上去涩刺刺的，说不清是用什么材料造的。纸的颜色发灰，和印字用的油墨的色差不大，看注释的小字就特别吃力。尽管这样，这本书一直是我案头的常用书，虽然已经又出过许多新版本，我始终舍不得丢下它。原因是，我使用了它半个多世纪，始终没有发现里边有一处错漏。时局是如此的困难，物质条件是如此贫瘠，也许编辑、校对、印刷工人连一日三餐都不能保证，却仍然能够确保书的质量，这不能不让人肃然起敬！

如今可好，图书的印制越来越精美、高端，铜版纸、道林纸、刚古纸、珠光纸各类纸张应有尽有；烫银、烫金、覆膜、凹凸印压等精巧工艺全不在话下，尽管增加了出版的成本，书的编辑、校对质量却往往得不到保障。打开一本装潢豪华的书，错字、漏字却屡见不鲜。一本印制精美的译著，买回家后左看右看莫名其妙，最终发现译者对于翻译的内容原来并不怎么理解。还有个别年轻编辑自作主张擅改书中的术语，让人哭笑不得。如今欠缺的不是物质和财富，而是敬业的精神。

我又想起47年前的一件往事，当时我刚刚走上教师岗位不久，自编了一本关于鲁迅的讲义，并非正式出版，而是在一家铁路印刷厂印制成小册子。在印刷厂，我目睹了校对的过程。那是两位已经有些发福的中年女性，一位拿着我的手稿，一位拿着校样，口中念念有词："鲁迅说——冒号——引号——其实地上本没有路——逗号……"后来我才知道这叫作"读校法"，又叫"唱校法"。她们那一丝不苟的神情至今仍深深地刻印在我的心中。

富贵不能淫，贫贱不能移。看来也是适用于图书出版的。

原载《中国艺术报》2019年4月15日

生命密约（节选）

王兆胜

我们的儿女都已长大成人，
都到了我们曾经的年纪，
许多语言似乎已经多余，
剩下的只有无言的静默与倾听的美好。

每个人的生命都像一棵树，甚至是一棵草，一些难以言说的秘密装在其间，如不注意或不细心，我们就很难发现它。像晾晒衣物，我常将自己打开，抖落那些人生的皱褶，让阳光进来，充分体会一种温暖的闪耀。

一

童年家贫，我常赤足在山间奔跑。一次，脚底被扎入一根棘刺，很深，几乎看不见。母亲用针为我挑刺，无果。一邻居大胆，并信心满满，自告奋勇前来帮忙，结果，像小猪翻地吃花生，脚下被挑出个大坑，鲜血直流，却不见刺的踪影。

正当我痛得大叫，母亲急得团团转，一女子姗姗来迟。只见她推开众人，上前，拈起细针，定睛看了，紧紧用手捏住有刺的部位，从远离有刺的地方下针。开始，针轻轻扎入，倾斜穿行，由表及里，像杠杆慢慢撬动。很快地，还没等我有痛感，小刺已露端倪，如小苗向外探头，长出地面。

年轻女子将小刺抹于指尖，给我和母亲看。因担心扎到别人，好用指甲将它掐断，放在嘴里用牙嚼烂，笑笑，露出洁白的牙齿，抹一把我的头，走了。她扭动腰肢，脚步轻盈，嘴里哼着曲儿，仿佛仙女下凡。

她不仅轻易解除我的痛苦，还留下美丽、善良、俏皮与智慧。

这可能是我对女子心怀感恩与崇拜的开始。

二

我的人生转折点要从婚恋始。之前走在崎岖山路上，之后则踏上坦途。

中学女同学后来成为我的妻子，岳父母大人则是我与女同学结识前认识的朋友，内弟则是我生命中那个时隐时现的贵人。

第一次踏进女同学家，是考完大学后无事可做。女同学父母给我写信："高考完了，没事就到我家玩两天。"那时，虽与女同学同班，但没说过话，她也不知道，我与她父母早成了朋友。所以，当我骑自行车经80里的山路来到她家，女同学竟有点摸不着头脑，后来听说因我到来，她的亲戚朋友都认为，我是她父母包办的女婿，都全力反对。

这可以理解。不要说我家徒四壁，一无所有，就是像麻杆般奇瘦的样子，也与女同学很不般配。所以，在女同学的亲戚中，有的主张不让我进门，有的催我早点离开，还有的甚至提出将我赶走，以防止对其女儿不利。最让我难为情的是，女同学对我的到来并不欢迎，几乎没跟我说几句话，只出于礼节应付一下。

　　让我感动的是女同学的父母，他们问寒问暖、热情款待，为我做各种美食，这是一个寒门子弟从未吃过也没见过的。至今，时光已过去近40年，那次远行留给我的温暖仍没散去，如严冬过后那一河流动的春水。

　　最值得感念的是女同学的弟弟。那时，他还是个13岁的少年，对我的到来不仅没排斥，反而充满善意。或许他第一次感到兄长般的温暖，或是前世有缘，他的话不多，也没表示亲近，但明亮的眼神、有礼貌的举止，对我是最好的欢迎。

　　那天，女同学的母亲做的馄饨，一大盆上桌，晶莹、白亮、香气扑鼻。正当大家吃得起劲儿，女同学的弟弟放下碗筷，有礼貌地说：“大哥，你慢慢吃。”说完出去了。可是，当我们放下碗筷，他又回来笑着说：“你们不吃了，我再来一碗。”后来，当我成为他的姐夫，岳母就提起这个细节，并说内弟从小懂事，自小到他姥姥家，从不讨要任何东西，即使姥姥和姥爷主动给，他也推说家里有。这次，担心客人吃不饱，他就先放下碗筷，见剩下了，又回来吃。为此，岳母夸赞儿子，说他有眼力劲儿，为他竖起大拇指。

　　当我成为他的姐夫，内弟与我的感情经久弥新。多年来，我们之间从未有过哪怕一丁点争吵或不快，见面总是亲如兄弟，眼神、手势、说话等都是欢快的，像春风吹拂着柳枝，也像植物在阳光中滋荣，那是一种万里清秋、水平如镜的感觉。最让我感动的是，每次来京，他总是以领导的口吻嘱咐姐姐：“一定照顾好大哥，照顾不好，拿你是问。"严肃中有幽默，仿佛他是我的大舅子，不是小舅子。

前些年，我身体状况不佳，体重从147斤，骤降到115斤。这让内弟着急万分。开始，我不以为意，因为在北京普通人去医院看病太难了。一次，我去医院检查血糖，竟从7点多排队到11点半。内弟却以严厉的态度，迫我放下工作，进行全面体检。他先为我在山东的医院奔波，后又让我回到北京大医院复查，直到有天晚上，他打来电话叹息道："大哥，现在确定你身体无大碍，我今晚可睡个安稳觉了。"我莫名其妙，问他何故。他说："这半个多月，医生一直怀疑你胆囊长东西，所以要反复核查。现在疑虑排除，我悬了十多天的心终于放下了。"听到这话，我非常感动，作为内弟，他竟悬着心悄然为我忙活了这么久！

因在西藏挂职数载，内弟近来头发白了不少。年轻时，我常对他那一头浓密的乌发称赏，现在看着他有些斑白的头发，感到非常心疼。我们都已年过半百，生命的痕迹像水从玻璃上流过，那是一种紧紧相依的感知与存在。内弟自少年到中年，心中一直有我，这次我的身体能很快恢复，离不开他的力挽狂澜。如说是他从生命线上将我救起，擦亮我后来的人生，亦不为过。

内弟上大学时，有个寒假过后，因买不上座位票，是站着从济南回东北的。多年过去了，每当想起此事，我周身都在战栗。一是心疼他，当年是怎么站了十几个小时？二是自责，那时连买个座位票的能力都没有！今年春节过后，我们从家中各自踏上归途，坐在风驰电掣、舒服至极的高铁上，又想起往事，禁不住给内弟写了两首诗。一是："通途千里如水流，高铁远胜绿皮笼。想起站着回东北，至今心中如纸皱。"二是："转眼已过三十秋，声名远播多业功。愿君再接与再厉，心系民生雁声留。"内弟从政多年，所到之处关心民生疾苦，所以有几句勉励语。

我很想写篇文章，题目是《假如世上没有风》。有时，我愿将内弟和我的关系以及他对我的好，比成春风化雨。试想，没有他的接纳、关爱和激励，就没有今天的我。像一棵禾苗，我需要风，他来风；我干渴，他下雨；我累了、厌了、倦了，他给我前行的动力。

也许在他看来，这没有什么；但在我，却是内化于心的。

三

刚进大学，作为农民之子，我有些胆怯。不少同学生于城市，出身农村者不是家庭殷实富裕，就是还过得去。我则相形见绌，这从带的行李、穿衣戴帽就一目了然。那真叫一个"土"啊！

至今，还记得，我盖的被子相当单薄，冬天将所有衣服盖在上面，还觉得脚冷。上衣是一件皱得不能再皱的绿军装，它短得几乎遮不住腰带，这还是姐夫当兵时穿过的，因穿了又穿、洗了又洗，已完全没了形状。脚上穿的是双破皮鞋，这还是上中学时家里破例为我买的，早已不成样子。由于穿的时间太长，又不打鞋油，常被家人戏称为一双"绑"。所谓"绑"，即是农村用带毛的猪皮自做的鞋窝窝，因皮毛坚硬和不听使唤著称。当同宿舍的同学将自己的皮鞋擦得倍儿亮，西装革履笔挺走路，我这个农民之子就有些无地自容，一种自卑心理也会油然而生。

同宿舍共七人，其中两位家境很好，长得也很帅气。记得，我上铺的同学，是名副其实的美男子，高个儿、身材匀称、皮肤白亮、眼睛颇有神采，尤其那一头乌黑的亮发闪着光芒。他经常洗头，用的是特殊的洗发膏，所以给房间留下满室余香。他还有把美丽的梳子，是胶皮上固定铁丝的那种。同学用梳子梳头，不论是中分还是左右分，头发都很顺溜，让我想起家乡山上绿油油的青草。最出彩的是，这位同学有一双非常漂亮的褐色高帮皮鞋，并把它擦得锃亮，他穿上它从教室前面走到后面座位上，一路的声音铿锵有力、节奏脆响，听来十分悦耳。更重要的是，这位美男子同学的学习成绩相当优秀，这令人更加佩服。相比之下，我辈就像漏气的球，不论穿戴、走路还是学习成绩，都甘拜下风。

后来发现，与我同室还有一位同学，他的穿戴并不比我好，尤其是脚上那双布鞋一下子给了我不少自信。加之，平时他在宿舍沉默寡言，脸也黑，毫无洋气可言，我断定其家境也不好。常言道："物以类聚，人以群分。"随着我对他的关注，他也开始注意我，于是我们接触多起来，也常于饭后在校园里散步聊天。

我得知，他是临沂五莲县人，父亲是小学教师，但身体不好，母亲多病，自己是长子，后面有妹妹、弟弟多人，其家境可想而知。一次，他给我讲了个故事，让我终生难忘。他说："母亲一旦不清醒，就往外跑。那天，母亲又离家出走，十多岁的我紧跟其后，但母亲跑得快，我跟不上，一边喊母亲，一边疯狂追赶，唯恐母亲离开视线。天越来越黑，母亲往山里跑，我奋不顾身地追。不知经过多久，母亲实在跑不动了，我才追上她。更难做的是，我想把不省人事的母亲背回家，而将她放在背上站起来，就比登天还难。因为我太小，母亲又沉，我跪在地上不知试了多少次，都没成功。"同学讲述这个故事时，泪流满面，目光充满恐惧与绝望，他接着说："折腾了一夜，我一直没背起母亲。那时，荒山野岭，我害怕是其次，最担心母亲挣脱后再逃跑。"当听到这里，我的心一下子被抓住，对他产生了说不出的疼惜，我们的距离一下接近了。甚而至于，原来我觉得自己是这个世界上最不幸的人，听了同学的陈述，才发觉，他比我更苦。此时，同学长吁出一口气："直到天蒙蒙亮，一个拾粪老人发现我们母子，帮我将母亲扶上背，我才站起来，将母亲背回家。"多少年过去了，我常想起同学叙述的这个画面。

最令我钦佩的是，这位同学有金不换的品质。他从未因贫寒困苦表现出丝毫自卑，对富裕同学亦无半点仇视、嫉妒。因我们家境相当、志同道合，后来两人将有限的菜票和钱放在一起花。我们似乎知道彼此的心意，每当到食堂打饭菜，先去的那个总为对方打个好菜留着，自己吃差的。一次，未经我同意，他竟自己做主为我买来一双皮鞋，让我将那双"绑"换下来，他自己仍穿着那双布鞋。周末，我们常结伴而行，为了省钱，总是步行到济南市的书店、大观园、趵突泉、千佛山游玩，他穿的都是那双布鞋。济南的街道柳树纷披，在微风吹拂下，常作舞蹈状，也代表着我们青春的心境。此时，我分明能感到同学矫健的身姿、前后摆动的有力的双手、被布鞋沙沙声带动的坚定步伐，还有我们的谈笑以及志在高远的坚定誓言。至今，36年过去了，这个画面仍被定格在我心灵的屏幕上，有着青翠的格调与明快的诗意。

1986年毕业后，他到我的家乡烟台工作。我则留在济南继续攻读硕士研究生，毕业后在济南工作四年，1993年考入北京，在中国社会科学院研究生院读博士，毕业后留在北京。表面看来，我们远隔千山万水，但友情从未间断过，仍像兄弟般亲近。仿佛是上天安排，他离我的家乡近了，还去过我村，见过我的哥哥、姐姐、弟弟，并给予他们不少帮助。他的儿子也来北京读大学，毕业后留在北京工作。因我们的关系，双方的妻子也变得熟知，仿佛是一家人。值得一提的是，他毅力超群，学习非常专心用功，在大学时成绩优异，加上人缘极好，很快成为我班的班长。再后来，他的事业得到很大发展，成为一位优秀干部。

如盘点我的工作成绩和成长历程，离不开这位同学的内动力。这既包括他的人格魅力，也离不开我们之间的深情厚谊，还有那种说不清的缘分。我一直相信前世今生之说，如果我们俩无缘，是断不会这样心心相印的。后来，他心直口快的妻子跟我很熟了，就这样开我的玩笑："兆胜，听说你俩关系好得不得了，是不是同性恋啊？"我笑答她："那不可能，我俩都是男子汉，但说我俩好得像一个人，那也不错。"现在，我们两个早年受苦的人，都找到一位好妻子，各自都有美满的家庭，这是真正需要感念的。

四

1982 年，从蓬莱二中考入山东师范大学中文系的一共有四人，除了我，还有一男两女。男的姓柳，女的一位姓丁，另一位姓戴。我与丁同班，柳与戴一个班，后来柳、戴成为夫妻，其中的缘分可谓深矣。

我们四人在节假日经常一起出游，去过大明湖，登过泰山，还在淄博实习过。那时，我们都很年轻，生命力旺盛，情感真挚，富有理想抱负，所以感情非常之好。至今还记得，我们去泰山，夜里在雨中披着雨衣偎依在一起，等待第二天看日出的情景；也记得，我们每年放假一起乘车回家的情状；还有，毕业后，我与跟我住得很近的丁姓女同学，长相往还的美好时光。淄博实习后，戴姓同学赠我两件礼物：一是黑色的陶瓷盘，上面有只褐色的牛，一朵翠鸟儿般的花朵；二是两只圆形的镇纸琉璃，上面有绿色饰品。数十年来，我自济南到北京，也搬过无数次家，这两件赠品都珍藏着。每次看到它们，都会想起美好的四年大学时光，以及我们四人的友谊。

在此，我要特别说说这位柳姓男同学，他是另一班的班长，所以我总叫他柳班长。我俩特能玩到一起。我们营造了许多美好时光。青春与激情、现实与梦想、真诚与温暖，一直在我们身上闪烁，即使现在快 60 岁了，也依然如故。

柳班长属于时髦潇洒、多才多艺、很招女孩子喜欢的那一类。大学期间，他最早穿喇叭裤，留自来卷长发，喜拉手风琴，尤其在女同学簇拥下，长发飘飘，一甩一甩将音乐奏得美妙动听。他还爱摄影，下晚自习后，一人在宿舍楼梯口的小暗屋里，捣鼓那些黑白照片。另外，他还愿意游玩，常去大明湖划船，与戴同学结为连理估计就是划船划到一起的。那时的同班同学恋爱者少，最后能修成正果的更少。他俩是我们中文系82级仅有的一对夫妻。

我与柳班长最契合的一点是好玩，即以不正经的方式享受彼此快乐的感受。比如，晚自习后离睡觉还有好长一段时间，于是我俩就围着校园转，在操场上闲逛，天南海北胡吹乱说，有时连我们自己都感到离谱。那时，他喜欢抽烟，手指间老夹着支香烟，红光在夜间炽发，像我们的话题一样新鲜。一次，我们突发奇想，看能否在校园灌木丛中找到谈恋爱的男女，结果赶起好几对。白天，我俩还喜欢到校园外，坐在台阶上，看路上的车水马龙与人来人往，并发表自己的高见。有一回，我问："柳班长，你知道我看到飞驰的小汽车有何感想？"他看着我，摇头。我让他猜，他仍摇头。我就说："我多想用一种神力，只用两个指头——食指与中指，就可将那只得意扬扬的小汽车撬翻。"说完后，我还用手向他做示范动作。于是，我俩哈哈大笑，笑声中透出怪异与叛逆，也宣泄着青春的余力。现在想想，这一举动有些不礼貌，但也确实是那时的真实想法和自过嘴瘾的方式。记得为了当律师，我们还练习嘴皮子，看谁能出口成章，口若悬河。对俄罗斯文学中《一个官员的死》，我能以极快的速度背诵，语速之快令人匪夷所思，恐怕就要归功于青年时代我们的无聊与空虚。

有趣的是，我一直想从事书画创作和研究，做梦都想，然而，至今却被绊在文学的天地。柳班长正相反，当年他让我到他班给同学讲书法，别人都拿着毛笔蘸着墨汁认真模仿，他却站得远远的，抱着双臂看热闹。可是，当他从部队转业，竟干起美术馆的领导，这岂不是个天大的笑话？后来，我跟他说："柳班长，当年你若跟我练书法，现在就派上用场了。"他回敬道："我后脑勺又没长眼睛，谁知道命运会这样跟我开玩笑？"不过，听说柳班长当上美术馆的领导后，夜以继日全身心投入工作，对书画艺术也渐渐喜爱起来。柳班长非常聪明，干一行爱一行，到哪里都能跟人打成一片，将事业开拓出新天地。

我们俩都快退休了，平时因忙得不可开交，所以相见时难，只偶尔在微信上联系一下。我一旦有好玩的视频，首先想到的就是柳班长，于是我俩的微信交流就变得妙趣横生。我与柳班长是属于能胡闹到一起，但不出格，又有意思的那种。只要我俩在一起，创造力就非常旺盛，有时可达到妙语连珠的地步，生命也因此生动灿烂起来，如枝条上那只颤动着翅膀的彩色蝴蝶。

前年回济南，我们四位老同学得以聚首。饭菜可口不说，满室的灯光与温馨气氛，似乎让整个空气浪漫起来。我们仿佛又回到往昔，那些青春岁月，有光、有色、有滋、有味，还带着难以言说的迷离以及遥不可及的五彩梦幻。此时，我们的儿女都已长大成人，都到了我们曾经的年纪，许多语言似乎已经多余，剩下的只有无言的静默与倾听的美好。

……

原载《广州文艺》2019年第9期，收入本书时略有删节

山上来客

陈涛

虽是九月初，但小镇已秋意浓，晚上需盖厚被子了。昨夜写论文至深夜，期间数次挠头揉腮，也不过写下三五百字。加之突来的落雨，以及被风吹卷的枝条噼里啪啦打在窗玻璃上，更让我心绪难宁。"如果你爱一个人，就让他去读博士学位，如果你恨一个人，就让他去写博士论文。"不知怎么想起这样一句话，苦笑中索性抓起书桌上的一瓶酒倒了一杯，几口喝下，枯坐一会儿便上床睡觉，但凌晨一点多时又被惊醒，是镇上的干部刚散会，他们下楼时纷沓的脚步以及谈话在静谧的夜里格外响亮。等到再次睡下，醒来就比平日晚了些。

烧水洗漱后下楼，站在院内那两棵缀满青果的核桃树下，在为是否去吃早饭而纠结。院内人来人往，不时有镇上干部拎着早点急匆匆进来。在三三两两的行人中，有一个老奶奶，拄着拐棍，佝着身子，后背上一个大竹筐，远远地从大门处慢慢走过来。到我身边时，她停了下来，双手扶着拐棍，张嘴跟我说话。这样的情景一次次上演，当我站在核桃树下时，总会有一些路过的村民跟我讲话，有人是问事，有人是闲聊，也有人是控诉。我想他们定是把我误认作镇政府的干部了，每次我都会认真对待他们，如果要向他们解释我只是个挂职干部，这中间又会用掉些时间。面前的这个老奶奶，我无法断定她的年龄，西北山区的恶劣环境让生活在这里的人们格外苍老。我还记得最初见到这些乡镇干部时，总以为他们有着大于我的年龄，实际不然，比我年龄大的人没有几个，许多人竟然比我小得多。老奶奶有着一张饱经风霜的脸，满脸如同干核桃的皱纹，灰色老式对襟上衣，黑色裤子，沾满尘土的黑鞋子。面对这个老奶奶，我努力了半天依旧没有听懂她的意思，我说出的话她也听不懂，即使我讲得很慢，她依旧茫然，令我对普通话第一次产生了不信任感。我们俩比画过几个回合后，她放下竹筐，又一屁股坐在树下的台阶上，双手依然扶着拐棍，却不再理我。我走到自己的摩托车旁，清理车座上的落叶。就在此时，黎书记从楼里出来，我急忙招他过来，一问才知，原来老奶奶是来找干部解决家事的，她的低保卡被尚未结婚的大龄儿子偷拿去再也不还，她没钱生活，越想越气，于是早晨出门，走了20多里的路过来。黎书记不忍心她再走回去，找了一辆车亲自送她回家，并为她解决家事去。

老奶奶来自高山村，从镇政府驱车需要半个小时。我第一次去那里，是与助学小组的成员们一起为那里的孩子们送图书。高山村的学校多是学前班儿童，还有不到十个一、二年级的孩子。我选购了些适合他们阅读的图画书，以及一些文具、玩具。所以我们到的那天，孩子们在院子里奔跑打闹，有些在滑梯上嬉戏，滑梯有些小，是我们从另一所幼儿园调过来的，因为那所幼儿园学生多，所以我们为他们配置了一个大滑梯，于是这个小滑梯就搬到了高山村小学。山里的孩子有些野，可在老师面前都会变得规规矩矩，格外听话。他们在老师的指导下乖乖站成两排，我们把玩具与文具放到他们手里时，可以感受到他们难以掩饰的喜悦，但看到的却是一张张垂眉羞涩的脸。

我终究还是决定出去吃点东西，或许用出去走走更加准确，因为我毫无饿意，更不知道要去何方。刚出院门，只见一个50多岁头戴土黄色围巾的妇女从我身边风风火火地走过，脚下带起阵阵尘土，直直地朝镇政府大楼走去。直觉告诉我，可能要发生点什么。但我只侧身看了一眼，又转身朝前，或许走一走就知道自己想做什么了。

午饭后照例在树下站了会儿，明亮的阳光透过层层树叶落在我的脸上、身上，几个小孩子在不远处的阳光下，一起挤坐在滑板车上，从一个水泥路斜坡上大叫大笑着呼啸滑下，再欢叫着陆续跑上来，循环往复，乐此不疲。我与几个乡镇干部聊了点趣事便回房间，准备接着与论文进行战斗。前脚刚进门，桌上的手机响了，是燕子的电话，接起来，没有声音，喂了几声，才听出了她极力控制的情绪。

"书记，您现在有时间吗？"燕子问我。

"有，怎么了？"

"我心里憋得难受，又不知道跟谁讲，就给您打个电话，您现在忙吗？可能讲的时间要有点长。"

于是，我便听她讲了这个因钱而起的事情，而其中的主角就是这个从我身边风风火火走过的女人。

前些天镇政府院内人流如织，许多村民前来缴纳医疗与养老保险，这个女人也来了。女人上午来时，正是人最多的时候，房间里站满了缴费的村民，等忙过之后，燕子与同事红霞抓紧开始吃那些已发凉的早点。吃了几口，红霞便站起来寻找东西。

"你不吃东西做啥呢？"燕子问她。

"钱，你见我的钱没？"红霞紧张地回答道。

"什么钱？"

"就是刚才尕杨还我的 600 块钱，刚才我忙，我让他给我放在桌子上了啊！"

红霞找了半天，一直到下班，都没有找到。红霞哭丧着脸，瘫坐在座位上。

"你看见尕杨给你了吗？"

"给了。我清清楚楚记得给我放在桌上了。"

"你再慢慢想想，别着急。"燕子宽慰她。

"我好像把钱给一个村民了。"红霞突然从椅子上站起来，神色愈发紧张。

"我那会儿忙得没顾上，以为是她缴费的钱，于是就留下了她应缴的，剩下的又给了她。"

"你确定吗？你再想想。"燕子也急了。

"确定。就是给她了。"

"我怎么干这样的事？真是！"

钱的去向知道了，但是如何要回来呢？燕子性子直爽，一向快人快语，在她的世界里非黑即白，如今碰到这事，便极力主张去要回来。尤其她也知道红霞家境本不宽裕，刚工作工资少，还要供弟弟上学，600 块不是个小数目。红霞却有些犹豫，毕竟自己犯错在先，现在上门要钱，反倒替对方有些难为情了。再说如果对方死活不承认，自己岂不是毫无办法？两个人纠结了半天，一时竟没了主意。等到第二天时，两人相对而坐，虽无人提起，但六张崭新的红票子无时无刻不在她们眼前闪烁，最后红霞还是勉强听从了燕子的话，下班后跟着她去要钱。

她们去的地方是高山村。高山村，顾名思义，立于山之高处的村子。从曲折环绕的山路向上望时，村子如在云雾中，颇有一些世外桃源的模样。可到了近前，则会大失所望。高山村是一个贫困村，100多户村民中绝大多数享受国家低保救济，村内道路狭窄，下山的路都不敢硬化，生怕赶上下雪，连人带车滑到沟里。

燕子与红霞很容易便打听到了女人的住处。女人的家在一处高地上，独门独户。她们沿着斜坡上去，敲门无人应，于是推门进院。正面是四间平房，裸露着灰色的外墙，左侧的房间只安装了房门，窗户是没有的，再细看，里面空空荡荡，只是墙角立着两袋粮食。右侧的房间相对完备一些，亮着灯，有人在里面说笑。院内的地面只硬化了一半，另一半散落着一堆砖块，一辆小推车，还有几件农具。直到她们俩推开右侧房门的时候，屋里的人才发现有人来了。女人有着一张瘦削的脸，颧骨很高，薄嘴唇，见有人来，忙放下手中的香蕉，冲来人满脸堆笑，露出一口焦黄的牙齿。原来女人与丈夫正给两岁多的孙子剥香蕉吃，他们的身前还有四五个红色的塑料袋，里面装满了水果与点心，还有一个袋内盛着三四块巴掌大小的羊肉。

听说是镇上的干部，女人明显愣了一下，接着坐在炕头，抱起孙子，背对着燕子与红霞，不再说话。这时，女人的身披老式中山装的丈夫讪讪地说自己有点事，侧身出门，出门时觑了女人一眼。一时间屋内除了小男孩的咿呀之外再无声响。燕子与红霞在进门处进退不得，尚未开口，两人便红了脸。终于还是燕子开了口：

"阿姨，我们今天来是想问个事。"

女人头也没抬，似没听到。

"阿姨，是这么一回事。那天你不是去交医疗和养老保险吗？……"燕子一股脑儿把来意讲完了，但她讲得很婉转，怕伤到女人的自尊心。

女人依旧不动声色，很大一会儿后小声地说：

"我没拿你们的钱。"

"阿姨，要不您把兜里的钱拿出来数一下，看看有没有多出来的钱？如果没有，那就是我们记错了，我们就回去了。"燕子重复了两遍这样的话。

女人见推不过，把孩子放下，手插进裤兜里，但始终不把钱掏出来。

燕子有些急了，看了一眼红霞，红霞更是手足无措，似要转身出门离去。

"阿姨，我们的办公室都有摄像头，我们是查过监控器后才来的。"燕子说出这样的话后，屋内的人都愣住了。女人在裤兜里的手有些抖，而红霞，则是一脸茫然地望着燕子。

此时，女人的丈夫侧身进来，低声对女人讲："快把钱给人家吧。"

女人不情愿地从裤兜里掏出一个灰色的手绢，然后慢慢地一层层地打开。男人一把抓过来，数出600块就要递给燕子，手绢里只留下100块以及几张零钱票。

女人哇的一声哭了出来。

"这样的话我就少了100多块。"

应是受到了惊吓，孩子也跟着哭了起来。燕子与红霞看了眼孩子，又看了眼孩子跟前的那堆塑料袋，顿时明白了。对这个贫困的小山村而言，儿女一年能给几百块的生活费已经是不错，他们每一分钱都用得节省。女人平白得了600块，既交了医疗与养老保险，还剩下300块，自然是满心欢喜，等了一天见没人来，以为这笔钱就是自己的了，一高兴便买了很多东西。现在要退钱回去，这些东西就变成自己所买，内心怎样都无法接受。

"我也有错，要不我少要100，给我500吧。"红霞小声地说。

女人抱着孩子仍在抽泣，女人的丈夫听后迅速从中抽出一张，将剩余的 500 给了红霞。

"别哭了，人家这不给你补了 100 吗？"男人转身喜滋滋地安慰女人。

事情就这样顺利解决了。燕子与红霞也是这样认为的。但如果是这样，就不会有后面发生的一系列事情，而燕子也不会给我打这个电话了。

也不知女人从哪里听说办公室没有摄像头，感觉受到了欺骗，第二天一早，一怒之下跑来，进门便质问燕子摄像头在哪里？她要燕子与红霞把监控器拿出来，否则就要她们把 500 块还给她，因为那是她的钱。

争论是避免不了的。面对女人的无理取闹，红霞与燕子没有退让，也没有办法退让，只能是不再理她。女人闹过之后，双方僵在那里。恰巧刘副镇长进来安排工作，女人见有领导来，便添油加醋地讲了一遍。燕子与红霞也解释了几句。还未听完，副镇长已然明白个中缘由。

"走，我带你去司法所讲一下。"

"你是领导，你得解决。"女人跟副镇长坚持。

"我们有专人解决这个问题，你跟我来。"副镇长声音不大但很坚定。

但没想到，女人毫无征兆地晕倒在了司法所。司法所长急忙派干部把她送到政府对面的医院，一番检查后，毫无问题。干部在带她回来的路上碰到一个熟人，聊完几句后转身，发现女人不见了踪影。

下午时，女人又出现了。这次她不再去燕子与红霞的办公室，而是直奔刘副镇长而来，至于他们谈了什么不得而知，副镇长答应给她 200 的困难补助。

第三天上午，女人再次跑了过来。也就是我见到的这一次。女人跟副镇长哭要自己的 500 块，当然，困难补助她也没打算放弃。副镇长被纠缠得恼火，就把燕子和红霞劈头盖脸训了一顿，并责令她们俩登门解释，妥善处理好此事。

燕子给我打电话的时候，正是被副镇长训斥后。燕子觉得委屈，跟副镇长顶了几句嘴，结果招致了更严厉的批评。

"我登门去，不管说什么，不都变成道歉认错了吗？我们丢不起那个人！我们就是跟刘镇这样讲的，但他非要我们去。你说我们怎么办？"燕子愤愤地讲。

"那我和刘镇商量一下，我看看他有没有更好的办法。"我虽这样说，但内心却是一点主意都没有。而吃完晚饭后，我果然见到了刘副镇长，交流之后我问他准备怎么办。

"唉，能怎么办？泼烦得很。现在扶贫任务这么重，哪有多余精力管这个破事。"

"可恨之人也有可怜之处，打不得、骂不得，我本想给她点钱让她别闹了，她还不依不饶上了，气得我都想警告她再闹就把她的低保取过了。"刘副镇长一脸的烦躁。

"等等看吧。"他叹了一口气。

这一等，结果等来了更大的麻烦。这是我随后听干部们讲的。女人的儿子从兰州打工回来后，听说娘被人欺负了，当天就气势汹汹地开着家里的三轮车跑来找刘副镇长，并提出了三个要求：还钱、道歉、要 420 块的特困补助。刘副镇长哪能答应，有火不能发，只能耐着性子给他讲道理，做工作。见没有效果，女人的儿子悻悻地回去了，可回头女人的儿媳又来了，这次并没有提出三个要求，只是提出要特困补助。至于刘副镇长如何应对，我就不知道了，也没人跟我提过。

等到再后来，我问燕子这个女人与家人有没有再来？燕子说没有再来。问她事情究竟是怎样的结果？

"就那样，她还想怎样？"

"她这样闹，内心就没什么愧疚吗？"我这样问过燕子。

"一是太穷了，为了钱，二是怕邻居说她，所以跑过来闹一闹，证明清白。"

穷固然是一个原因，但对女人而言，面子才是更重要的东西吧，邻里的风言风语可没几个人能消受得了。

这个事情也就这样悄无声息地结束了，如同小镇上发生过的许多事情一样，不管多么轰轰烈烈，一下子就没了声息，随着穿镇而过的冶木河流远了，也迅速被大家淡忘了。

当我再次看到那个女人时已是冬月了。那个正午的阳光很暖，她领着孙子在河边集市买当地产的啤特果，依然是戴着那条土黄色的头巾，她选了四个，付钱的时候跟对方讨价还价了一番。孙子趁她不注意，伸手抓了一个，结果没拿住掉在地上，原本就软的啤特果变成了一摊果泥。女人狠狠打了他的手一下，拉着就走，孙子哇的一声号啕大哭起来。哭声洪亮，撕心裂肺，但终究还是淹没在了集市嘈杂的声浪里。

原载《福建文学》2019 年第 1 期

我有一匹马

鲍尔吉·原野

今年大年初一早上，窗外雪片飞舞。在我们赤峰这个地方，好几个冬天没下雪了。大街上，人们拜过年还补充一句：下雪了，彼此咧嘴笑。小雪花不止于降落，它们在风中像小蜜蜂一样左右乱钻，最喜欢钻进人的脖子里暖和一下。

这一天是我妈乌云高娃的生日。中华人民共和国成立前她就参加革命了，那时她14岁，如今84岁。我妈戴上纸王冠，吹灭生日蜡烛，双手捂着脸，流下眼泪。

雪越下越大，我爸那顺德力格尔看着窗外，说："这时候我们到塔湾了。"他的话很奥妙，像电影独白——"这时候"说的是1948年2月，即71年前。这个时间概念包括辽沈战役。"这时候"他是内蒙古骑兵二师的战士。在沈阳西北角的塔湾，他们连接到进攻命令，士兵们扔掉多余的东西，这是要拼命了。我爸脚伤不能行走，连长罗宝把他扶到马车上，给他100发步枪子弹。说到这，我爸瞪大眼睛："100发子弹，从来没发过这么多子弹，这仗不知道多残酷呢。"他眼看着连队全体上马，举刀，隐没在炮火里。作为孤独的伤员，他准备打光所有子弹，死在这里。

我军胜利了。在战场上，士兵用耳朵判断胜负——枪炮声渐弱，周遭宁静，硝烟在雪地上渐渐变淡。我爸今年91岁，头发茂密高耸，鼻管挺直。他透过玻璃窗往东看，东边是我姐塔娜住的小区以及他想象中更远处的沈阳塔湾。

这里是阳光小区，我和父母住在这里，我媳妇在沈阳照顾她母亲。我们仨聊天，我说四五十年前的事，他们在说六七十年前的事。而竟日开着的电视机，在播报当下的新闻，比如港珠澳大桥是世界最长的跨海大桥。这场景像话剧，我们轮流上场，讲述时光的往事。时光在某一瞬间重新组合时，平淡的生活会变得庄重起来，你成了历史的讲述人。

父母老了，越来越想念自己的故乡。我不敢带他们外出旅行，我的任务是访问他们的故乡，带回照片和见闻跟他们分享。去年春天，我拜访我妈的出生地——巴林右旗白音他拉乡宝木图村，这里也是著名诗人巴·布林贝赫的故里。村书记孟克白音带我看过我母亲出生的院落，面积20亩许，当年是她祖父平乐爷爷的宅院。孟克白音说，有人想租这个地方办企业，村里没同意，建成了养老院，叫平乐养老院。我妈听到后十分高兴。她说平乐爷爷一定赞成。她有50多年没听过这个院子的消息了。今年1月，我到科左后旗的胡四台村探望病中的堂兄朝克巴特尔。这里是我爸的出生地。回来，我跟我爸说："经过胡四台全体村民的不懈努力，把你老家给建设没了。"我告诉他："你经常回忆的白茫茫的沙坨子没了，现在除了玉米地就是林地，没空地。狼和狐狸也没了，胡四台村五里外就是高速路。现在，你们村跟朝鲁吐镇连上了。"

"咋回事？"他问。

"房子和房子连在一起，变成一个大镇了。"

他表情变化有如云影从草地上滑过，那是几十年的光阴倏尔而逝。

我去过一些地方并在那里跑过步，算一下，大概有国内的188个市县区。我喜欢顺着江水流淌的方向在江边跑步，水快则快跑，水慢就慢点跑，按规律办事。汉江流域的汉中、安康、襄阳和武汉的江边都留下过我的足迹。在汉中的江边，两只朱鹮一前一后从我头顶飞过，它们通体橘红兼带粉色，翅膀和尾羽舞动流苏。朱鹮知道我们这些名为人类的人轻易见不到它们，故不高飞，并慢飞。我想如果我是古代人此刻一定纳头便拜，但那会少看好几眼啊。我看朱鹮融入天际，而它在天空俯瞰到什么呢？明代修造的梯田里长满金黄的稻子，稻子们此刻正隐藏在柔纱一般的白雾当中。在安康的江边，往左手看，莽莽苍苍的大山是秦岭；往右手看，莽莽苍苍的群峰是巴山。巴山秦岭终日对视竟千万年，由此雄浑。我在广州的珠江边上夜跑，被搅碎的灯光在江流里神秘眨眼。江边有卖水果的摊子，情侣们倚着栏杆相互对视。

我把这些见闻讲给父母听，我爸说："嗨，咱们国家大啊！"我妈说："咱们国家好！国家不好，大有啥用？"在谈吐上，我妈每每显出比我爸水平高一些。我爸想半天，说："嗨，就是。"他们说的好是安宁，虽不能囊括当今中国全部的强大，但身为百姓，生于斯土，所求者不过斯民安宁。

中国太大了，走也走不完。我坐车穿越大兴安岭，从车窗看到在森林里摘蘑菇的人，脚穿令人羡慕的高筒红雨靴，左胳膊挎衬蓝布里子的柳条筐。我想下车变成他，从此生活在大兴安岭。有一位诗人说他喜欢抱树，我也是，虽然不会写诗。我见到那些粗壮带红色鳞片的松树，见到长着大眼睛的杨树，就想上前拥抱并跟它们贴一贴脸。

我退休后，母校赤峰学院请我去当特聘教授。当年我是赤峰学院的前身赤峰师范学校1977年入学的中专生。那时候学校只有200多个学生。现在它已成为有23个学院、10000多学生的全日制本科院校。学院与我商议为学生们开什么课，我说讲什么都不过是一个切入口，我们需要给孩子们阐述美。美不软弱，更不虚无，我们通过诗文告诉孩子们国土广阔之美，文章渊深之美，还有人生的刚健之美、善良之美和朴素之美，我觉得这可以是一个持久的话题。在中国行走，放眼高天厚土，万壑群山，我们不能对之无视、无感，不能放弃从中汲取善的力量。

6月上旬，查娜花（芍药花）在牧区开放。雪白的、茶碗大的查娜花像天上的星星收拢翅膀留在草原过夜，忘记回家。73岁的牧民班波若指着窗外的山坡对我说："这么好的花开了，我们的孩子却看不到。城里多了一个大学生，牧区就少一个年轻人。这么辽阔的草原，以后留给谁呢？"说着，他用掌根抹脸上的眼泪。我什么都说不出，屋子里静得像能听到泪水流淌的声音。我听到我的眼泪落在采访本上。牧民们多爱自己的家园啊！他们爱小满时分从南方飞回的小黄鸟，爱芒种时分飞回的小蓝鸟，为了证明他们的家园美好，小鸟都抢着飞回来。他们忌讳往河水和火里扔脏东西，他们转移蒙古包、拔掉系绳索的木桩时，会把留在地上的洞填土踩实，以期明年长出青草。

我在翁牛特旗海拉苏镇采访。镇政府食堂的女厨师给我端来一盘馅饼，说这是她哥哥用野芹菜汁泡软羊肉干和的馅，她烙的饼。"你哥哥怎么来的？""骑马，30多里路呢。"

我到巴林右旗和阿鲁科尔沁旗采访。几位牧民为我一个人举办赛马，七匹骏马在细雨中嗒嗒跑远变成小黑点，又从小黑点嗒嗒跑来变成骏马，好几圈。我心想快结束吧，感觉愧对马。有一个镇的干部们带家属在美丽的罕山脚下为我举办蒙古语的诗歌朗诵会。有一个村为我办过篝火晚会。从四面八方骑马骑摩托车来到的牧民们，大人孩子，一个一个从我身边走过，借篝火的光亮看我长什么样。我实在忍不住，躲到远处的老榆树的阴影里痛哭不已。是的，我在接过馅饼、听他们朗诵、看到细雨里的奔马时都流下了眼泪。这时候，所谓深入生活，实为生活深入你心里。像山坡吹来的风、像瓢泼大雨那样抱住你，冲刷你身心的污垢。你会像蒙古黄榆一样坚韧，脸上有牧民那样纯朴的笑。

几天前，我给我爸放了一段《骑兵进行曲》。

我爸说："嗨，我们这些骑兵，其实只有一匹马，一杆枪，一把哈尔滨生产的战刀。我们哪，1948年冬天围困长春，身上就穿一件单衣服，白土布用黄炸药染的。我们那时候，除了人厉害，别的啥都不厉害。"

我爸总结得多好——"除了人厉害，别的啥都不厉害"。我爸就属于那个时代的人。他念念不忘的，是他的老家胡四台村和他的战马——"夏日拉咩饶"——带一点儿杂色的白马。1949年10月1日，我爸是开国大典受阅部队之一——内蒙古骑兵白马团方阵的受阅士兵，那年他21岁。

近来我脑子里一直有一个东西嗡嗡响，它叫《诺恩吉雅》。这是一首蒙古族民歌的名字，也是一位蒙古族女人的名字。这首流传百年的民歌与《嘎达梅林》堪称双璧，俱为瑰宝。赤峰市正在筹划创作交响曲《诺恩吉雅》，由赤峰交响乐团演出，我来准备文学脚本。我查阅一些资料，把这首曲子听了上百遍。越听越觉得这不只是一个姑娘出嫁的故事，是思乡，是依恋父母，是河流与大地。歌者可以在歌声中放入所有美好的怀念。我发现，诺恩吉雅其实也是我，我或我们，同样爱着家乡，爱父母，爱草原上的万物。

　　下面我要说一说我的马。我有一匹马，这匹鬃发飞扬的蒙古马此刻正在贡格尔草原上吃草或奔跑。去年8月，我的散文集《流水似的走马》获得第七届鲁迅文学奖，赤峰市委宣传部专门召开现场直播的表彰会对我褒奖。面对直播镜头，我一时慌乱，不知从何说起，只想大哭。我在答谢词中说："我是西拉沐沦河岸边的一株小草，是旭日的光线把小草的影子拉得很长，使它像一棵树。"会上，赤峰市委、市政府授予我"赤峰市百柳文学特别奖"，并奖励我一匹克什克腾旗的铁蹄马。后来我看直播的视频，发现我长相开始像马了，窄长脸，眼神机警而有野性。对我来说，马是更好的归宿。作为马，我已没有追风的神勇，我是草原上温驯的老马，低着头，驮着我爸我妈和我的文化使命，慢慢往前走。可庆幸者，这里有让马喜欢的草，风和流水，这里是我可爱的、飞速发展的故乡。这里是我的祖国。

原载《人民日报》2019年4月8日

微记

郭文斌

1

人到这年纪，最安慰的就是看到晚辈的进步。看到家族学习群中，有 20 多位亲人每天坚持学习传统文化，真是开心！

好家风，必须有好学风养护！

人不学习，很难把路走对，就像车无导航一样！

一天，一位大姐给我打电话，让我帮帮她女儿，小两口闹离婚，本月 21 日开庭。照例，我一边让岳母带女儿到小课堂听课，给丈夫认错；一边给丈夫做工作。但丈夫对妻子已经绝望，坚持要离婚，尽管有两个孩子了。开庭前一天，我从北京赶回，约他们夫妻和岳母一家到小课堂，三对面，让他们陈述离婚的理由，一直到 12 点，白热化。听他们讲完，我说，你们都没错，错在没学习传统文化，不明理，理明了，你们就不离了！同以往一样，我还是给他们讲那些简单的道理。他们都听懂了。最后，他们决定撤诉，言和！看着岳母拥抱着女婿哽咽，我内心的幸福无以言表。

小课堂的班主任张兴泰先生送我回家，已经是凌晨1点，整个小区沉浸在梦乡里。一轮圆月静泊在我家楼顶，像是一位母亲，在等我回家，又像是一位守望者。

悄声回家，轻轻躺在熟睡的妻儿身边，想到那两个孩子，今后还有母亲守护他们的美梦，心里一热，泪就来了！

但愿天下所有的孩子，都能躺在母亲怀里做梦！

2

如果几年前我有您的微信就好了。

我很羡慕那对撤诉的小夫妻。我离婚的那年，儿子才一岁，几年来，我独自一人带他生活，比我当初想象的要艰难得多。为了生计，我必须出差，就将孩子寄在朋友家。一次，朋友家的孩子突然发烧住院，我家孩子就只好一人待在朋友家。晚上，他不停地给我打电话，不敢睡觉，我让他开着微信聊天和视频，给他说，妈妈在微信上陪你，你就当妈妈真在你身边。看着孩子在惊恐中闭上眼睛，进入梦乡，我的心都碎了。

订了第二天最早的航班飞回。

飞机一落地我就给朋友打电话，赶往医院，要了钥匙。给儿子打电话，却打不通，心都要飞出胸膛了，一再催司机快一些。

下面的情景想都不敢想，我曾经爱吃动物心肝，但从此之后就吃不下去了，因为那天往回赶时，我好像能看见我的心在裂开，碎成八瓣。

带了儿子，忙往医院赶，我得替换朋友，让她吃早点。她也离了，又不愿意再见到前夫，独自带着女儿。

知道不少人听了您的课，复婚了，但我呢，已无可能，因为他已成为另一个女人的男人，成为另一个女儿的父亲。原来，一直骗儿子他爸出国了，但是，儿子的逼问越来越频繁，我就只好如实告诉他。儿子不解地问，什么叫离婚？

我说，离婚就是不小心把碗掉在地上。

儿子说，那再捡起来啊。

我说，可是已经碎了。

儿子突然扑过来，抓我，打我，说，你为什么不小心，我要爸爸，我要爸爸。

我曾想过给儿子另找一个爸爸，可是试了几次，都不行。明显感到，他的心里能容下我这个大碟子，但容不下儿子这个小碗，就死了心。但女人毕竟是女人，累了，无助了，想找个肩膀靠一靠。但天下大多男人只需要女人的身体，不需要女人的情感；需要女人的夜晚，不需要女人的白天。而我约会只能在白天，而我更需要一个能听我说话的人。

听了你的课，才知用换屏幕的方式解决底片的问题本身就是一个伪命题。那么，用寻找肩膀的方式来解决无助，也是一个伪命题。

"愿每一个孩子，都能躺在妈妈怀里做梦。"为了让更多的孩子不受我的孩子那样的惊恐，我接受了您的建议，去做一个志愿者，帮了几次人，感觉那种无助孤独感渐渐散去，才知道天下还有那么多人比我更无助，需要我。

每帮一次人，生命中就进来一束光，现在，我从收藏钱币，转为收藏光，快乐一天天多起来。但每次去学校接孩子，看到别人家的父亲拉着儿子的手走出校门，心还是疼。

"人不学习，很难把路走对。"您这句话，太朴素了，朴素得就像空气，但多少人，却无福听到。

看完这则跟帖，我关掉手机，回到卧室，又躺在儿子身边。恍惚间，我看到自己变成了孙悟空，法力无边，能够让碎在地上的碗瞬间复原。

3

自从儿子到来，我晚上就很少出门了，除过出差，都陪着他。

陪他看电视，从《德育故事》，看到《西游记》；从《西游记》，看到《孔子》。看电视时，他会过来，坐在我腿上。我把手伸进他的衣里，抚着他的肚皮，那种让人销魂的触感，让人重新理解指读。

这一刻，千金不换。

睡前，我迟到一分钟，他都等不及，哭：你让我爹快来嘛。我就陡然放下所有的事，迅速脱衣、上床。他泪汪汪地看着我：爹，你给我读《农历》。

没有想到，当年写的文字，今天会读给儿子听。

读完，要惊喜。

我搂了他，说，你现在还有爹搂着睡觉，就是天下最大的惊喜，爹已经没人搂了。

他说，你搂着我，就相当于我搂着你啊。

惊喜！

他贴在我的怀里，抓着我的肩膀，不多时，就睡着了。

这一刻，千金不换。

这一夜，我只操心给你盖被。

夜深人静，听着他们母子的鼾声，脑海中不知多少次闪过这句话。不愿再像曾经那样匆匆忙忙地赶路，不愿再像曾经那样去做那些所谓的大事，约约不完的人，谈谈不完的事，写写不完的文章，打打不完的电话。

现在，躺在儿子身边，操心给他盖被，就是最大的事，抓着他的小手，抚着他的胸膛，感受他的心跳。

像是睡着，又像是醒着。像是在梦里，又像是在梦外。

4

去一所学校讲德育课，引用了《弟子规》："恩欲报，怨欲忘；报怨短，报恩长。"

互动环节，一位同学问我，为什么要报恩。

我说，恩心连着根心，对应着生机，报恩心一起，人就能获得来自根部的力量。人在世上，有多少恩需要报偿。父母亲人、社会国家、天地宇宙，等等。父母生养之恩，天地滋养之恩，国家护养之恩，老师教养之恩，社会奉养之恩，食物营养之恩，缺一不可。

他又问，为什么要忘怨呢？

我说，因为怨心对应着杀机，怨心一起，我们自身体内的60万亿细胞首先被杀机污染。因此，对那些伤害过我们的人，不但不能怨，还要报以德。对于宇宙正能量来说，恩心连，怨心断。从人类整体利益来讲，正如庄子所说"天地与我并生，万物与我为一"，如果冤冤相报，这个世界就充满了无限仇恨和无尽伤害，何谈幸福感、安全感、获得感？如果人人忘却怨恨，甚至以德报怨，这个世界就是天堂。

还有一位学生问，为什么要"凡取与，贵分晓；与宜多，取宜少"？

我说，因为只有如此，才能减弱或消除我们的占有欲、控制欲和表现欲。首先，过分的占有欲，只会生产痛苦。占有越多，害怕失去的东西就越多，痛苦也就越多。更何况，占到最后，往往两手空空。《红楼梦》里的《好了歌》唱道："世人都晓神仙好，只有金银忘不了！终朝只恨聚无多，及到多时眼闭了。"清代巨贪和珅贪了一辈子，占了一辈子，富可敌国，到头来终究是"和珅跌倒，嘉庆吃饱"，贪财全部充了国库。其二，过分的控制欲，只会生产怨恨。控制的人越多，反抗的人也越多；控制的强度越大，反抗的力量也越大，最后必定失去苦苦控制的一切。过分的表现欲，只会招致厌恶。表现得越多，憎恶的人越多。因为"天道亏盈而益谦""人道恶盈而好谦"。无论是占有欲，还是控制欲，还是表现欲，都是自信不足造成的。要想让我们的生命充满获得感、幸福感、安全感，就要攻克潜藏在心里的占有欲、控制欲和表现欲。而要攻克此三欲，就要懂得"凡取与，贵分晓；与宜多，取宜少"，让利于人，让名于人，让势于人，与多取少。而要控制三欲，与多取少，最好的方法，就是存心于道。君子忧道不忧贫，谋道不谋食，说的就是这个道理。"己所不欲，勿施于人"是待人之道，处事之道，是世界上所有文明乃至联合国都认同的一个人类性原则，被称为"黄金法则"：自己不愿接受的，就不要给他人。希望别人如何对待自己，就要如何对待别人。通过"将加人，先问己。己不欲，即速已"的训练，可以让我们体会生命本质，"加人"是向外，"问己"是向内，"加人"时"问己"，内外就是通的，"不欲"是同理心发出的信号，同理心来自本质，如此，通过"速已""不欲"，我们一次次捍卫了本质，保护了心灵。这就是王阳明先生讲的"事上练"。练什么？致良知。当我们能设身处地为他人着想的时候，曾参讲的忠恕之心就复苏了，忠恕之心一复苏，感恩心就复苏了，感恩心一复苏，敬畏心就复苏了，敬畏心一复苏，全爱心就复苏了，全爱心一复苏，我们就不会仇恨任何人了。如此，自然会"恩欲报，怨欲忘；报怨短，报恩长"了，而当一个人心里没有怨，只有恩，人间就是天堂了。衡量一个人是否找到良知，抵达本质，就看他是否还报怨人，因为光明之中无黑暗。换个角度来讲，当一个人心里还有恨有怨，说明他的小我大我共振还没有完成，小我大我共振没有完成，宇宙同频力就不能完全供给，彻底的圆满的获得感、幸福感、安全感就无法实现，正如发射参数有一点点偏差，导弹就无法进入预定轨道一样。

还有一位学生说，"人有短，切莫揭；人有私，切莫说。扬人恶，即是恶"，这几句话有包庇人的过错、姑息坏人罪恶的嫌疑。

我说，这种观点完全误解了《弟子规》的原文原意。《弟子规》全文用字是很讲究的，可谓句句金玉、字字珠玑。在这里，"揭""说""扬"三字所指向的，不是人的短处、私事和过恶，而是对传播的态度。对人的短处、私事和过恶，《弟子规》通过"事虽小，勿擅为；苟擅为，子道亏。物虽小，勿私藏；苟私藏，亲心伤""用人物，须明求；倘不问，即为偷""过能改，归于无。倘掩饰，增一辜"等训谕，已经清晰地表明了态度。而对于传播的态度，古今中外大凡进步的时代都奉行"隐恶扬善"。为什么要隐恶扬善？按量子学的观点，任何信息的发布，都是向宇宙投放共振源，扬善发布的是正能量共振源，传恶发布的是负能量共振源。从心理学的角度，任何信息都是心理暗示，而心理暗示决定着人的动机，获得感、幸福感，特别是安全感。那些过多接受恐惧教育阴暗面教育的孩子，往往会安全感不足，悲观，忧伤。从伦理学的角度，扬人善，集聚善缘，扬人恶，集聚恶缘。善缘路宽，恶缘路窄。"善相劝，德皆建；过不规，道两亏"这句训谕告诉我们，朋友之间要懂得互相规过劝善，共同建立良好的品德修养。如果有错不能互相规劝，那么两个人的品德都会有亏损。这句训谕也同时回应了认为"人有短，切莫揭；人有私，切莫说。扬人恶，即是恶"是包庇人的过错、姑息坏人罪恶的错误观点。人非圣贤，孰能无过。当我们有"过"的时候，首先要能内省、改过，过而能改，善莫大焉。当然，在这个过程中，一定会有热心的净友规劝我们，帮我们从错误的道路上回归到正确的道路上。如果他人有"过"，一定要规劝，帮他人改过，这样彼此都能建立良好的德行。需要注意的是，指出别人的过错也要有方式方法，就是"善相劝"。这里的"善"有两层意思：一为劝人善，二为善劝人。劝人需要技巧，劝人要选择最恰当的方式，最合适的时机，最合适的地点进行。最好是单独交流，切莫在大庭广众之下，否则就成了"揭人短""扬人恶"了。当然，最好的"劝"和"规"，是自己做出榜样，让大家看。

吃亏是福既是天道又是世理。《道德经》讲，"天道损有余而补不足"；《易经》讲，"天道亏盈而益谦，地道变盈而流谦，鬼神害盈而福谦，人道恶盈而好谦"。六十四卦，卦卦有吉有凶，只有一卦全吉，那就是谦卦。其意象为地在上山在下，山不居高，将永远不存在崩塌的危险，对应到世道，就是主动放弃名利，也即老子讲的无为状态。通俗地讲，就是吃亏是福的状态。物质受人侵占而舍之，身体受人攻击而受之，感情被人欺骗而让之，荣誉受到玷污而容之，如此天长日久，小我将去，大我到来，而一个人一旦尝到大我的滋味，对来自外界的伤害就没感觉了，当然，对小便宜也就没感觉了，只会全然地奉献，这就进入主动吃亏的状态了。

原载《朔方》2019 年第 5 期

我与母亲的十二年（节选）

梁鸿鹰

　　我与母亲共同生活于这个世界上的时间只有十二年。

　　在一个小镇上，能够活在人们心里的女性很少。母亲像一枝风中的褪色玫瑰，鲜丽的色彩已不复存在，零余的气质，经受的苦难却让人久久怀想和同情。长久的疾病迫使她37岁便辞别尘世，过早卸下人生重担，将纷扰、苦痛、遗忘留给他人，任凭12岁的儿子，11岁的女儿，36岁的丈夫悲伤、思念。

　　不过，只有虚空是永恒的。人原本取自土里，就得回到土里去；人本来是泥巴，就得回到泥巴里去。逝去的人最聪明，不愿打扰我们。岁月无情，在40多年的时光冲刷中，我已渐渐将母亲淡忘，她不再重返我的梦乡，我很少使用文字去还原她在世

上与我在一起的美好。每逢清明或七月十五，同样很少腾出时间去遥
想她。

1

母亲罹患肺结核是在 20 世纪的 50 年代，那时，肺结核尚有相
当高的死亡率，人们对它谈虎色变。

结核病至少可溯至新石器时代，我国清人李用粹的《证治汇补》
对结核病作过这样的描述："痨瘵外候，睡中盗汗，午后发热，烦躁
咳嗽，倦怠无力，饮食少进，痰涎带血，咯唾吐衄，肌肉消瘦。" 20
世纪初，肺结核俗称"痨病"，也有"白色瘟疫"之称，高度的传染
性令感染患病者基本上无药可救，人们对其的恐惧甚至超过了黑死
病。19 到 20 世纪，结核病曾在全世界广泛流行，造成 10 亿多人死
亡，发明听诊器的法国医师雷纳克，英国诗人雪莱，波兰作曲家肖
邦，电影《魂断蓝桥》《乱世佳人》主演、英国女星费雯丽，我国作
家鲁迅、台湾小说家钟理和等均因肺结核过早辞世。令肺结核雪上加
霜的是抵抗力下降，对抗肺结核的利器是链霉素。治疗肺结核的"利
器"，母亲该有的时候没有得到，为什么没有得到，我向来没有搞明
白，而"下降"，则是母亲难以摆脱的宿命。

母亲像法国作家亨利·巴比塞描写露易丝·米歇尔时形容过的，
"长得像线一般纤细，头发和眼睛都是乌黑的"。这种"纤细"似乎就
是肺病的一个表征。她的父亲同样细瘦，得的同样是肺病，我出生之
前即已去世。母亲是家里的独生女，有五个哥哥弟弟。部分家人曾于
1957 年 8 月 11 日在北京展览馆前拍过一张合影，那是母亲到北京求
医问药时留下的。母亲当时 20 岁。短发短裙，线袜皮鞋，青春年少，
意气风发，从她侧着的脸庞上不难看出，她仍然带着少年不知愁滋味

的凛然。此时，她的病正在传染期和活跃期，看病时住在我大舅家，一家人该冒着多大的风险，所幸这一切都被扛过去了。然而很快，她将卷入一场不被多数人看好的恋爱，继而是结婚、生下我，一年后又生下我的妹妹。

当我听得懂大人们有所避讳的隐秘议论的时候，妈妈年仅30岁出头，已经两肺空洞多处，病情严重到无法工作，只能在家休息。她不得不克制着自己，回避主动亲近自己的孩子。亲吻、拥抱、溺爱、游戏，在别人家是日常的主要内容，在我们家里却是不言而喻的禁忌。新生命唤起母亲对未来的美好想象，每年春天她都张罗着买小鸡、小鸭，有一年还接纳了朋友送的小兔子。她喜欢这些小鸭、小鸡、小兔子，给最初来到家里的几个小鸡起了大白、二黄、小花和豆豆等名字，风和日丽之时，就坐在它们旁边，听这些小动物发出的声响，体察它们之间的诡计与争吵，时时露出会意的笑容。周遭的苦恼或不快，因为小动物们的存在而变得微不足道了。她喜欢安静，她不能忍受嘈杂、争吵和辩论，她钟情于安宁、静谧，而这些富于生机的嘈杂，却使她放逐思绪，怡然自得，坠入梦想。梦是生命的解释，收纳生活的遗骸。明月、星空、微风，无始无终，草生、鸟飞、虫鸣，轮回永恒。

赞美比批评无趣得多，小镇上的人们对母亲的赞美带着由衷的敬意。即使她的缺点、瑕疵，在他人眼里，也有着不同寻常的味道。母亲有根深蒂固难以去除的洁癖，她不和任何人共用任何东西，有次姥姥错用了她的毛巾，她大发雷霆，一天不肯说话。她的脾气很糟糕，周围的人动辄得咎。她大哥的大女儿美恩生了个孩子取名小军，另外一个亲戚给婴儿取了同样的名字，她便很不高兴，非要让人家改名。疾病助长她的弱点，使女人都有的刻薄、暴躁、固执不断加深。

母亲人生的最后几年成为小镇上一个持久的传奇，人们不一定喜欢传奇，可谁也无法回避传奇，传奇让人们增加面对平庸生活的信心，传奇暂时麻痹人们，让人们忽略自身难保的命运击打，让琐碎的痛苦变得可以忍受。

画作的美丽不在于其题材，而在于线条、构图、色彩所放射出来的光亮。母亲的价值，不完全在于对自己孩子的意义，而在于她摆脱自身私念时所做的一切。母亲倔强无畏，她于苦苦挣扎中体现出来的坚韧，勇敢抗争反复无常的命运，从不放弃生活些许希望的执着，活在小镇上人们的记忆里。

不要埋怨记忆的不完整，更不要视永恒的思念为累赘吧，我们在这个险恶的世界里丢失了太多珍贵的东西，即使无时不在想念自己的母亲，也难以弥补她的所有爱恋与不舍。她失却你远比拥有你的时间长。她并没有准备好与这个世界告别，正如波兰女诗人安娜·卡明斯卡所说，死像别的任务一样，它是人之为人的一项任务，而它超过了我们的能力。她离去得并不从容，上帝让一个正值盛年的女性告别这个世界，她的不情愿是深重的。

请原谅她过早毫无准备的离去吧，她不打搅我们，她不指望我们永久记住她、随时能够回忆起她的音容，她过早化为尘埃的一部分实为无奈。

2

童年时期我并不清楚，母亲是"主"的后代。

我的外祖父叫王竹心，山东蓬莱人，早年就开始信"主"，他的六个孩子分别取名为光荣、光耀、光洪、光恩、承真、光理，分享"荣耀洪恩真理"六个字，蕴含着旁人难以理解的微言大义。我的大舅有五个女儿，取名为美恩、受恩、静恩、佩恩、庆恩，同样含有铭记"恩典"的意思。敬畏主就是智慧，远离恶便是聪明，遵从神的智慧，借他的光行过黑暗，这是信"主"的人家必应铭记的。

母亲也是"出走者"的后人，外祖父在40岁左右的时候，像出埃及的人那样，带着年幼的儿子，在我的母亲出生前一两年，冒风霜雨雪，电闪雷鸣，食不果腹，日夜兼程，从烟台或大连来到边荒之地绥远包头。教会里的人都说外祖父是"主"派来，到包头给"主"做事情，传扬教义的。为教会工作，在艰苦的年代里是为了温饱，年龄大了德高望重，便成为尽义务，为此受了一辈子的罪，也为子女埋下了祸根。

妈妈留存在世上的唯一文字，是1966年4月21日写给三哥王光洪的一封信，主要内容是介绍父亲解放前的历史情况，信写得极为冷静：

（爸爸）小时候跟咱爷爷在乡下念书，初级毕业，隔了几年又去登州府（离蓬莱60里）念中学，当时家境贫寒，是用他祖父王义（据说是个秀才）教书节省下来的钱供他读书。念至初二由于经济实在支持不了而失学，于1918年离家在北京一个粮店扛粮食，1919年又回故乡教了一年书，1920年春开始在家种地二年多，1923年冬去营口一家杂货店（商号名记不清）当学徒。1924年秋因杂货店关倒，由张友才介绍去恒昌德商号当小伙计，当时恒昌德工资极低，一年只挣20大洋，穿的还得家中负担，维持不了生活，于1927年春由一个姓黄的人介绍他在（到）美孚石油公司当学徒，1928年冬公司中裁人就把他裁下去了，在家闲待一个月，自己到处联系职业，就在大连一家名叫合记（的）烟卷公司贴印花，在这工作了三年多，于1931年夏又离开合记（原因是他信了耶稣）。1931年秋去烟台开文具店，

1935 年春文具店关闭了，又去葡萄山会当了一年左右小学教师，1937 年秋由赵静怀弟兄介绍他到他柜上当会计四年光景，1941 年秋因买卖倒闭而失业，1942 年春去包头。

"我们都是主的人。主看护着我们呢，你别背离主，别不信主。"妇产科医生陶胜生经常这样嘱咐我。陶胜生是我的四舅妈，妈妈的四嫂，退休于北京东四妇产医院。

"主"的孩子都习惯于贫寒。因穷乏饥饿而身体枯瘦，在荒废凄凉的幽暗中，经干燥之地，在草丛之中采咸草。妈妈小时候家境贫寒，家中人口多，收入微薄，生活捉襟见肘实为外人难以想象。姥爷出身低微，一生历经坎坷，克勤克俭。肩负教会的使命，万难亦不能推辞，从沿海来到天寒地冻、人地两生的茫茫塞外，由一张彻底的白纸，于求告无门中艰难苟活，一家人饱受饥寒。姥爷一家人如何在绥远这苦寒之地安身立命，现已很难详尽其实。义人为什么总要受苦? 受难是为了更好地成为义人吗? 不知道妈妈一家是否反复问过这些问题。

姥爷王竹心解放后在内蒙古巴彦淖尔五原县汽车运输站当会计，仍信奉耶稣教，可能还是教会长，只因为年龄大，被推举为白尽义务不挣钱的耶稣教会诸多负责人当中的一个。作为城市里的外来户，他们所能依靠的，只有自己的双手和耐心。姥爷家有几辆纺车，母亲的四个哥哥一个弟弟，都是安静的人，规规矩矩，回到家里一声不吭地纺线。只有纺线能给他们带来学费、衣食、零用钱，让他们变得沉稳、耐心和细致。妈妈一家人都坐得住，都能持续专注在一件事情上。小时候我也绕过毛线，那长长的，永无尽头的浅色羊毛线、驼毛线，源源不断地来到两只手上，我撑着，听任姥姥和妈妈传递过来的体温和约束，领受这一家人持久的耐心。

贫寒影响人的气色，卸掉人的脂肪，让人便于思索、拷问内心。人由自己所缺乏的出发，找寻更多的不足，匮乏通向反省，反省通向希望，使心性得到塑造、安抚和填充。大脑回路多，卸载而非装填，便于灵活思考。选择节俭，更能让大脑灵活运转。听我的舅舅们说，姥爷清瘦寡言，笃行自我约束，他与孩子们在家纺线，带大家思考：自己的缺失，自己的饱满，均拜上天所赐，要多想想，自己到底能做什么。《圣经》上说，素来饱足的，反作佣人求食；不生育的，生了多个儿子；多有儿女的，反倒衰微。耶和华使人死，也使人活；使人下阴间，也使人往上升。他使人卑微，也使人高贵。他从灰尘里抬举贫寒之人，从粪堆中提拔穷乏之人，使他们与王子同坐，得着荣耀的座位。姥爷的义人之家得了五个好学的儿子，一个美玉般的女儿，上帝如此的酬答，还不够满意吗？

上天不断告诉这家人，别把眼睛生在头顶上，用自己的脚，踏坏了想得之于天的东西。凡你手中所应当做的事情，要尽力去做，因为在你所必去的阴间，没有工作，没有谋算，没有知识，也没有智慧。历史像个温顺的孩子，等待后人梳洗打扮，或俊秀，或丑陋，迟早面目模糊，踪影难寻，好在时光是正直的，让德行流芳人间。

3

母亲小学在呼和浩特，初中在五原，考到包头读高中。不管到什么地方，她都能很快引起人们的注意。美丽如无声的流言，走到哪里传到哪里，她的美貌从未被加冕，却是普遍共识。她脸部轮廓清晰，高鼻深眼，举止娴雅，气质卓异，每到一地都令人难忘。三舅在80多岁的时候给我写信时说，现在流行的什么"青春靓丽"等词汇，用在妹妹身上实在太单调太贫乏，与她给人的感觉不沾边儿。妈妈不爱言谈，为人沉静，心性高傲。周围人们的关注、他人经常落在她身上的目光，她并非一无所知，但向来不以为意。

妈妈像是地上的花朵，全然不在意自己的美丽，她同样是倔强的，风吹过来，不弯腰，雨浇上去，不低头。因多读了些书，说话凭真实感受，凡遇"运动"必遭折腾，一家人吃尽苦头，家里的气氛向来十分压抑，妈妈能挺直身子面对世界实属不易，她和自己的兄弟有很强的自制力，学习成绩个个出色，她内敛坚强，凭良心做事，能以微笑面对他人，大家都很佩服。

人们都说我母亲身上有种超脱于俗世的清新之气，爱思考，凡事不刻意，从不知道什么叫刻意，无论什么样的举止、穿着，只要出自她，都会带来天然去雕饰的效果。她不爱打扮自己，她的傲然、随性，想被描写出来，会像朱利安·巴恩斯写下"居斯塔夫独自和一条金鱼吃午餐"一样无聊。我无法回到妈妈那个时代，即使尽情遥想，同样会无功而返。所有的灯关上了就会是黑暗的，所有的门打开迎来的不一定是光明。

听不少阿姨讲，少年时代的妈妈身上散发着很好的味道，那是她皮肤自身散发出来的，经常与她结伴而行的同学们，知道她使一般的肥皂，用最便宜的雪花膏抵御塞外风沙的鞭挞。对同行的伙伴，妈妈很挑剔。她经常说，世上善解人意、心地和面貌都好的女孩是那样的稀少。大部分女孩身体干瘪，面目枯槁，在塞外的风寒雨雪中过早失去了水分、光泽，而妈妈即使被疾病抽掉蓬勃之气，仍红润而富于光彩。当然，这种红润其实是种病态，是无奈的伪饰。

风沙是我年幼时几乎每日相伴的朋友，对母亲来说又何尝不是如此呢？妈妈一家迁居到五原不久便迎来了全国解放。五原我从来没有去过，这里只是河套茫茫大地上的一个小圆点。相传4000多年前，天下洪水泛滥，大禹取疏导之法根治洪水，待水势减退，高埠之处首先出现若干个丘状原所，其中有五个较大的原所，人们在原所之上辟田、造屋、繁衍、生息、耕作，五原的称谓就是这样来的。在五原，这个多子女家庭解放后的生活进入正轨，灿烂阳光之下，妈妈的四个哥哥健康成长，工作的工作，成家的成家。只有妈妈和一个比自己小一岁的弟弟，尚处求学阶段。

妈妈无忧无虑，学习品行无可挑剔，不缺同伴，不缺友情。同伴如补品，时间长了，大家都受滋润。几个上学一起走放学一起回的女孩子里，妈妈身材匀称，个头高挑，为人和善，说话轻声细语，得到大家佩服，听她的主意，大家一路上总是有说有笑，无拘无束。成了好朋友之后，大家经常串门，到对方家学习。但妈妈从来不在别人家吃饭，这与别的孩子不大一样。

<h1 style="text-align:center">4</h1>

妈妈的幸福是爸爸带来的，她的不幸爸爸同样难辞其咎。就在踏入青春期门槛的高中后期，妈妈的肺结核开始展露异常狰狞的一面。她在上天的呵护之下，顺利进入为青春骚动所困扰的年华——皮下脂肪生长，大脑垂体喧嚣，容光焕发，飘逸优雅。姣好的面容，浓密的黑发，修长的四肢，文质彬彬的气质，吸引着艳羡渴慕的目光。诸多异性的目光，只有来自我爸爸的凝视，她最在意。"当一个女人能使男人着迷时，她是幸福的，并能获得她想获得的一切。"托尔斯泰在《克莱采奏鸣曲》中的这段话，适用于处于青春期的母亲。她学习成绩好，性情高傲，是包头第一中学的名人。包头，一个有鹿的地方，美丽妖娆的鹿，像体态轻盈的母亲，她就是在这个有鹿的地方体验了少女之心"鹿撞"的神奇，来自两个美好少年最初心心相印的喜悦，让他们充满自信。

包头冬季严酷，春季燥热，夏季短暂，秋季沉静，四时更替之分明，提醒着人生节序的严整。宽阔通衢的苏式大街，严谨对称的俄式建筑，处处宣示着钢都的威严、自信、慷慨。草原晨曲、花的原野、哈达、敖包、骏马、奶茶，只是包头这个被大工业塑造的城市的显性方面，是外部一厢情愿的想象。城市的本质是动力、聚集、提升、释放、扩散，妈妈在这里得到的是教育，教育的目的是装载、分享、浇灌、竞争、筛选，是青春的竞赛，是听命于智力马拉松的发令枪响，让充沛的精力有所安顿。

严寒收起肃杀，冰雪渐渐消融，1954 年珍贵的春色如约来到包头一中，教室、阅览室、食堂、宿舍、林荫道和操场很快有了盎然春意，人们之间的走动增加，春情开始在少男少女心中激荡。在男女生之间依旧授受不亲的年代，男生通常乞灵于天助，期待爱的意外降临，在关键时刻听任杜鹃声里斜阳暮，驿寄梅花，鱼传尺素。爸爸是备受宠爱的家中长子，长得帅，大手大脚，性喜呼朋唤友，不乏公子哥儿做派。听我二姑父说，他在学校的名气来自交酒肉朋友，给兄弟们打抱不平。他会与公开谈恋爱受处分的同学结伴上学，与打架伤人被开除的伙伴一起饮酒，将自己的精力浪掷在讲义气、交酒友上。爸爸比妈妈小近两岁，低一个年级，他与同学们或啸聚或小酌，从不缺开心的玩耍嬉戏，但成绩一点不差，不用花多少时间，照样能够在考试中胜出，在这一点上，他和妈妈是一样的。爸爸入学不久，这两个有名气的人开始互相打探，声息与闻。

"五一""五四"很快就到了，这劳动的节日青年的节日，同样意味着苏醒、欢腾和运动季。一场运动会展现出来的，不单有男孩子们的身手、肌肉，更有智慧、笑脸、腿脚、反应及破绽，所有的真实与伪装，脆弱与坚强，在运动场上都难以逃脱人们的眼睛。疾患限制妈妈对激烈运动项目的参与，但没有阻止她对运动场上活跃着的人们的鉴赏。

爸爸想在径赛项目上出风头，800 米，4×100 米接力是他的强项，但人有八尺，难求一丈，他似乎很难达到最佳，正如他在所有事情上都不会做到第一一样，不过，这并不妨碍他表现出色，给人留下好口碑。

在少女们眼里，最吸引目光的，永远是状态、肤色、秀发和神情，而非能否跑第一、后来居上或训练刻苦。就在爸爸持最后一棒撞线之后，令所有在场的人们意想不到的场景出现了：一个身材美好的女孩不失时机冲到爸爸面前，递上一块毛巾，令他猝不及防手忙脚乱语无伦次举止失措，女孩虽面部潮红却异常冷静游刃有余。大家发现了，她就是王承真，我的妈妈。对，她神情自若，坦坦荡荡，她步履坚定，自信异常。后来发生的一切无论速度还是深度，都超出了大家的预期。

"希傧过来，你看看我的手凉不凉？"这大概是妈妈给后人留下的唯一一句情话，是与爸爸同龄的二姑父转述给我的，作为爸爸曾经的同伴，他敢对此话的真实性打包票，两次说起，都斩钉截铁。大概就是在那个非凡的有故事的五月，沾衣欲湿杏花雨，吹面不寒杨柳风，五月的鲜花，开遍了原野，神奇季节造就神奇故事，一场喧闹的运动会，让两个怀春的高中生碰撞出了火花。我只能想象，驿寄梅花，鱼传尺素，小桥流水，佳人相思，当年明月，空照无眠，敕勒川苍穹之下，热烈而单纯的少男少女，敞开彼此的内心，靠近彼此的灵魂，填写着人生新空白。

5

爱情如同人间的诗歌，是在稀有或意外的瞬间偶然地降临到人们身上的生活的胜利。爱是生活的前提，是幸福的基石，是陶醉、战栗、痉挛、发呆，是情欲的爱抚，是巨澜般的波动，是风暴般的席卷。正如司汤达所说："爱情就好像是热病，它来去的全过程都不容意志参与。这就是同情的爱和激情的爱之间存在的主要差别之一，即使你所爱的人，品质出众，你也不过应当庆幸自己运气好罢了。"爱情是自然的，同时不也是盲目的随机的吗？

两个处于美好年华的少年，在运动会后迅速开始畅饮爱情的甘露，他们像傻瓜般如胶似漆，大家普遍对承真如此快速地献出自己的芳心难以理解。在恋爱这件事情上，据说爸爸反应迟钝，属于慢热型，还有每个男性易患的忽冷忽热症。接纳了妈妈等于接纳了一个众所周知的珍宝，但他的接纳有些缓慢。妈妈以高傲少女的姿态，真诚而不失审慎，热烈而不失克制，她被爸爸吸引，同样吸引着爸爸，使他由低热转为高烧，爆发出的热情差点儿将他们烧毁。

不过，爱情的甜蜜难以抵扣他们的现实困局。差半年就要高中毕业了，妈妈的肺病此时露出远比生活本身更严酷的面目。多处诊断的结论高度一致，求医问药所听到的告诫如出一辙。结婚可能导致恶果，毫不客气地摆在两个情侣眼前。当此甜蜜与痛苦交织之时，妈妈遭到了来自爸爸家的全面反对。1956 年，学习似乎并不怎么刻苦的爸爸如愿考上大学。大概就在此时，他们俩确定了关系。还有几个月高中就要毕业了，恰在此时，妈妈因病不得不提前退学。不知道托了多少关系，才回到爸爸家所在的巴彦淖尔磴口县，在第三完全小学当了一名语文教师。

爱情是一种永难治愈的疾病，一如口渴的人想在梦中寻到水喝，没能获得用以消除体内严重灼热的半滴水，徒劳无功地耗费着自己的体力精力，只追逐到水的幻象。即使终于得以居于河流之中，把头伸到水里鲸吞虎咽，仍难免感到日甚一日的口渴——爱神维纳斯就这样用爱情的幻象愚弄人们。肉体再丰盈，情人们的双眼也无法曲尽其妙，双手再灵巧，漫无目的抚摸也终将一无所获，只有完全合二为一，如饥似渴，尽情享受激情，爱神播撒种子，整个肉体渗入对方肉体，四肢为之瘫软，瞬间强烈的快感来袭，他们才得到些许安慰。但很快，同样的疯狂欲望又会开始新的轮回，人类就是在这种轮回中消耗、追寻，再消耗、再追寻。

处于爱情炽热期的爸爸1958年大学毕业后，毅然回到磴口与妈妈团聚。当他在电话里向其大姐（我的大姑）报告即将与妈妈结婚时，大姐勃然大怒，愤然摔掉电话。大姑父是放射科大夫，早已知道承真肺上有了空洞，此时根本不能结婚。不过，据我的四叔说，对父母这桩婚姻，爷爷的态度倒非常开明，这是大家始料未及的。

回到家乡结婚生子，意味着迅速走入庸常的生活。爸爸的这种义无反顾，像是自我牺牲，在当时的小城再度成为话题。爱情的巨大鼓舞使爸爸全身心投入工作中，他的机敏，他的认真，他的才华，招来不少仰慕的女生。学校里女孩子自然是多的，多了不要紧，关键是旁人的舌头跑得快，事情还没怎么样，就已经传到了妈妈耳朵里。她听说一个双眼皮睫毛很长的小女生，动辄如小鸟依人般楚楚可怜，经常跟爸爸走动。小女生令妈妈想起运动场上希傧初次面对自己时的犹疑。嫉妒从来无假日，女人天生不饶人，爸爸关键时候可能心软，他那种游移暧昧，激起妈妈满腔怒火。但毕竟，爸爸有自己的办法，很快与妈妈和好如初，让爱情甘之如饴。

……

原载《钟山》2019年第4期

捡拾记忆

甫跃辉

乡村音乐

二胡，是我最早见过的乐器之一。我见过的那把二胡，把在一个和阿炳差不多的人手里。在我十年前写的中篇小说《收获日》里，干脆就给这个来自现实的人物，取名叫作"小阿炳"。而汉村，是这部虚构作品的现实发生地。

汉村从来不缺少音乐。婚丧嫁娶，是音乐集中展现的日子。谁家娶亲，谁家出殡，老远就能知道——准确地说，是听到。蓝天白云底下，响亮的音乐可以传得很远。听到音乐的人，心里都有些波动，不自主地要朝那地方走去。

这样的场合，小孩子们更是不会错过。

小时候，我也爱往人堆里钻，但我在村里不属于很能混的那种，除了和奶奶上山，或者随爸妈到地里去，多半和弟弟在家里玩儿，走到村里，身边简直没个玩伴。每逢红白喜事，想要去，又不知道该往哪儿站。"无所措手足"，大概就是说的这样的状况。但婚丧嫁娶，我仍然是要去的。估摸着到饭点了，就随大人到办客的人家去。

记得是寨子头的那一家，我去了后，没赶上第一轮吃饭，只能一旁等着。我身边是挂礼处。一张方桌后，坐着挂礼人，挂礼人是村里能识文断字的。在挂礼人身边，还坐着两个人，裤脚高高卷起，脚上是解放鞋，鞋底边一圈泥，鳌黑的脸上，是赶路后的倦怠。他们面前，各有一个敞亮的瓷钵头，里面荡漾着清亮的酒。他们喝几口酒，拿起身边的唢呐，呜呜噜噜试探几下，吹奏起来。欢快的、我叫不出名字的乐曲流淌在院子里。

后来很少再见人吹唢呐了。喜宴上，唢呐的音乐照常流出，只是改从录音机里了。葬礼上的音乐，倒是从未和录音机沾边。种种乐器，始终操持在人的手里。出殡那天，整个就是一场纷繁盛大的音乐会。阴阳先生一左一右站在棺材前，嘴里念念有词，一个握着铙钹，一个提着铃铛，这边响一响，那边又响一响。院门口鞭炮声响，舞龙舞狮的队伍裹挟着人流，从院外闯进来了，紧随着的还有五六人组成的乐队。闷钝的鼓声、脆薄的锣声，混杂在一起，如气流般上升。堂屋棺材边的一圈女人，哭声大作。但哭声旋即被音乐声盖压下去，闷闷地在棺材边盘绕。孩子们是很少被悲哀的气氛感染的。这简直算是他们的节日。然而，吸引我们的不是音乐，而是那舞龙舞狮的队伍。我们挤在大人堆里，看那些龙啊狮啊，身手矫健地翻滚，腾起一地的灰尘。

相比之下，弹洞经是我们最不乐意见到的——那时候，我自然不会知道，洞经音乐可是从宋代就流传至今的道教丝竹乐。只见十来个老人在院子里分两边坐开，各自调整好姿势，忽然，他们手中的钟、鼓、铙、钹等乐器，一起迸发出错落的声音。等了又等，声音小下去，想着就要结束了，不想声音又大起来了。我们只能很无奈地接着等。

不知什么原因，葬礼大多在冬天。冬天的云南是旱季，天上云彩如丝缕，偶尔现身，不知何时便消匿无踪，只剩下靛蓝的被群山框定的天。

蓝得发亮的天底下，葬礼总是进行得很热烈，从早上七八点开始，要到下午两三点才会结束。两位阴阳先生最后念了一些什么，人群动乱起来了，各个擎了灵幢、纸人、纸马，呼隆呼隆地挤出门去。随后，漆黑的棺材从堂屋里出来了，棺材上架着彩色的龙杆，龙杆上面覆了彩色的纸扎。棺材两面，是八个身强力壮的男人，从他们紧绷的手臂肌肉，看得出棺材的沉重，也看得出死亡的分量。紧随棺材的，还有一群白包头白衣服的孝子贤孙。之前出现过的舞狮舞龙队伍也跟着，乐队也跟着。在送殡队伍行进的过程中，鼓乐仍然进行着。

棺材要在中途停下，两位阴阳先生又一番念念有词，舞龙舞狮的伴奏再次响起。这时候，倒似乎没了弹洞经的。除开鼓乐，只剩下鞭炮声和孝子贤孙们的哭声。

记得是一位老太太出殡，队伍停在汉村寺门口。另一位老太太在棺材边哭，哭得一把鼻涕一把泪的，旁边的人拉了几次，都没能把她拉起来。在她幽凄的哭声里，死去女人的一生呈现出来，几十年里的欢乐、痛苦、委屈、孤独和不舍，仿佛触手可及。那次，就连站在边上看热闹的我，也被深深触动了。十来岁的我隐隐约约看到，人的一生是这样的啊，人的一生将是这样的啊，而死亡，又是这样的……无论边上的人哭什么，无论鞭炮有多响，无论音乐有多闹，死亡只是沉默无语。

葬礼上，在洞经队伍里露过面的二胡，是我在平时也会经常见到的。大院子里，便有人经常拉二胡。阴雨天里，二胡幽慢滞涩的声音传得很远。给我留下深刻印象的是"小阿炳"手里那把二胡。

　　和阿炳一样，小阿炳是个盲人。听爸妈说，他不是天生的盲人，是后来生病才盲的。那时候他20多岁，结婚了。看不见后，妻子买来书，教会他算命。他便挂了一根细竹棍，拿了一把二胡，上街，算命。我认识他时，他的妻子早已过世。有时在村里碰到他，和他打招呼，他便停下脚步，笑一笑；有时在街上遇见他，70来岁的他坐在街角，身形瘦削，脸上几乎没肉，眼窝深陷，侧着头倾听。听完了，掐一掐手指，从黑暗的深渊里，向身处光明的人指出一条路。他的语气是温软的，是不确定的。

　　他住得离我家不远，有时会到家里来，手里只有细竹棍，没有二胡。爸妈把他让到堂屋里，喝茶，聊天。他微笑着，要给我们算命，我们纷纷避让。妈笑说，我晓得你要说，子午卯酉一枝花，不带残疾就带疤。他笑，我说的不对吗？哪个人不是这样？我们都笑。

　　他或许不知道，我对他拉二胡比让他算命更感兴趣。他在我面前拉过的，是什么曲子，我完全不记得了。只记得，我似乎想向他学拉二胡的，为此，还买过一把二胡。至今，那把二胡仍然挂在老房子二楼的墙上，积满灰尘，灰尘里封着从未发出过的声音。

　　小时候看过一部电影，讲阿炳的。阿炳在空无一人的街上，一面走一面拉二胡。街道两边低矮的楼里，有人在吵闹，有人在说笑，有人在刷马桶。没人注意到，一个孤独的天才正走在街上。他深陷的眼窝里，有能够洞穿时间的光。

　　这个画面是如此深入我的脑海，以至于我总是这么想象小阿炳。

　　许多年后，我来到无锡，来到梅里。想象着几十年前，阿炳在这儿走着，脚下的路，四面的街道，都通往哪儿呢？

在梅里古月琴坊，我第一次见到了整个二胡的制作过程。从选材开始，到打磨琴头、琴轴，蒙蟒皮，一步一步，一把二胡在匠人们手里诞生，等待发出声音。匠人们年纪大多不小了，生命里的几十年光阴，全部浸润在了一把把二胡里。

制琴车间边上，偶然碰到来买琴的客人。在大家的怂恿下，客人拉了几首曲子，其中便有《二泉映月》。这让人有种错觉，仿佛在梅里，每个人都可能是阿炳。

阿炳孤独地走在几十年前的窄巷里，小阿炳孤独地走在距离梅里几千里的汉村。

无数桥

朋友到云南旅行，发来一张当地地图的截图，图上有个用红线圈起来的地名，叫作"漫旧桥"。现在已经不大记得，朋友是要问我什么。是想问我，这地名什么意思吗？还是要问我，有没有到过这儿？可惜，我既不知道这地名的意思，也没到过这儿。然而，这三个组合别致的字，却唤醒了我的许多关于桥的记忆。

我家后院，出门即是一条小水沟，宽不过一米。水从小娃坟流下，流经我家后院，一路向西，经过大片农田，越过横沟、棉花村两个自然村，汇入施甸大河。这么说起来，家门口这条小水沟，似乎也有了辉煌的简历。小水沟冬天几乎没水，夏天才浊流滔滔。即便如此，上面仍然是有桥的，还不止一座。我家门口的桥，起初是几根原木搭起来的，那桥日渐腐朽，才换作几块石板。日日从上面经过，很少想到，这是一座桥。真正桥的样子，是要到更大的河流上才能见识到的。

最先让我想到的，是我家北边一里地外的官市桥。

官市桥建在官市河上。官市河发源于东山，一路奔流而下，成了一条悬河。悬河在我们那儿，印象里只有这一条——我曾写过一部短篇小说，叫作《滚石河》，这滚石河，就是从官市河讹化来的。从我家往保场街，必经官市桥。这座桥老远即可看到，高高在上，神貌庄严。是一座铁桥，铁皮桥板铁质栏杆。人和车走上去，咣当咣当响动，晃动。赶街的日子，山里人赶着马队下山，来到官市桥边，马害怕铁皮的响动，也害怕铁皮下的滚滚浊流，不敢走了。好多次看见赶马人驱赶马匹，或者强拽住马笼头将马往桥上引。马无可奈何，百般小心地挪动蹄子，踩高跷似的，一跳一跳踱过去。我多半是骑单车，看看快到官市桥了，拼尽全力蹬踏板，摇摇晃晃上得桥，总要停下单车，扶着桥栏，歇一口气。

往东望，不远处有一座石板桥，连接了北面的村寨和南面的东山寺。每年农历二月十八，东山寺举办"三沟头龙会"。那时候，官市河流水不丰，鹅卵石大片露出水面。舞龙的人们，也不走桥了，直接舞动着长龙，越过官市河到东山寺去。

往西望，满眼茂林修竹，竹木掩映着一座破旧的风雨桥。这是我在老家见过的唯一一座风雨桥。桥两边的土坯墙几近倾圮，桥顶的洼沟长满瓦松，不少瓦片已然破损。桥面是木板搭起来的，透过宽大的缝隙，看得见离得很近的官市河水。我总望见这座风雨桥，却极少走上去。走上去的几次，多少有些心怯。那是因为桥顶横梁下存放着一条龙杠。何谓龙杠？村里出殡时，棺材会由八个人一起抬。棺材上方，有一条纵贯棺材头尾、统领所有绳子和木棍的横梁，那便是龙杠。龙杠全身涂以油彩，系以红绸，一端雕成龙头，一端雕成龙尾，龙头置于棺材头，龙尾置于棺材尾。因沾染了死亡的气息，这一条"龙"，和所有的"龙"都有所不同，神圣而又可怖，威严而又肃杀。

如今，无论是铁质的官市桥还是木头的风雨桥，都已变换模样。

官市桥是在我读初中时候，即拆掉换成水泥桥了。负责施工的，恰是初中同学赵开旺的父亲。有一天，我忘记拿饭票，晚自习下课后，从初中骑单车回家拿。来回虽然只有四五公里，但一路幽暗，灯火稀少，心里难免忐忑。来到官市桥边，只见桥下亮着一处灯火，心中惊疑，近了才知是守工棚的同学父亲。他邀我和他坐下歇一歇。在我们边上，月光笼罩下的铁桥，如同出土的恐龙，已经只剩一身骨架。

官市河西边的风雨桥，我昨晚查找资料时，才知道它已经被修缮一新了。说是修缮，却几乎看不出原先的影子了。黑瓦白墙簇新，桥头的"惠仁桥"三个大字也簇新。

官市河往西流，最终汇入的河流，和我家门口那条小水沟是一样的，都是施甸大河。施甸大河从南流向北。在地图上看，会发现这个流向多么特立独行。

施甸大河上的桥更多了。常听我妈说起施甸大河上的"大桥头"。这大桥头并非单指向一座桥，而是两座。一座是施甸街的大桥头，在施甸一中门口不远处。如今，这大桥头是很难让人意识到它是桥了。它是平坦的，已经和马路融为一体，边上两株大青树，看上去可比它年岁久远多了。施甸大河从这座大桥头底下流出，笔直往南，七八公里后，来到仁和镇的大桥头。很多人去仁和街，不说去仁和街，而是说，去仁和桥。

仁和街上这座大桥头，是一个完备的小小世界。桥面两侧，鳞次栉比的小摊，卖糕点、卖水果、卖豆粉、卖冰粉、卖衣服、卖鞋、修鞋、种种样样，挤挤挨挨，吵吵嚷嚷。街子天从桥上过，头顶大太阳刺啦啦放出光线，脚下鞋子踩到鞋子，后一个人呼出的热气，膏药似的贴到前一个人的脖颈。有人站下想买块糕点，刚拿到手，没来得及付钱，已被后人推搡着往前走。到了闲天，没赶街的人了，大部分摆摊做生意的人走了，这桥才显得宽展。这时，方能看到桥的真面目。这是一座多孔桥，桥洞上架设了锈迹斑斑的铁闸，铁闸起落，放水蓄水。若在蓄水期，俯身桥栏往下望，水面幽深，照见人影。

夏日午后，若到仁和桥边，准会看见许多卖野山菌的人。鸡枞、铜绿菌、青头菌、黑大脚、见手青……整齐码放在竹篮里或背篓里，根脚沾着山里新鲜的泥土。那卖菌子的女人，鞋底也一样沾着山里新鲜的泥土。渐渐地，落日西沉，大桥西面房舍的影子压在她们身上。此时还没卖完菌子，她们多少有几分焦急了，叫卖的声音愈发响亮和迫切。许多次骑摩托路过，我总会停了摩托，买上一些。菌子装在塑料袋里，塑料袋往摩托车龙头一挂，风驰电掣回家去。一路沿着施甸大河走，水波漾漾，光影糅乱。只要有村落，河上便有桥，这些桥，绝大部分我都没涉足过。我只是无数次看到，它们就在那儿。

小时候，我每天望见西山坡，却不知道，西山坡后，怒江就在那儿日夜流淌。

施甸大河穿过施甸坝，到达由旺镇银川村后，渐入山谷，转过西山，在深山老林里回旋盘绕，最后汇入怒江。怒江和东山脚的汉村，几乎处于全然隔绝的两个世界。直到大学一年级，我才有机会一窥怒江的真容。在群山里行走，远远望去，怒江不过是一条黄浊的带子，但它的涛声，已然灌满两耳。怒江的桥，我见过的五座，由南到北，依次是红旗桥、惠通桥、潞江大桥、惠人桥、双虹桥。

潞江大桥最新，是 20 世纪 80 年代修的，从桥面往下望，整个潞江坝尽收眼底。其次是红旗桥，修建于 1974 年，用来替代惠通桥，惠通桥始建于明末。1935 年，新加坡华侨梁金山捐资将其修建为钢索吊桥。1942 年，为阻挡日寇东进施甸，惠通桥被炸断，两年后滇西反攻时重建。站在惠通桥下游 400 米处的红旗桥上看，惠通桥只剩下条条铁索了。

几年前和大表哥一家去怒江，穿过一个寂静的小村庄，眼前是一处断桥。江两岸各一桥楼，江心一桥墩，三处皆残破不堪，桥面更是荡然无存。因是枯水期，河边露出巨大的鹅卵石。我从一个鹅卵石跳向另一个鹅卵石，最后攀上中间的桥墩。桥墩上荒草萋萋，几棵绿树枝叶婆娑。桥墩上看怒江，大有"一览众山小"的感觉。后来，才知道那寂静的小村庄叫老桥队，这座只剩下桥楼和桥墩的桥，叫惠人桥。

惠人桥修建于道光年间，是一座双孔索桥。惠人桥往东，是另一座更古老的双孔索桥，叫双虹桥。双虹桥修建于乾隆年间，至今仍在使用。

我见到双虹桥，是今年五月。怒江两侧山坡壁立，剑麻花节节攀升，高举如同绿色火炬。铁锁，木板，江水浩荡，声若雷霆。雨季即将到来，江水暴涨，千军万马，蜂拥着从怪石边奔过，撕咬着，踩踏着，嘶吼着。我在桥上行走，低头凝望，时间久了，有些眩晕。

忽然，脚下木板震颤，铁索响动，抬头望去，只见一位皮肤黝黑的大哥骑摩托车，"突突突"开上桥板，迎面而来了……

怒江往南流，进入缅甸后，成为萨尔温江；怒江再往南，最终注入印度洋的马达班湾。这一路不知道还有多少桥，那么多桥上，又会有多少故事？

原载《广州文艺》2019年第 5 期

春风一过天地宽

李舫

金色的剪秋萝满院子怒放，我看到一朵又一朵小花悄悄咧开小嘴，晨风一过，它们似乎有点发呆，半天不敢动了。我说，赶紧开吧，一寸光阴一寸金啊。

"日——日——是——好——日。"

李雪健一字一顿，用力地说，声音有些沙哑。他坐在沙发上，蜷缩着身子，黑色的肥腿裤卷到膝盖，微笑着，又欢喜又满足，仿佛勤劳的的农夫在午间小憩，微风熏然麦浪翻涌中，畅想着金秋的收获。

他将这五个字写在本子上，递过来。字很漂亮，凌空高蹈，恣肆汪洋。这是《六祖坛经》中的一句话，惠能偈云："春有百花秋有月，夏有凉风冬有雪。若无闲事挂心头，便是人间好时节。"道尽心中愿景。

大病之后，他洞悉了很多，也看穿了很多，唯一放不下的仍是对"戏"的痴迷。"老爹老娘出来遛弯，街坊打招呼：昨儿又看见你儿子演什么什么戏了！老爹老娘骄傲，我也骄傲！"他说，毫不掩饰"骄傲"。

窗外景色盎然。层层叠叠的剪秋萝，在清晨和煦的阳光里开得一派欢腾。七八朵小花攒聚成伞状，密密麻麻拖着细齿尾羽的花瓣，在风中轻轻颤抖，千娇百媚。透过阔大的落地窗，李雪健用目光一一爱抚这些孩童般稚嫩的生灵，眼角沾满了晨露。

大病之后，他清减了很多，对角色也挑剔了很多。"每年只接一部戏，电影，或者电视剧。"经历了这场磨难，有人以为他会一蹶不振，他却如同凤凰涅槃，重振羽翅，冲天飞翔。

"你得了病，观众比你还痛苦。"我说，"这场重病一定让你对生活有了很多反思。"

"我年轻时有过稀里糊涂的阶段，得病后有时间反思了，觉得自己那时真是堕落了。以前有一段时间，因为找我拍戏的人多了，碍于面子，合不合适我都答应，有点把握不住，忘乎所以了。应该说，这场病给了我艺术上新的生命，酒也戒了，烟也戒了，麻将也不打了，人生观一下子也改了。"回首数十年的往事，李雪健很是唏嘘，"我现在依然怕死，因为没死，就想活得更有意思。人这一辈子，机遇也就那么几个，我对自己的要求是弄一个得成一个，这是对观众负责，也是对自己负责。因为身体状况，不能拍太多的戏，所以成功率对于我来说太重要了。"

他空闲的时间读书、下棋、练字，内心一片安宁、一片光明。我问他："你几乎不接广告，在别人看来，你是不是太爱惜自己的羽毛了？"

"1998年我拍过一个广告，广告里有句台词：'没有声音，再好的戏也出不来。'没想到，后来我偏偏就在电视剧《搭错车》里演了一个哑巴，一句台词没有。结果大家不说这个戏，老把我和那个广告联系起来。这对我是个打击，我自己扇了自己一耳光。虽然拍广告很赚钱，但我发誓再也不拍了，伤自尊了！"

"下一部戏是什么呢？"我问。

"电视剧《平安是福》，农村题材。我就是农村出来的，所以给我一个农村题材，我说：'哎哟，给我看看。'我喜欢这个。"显然钟情这个话题，李雪健拿过不远的军挎包，取出随身携带的保温杯，喝水，润嗓。12年前，他罹患鼻咽癌，放疗的射线成功地杀死了癌细胞，也杀死了他的唾液腺，他恢复得不错，但从此离不开水。

军挎包已经洗得发白，上面绣着红彤彤的五个大字——为人民服务。我指着他藏蓝色的T恤，笑道："你也很潮啊！这是川保久铃的设计作品；还有这种包的怀旧范儿，是90后的最爱。"

"还是个日本人？"他诧异，随即大笑，"儿子买的。这颗心和这对大眼睛，我倒喜欢。这个包嘛，跟了我快40年，已经是老古董喽！我喜欢这五个字，它提醒我应该做什么、怎么做。"

在《平安是福》中，李雪健试图回归土地、回归人民。"这戏讲一个村里发生的故事。村里的人有些是养牛的，有些是养鸡的，还有些是养狐狸的。他们互相竞争，也互相使坏，斗心眼儿。让我演一个住在这个村的镇派出所警察，我得调和他们的矛盾，告诉他们平安是福。我正在看这个剧本儿。"

平安是福，这四个字何尝不是李雪健的心愿？58年前的冬天——1954年的2月20日，南国已是春意盎然，北方却还一片水瘦山寒。李雪健降生在山东菏泽市巨野县田庄镇，父母给他取名"雪见"。两三岁时，小雪见得了场大病，病好后，家里人给他改名"雪健"，盼着他日后能够健壮起来。

拜这个"健"字所赐，他在艺术道路上健步如飞。在中国演艺圈中，李雪健是屈指可数功成名就却没有被定型的演员之一。不妨搜索一下他的作品年表，林彪、李大钊、焦裕禄、赵树理、宋江、秦始皇、杨庭辉……我无论如何想象不出这些人物之间的外在联系，他们的性格、品行、气质甚至是身高、相貌都相距甚远，然而李雪健却将他们中的每一个都演得活灵活现。"我不是很适合走偶像路线，我能做的就是小反派。"这是他踏入艺术的大门时的小心愿，40余年过去，他很少主动争取角色，得到的却绝不只是小反派，而是千差万别的形象，这未尝不是一种幸运。

20世纪80年代，这是李雪健成功的开始。1980年，他曾因在话剧《九·一三事件》中扮演林彪而声名大噪，不仅外形酷似而且气韵夺人，并因此夺得戏剧最高奖"梅花奖"。

"我看纪录片、听录音，到毛家湾和人民大会堂采访接触过林彪的人，把林彪的照片都贴在墙上，前后、左右，还有上，都有，每天模仿，眼神、动作、衣服，都要像他。"李雪健拿起一张报纸，用黄冈话朗诵了一段，声音尖细、刺耳。演林彪那会儿，他走路的姿态都是林彪的，同事常见他在院子里来回遛，犯魔症，脸色阴沉沉的。史铁生撰文写道："为演好林彪，他硬是饿掉了二十斤肉，每次上台前还要少吃，他说：'这样一上台就有手冰凉的感觉。'"时任空政文化部长的黄河说："把李雪健化妆后搁天安门上，能把人吓死。"当时法新社记者弗朗西斯·德隆从北京发出消息说："扮演林彪的演员同这位前国防部长非常像，他刻画的林彪是一个病态的有偏执狂的狂人，用假嗓子念着晦涩的威严的格言，引起观众一阵轰动。"有一次演出后，王光美上台慰问演员，走到李雪健面前愤怒地不与这个"副统帅"握手。"我明白，那是她太恨林彪，也证明我演得太像了。"他说。

用保持饥饿来塑造角色的办法，他在后来的演艺中经常使用，比如焦裕禄。演焦裕禄时，年轻体壮的李雪健不够瘦，"就只能干饿，每天一碗白菜汤，主菜是两片豆腐、一片白菜，太饿了就嗑瓜子。必须在精神状态上像那个时代的人，不饿疯了，就不会因为扔个窝窝头打孩子，演不出来那饥饿的狼也似的眼神"。演杨善洲时，他也用了这种办法，"只是，减肥减得太狠了，要不现在老得病"。

"这几年，老伴每年给我印一套台历，每个月份就是一个角色，已经出了四本，第五本也快凑齐了！"他翻开台历，指给我看。这是1989年，他主演电影《焦裕禄》。我们都记得那一部影片令他名声大震，他因此获得金鸡奖、百花奖最佳男演员奖。颁奖典礼上，他质朴无华的话令台下掌声雷动："苦和累都让一个好人焦裕禄受了；名和利都让一个傻小子李雪健得了。"这是1990年，我国第一部室内电视连续剧《渴望》轰动一时，李雪健因在此剧中扮演可亲可敬的邻家大哥宋大成而深入人心，他松弛自然的表演获得观众认可，因此拿下电视飞天奖、金鹰奖双奖。

翻阅台历，就像翻阅他的艺术历程。从宋大成和焦裕禄里走出来的李雪健，此后一发而不可收拾，电影《天山行》中的指导员于海洲、话剧《火热的心》中的共产党员梁子如、电影《钢锉将军》中的将军李力、电影《鼓书艺人》中的老艺人方宝庆、电影《大侦探》中的私家侦探杜义甫，他的表演日趋醇畅准确，张弛有致。

"演了那么多戏，走了那么多路，成了那么大的名，你还觉得自己是一个傻小子吗？"我刁难地问。

"可不是！"他憨憨地说，"我就是个农民，从黄土地里走出来，傻乎乎地闯荡到今天。我很珍惜自己，这珍惜让我监督着自己不犯错误，不做坏事，生活中至善至美是没有的，可往那道儿上走，总没错。"

"在演过的角色中你想过哪个镜头最难演吗？"我问。

"这个还真没有。"他认真地想了又想，自信满满地说。

"你觉得很自如地演下来了，而且很契合？"我又问。

"我有一个特点，就是在拍之前安安静静。一旦往镜头面前一站，灯光一打，就好像着魔了换了人，我就不是我了，有人说我是'人来疯'。对不对，那是导演的，他是面镜子，他在那儿呢。只要导演不提出来异议，我不会多想的。我们就是干这个行当的，说穿了，每一个人物、每一个镜头你都得用真情才行。"他说"人来疯"三个字时，歪着头，像极了一个贪耍的顽童，可说到"真情"，面色瞬间凝重起来。

"你演过的角色中，哪个最满意？"

"宋大成还是焦裕禄？"李雪健抚掌大笑，"这可是个老问题了。说实话，我不知道，观众应该知道！演得怎么样，得他们认可，我希望观众忘掉我，记住角色。贴'李雪健'标签的人物，我不演。"

近些年，已是"大腕儿"级的李雪健有意接演反差极大的角色，磨炼演技。在李少红导演的《四十不惑》中，李雪健演了一个不算太成功的知识分子形象；在张艺谋的《摇啊摇，摇到外婆桥》中，他出演的小配角盖过了主角的光芒；电视剧《水浒传》中，他完美地演绎了宋江的矛盾性格。

李雪健将"入戏"称为"灵魂附体"。这会儿，尽管已经出了戏，可杨善洲还附在他的身体里，没说几句话思路就不自觉地拐到杨善洲那里。"刚接戏那会儿，我对这个人物的真实性还有怀疑，世界上真的有这样无私的人吗？我在云南当过兵，对那里并不陌生。可我到了云南以后亲眼一看，我为我心里有个问号而感到内疚，说夸张了有点羞耻。"他"啪"地拍了一下自己的脸，满面懊悔，"我上了大凉山的林场，我看到曾经是光秃的一片山，现在变成了一个大森林。这森林不是假的，是这个老爷子退休之后带了一帮子人，独自在山里 20 多年干出来的。什么是大爱？这就是大爱，大爱就是付出。"这让李雪健特别感动。为了演好杨善洲，他钻进了杨善洲的生活，翻山越岭重走杨善洲的路，连续几个月住在杨善洲的床上，还借来杨善洲的衣服、帽子、布鞋、油灯、拐杖，整天穿着、拿着找感觉。

"不害怕吗？毕竟是一个故去的人。"

"怕什么？我就是杨善洲，杨善洲就是我。难道还怕自己不成？"他倏忽间成了杨善洲，目光所及，覆盖着无边的森林，既执着又坚定。

"你每次演戏都入戏太深，如果出不来对自己会有伤害吗？"说实话，我不明白他如何做到让这四五十个时不时"附体"的"灵魂"之间不打架。

"怎么会？"他惊奇道，"没有伤害。我越活越精神！"

我问李雪健："你这几十年演过很多好人，也演过不少坏人，把好人坏人演得黑白分明，是演员的一个能力吧。把不同的好人演出不同的层次来，那就更见一个演员的功力。你觉得从焦裕禄到杨善洲这样的好人，对你的人生是不是非常有影响？"

他一脸的无辜："你要说有啊，有人会说你装，其实是潜移默化。潜移默化的这个影响有时候还挺大，所以在创作当中，如果是正面人物，我会努力把善良推到极致。因为演了这些人物，因为这些人物在观众当中产生的效果和影响，会反馈回来，让我有思考。"

"什么样的思考？"我不放松。

他突然变得狡黠起来，眨眨眼睛，又羞涩地一笑："我知道，你想让我说那样的话。可是我真不会说。"

我不想让他这么紧张，我说："那么谈谈演员和明星的区别吧！"

显然，这个浅薄的题目以前没有人问过，他不知道该怎么回答，于是老老实实地说："我觉得，明星是后来词。"

"我说你是明星你承认吗？"

他叹了口气："我不喜欢。我不加评论，因为我不懂。我年轻的时候没有明星这个词，等到有，大伙也这么叫，肯定有他的道理。可是我没有这个水平，也没有水平评论它。我觉得合格的、名副其实的演员，这是最高的夸奖。

这些年，李雪健得到的奖已数不胜数，有观众统计，李雪健是中国影视界囊括全部个人表演奖的"大满贯影帝"。我问："表演至此，人生至此，还有什么困惑和遗憾吗？"

"没有什么遗憾。要说困惑呢，我一直琢磨一件事，却总是不明白。"李雪健严肃起来，"你知道，我是主演焦裕禄一夜成名的，那时候，我出门，大家都喊我'焦书记'！我很自豪，他是个平凡的英雄。去年，我演杨善洲，他也是个平凡的英雄，可境遇就不一样了。杨善洲跟焦裕禄一样，他们都是时代楷模，影片都付出了我的心血，怎么观众的反应就有了差别？我思考的结果很模糊，时代不同了？观念不同了？我闹不明白。"

我呢，能解释得清楚吗？我望着窗外，金色的剪秋萝满院子怒放，我看到一朵又一朵小花悄悄咧开小嘴，晨风一过，它们似乎有点发呆，半天不敢动了。我说，赶紧开吧，一寸光阴一寸金啊。我转过来，面对李雪健："我喜欢你的那首歌，叫什么来着？其中有两句，得失之中无得失，笑谈里面有笑谈。"

李雪健转忧为喜，仿佛任性的孩子陡然得到了中意已久的玩具，他用手在腿上打着拍子，哼着歌曲的过门，大声唱起来。突然，他停下来，转转眼珠，想起什么似的，得意地说："这个曲子里有一句最重要的词儿，你肯定忘了，我写给你。"还没等我反应过来，他劈手夺过我的笔记本，翻开，龙飞凤舞地写起来——

春风一过天地宽。

选自散文集《纸上乾坤》，人民文学出版社出版

种菜去

女真

禾下土

第一年种菜，修园子的黑龙江人老李说他可以帮我买新土，他说你家园子里的土质种地不行，太黏。

他的话我将信将疑。黑龙江那边有大片冒油的黑土地，进城务工前的农民老李，完全有资格瞧不起我家沈阳城边子的这种土。但他说的那个买土钱数有点夸张，我舍不得。更何况，他所谓的好土，是什么地方的土呢？我也不太敢相信。哪有那么多现成的好土等着他买？

查 1917 年修的《沈阳县志》，我家所在的地方，从前是沈阳城北尚小村所在地。城市变化太大，不久之前的村庄已经变成了大楼盘，一点村庄的影子都没有了。找到几张从前的老照片，蒲河边的这一带，应该是大片的农田，有人说种的都是玉米。虽然盖大楼用砖头、水泥多少会破坏土质，但我认为种地应该还是没问题的，毕竟大田的底子在这。帮我种地的郭大哥也说：花那钱干啥？慢慢改造吧！他说他老婆家曾经在这一带住过，应该是庄稼地，没问题。

刨地时拣出些砖头瓦块。又买了20袋子牛羊粪下到地里。我对脚下的土地有信心。没像网友建议的那样去测量酸性还是碱性土——像我这样的种地小白，对土地的要求还没到那么精致的程度。

我出生的地方是矿区，家里没有地。没赶上上山下乡当知青，没当过农民。但很小的时候我读过唐诗，记得那首《悯农》："锄禾日当午，汗滴禾下土。谁知盘中餐，粒粒皆辛苦。"这首诗是中国人教育下一代珍惜粮食、爱惜食物的首选吧？因为这首诗，没种过地的孩子也会对稼穑的辛苦有最基本的领悟。

传统中国是农耕社会，重农轻商。从什么时候开始重商轻农了？那些大家熟悉的句子——面朝黄土背朝天、土里刨食、土得掉渣、土鳖、土里土气，好像跟土字沾边的都含着落后的意思，跟不上时代和潮流。可是离开了土地，我们脚踩在哪里？吃什么？

我的祖辈是农民，父辈努力离开乡村往城市里挤，因为城市里有更好的生活。

这是近代中国人普遍的人生轨迹。

而到了我这一代人，譬如我，虽然认识到了土地的重要性，渴望有自己的小园子，过田园牧歌式的生活，然而却不能靠此为生，需要有稳定的养老金，有了基本保障之后才敢如此选择。那些还在还房贷、车贷的年轻人，那些抛弃了农村的土地而进城的农民工，不能责怪他们不热爱土地。说到底，种地的经济效益普遍太低了，难以维持体面的生活。

为数不少的乡下农民正在变成农民工。他们进了工厂车间，或者在修路、盖楼。土地留给了老人。

2018年底，我到老家岫岩县一个叫样子岭的村子搞扶贫调研。村子里很少看见年轻人。不唯种地的年轻人少了，土地其实还面临着污染的问题。那里大面积种花生，据说这是当地比较适宜的经济作物。花生地普遍盖着地膜，土地被一片白色遮盖了，即便不在生产期，地里仍旧白花花的。问了当地村民，说这种地膜是非降解的。盖地膜也许能保今年的墒情，提高今年的产量。未来呢？明年，或者十年八年之后，土地会是什么样子？地面污染是肉眼可见的，土质的污染呢？滥用化肥、重金属或者被污染了的水……我看不见，不敢多想。

其实也想不明白。

影子斜

从美观的角度想当然布局，哪根垄栽什么苗、撒什么种子，脑子里全是菜苗长成以后美丽的田园景象。我跟郭大哥讲了想法，有些他说好，有些他说不好，建议换个种法。有几次，他说的理由是"邪"——我问他字怎么写，他说自己没念过几天书，不知道，但农村人、种过地的都知道什么意思。农村人盖房子，左邻右舍、前后院之间，房子要一样高，否则就要"辟邪"，邻里之间就可能打架闹纠纷。种园子也是这样，矮棵的尽量在南面，高棵的在北面，彼此之间别太近，这样就不会"邪"。有人在园子里栽树，树荫下种菜通常就长不好——让树"邪"了。

如果单纯从光线考虑，窃以为这个字就应该写作"斜"。万物生长向太阳，绝大多数植物都是喜光的。记得看过一个关于热带雨林的纪录片，不同种类的植物拼命向上长，越长越高，其实是在争夺阳光权，谁长得高，谁的光照时间长，谁就有生存下去、传宗接代的可能性，植物遵从物竞天择法则。传统农村把"斜"引申到"邪"，自然的光线之争掺杂进人类社会内容。大家的房子一样高，心理上就是一样的。你比别人家高了，可能遮挡人家光线，你的强势变成了人家的弱势，受影响的人家心理上不好受，就可能受"邪"。所以大家还是一样高为好。

这种建房规矩或者说原则，不光中国传统乡村，城市里其实也有。新建园区，如果有不同的楼型，比如洋房和高层，正常情况下矮房子要建在高房子的南面，这样不挡北面房子的光。但现在有的开发商把临街建成高层而把园区内部建成楼型更好的洋房或者别墅，临街的高房子比园区内部的房子高出许多，事实上挡了矮房子的光。拥挤的城市里寸土寸金，要么要阳光，要么要楼型，人的选择相对较小吧。只有远离城区的郊外，才容易找到彼此不挡光的别墅群，这是现代人生活的无奈。

头几年在北戴河疗养，东瞧西看，走访老别墅。据说当年建别墅时，有一个类似工会的组织，其中一个职能就是管别墅布局。后盖的别墅，跟原来别墅的距离要有一定之规，重要原则是不能挡住原有别墅的看海权。从阳光权到看海权，不同人群在不同地点、不同时期对居住的要求也不同。人对生活的要求是无止境的。

还是回到园子里。我以为，那个"邪"字其实如果写成"胁"也是可以的，甚至意思更准确、更狠。植物生长靠太阳，你长得高，对另外的植物就是威胁。

阳光底下无新事，影子总是斜的。若想彼此不互相影响，不造成威胁，就拉开距离。如果不能拉开距离，那就遵从自然法则。

开黄花

想到这样的问题：为什么西红柿、黄瓜、苦瓜、丝瓜、秋葵，包括田间地头、野地里生生不息的蒲公英、苣荬菜，开会达成共识了一样，都开黄色的花朵？不要笑我痴——自从种菜，脑子里净是园子里的小问题、"土"问题。委实是，这些黄色的花朵，在绿叶的衬托下，实在太显眼了，不能不让我格外留意。尤其大片的油菜花，那更是蔚为壮观，吸引无数人追逐，耗费了多少胶卷。琢磨些日子，个人得出的结论是：黄色更容易招蜂引蝶。有蝴蝶和蜜蜂帮忙授粉，植物更容易结下果实、传宗接代。当然，另有一些菜，比如豆角，不是靠花的颜色而是形状——蝶形花，引诱蜜蜂、蝴蝶上当，进而帮助自己授粉。物竞天择，植物对自然及他者的理解、适应、利用，积累了千年、万年的经验，生存能力一点不比我们人类差。

园中葵

我家园子里沾了葵字的植物有三种：向日葵、秋葵、龙葵。

向日葵是我种下的。说起向日葵，文艺青年第一个想到的肯定是那个割掉了自己耳朵的画家凡·高。如果有很大一块地，种上一片向日葵，那肯定很好看。我只有很小一疙瘩地，插空种几棵当点缀，虽然我不知深浅买了一袋向日葵种子。

郭大哥说向日葵种几棵不爱长，还"邪"地。我没听他的，悄悄种。

向日葵开花好看，我当花种。不结籽无所谓，结了更好。

园子里的第二种葵是秋葵。秋葵花朵不小，是那种很娇艳的黄色，开出的果实长成十厘米左右就可以摘下吃，摘晚了，秋葵里面的籽变硬，口感不好，柴。

龙葵是自生自长的。我拔草勤快，见到杂草及时除掉。那两棵龙葵苗藏在西红柿秧子底下，属于漏网之鱼，等我发现时，已经长大。看叶子眼熟，再三确认，是可以当中药材的龙葵，心中一软，就留下了。小时候我们管龙葵叫天天，我怀疑是"甜甜"二字的谐音，因为龙葵的黑色小果子很甜，是困难年代出生的孩子难得的美味。天天生命力很强，田间地头，经常可以看见天天的秧苗。天天的种子是怎么到我家园子的呢？因为搬来以后并没有进新土，我家这一带从前是农田，也许就是土里原来的种子留下了吧。也就是说，这块土地上从前是长过天天的。天天成熟以后，结下紫色的小果子。我摘下尝了，有一点点甜味，但不是记忆中的那种甜。可能是小时候能吃到的甜东西太少，而如今可吃的甜东西太多反而没感觉了吧。或者人年纪大，味蕾迟钝了？

　　想起从前背过的《长歌行》，是从一种叫葵的植物说起的："青青园中葵，朝露待日晞。阳春布德泽，万物生光辉。常恐秋节至，焜黄华叶衰。百川东到海，何时复西归？少壮不努力，老大徒伤悲。"入了汉乐府的这种葵，按照李时珍《本草纲目》的说法，是中国古代重要的蔬菜之一，但到了李时珍的时代，已经"今之种者颇鲜"。按照他的描述，葵"有紫茎、白茎两种。大叶小花，花紫黄色，其最小者名鸭脚葵。其实大如指顶，皮薄而扁，实内子轻虚如榆荚仁"。看了他这些描述，我仍旧无法将之与自己认识的某一种植物对上号。不知道古人说的葵今天是否还有种植？

　　"少壮不努力，老大徒伤悲。"从前背诗时感觉诗眼在这句，被人引用最多的也就是这句。而当我在园子里种菜、种花，忽然发现葵也应该拿出来说一说。

　　人生的不同阶段，读一首诗的着重点竟然可以不一样啊。

原载《散文》2019年第9期，收入本书时略有删节

父母医道

徐风

没有星辰的长长寒夜，父母还没有回来。他们总是这样。在通向山镇医院的路上，我和二弟小妹牵着手，无数次地引颈观望。等待的时刻像无限拉长的橡皮筋，山风刮起的黄尘舔着我们的肌肤。医院门前浅浅的池塘上空有一些蜻蜓在寂寞地飞舞。父母——他们还在医院后楼那间简陋的手术室里忙碌。有血和药水的气味传来，接着是一阵细碎的脚步。据闻一垂危的生命在晨曦到来之前终于得到了拯救，可是我们的父母还迟迟没有回来的迹象。

不远的单家巷方向传来几声狗吠，有人在放鞭炮，零落而寂寞，可能是某个出院病人的家属在庆贺吧。太阳一竿子高的时候，我们一夜没睡的父母终于回来了。他们脸色灰白，眼圈是黑的，嘴唇泛着紫。这样熟悉的场景在我们的日常生活里无数次重复，以至成为我成年后睡梦里的常见场景。

　　在山镇医院里劳累了一天的父亲总是把他的药箱背回家中。这样我家狭小的客厅常常坐满了附近一带的患者，在这里他们就像在自己家里那样随便。父母对他们的病人总是那么和气，给他们让座，泡茶。牙疼的病人可以毫无顾忌地对着正在吃饭的父亲张大他们出了问题的嘴巴。有一次，我们刚刚开始吃饭，一个熟悉的街坊来了，他把一条正在溃烂的大腿伸在我们面前。记得我还嘟噜了一句：火腿倒没有吃，烂腿却天天看！父亲照例白我一眼，迅速放下饭碗，对那条烂腿进行了十分仔细的察看，然后是医嘱。一有病人他的眼里就什么都不存在了。饭也可以不吃，觉也可以不睡。

　　又有一次，东岭山区送来一个在水库溺水昏迷的儿童，他的母亲在一旁哭天抢地。父亲对这个肚子鼓得像一座小山一样的孩子进行了人工呼吸，半个小时过去了，大汗淋漓的父亲像从河里爬起来似的，孩子依然没有呼吸。后来父亲扳开了他的嘴，俯上去吮吸着他口腔里的积水，使劲吸出一口，再吐出一口，如此往复多次。终于这个孩子哇的一声哭了出来，而父亲瘫倒在地。此刻他一定很有成就感吧，因为又一个幼小的生命在他手中得到了复活。孩子的母亲跪在父亲面前，要把孩子过继给他当干儿子。父亲笑着谢绝说，如果救活一个病人就要认一个亲戚，那到处都有我的亲戚了。

　　有关父亲妙手回春的故事在山镇的街巷和山村广为流传，而我的母亲无疑是他最默契的助手。她可以闭着眼睛报出手术室里一切器械的名字，在进行手术的时候，她能在父亲的手刚伸出的第一秒钟里准确地递上需要的器械。据说，她动作利索且干脆，"她打针一点也不疼，像针没有扎进去一样"——这是众多的病人对她最朴素的评价。而母亲一生最引以为自豪的头衔是，她一直到退休前，都是医院"抢救小组"的成员。这关乎她的被重视，她的一以贯之的精神状态，还有她的不容忽视的救护技术。几十年的护士生涯甚至改变了她的日常语境，即使是在说一件小事的时候，她也保持着表述一份病历般的完整。比如，"下午3点28分，武汉外甥陈斌来电话，刚说3分钟，正巧送水工敲门，我怕浪费话费，立即挂断电话。然后，3点35分，我给陈斌打过去，一直不接，一直到4点02分，陈斌电话来了，原来他到楼下取牛奶，把手机落在家里了。"

一个封闭的农耕社会，做一个好人，尤其是做一个好医生，回报是很高的。在相当长的岁月里，父母无疑是山镇上的公众人物。去街上买东西，凡是需要排队的地方，譬如肉铺、油条店、粮店、煤球店——只要父母的身影出现，人们一定会坚持让他们先买。母亲则经常能买到供销社营业员为她留下的价格便宜将近一半的"零头布"。买新鲜带鱼的时候，营业员会提醒我母亲，今天的带鱼并不新鲜，明天我给您留两斤好吗？父母的满足感是显而易见的。一个常常挂在父亲嘴边的话题是，你们兄妹三个，谁能继承我们的职业呢？不过，他收获的老是一桌子的沉默。

一些粗犷的山里汉子成了我家的常客，他们大抵是各个山村医疗点的赤脚医生，有的则是父亲门下的学徒。他们豪爽，酒量惊人，那个年代还没有禁止土枪在民间持有，有时他们会带一些打下的野鸡野兔来慰劳父亲。父亲总是拿出一瓶难得的好酒，兴致很高地陪他们喝，同时向他们介绍一些中草药知识。家里的小小客厅，就是一个临时课堂。于是他们慢慢知道，就在他们祖辈居住的山上甚至路边，到处都有治疗常见病的药材。父亲难得的假日总是在跋山涉水中度过，他几乎访遍了山镇周围所有的山山水水，在不长的时间里他掌握了100多种中草药的临床使用。没有人能够统计出他在山镇的20余年里抢救了多少条生命，治愈了多少疑难杂症。

我19岁那年终于获得一次"人生饭碗"的机会，想必父亲事先已经做了工作，上边答允他的大儿子跟他学医。在他来看，这是领导赐予他的最大抚慰。但是我不答应，甚至死也不肯。因为我内心没有父母强大，无法天天直面生死。同时我不能把这个原因作为拒绝的理由，因为我无法面对父亲热切期盼的眼神。天知道我那时早已爱上了文学，"手不释卷"成为 19 岁狂热文学青年的一种标配。已经读遍了山镇上几乎所有民间藏书也是我想当作家的理由。从那时起，要做作家，成为一个被当时熟知我的人笑掉大牙的段子。

好长的时间里父亲颇为沮丧。几十年前父子的一段对话至今犹在耳边：儿子信誓旦旦地说他要当作家，他还以鲁迅弃医从文为例，大言不惭地说医生看病只能疗救人的肉体，而疗救灵魂的人只有作家。父亲早年读过鲁迅，末了他说出一句话，让他的儿子在几十年后惭愧不已："你再去读读鲁迅遗嘱吧，他平生最讨厌的，就是空头文学家。"

若干年后父母都老了。他们退休后就悄悄离开了山镇，在 50 里外的城市一隅过着退休老人的平静生活。他们平素不怎么回忆往事，所有的老照片都被封存。但是在去医院看病的时候，那种空气里的特殊气味会让他们莫名其妙地激动。有时他们会在年轻医生问诊时不经意地准确地说出一个医药名词，让对方刮目相看。他们最大的欣慰，也许是当年不听话的儿子生的儿子终于穿上了白大褂，成为一个为部队官兵看病的军医。

在他们居住的那条僻静小巷里，没有人知道他们是行医 40 多年的医生，那些惊心动魄的救护故事，已经被漫长的岁月所稀释。

原载《新华日报》2019 年 3 月 1 日

驻村扶贫手记

周伟

按照扶贫工作的要求，我是去给他弟弟照相、签字、摁手印的，没想到回来的时候脑海里全是哥哥的影子。影子里的哥哥，不苟言笑，太普通，没有多少独特和亮闪的地方，就如乡村中随处可见的水，不喧嚣狂浪，平平静静，清清亮亮，在大地上静默。

其实，这是一对再寻常不过的兄弟，与千千万万家的兄弟一样。再说，哥哥照顾弟弟、帮衬弟弟，在乡村，在中国，也是天经地义的事情。当然，也正是千万个这样普普通通的哥哥，构成了中国式的亲情与伦理、担当和传承。

哥哥龙跃海，76岁了，依然健康硬朗，只不过显得有些精瘦，但让人明显感觉到他还是个好把式，衣服也穿得整齐干练。大伙都不叫他的本名，叫他龙老大。他排行老大，自然可以叫龙老大。但我感觉得出，大伙叫他龙老大时，明显多了一份尊重。龙老大就龙老大，他也只是微微地笑应一下，不说话，依旧不声不响，去干他田里地里屋里干不完的活。龙老大话说得少，但他斩钉截铁地说，只要有他在，就不能让弟弟没水喝！

龙老大一直没有离开弟弟，离开这里吃饭的老屋场，离开这里的山，离开这里的水。他显然是喜欢水的，他的名字也是好水的。这几年的扶贫工作，工作队和村里也把水放在重要的位置，新建的五里冲水堤五座，那流出来的何止是水，简直就是油，是蜜，是金子……他带着弟弟及全家，把四亩多水田全做了水稻制种，长势喜人，不仅有耕地地力补贴，还有国家的杂交制种补贴。他这个做哥哥的，带起弟弟一家干得很得劲，有奔头。

弟弟龙跃钟，今年72岁了，在哥哥的照料下，衣服也穿得干净整洁，不细看是看不出他智商低下的。我们问他什么，都是他哥哥在一旁帮衬，他才有所反应。原来，他是智障者，做些田里地里屋里的基本功夫，都要在哥哥的带领示范下，才能基本完成。

弟弟喊哥哥，喊得不利索，缓缓地，轻轻地，甚至还有些结巴："可、可，可、可……"我突然有一发现，把"哥哥"两个字拆开来，不就是"可、可，可、可"吗？

弟弟30多岁时，还一直讨不上老婆。娘临死前，一直不肯落气，要他这个做哥哥的答应，帮弟弟讨到老婆，照顾弟弟。答应不答应，都在一念之间，容不了多想，哥哥不由得不答应。哥哥点了头，落下了泪，娘紧紧地抓住两个儿子的手，笑了，不再留下牵挂。

这个时候，我想到了我自己，我也是一个哥哥。我的弟弟，也是如他的弟弟一样，患脑膜炎后遗症，是个智障者。父母也多次跟我喋喋不休地说到弟弟，说到要给弟弟找个女人成个家。不等父亲说完，我就打断父母的话。我说，你们年纪也大了，在县城里，我一个人工作，老婆又下岗了，儿子还在读书，现在只养他一个，到时娶回来又要养两个，我一个人怎能奈何得了？父母见我这样说，也就默不作声了。但他们后来间或说起这事，总是长长地叹气。父母的叹气，总让我躲避不及，心里有所愧对。

36岁那年，龙老大终于为弟弟娶回一房亲，尽管这个女人有病，疯疯傻傻，却有一个大屁股，接连生下两个儿子，奶水又特别多，为弟弟接起了后。一下子，哥哥感觉到什么都是新鲜的，什么都是阳光的，什么都是有收获的……

哥哥打算弟弟的两个儿子长大了，他就回城了。哥哥的儿子在县城有座有着六个门面的五层大楼，开着大酒店、大超市，做着活溜的生意。儿子的生意越做越大，做到贵州，做到重庆，资产有几千万。儿子在县城偌大的楼房里只有自己的老母亲一个人孤单地住着，父亲要承担做哥哥的责任，一直住在娘的老屋里，照顾着弟弟和弟弟的一家。做生意的儿子跟父亲讲，母亲的年纪大了，要父亲回到城里去。父亲对儿子说，我是你父亲，但我还是一个哥哥！

弟弟的两个儿子长成形后，尽管不像过早离世的娘一样疯疯傻傻，却也有些不正常，智力低下，读书不进，做工也只能做些简单机械的功夫。一家大小，都要他这个做哥哥的、做大伯的里里外外操持着。家里没一个女人也真的不行，做大伯的又下大力气帮侄儿娶回了一房亲。这侄儿媳尽管是个残疾，究竟还能在家缝缝补补，做点家务，后来又生下一个侄孙子。做大伯的，现在最焦心的是小侄儿也已经32岁了，却一直没娶回来一房亲。

起早摸黑，风里雨里，歇不得半刻，容不得半点灰心。除他之外，家里有五口人，承包了责任田4.72亩，责任山5亩，责任土0.2亩，他带着一家子做了制种产业，地里种了黄瓜，家里养了鸡鸭。农闲时，他还带着弟弟和侄儿打打零工。这两年，他又把大侄儿交给儿子，说，你也是哥哥，带着他，吃喝拉撒都要管；做哥哥的，就要有哥哥的样子！儿子懂得父亲，二话没说，带着堂弟去了大城市，不能饿着不能冻着不能晒着也不能累着，放在身边，就在公司看看门，搞搞卫生，做做样子，其实悠闲得很，工资却开得不低。

我们要龙跃海的弟弟在《扶贫手册》上签字盖章，弟弟不会写字，只能请哥哥代替。哥哥说，还是弟弟摁手印吧。弟弟摁手印之前，先看哥哥。哥哥点一下头，他就摁一个手印，点一下头，他又摁一个手印。帮扶措施、帮扶成效、结对帮扶，每一栏，他哥哥都看得认真，看得仔细。

第二次再去的时候，是陪镇政府的人去的，弟弟龙跃钟新修的房子是异地搬迁安置的，按照政策，新修的房子，平顶上要盖瓦，政府按每平方米 120 元给予补助。

我们一行见着哥哥和弟弟时，他们俩正在老屋的牛栏屋里出牛粪，弟弟站在哥哥的身后，哥哥下大力气出一把牛粪，弟弟就跟着在哥哥后面打扫一下，牛粪一把叠着一把，慢慢地垒起来，垒得圆圆的、尖尖的，像草垛、像谷堆。当哥哥把最后一把牛粪垒向高处时，头顶上的烈烈夏日也败下阵来，哥哥的脸上有一线珍珠吧嗒吧嗒落在地上，地上此时也被弟弟打扫干净。哥哥和弟弟都满意地直起腰来，两人都光着上身，干瘦的身材肋骨凸现。镇干部说了屋的事，说了盖瓦的事，说了政策的事。哥哥带着我们向异地搬迁新修的平顶水泥屋走去，一步一步踏上楼顶，由着镇干部规划。末了，哥哥说，盖一半的瓦好不好？留一半，"双抢"时用来晒谷。哥哥提出的要求，合情合理，也不过分。村支书和我们几个驻村干部都不好再说半句，只有几个镇干部或说不好看，或说检查恐过不了关。讨论来讨论去，最后确定盖三分之二的瓦面，三分之一的空坪用来晒谷。

这时，村支书和我从屋顶上下来，一边缓缓地下楼梯，一边自言自语地说，真是太好讲话了，农村都是这样的人，那就什么事情都好办了！走近他们的老屋时，村支书一下子眼睛生亮起来，他说：看，那树上的枣子！老屋的院坪前有两棵枣树，长得太高，叉开的枝丫都罩在老屋顶的瓦面上，有一树一树的大红枣子。枣子一颗颗长得饱满，有鸡蛋大，熟了，红了，仍然挂在枝梢，很是耀眼和骄傲。

　　村支书仿佛回到童年，一跳一跳，很利索地上了树。两棵枣树，兄弟般地并排而立，互相照应着。我抬头仰望，高大的枣树，枝繁叶茂，红红的枣子，像小灯笼似的在微风中轻轻摇曳。村支书用力地拍打着，枣子滚满了一地。他站在高处，我站在低处，一上一下地配合着，捡拾着。

　　回来的路上，我吃了一颗又一颗枣子，真是好吃，鲜嫩爽口，又脆又甜，不像市面上枣子那样催熟，催红，催甜。这里，一切都是那样的本真，一切都还是从前那样的美丽和温暖。

原载《天涯》2019年第5期，收入本书时略有删节

我与现代舞

冯秋子

　　我一直记着皮娜·鲍什说的"我跳舞，因为我悲伤"。我曾以这句话为题，写过一篇较长的散文，其中有一段描述了初闻这句话时带给我的撞击："这是埋藏在我心底的话，是我一辈子也说不出来的话。从那一刻开始，我与现代舞像是有了更深、更真实的联结。皮娜·鲍什质朴的光，在这一天照进了我的房子。我听到了许多年来最打动我的一句话，说不出心里有多宽敞。"

　　1998 年夏天，文慧的"生活舞蹈工作室"开始了常规训练，她希望我做《生育报告》的编剧，也做舞蹈员。我们一起练习，冬夏寒暑无阻。一年后，1999 年 7 月，发展到四位女演员参加这部作品的排练：文慧（东方歌舞团舞蹈编导）、王玫（北京现代舞团编导）、工亚男（东方歌舞团舞蹈演员），还有我。

实际上，这部作品是在排练过程中生成的。刚开始谁也不知道该怎样推进这部想要构造的作品，文慧让我写了一个又一个提纲和梗概，我对于用文字构造舞蹈作品比较陌生，尤其是大型的现代舞蹈剧场作品，可资参照的资料一点没有，凭借想象，费了半天劲写出来，到文慧这儿，跟她想象中的有距离，而她确实又说不清楚究竟想要什么。她从文本中挑出一些单词，能刺激想象、激发灵感的词句，作为动机元素，让舞蹈员就这个词句做即兴练习。

我们接着谈，接着排练。我接着写。文慧接着拆解文本，衍化它作为练习动机。

我们的练习进行了40多天以后，文慧意识到，她想做的这个现代舞蹈剧场作品，只能在开放的空间里，在实践中，在身体和心灵的融会中生产出来。因为当时每一个演员并不知道要表达什么，他们的身体还没有做好表达的准备，就是说，他们的身体还不是那种能表达所求的身体。只能从演员现有的身体基础出发，尝试训练，并去发现那一个身体具备什么，能够表达出什么，怎样表达出来，那个身体还有哪些可能性，应从哪里入手，去激发，去感受，去培育，去发掘，去发展。我们是不是有思想的习惯，有思想的自觉性，我们肢体表达思想的能力是怎样的。现在比较严峻的课题是，要求演员的表达更加内在，作品会更多地触及模糊性的东西，那么演员怎样把思想贯注进练习，又怎样把握思想的方式和思想的肢体，引导好、控制住自己的肢体语言？其实，每一天的练习，都在构造和推动这部现代舞蹈剧场作品。在新的意识和训练方法帮助下，每个人的身体慢慢苏醒、一点点地觉悟，身体的表现潜力和对作品空间的拓展，日益不同，也逐渐被自己发现，被大家注意，被文慧抓住。我们每做完一个练习，都会拿出时间一起谈论这个练习，把它谈通议透，谈到擦出火花，再去进行下一个更有难度的练习。这样的练习无论对演员，还是对将要完成的作品，都更为深进；这样的排练，彰显出探索和发现的魔力。我们的全部努力，旨在寻找和完成每一个自己。参与这部作品排练的演员，都有了不同以往的成长体验。

　　我感觉到自己获得了解放，因为我不再被一种书面形式困扰，不再被捆绑着去"探索和发现"。我的手脚并用于舞蹈本身——在土地上，我能做什么，我曾经做过什么，我怎样成为"我"，并成为与大家协作的"我"——我这样理解，一个舞蹈员，和文慧想要他做的舞蹈。这个过程，我得以重新认识自己。文慧规定我以另一种方式，即以叙述语言和叙述内容连缀和贯穿作品。语言及其实质性内容生长在生活舞蹈里。语言叙述生活，身体叙述舞蹈。生活和舞蹈引起语言、发展出这部作品的内容。

　　《生育报告》排练的日子，文慧让我反反复复地做一些练习，有时，是其他专业舞蹈员们在做一种即兴练习，如果她觉得人们的身体质感、心理状态还没有完全走上愿望中的路径，觉得他们的身体有些飘浮，就让我进去，做一些练习。很多时候，我做的练习，需要一边动作身体，一边加入叙述；有时单纯一些，只是在里面叙述，让她们听着我的声音，听着我的内容自然而然地进入状态。我在里边，恍惚觉得，乡村的土坯教室里，一架偶然保存下来的旧风琴，正在我的手里，粗粗拉拉地起奏、轰鸣。我在为她们伴奏。有意思的是，每回我都忘记了自己仅仅是做一下"伴奏"，是在一旁尽一些责任。我往木地板上一待，就进到了它的世界，每回都像是第一次，像是与她们生就谐和一致。即兴的舞蹈，即兴的弹奏，每个人全心全意地投入，很过瘾，也很有理性，扶持着、拓展着一种整体的空间概念。很多时候人们没有阻碍，没有虚饰，没有表演欲念，也没有发泄和抱怨，不解和疑惑，无奈和忧伤。我忘记了其他，灵魂进到的那个地方，让我动心。那一刻的感觉和发生的东西，攫获了我，因为与活着这件事有关。大家展开了很多美好，也裸露了些许摧折美好的缘由。总之，是非常复杂，又非常简单的，是对世事的一些知觉。

那个时间里，我只是在村庄的房子里弹奏，或者只是踩镫上马，在草地里行走。

也许正是在这些练习中，我不知不觉，但是比较彻底地接纳了现代舞，可能因为它是以我喜欢的方式进行的。

我对大家讲了自己感受到的女子的美。我说，女子心里有多美，容貌就有多美。人越长大越是这样。参加排练的每一个人，似乎都更加朴素自然了。

我和文慧同是20世纪60年代初出生的人，我们能够做更多的交流，交流得更深一些。我们相互感受着成长，推动着那种成长。她多次跟我说到这样的话：现代舞让我们看到更多，懂得更多，让我们看到自己，也看到别人。

了解和创作现代舞，不知不觉中，成了我心里的需要，它也是我不想说话时，尚可以选择进行的一种创造和表达。至于现代舞能不能够说出我想表达的话，仍然需要去尝试，去发现我与现代舞能够牵引起来的东西，寻找自己对作品、对舞蹈剧场这种方式的可能性。就像多年前我选择写作，是因为我总能看见活着的缺漏，总想把存在的东西，理出让人看见繁复、思考混沌、探望灵魂的一些渠道，写作能够让人想到弥补，想到尽力，想到长进。现代舞和写作一样，都是在沉浸、寂寞的时空中去完成内心的觉悟。

我知道，没有现代舞，我跟文慧还会是朋友，但不会像现在，又是朋友，又是自由选择了共同爱好的合作伙伴，愿意更多地去珍惜对方，并因珍惜这个人，而想到尽力协助她。在工作和生活中，都将自己最真实、朴素的情感放到里边，她从她的角度使力气，最大限度地容纳不同的身体质感、舞蹈元素、情绪状态，并且把她的根本性的舞蹈观念，放在对于人的最基本的尊重上。我从非专业舞蹈演员的角度行使力气，给出我的阅历和经验、认识能力、感受能力所能达到的东西，每一种练习，每一天的练习，都努力去做。文慧处在关键的时候，精神容易紧张，我便充当"拾遗"，去做她顾不过来或者没有看见、没有意识到的工作。那些工作，或许就是和他们做一些练习，做一些倾谈，探讨对练习的理解和把握，也没准儿只是开个玩笑、说个笑话，协助松弛人们的疲累和紧张。那个时间里，人们也许需要心理上、情感上、思维上的松弛。毕竟是人在跳舞，人在完成舞蹈，人在使舞蹈具有品质和深度，人在使舞蹈具有人性浇灌后，消化悲苦、生长美好的指望。心境停顿和坠落的感觉是阴惨的，我们在那样的情境里，盘桓的时日已经足够多了，浊蚀的疼痛至今刻骨铭心。缩短一些什么，拉长一些什么？我是这么想。我们都希望那个集体中的人们，每一天，都清静地把自我的能量运送出去，通畅、明亮地投入练习，使舞蹈成为放射人性光泽的渠道。

有时候，尤其是间隔一段时间再行排练的时候，文慧会打来电话，叙说头一天的排练中我讲述的，或者我做练习时候的状态，对大家的有力触动。她本来不踏实，担心大家不在状态，她希望能感受到从心里流转出来的东西。但人们没有准备，做不出来，现在看到我能进去，她就知道，人们都能进去了，只是时间问题。

排练结束以后，我们在回家的路上，回家以后的电话里，也经常沟通。

我喜欢现代舞的无规定性，这是吸引我的地方。内心的余地和力量，为思维的伸展，开辟出通过炽热气流的线路。它尊重所有摸索中的方式，不以简单的概念论断对错，而尊重它形成的真实过程，看重真实过程的方向、高度、审美趣味，和在那个方向上承载的重量和质量。看重它所选择的方法，是否能够准确地、人性地表达出人与事物（或是那个作品）。它更遵循、尊重自然规则。

人们慢慢学会掂量，掂量地下、地上的自由，以及之于人的更为深广、严苛的含义。

舞蹈自身的规则，与自由是什么样的关系呢？文慧希望通过努力，抓住既在规则之中，又在规则之外的东西。她似乎看到那方天地，可以更大更深地挥发她对生活和舞蹈的理解。

我还想不明白，一些原本的内容，和我们希望获得的意义，它们究竟是怎样一些东西。包括现代舞的自由，它在哪里，它又蕴涵了什么。每一天练习出现的不同状态，生活在其中给予了怎样的支撑。现代舞的精神自由，在泱泱的表象中荡漾，被人痛苦地抓到。它是生活，又不完全是，它是再植了的真实生活，灼晒日久，沤断了枝蔓，终于成为凝练的"人真实的活着"。但是人果真能够面对真实存在的领域，正视"人活着"的事情，真的有足够的准备，去接纳"活着"，而不仅仅是打开"活着的场面"，做一个作品拿走，抛下"活着"本身？说真的，人们不是每一次都能够直接到达适当的位置，练习和思考一段时间以后，痛苦推脱、绝望挣扎，这一类麻烦都经验过了，在没其他解决办法的情况下，不得不做出一些调整，做出比较理性的选择，重整精神，去努力地接近或者是到达应该去到的那个方向、那一位置。

这个现代舞生活空间，包含了艰苦的奋进过程。它对于"活着"的尊重，所占的比重大过往前迈步时候流泻出来的浮躁，而且因为大家的努力，尊重"活着"的比重越来越大，这也是大家确实看重和珍惜的方面。

至于自己，我信守不开生活的玩笑。人们说我的写作，多在规则之外。除了内心对于自由的渴望和护卫，给予我不被羁勒的勇气，我其实并没有注意到人为规则和自己的关系。没进到人为的规则里面，是天性使然，天性没选择要进到人为规则里面去。在我蒙昧的年纪，它帮助我选择了一个生长环境。几年前意识到人为规则这个问题以后，我不时地去感觉它。如果没有人为规则，那片天地会是怎样一些生长情况呢？它在我心里是模糊的、深奥的，有无限多可能性的，因而我格外地敬畏没有人为规则的东西。这使得我酷爱无规则的艺术方式，以为世界一部分真相源发、萌动自那里。我在其中苦苦思量，在模糊中用劲潜游，它所具有的独特路径、独特魅力，让我着迷，吸引我投入更多的精力。

好的现代舞作品，进入人心目中，就像好的著书。而好的著书，你会留存它们，倾心关注那里面内容的意味，感受和体察源自不懈探求的悲悯和关怀，而你便会站在那个起点上，参与活着，参与担待，参与建设。

但是，我还没有想好，"生活"与"舞蹈"，"人"与"舞蹈"，有怎样的关联。"生活舞蹈"，到底在多大程度上，从生活中延伸和再造了人。比如作为子女，作为社会一分子，应该怎样长大、做人；作为妻子、丈夫，作为家长，作为工作人员，每一天应该怎样生活、工作，怎样剥离懒惰、慢怠、毁坏，怎样长进；怎样发现身边与你息息相关，也与别人相关的事物；你想鼓励自己，也想鼓励旁人，于是，舞蹈产生了？

过往的岁月里，偌大一个北京城，三四个人，也许是五六个人，在春夏秋冬的傍晚，自觉地汇聚在一起，为心目中逐渐理解的"生活"的艺术，"人"的艺术，不弄虚作假，不虚张声势，诚实地从脚下开始，从身体的最里边开始，寻找心灵与觉悟的契合，寻找资源之地以及它的本质，寻找人活着及其行动的理由。然后试着向外延伸，延伸至那些日常存在中，人能把握到的深度和力量。一个练习做下来，常常汗流浃背，然后大家围坐一圈，交流刚做完的练习。年轻的、不再年轻的人们，感受和倾谈着这个排练厅里的训练，那些渗透在时间里的磨炼，可感可触。

我记录切实的发现，也记载了困惑和隐痛。回过头来整理录音，仍然会被当时的情景触动和迷惑，为已经过去的日子，为每个人真实的成长，朴素表达，为每一束摩擦出来的灵焰，长时间地感动。

那种真实的存在，潮湿，饱满，富于质感，如青灯点燃。

每一天，我们和别的很多舞者一样，也在寻找"我们的现代舞"。我理解，漫长的实践过程，就是生活的一部分。因为看不见现成方式，只好一边走一边摸索。这需要每个投身其中的人，倾心尽力，把它当成自己的一部分事情来做，当成自己的一部分生活去过，使自己和舞蹈一同成长。然后把个人发现的，检索和感受到的，融化进"生活舞蹈"。有一天，能够创造出与自己相关，并能够超越自己，表达更多人心底内容的舞蹈。

在这个过程里，人，自然而然成为现代舞包容的第一元素。这决定了它必是心灵的舞蹈。由是，现代舞也焕发出人对于艺术更深刻的要求。

没有现代舞，文慧还会是一个出色的东方舞编导，但拿不准她会不会像现在这样脚踏实地地面对生活。没有现代舞，我发现的东西还是会比较多，但不会有舞蹈与人这一部分；我发现世界的方式不会是从舞蹈开始，从舞蹈起步去理解人，看见人性、人道精神，进而以自己的方式进行舞蹈实践。而当我能够试着进行舞蹈艺术的创造和表达，从38岁到50岁，12年间，多次站在国际重要的艺术节、戏剧节、舞蹈节以及欧美亚国家舞蹈中心及城市剧场的舞台上，和职业演员一起表演的时候，我明白，它们和我通过别的方向获得的，并且尊敬和蓄积的，是并向一致的，与我的思想取向是吻合的。我在舞蹈中，同样感受到心灵的自由和思维的宽敞，感受到沉默的存在，或是在生活中，或是在冥想中，或是在阅读和写作中，也或是舞蹈中，都能拥有这个世界给予我的宁静和安详、尊严和长久。多少年来，我一直不想多说话，写作也不够勤奋，皆因为我对身在其中的这个世界存在难解的怀疑和忧虑，对于世事存有深深的悲伤和哀痛。人是和缓地存在着的，劳动，或者冥想。许多朋友对我说过，要多写一些，说我写的东西具有一些意义。而我固执己见，不以为表达具有多少乐趣，不觉得人能够表达什么，表达本身有多少意义。本质上，我不大信任言说。当然这也和我的语言不能够表达出我的内心声息有一部分关系。我确实发现，沉默能够保存更加完整的东西。只有在读到、看到、听到出色的文学、艺术、哲学、历史、思想，独自屹立在习以为常的日暮时，才感激表达，感激存在表达。

就个人而言，我还是不想过多表达。我在欣赏那些进入我心里的创造的过程时，已在和他们或它们进行很好的交流，各处何方，见不见面，是不是朋友，不重要，重要的是他们或是它们最好的发现和创造已在我心里，他们或是它们，和我的生命一样重要，最后，我进墓地的时候，他们或是它们，已与我融合为一体，我携带着他们或者它们给予我的好东西，同时也把我内心的好东西融汇到他们那里。但是我将会是死亡者，他们或它们却是永生的。一直以为，那种能够欣赏、曾经美好的共同性，也是长久的、具有积极意义的。我在许多时间里，在劳动中，或是终于舒缓下来，一个人坐在地毯上，阅读或冥想，保存和丰富那种超越存在的美好。我的生命在此间流逝。

现代舞多多少少改变了我。

我很尊重的朋友、女作家筱敏，在一部书的前言，讲到书里所辑的人文随笔，她说那些作品，"是诚实的，正直的，善良的，可以分明地感知人性的温暖和关怀的热情，不但深入大脑而且流经心灵"。

她还说了这样的话："思想的自由远大于美学的意义。实际上，也唯有思想自由，方可能达至大美的境界。"我意识到，上佳的现代舞，也将如此重要的籽种融合于精神的土壤，也有那些锐利、执着、超拔的随笔一般的意义。

我们只不过是存活在这一段时间里。为什么跳舞？为什么阅读、写作？为什么恋爱、结婚？这是人的一件又一件精神和物质的工作，延续人的一些生长。

12年间，我和文慧、吴文光的生活舞蹈工作室合作，创作、演出了《生育报告》《与民工一起舞蹈》《身体报告》《时间空间》《37度8》《裙子》《回忆》（一小时版）、《回忆》（八小时版）等舞蹈剧场作品，并多次参加国际艺术节、国际戏剧节、国际舞蹈节及欧洲、北美、亚洲其他国家的剧场演出，也在国内一些城市，如北京、上海、昆明、深圳的艺术节上演出。其中《身体报告》获第25届苏黎世国际戏剧节金奖。我也由一名非职业舞者，成为有职业精神和职业空间的舞者。

即使将来跳不动舞了，不想跳舞了，我还会以真实的人的方式活着。

原载《天山时报》2019年8月5日

一束光

傍晚，201 国道。车窗外隐约几粒灯火，在蒙
蒙细雨中跌落沉淀。

路宽，车少。初夏的暑热，从覆盖地表的大气
里消失得干干净净。我们的 SUV 像闪着银灰色雪花
点的电视机，消磨着喧嚣后的时光。

那辆帕萨特仿佛是突然出现的，映入眼帘时，
它歪在前方五六百米的路边，如一条开膛破肚的黑
鱼，散在案板上，驾驶室像绽出血肉的伤口，车门
如翻开的硬痂。一个年轻的男人，不知是从轿车里
甩出来的，还是从车里被抬出来的，仰面朝天贴在
柏油路上，看起来毫无声息。两三名交警在有条不
紊地处理事故。

"太惨了！"绕过车祸现场时，坐在副驾驶的 H 说。这句话像遥控器迅疾摁灭了电视机的雪花点，车里一片沉寂。雾蒙蒙的细雨似乎大起来了，雨刷器像个晚归的醉汉，麻木地晃来晃去。

雨雾中的柏油路吐着灰白的光，沉在灰白里的年轻人，半袖衫卷在胸口，破损的遗容被来来往往的过客目睹着，又被雨淋着……

去年正月十五，我的一名家在农村的高中同学不幸落入家门前的冰窟窿里溺亡。同学群里一片唏嘘，很快就有人在群里发了他被打捞出来的视频和照片，这一举动霎时引爆了众怒，发视频的同学遭到了"群灭"。

我们活着时用力维护的尊严，极有可能在猝然发生的灾难面前如玻璃一样破碎。毋庸讳言，尊严本身即是文明。毛姆所说的"我愿为维护我的尊严而放弃我所拥有的一切，包括我的生命"与我们文化传统中的"士可杀不可辱""宁为玉碎，不为瓦全"的士人理想殊途同归。当尊严没有办法自己选择的时候，局外人决定着文明的程度。

从我家到我工作的学校，只需经过十字路口，事故就发生于此。车祸发生时，正逢学校秋季运动会，一名高二女生要穿过人行横道去买汽水，不幸被东向而来的汽车撞飞，当场死去。我经过时，已围了一圈人。我们的学生穿着校服，白色运动鞋的鞋带散着，头脸及上半身被蓝色的风衣遮着，只露出一截校服裤腿。脱下风衣盖在学生身上的是个年轻母亲，她站在死去的学生身边，阻止周围拿出手机想要拍视频拍照片的人，"请不要传播，给孩子最后一点尊严吧"。

小时候，邻居阿姨患了间歇性精神病，病情发作时，常会到处乱跑，严重时连自己儿女也不认识。某次竟光着身子在市场上冲陌生人傻笑，认识她的人试图拿衣服裹住她，被她一把扯掉。儿女们因自己的疯母亲在小镇抬不起头来。这件事让我姥姥大受刺激，她常对我妈唠叨，死不可怕，疯了才可怕。我妈回道，好死不如赖活着。

渐渐却觉得，赖活着毋宁死。灵魂缺乏依靠、不快乐的生存并不算真正活着。奥地利作家茨威格出身名门，才华横溢。希特勒上台前，茨威格几乎忘记了自己犹太人的身份。然而，希特勒粉碎了犹太人渴望融入欧洲社会的梦想。茨威格被法西斯抄家，他撰写的书籍被焚毁。看透法西斯本质的茨威格侨居英国和巴西，躲开了厄运，但作为去国离家，四海飘零的流亡者，他内心备受折磨。对于思想敏锐、心灵敏感、感情细腻的作家而言，精神上的折磨往往甚于肉体上的酷刑。茨威格选择带着尊严离开。自杀当天，他写道："我的力量却因长年无家可归、浪迹天涯而消耗殆尽。所以我认为还不如及时不失尊严地结束我的生命为好。对我来说，脑力劳动是最纯粹的快乐，个人自由是这个世界上最崇高的财富。我向我所有的朋友致意！愿他们经过这漫漫长夜还能看到旭日东升！而我这个过于性急的人要先他们而去了！"

人性的本质是尊严。自由是最大的尊严，故而人不自由时会觉得生不如死。如果不能嘹亮地活下去，不吝将刀锋对准自己的人并不鲜见。只是，许多人对尊严的理解并非贯穿生死，生无尊严已然让他们顾不上死之尊严。

电影《色戒》被讨论得沸沸扬扬时，我找出所有关于电影主角王佳芝原型郑苹如的资料来读，有一段郑苹如被押赴刑场的描写令我久久难忘：1940年2月，汪伪政权下达了对郑苹如秘密执行枪决的命令。在一个星月无光的晚上，由林之江担任行刑官，押着她到沪西中山路附近的荒郊旷地上执行。押着她上车时，诓骗她是解赴南京，不久即可开释。等到抵达中山路附近的荒郊要她下车时，郑苹如已经知道这里将是她的殒命之地。她依然态度从容，下了车，仰着头，向碧空痴痴地望着，叹了一口气，对林之江说："白日青天，红颜薄命。你我有数日相聚之情，今若同去，亦不为晚。君若无意，则有死而已。唯勿枪击我面，坏我容貌。"林之江闻此，竟至手颤心悸，下不了毒手。还有另一版本，说临刑前，郑用沪语对执行者说了最后一句话：帮帮忙，打得准一点，别把我弄得一塌糊涂。

对即将到来的死亡毫无畏惧，却请求刽子手，不要毁坏了她自己一向十分珍惜的容颜。"不作沾泥絮，不作溷坠花，只凭得玉碎香消。"这种诗人式的完美主义猝然击中过我。死亡是一门艺术，谁也无法保证自己死得漂亮。

2017 年 2 月，台湾作家林奕含出版长篇小说《房思琪的初恋乐园》，故事依据作者少女时期遭受补习班老师诱奸的经历写成。小说出版后，林奕含于 4 月底自杀离世。这部小说的后记中，林奕含写道："因为一种幼稚的自尊，竟如此遥远，如此渺茫。后来，长大了，我第二次自杀，吞了一百颗普拿疼，插鼻胃管，灌活性炭洗胃。活性炭像沥青一样。不能自已地排便，整个病床上都是吐物、屎尿。……自尊？自尊是什么？自尊不过是护理师把围帘拉起来，便盆塞到底下，而我可以准确无误地拉在里面。"对视个人尊严大于生命的人来说，她无法蜷缩在万物中间，以一个灵魂被毁损者的肉体过快乐的普通人生活。

今年，我妈觉得自己记忆力大不如前，毕竟已年过古稀。我劝她说，人老了脑子退化些很正常。她却说，并非怕死，怕老年痴呆，怕没有尊严地活着。我妈年轻时十分聪明，在上千人的大厂中业务笔试曾考过第一名。现在竟至晚饭吃过没有也记不清，降压药吃过几遍也不记得。我带她去医院查了甘油三酯等指标，七项里面有五项稍微偏离正常值，遵医嘱给她拿了药，叮嘱我爸每天按时提醒她吃药。她有时会用怀疑的眼神试探我，"你觉得我有没有变傻？""要是突发脑出血之类的病，千万不要抢救我，我不想过不能自理的生活。"她对变傻变瘫痪这种事非常惧怕。人之将老，大概都会有同样的忧虑吧！

台湾知名主播傅达仁饱受胰腺癌之苦，2018年6月2日飞往瑞士尊严机构寻求安乐死。此前，他坦言自己真实的身体状况，每天都要经历剧烈的腹痛，十分难受。他在6日的贴文中表明："我要求尊严。"瑞士时间6月7日下午，85岁的傅达仁在五位亲朋好友的搀扶下走进蓝色铁皮屋，留下遗言："年轻时奋斗向前，年老时喜乐再见。"

自然界中，不少动物有预知自己死期的本领。据说狮子若患上重病，会带着准备好的食物，躲进一个平时未涉足的陌生洞穴里，安静等待死亡的来临，食物吃完之日，便是狮子死亡之时。猫和大象预知己身将死亦会走到无迹之处。刚果高原有一种黄毛狼，它们充当自己的掘墓人。在临死前，会自己挖好墓穴，一旦它们跳进墓穴，不出半日便会自然死亡。科学研究认为，动物能预知自己死期并不神秘，这是由它们的生理变化引起的。动物生了重病，生理就会发生变化，动物能根据这种变化的强烈程度，推测自己的死期。我为之感动的并非动物预知死亡的神秘能力，而是，即便是动物也会为死亡留有尊严。

一周前，去海边游玩回来的路上，发现一只猫被碾死在宽阔的马路中央，它或许只想横穿到对面灌木丛，找同伴玩耍；或许它在马路上发现了好玩的东西，没意识到危险的来临，又或许它只是觉得天色已晚，急着寻处憩息之地。总之，它孤独地躺在黄昏的余烬里，像伛偻在重症监护室病床上的婴儿。车来车往，对它视若无睹。天色很快会暗下来，它必将遭受轮番碾压，骨血无存。犹豫的间隙，我们的车已然风一般刮过它身边。我向同伴低声请求，不如返回去，把它挪到路边埋掉可好？同伴不吱声，前行一两分钟后调转了车头。我们远远看见一名独行的骑客将自行车靠在路边，从行囊中取出几张报纸，戴着手套，奔向那只猫。全副武装看不清面容和性别的骑者，小心翼翼把猫裹在报纸里，捧着向路边灌木丛走去。同伴默默打开了车前大灯，将骑者笼在一束光里。

一路平安

四月，我从苏州旅行回来，在楼下碰上了我隔壁老夫妻的小儿媳，她一脸疲惫，拉过我说，她大伯哥心脏病猝然发作去世了，刚出完殡。叮嘱我要对老夫妻保密。

老夫妻均年过80，前几年还总是成双出入，或一前一后去买菜，或一人一个马扎坐在楼前晒太阳。他们有两个儿子，小儿子住在老夫妻楼上，大儿子以前是副市长，刚刚退休，虽不住我们小区，也算是孝子，每周必会大包小裹回来探望老两口。

近一年来，原本比老太太硬朗的老先生一天天萎靡下去，之前还见他被保姆搀扶着出来溜达，最近一个月一次也没碰见，甚至连老太太也极少出楼。我猜想也许是老夫妻终究获知了儿子的死讯，老年失子，不胜其悲，想必已然病倒床榻，心痛无着。

几天前，下班转过楼角，远远看见老太太坐在楼前樱桃树下，手里拿着一把韭菜，跟隔壁单元的周伯伯不知聊着什么，见到我，笑呵呵迎上目光。我几乎可以断定她并不知情。以往，我见到她必会寒暄一两句。那一刻，一股说不出的复杂情绪涌上心头，我一个字也说不出来，像个真正怀揣心事的人似的只微微点下头就奔向楼里，全不顾身后探寻的目光。

老太太聪明敏感，去年我犯了胃痉挛，疼得死去活来，眼泪控制不住爬了满脸。从医院打完针回来，恰好在楼梯口碰到了她，她一眼看出了我的异常，问我怎么眼睛都哭红了，是不是被谁欺负了。

周末，在市场看见老夫妻的小儿媳正在菜摊挑黄瓜，说起婆婆，她皱起眉头，语气犹疑，老太太很是反常，大伯哥去世的第二周，老太太问小儿子，哥哥怎么没回来，小儿子说哥哥出国旅游了。后来几周也不见大儿子回来，老太太又问过几次，小儿子支支吾吾敷衍过去。小儿媳说，老太太现在竟然再也不问了，闭口不言大儿子，难道大儿子连一个电话都不打来她也不感到奇怪吗？"到底是老了，糊涂了。"小儿媳叹息道。

天渐渐暖了，下班回来常见老太太坐在楼下，要么跟邻居唠嗑，要么择着一手菜，仍旧一副笑呵呵的模样。

我有时不免困惑，即便是死亡带来的悲痛，不也总好过蒙在鼓里的笑容吗？以孝之名剥夺父母对子女生死的知情权，是否是另一种意义上的不孝？这种约定俗成的公序良俗何以形成？换言之，这种普遍存在的为人子女者的自我道德提醒究竟滥觞于何时何因？

有天傍晚去公园散步，碰见我一个远房小姑，我问她我五奶奶（她的母亲）近况，小姑说老太太小脑萎缩有点严重了，忽而清醒忽而糊涂，倒是最近从精神病院开的药很是见效，脑子完全正常了。

我问她，五奶奶有没有问过小叔叔？她摇了摇头，"人越老，就会变得越自私，只顾自己，子女反倒不放在心上了。"

我的远房小叔叔前几年在青岛的远洋轮船上做船员，工作很忙，又放心不下老娘，便与五奶奶商定，每晚7点准时通电话，几年来雷打不动。即使他跟朋友在一起吃饭聊天相谈甚欢，到约定时间也必打他的母子专线，他说，老娘到点就会守在电话旁，不能让她等着，不能让她担心。谁知小叔叔不知怎么掉到海里，人就没了。他出事时，五奶奶刚过完米寿，儿女们约定瞒着她办丧事。约定而已，并没有什么把握可以瞒得住，其实很难瞒得住，只是按照公序良俗似乎必得如此操作才算孝顺，老亲故旧亦心照不宣，最终不过是想等着老人在煎熬的等待和猜疑中自己慢慢发现残酷的真相。家里亲戚来来往往，闲杂人等出出进进，有心脆的拉着五奶奶的手面露悲容，有嘴快的观察五奶奶的神情欲语还休。一个历经沧桑的老者不可能没有生活积淀下来的经验和预感，老太太却对家里显而易见的反常情况视若无睹，对怀着各种莫名心绪打算试探或安慰她的人不咸不淡不冷不热，脸上始终挂着慈祥平和的微笑，一句多余的话也不问，一句多余的话也不说。

上个月，五奶奶无疾而终，直到生命最后一刻她也没提我的小叔叔。她不问，小叔叔就永远活着。

或者，五奶奶不过是配合子女演完了她扮演的角色，蒙在鼓里的反而是活着的人也说不定呢。不管蒙在鼓里的是谁，蒙在鼓里自有蒙在鼓里的好处。青年时期，学习智慧；老年时期，运用智慧。而智慧也当因人而异，因时而异，因事而异吧，我们无法轻易用"自欺欺人""老年痴呆"之类的词语来定义白发人的苍凉，现实并非如此简单直接。我想，这也算一种人生策略与生活智慧。看似糊涂，却也是混杂清醒与理智的糊涂。

英国境内有一种类似松鼠的又小又害羞的哺乳动物叫睡鼠，顾名思义，睡鼠以贪睡得名。除了夏天，·年中有九个月它都处于冬眠状态。冬眠中它们不吃不动，呼吸几乎停止，身体变得僵硬，外界的任何声音都不能吵醒它们。

　　动物为了适应不良的生存环境，有很多自保措施。带刺类比如豪猪刺猬，以硬刺拒人于千里之外；带壳类比如蜗牛河蚌，以龟缩于壳内躲避伤害；变色类比如变色龙蚱蜢，以改变体色迷惑对手。壁虎螃蟹会自切身体，臭鼬、甲虫会放臭气，不管主动被动，在心理学上，都属于一种自我保护机制。

　　唯独最聪明的人类，在身体功能上却缺少了保护自己的盔甲。有时我想，那些受了巨大刺激突然疯掉或失忆的人也许是大脑潜意识开启了自卫模式，只不过最痛的意外，最迅猛的哀伤，导致最惨烈的保护。很多人在面对无法接受的事情时都会自动生成这种逃避性心理。他们会在实情即将毕露的临界点戛然失智，关闭心门拒绝真相。没有一种生活哲学能放之四海而通用。"自我屏蔽"是人的一种本能，人性太脆弱了，似乎经不起直面伤痛。

　　那么，不妨不与现实正面交锋，以人性的懦弱于危崖边拉扯出缝隙，以模糊不清的现状给继续前行提供机会，将一切确切的信息关闭在记忆的暗门中，唯留一瞬之光指引活下去的勇气。让真相，如雨后的远山淡影，或遥远的海市蜃楼，永远模糊难辨，也永远不可能被还原。给心理以暗示，给暗示以强化，给强化以反复，等待时光的橡皮擦将脑海中渐次萌发的焦虑与怀疑轻轻擦去。即使最终真相浮现，经历时间过滤的迟来的悲伤，杀伤力已如强弩之末。

　　我妈兄弟姊妹七人，只有大姨远嫁在牡丹江，几十年间只回来过三次。也许思念的深度与距离的长度成正比，姥姥最惦记大姨，每年都会亲自晾晒各种鱼干让舅舅寄给她。70多岁时，姥姥在大舅陪同下出了人生第一次也是唯一一次远门，也是她唯一一次出县城坐火车，到牡丹江去看望她的大女儿。十几年前，大姨得了脑血栓，姥姥那时已经 80 岁了，她再也没有能力千里迢迢去看她的女儿了。我陪着我妈和小姨去了牡丹江，大姨最后一次见到娘家人。不久，她就去世了。她走了不到一年，身体还算健康的姥姥突然病重，很快就进入了弥留状态。因离得远，不常联系，我们一直以为姥姥并不知大姨去世，担心她会耗着一口气等大姨赶回来而最终难以瞑目。

姥姥去世当晚，有过短暂的清醒，长辈们说是回光返照。她要求小姨把大姨的照片放在她身边，让大家放心，说去那边自会有大姨照顾她，就算喝了孟婆汤靠照片也比较容易找到她的大女儿。小姨微微点头，一句话也没说，只轻轻把大姨的照片贴进姥姥的手心里。

汽车在遇到碰撞时，传感器会自动感受汽车碰撞的强度，并将感受到的信号传送到控制器，控制器接收传感器的信号并进行处理，当它判断有必要打开气囊时，立即发出点火信号以触发气体发生器，气体发生器接收到点火信号后，迅速点火并产生大量气体给气囊充气。人会因惯性"扑在气垫上"，从而缓和受到的冲击并吸收碰撞能量，减轻伤害程度。

人的大脑或许也有一个隐藏的"安全气囊"吧？

当然，汽车的安全气囊不是自动生成的，它归功于设计师的智脑妙手。人生就是一段旅程，每个开车上路的司机都希望这段旅程以开心起，以喜乐终，一路平安，方不辜负车窗外的花红柳绿草长莺飞。设计师及时捕捉到了司机的心理需求并产生了同理心，安全气囊便应运而生。安全气囊被创造被激活的前提是被需要。

在大自然视域内，尽管个体生命的猝然降临或离去，如同雪落无声，但"生命的真相是体温"。稽古揆今，接近人生旅程终点的老者如果还有什么愿望的话，只能是希冀给人生旅程画上一个圆满的句号。虚虚实实有意无意间他们将此愿望传导扩散给亲密之人，亲密之人心领神悟。一方不说，一方不问。毫厘之验，继继存存，所谓约定俗成与公序良俗之形成，大概如此吧。

这一切是如此生动和不可避免，如漫天朝霞无有边际，唯有归于一片模糊。

原载《上海文学》2019 年第 7 期

延安纪『食』

李青松

面面

我数次来延安，就喜欢吃延安的面。

延安的面同延安人一样，劲道、蛮实。在延安，面食与面是完全不同的两回事。面食是指馍馍和面条。民间，讲究两顿馍馍一顿面。这里的面，一定单指面条了。而馍馍，其实就是馒头。用荞面、玉米面做成的稠面团叫搅团。用麦子面搓成铜钱大小的卷面片叫麻食。管麻花叫油果子。把饺子叫扁食、疙瘩子。稠米饭叫稀粥。包豆馍叫软馍馍，不包豆的叫软窝窝。

延安人吃面，往往离不开辣子，有"辣子吃了不乏"之说。

"鱿鱼海参吃着不香，没有辣子嘟嘟囔囔"。大海碗的面汤里浇上一层辣子，红糊糊，热腾腾，辛辣与面香在筷子的搅拌中释放出某种满足和快乐。延安的朋友吃面吃辣子的情景，有一种野性喧嚣的气息。我在面馆里呆呆看着，一时竟忘了下筷子。

吃馍馍也要有辣子。馍馍掰开，夹上一撮辣子，狠狠地咬一口，吧唧吧唧吧唧，辣子的红油流出嘴角，那感觉实在是舒坦极了。

羊事

羊大为美。在延安，羊不大，也美。

延安人管羊叫羊子，公羊叫骚胡。猪仔叫猪娃，狗仔叫狗娃，猫仔叫猫娃。按照这个逻辑叫下去，羊仔一定叫羊娃了吧？错了，羊仔不叫羊娃，而是叫羊羔羔。在我老家那嘎，叫羊羔，少一字。

管牧羊人叫什么？——拦羊汉。强调的不是"牧"，而是"拦"，有意思吧！拦羊不是用皮鞭，而是用羊铲挖一铲黄土抛过去，羊就知道是什么意思了。羊生性胆小，正是出于某种恐惧，羊才有聚群的现象。其实，数量提供不了力量。羊聚集在一起，一旦有危险发生，就会互相挤撞，反而更加危险。狼正是利用羊的这一特性屡屡得手。狼袭击羊群不是把羊一个一个咬死，而是利用羊的惊恐聚群，在互相踩踏挤撞中毙命。狼再把羊一个一个叼走。

拦羊汉的"拦"，更多的是拦住羊不互相挤撞，防止发生危险。

拦羊时，拦羊汉的眼睛只需盯着头羊就可以了。

整个羊群是跟着头羊走的。头羊走到哪里，羊群就会一步一步跟到哪里。羊对生态有危害吗？有人形容说——嘴巴似剪刀，羊蹄赛锹镐。那意思没明说，但弦外之音，谁都明白。

实际上，也不尽然。

有些草羊吃过后才能长，就像韭菜一样，割一茬，长一茬。不割就不长。羊毛长在羊身上，但羊毛也能挂上一些草籽，客观上，羊在吃草走动的过程中，又播种了草籽。

延安的羊肉好吃，不用我说人人知道。来延安，不吃一碗热气腾腾的炖羊肉，那基本上就是白来了。延安炖羊肉，一定要那种带骨头的，味道足，吃了有劲儿。有人说，退耕还林，羊都舍饲圈养了，那羊肉还好吃吗？这话我回答不了，但延安的朋友告诉我，拦羊汉已经看不到了。为了让羊肉好吃，就不能让羊太舒服了。羊舍盖得要透风漏雨，冬季寒风吹彻，夏季烈日暴晒。此外，每天还要把狗放进羊圈，追羊跑，折腾羊，增加羊的活动量。

当然，最关键的是要经常给羊吃些地椒椒。这是延安羊肉好吃的秘密所在。

地椒椒也叫百里香，是一种开紫花的灌木状草本植物。地椒椒有温中散寒、祛风止痛之功效。更主要的是，它能祛除羊肉膻味。

苹果

在延安，窑洞越来越少了，住窑洞的人也越来越少了。将来窑洞会绝迹吗？恐怕这个问题延安人自己也回答不了。也许，没有了窑洞的延安，终将缺少某种味道，给人怅然若失的感觉。

当年，毛泽东、周恩来、朱德等在延安的时候都住窑洞。毛泽东的《论持久战》就是在窑洞里写成的。斯诺采访毛泽东也是在杨家岭的窑洞里。窑洞的量词是孔或者眼。比如，一孔窑，一眼窑。窑洞的种类不少，有土窑，有泥基窑，有接口窑，有砖窑，也有薄壳窑。最高级的就是薄壳窑。外壳像窑，内里实际用砖砌成，面宽穹阔，顶部有一定弧度。窑上多再建有房屋，融窑洞与楼房为一体的建筑格局。

薄壳窑一般都有一个宽敞的院落。有"三眼窑一院，苹果树两岸"之说。院落两边一般都栽有苹果树，有"富贵""平安"的寓意。

提起延安苹果，一定会说到洛川苹果。反之，说起洛川苹果，就不一定再说延安苹果了。就像 20 世纪 70 年代，大寨之于山西，大庆之于黑龙江。洛川苹果与延安苹果是一种什么关系呢？这么说吧，在延安整个地界上都产苹果，但只有洛川产的苹果，才叫洛川苹果，洛川之外的其他区县产的苹果便统称为延安苹果了。

洛川总人口 22 万人，耕地 64 万亩，其中苹果面积 50 万亩，人均 3 亩多，居全国之首。近些年每年苹果产量都在 90 万吨，鲜果总收入 45 亿元，农民人均收入 1 万元以上。

洛川苹果品种真是不少——有嘎啦、秦冠、宝石、红星、甘红、红露、国光、富士等，能数出一长串。然而，掰指头算算，洛川种植苹果的历史不过百年。

1947 年，阿寺村农民李新安，赶着毛驴从河南灵宝驮回了 200 株苹果苗，自己办了一个六亩七分地的果园。当时，村里人都笑话他："栽这些柴棒棒有啥用，尽是胡闹呢！"

李新安不理会，只管埋头种树苗。从此，开启了洛川种植苹果的历史。

一个细雨蒙蒙的日子，我们一行人走进了阿寺村。李新安就是这个村庄的村民。当年，他种下 200 株苹果苗的果园还在。不过，最初种下的苹果都已长成了老态的大树，至今还在结果。

李新安是个能人。据说，他能看云识天气。

站在塬上，随意那么往天上瞄一眼云，是晴天，是阴天，是风天，是雨天，还是风雨交加的天，便判定个八九不离十呢。他还根据多年的观察经验，总结出一套顺口溜。

云推磨，水成河。

黑云白梢子，必定下雹子。

瓦块云，晒死人。

云往东，一场空。

云往西，淋死鸡。

天上起了钩钩云，不出三日雨淋淋。

四方土雾刮大风，四方暗雾下大雨。

李新安的家是一孔窑洞，窑洞四壁贴着老旧发黄的年画《双驸马》，还有《人民公社好》《雷锋的故事》。窑洞里有一土炕，炕上摆着一张饭桌。桌上是烟笸箩、煤油灯、手电筒、搪瓷缸子。角落里有两口缸，一口水缸，一口酸菜缸。旁边是一个木板条案，其上放着擀面杖、笊篱、捣蒜臼、水瓢。

走出窑洞，我不经意地回头看了一眼，却发现窑洞洞口的上端是一块匾额，上书三个字。那三个字，从左往右读：苗有福。从右往左读：福有苗。到底该怎样读呢？我一时竟没了主意。如果按照现代阅读习惯，应该是从左往右，若按照旧时的阅读习惯，应该是从右往左。

我驻足窑洞门前久久端详，猛然间发现，其实，从左往右，或者，从右往左，都有道理。苗有福也好，福有苗也罢，无论怎样，这孔窑洞的福之所至，都与最初毛驴驮来的 200 株苹果苗有关系呢。

沙棘

沙棘是延安的土著植物。延安的梁峁上满是灰魆魆的沙棘群落，沟壑里是丛生的柠条，沟道两边坡面是密密实实的山杏、刺槐和杨树，河边为"长发披肩"的柳树。

延安人把沙棘叫酸刺。此种植物根系发达，衍生能力强，具有耐寒耐旱、抗风蚀的特性。有道是：

地上一把伞，
地面一条毯，
地下一张网。

一般人往往把沙棘看作是灌木，但延安人会告诉你，沙棘既是灌木也是乔木。谁说沙棘的生长周期只有七八年？谁说沙棘成不了林？延安吴起县有树龄在 1600 年以上的沙棘古树林，至今树势仍然很旺。我在柴沟流域的梁峁上，看到过三棵乔木沙棘，个个有碗口那么粗。三棵沙棘的树腰上均系着草绳，每棵沙棘用三根柱子支撑着——这是干什么？我不解地指着草绳和柱子问。当地朋友告诉我，这三棵沙棘是从别处移栽来的，时间不长，草绳和柱子起保护和固定的作用。

延安人对每一棵树的照料都格外细心。

退耕还林工程实施以来，光是吴起县就有人工种植的沙棘 126 万亩，再加上原来种植的，沙棘总面积达到 188 万亩，这可不是个小数字。阻挡风沙，防止水土流失，沙棘立了大功。沙棘是勇士，沙棘是先锋。

沙棘和沙棘群落，除了它的生态功能外，尚有更"深厚的矿脉"需探明。

沙棘是我国藏药的传统秘药。藏民每年冬季把沙棘果采回家，放在坛子里，加少许砂糖，密封保存。遇到家人或亲友患伤风感冒、咳嗽哮喘、跌打损伤等疾病，每次舀一小勺喝下，有很好的疗效。苏联宇航员加加林在完成太空行走之前，每天都吃一些沙棘果酱。沙棘油可提高宇航员对来自宇宙中的各种射线的抵抗力，使其免遭宇宙射线的危害。

精明的外国商人们开始越来越多地打量延安梁峁上成片成片的沙棘了。

有人已研发出沙棘保健茶和沙棘香醋。我在延安喝过沙棘香醋，口感不错。沙棘的"矿脉"到底有多深？有多长？我不知道，但我知道，随着太空探月步伐的加快，沙棘的时代就要到来了。

原载《文艺报》2019 年 10 月 16 日

寻
豚
记

罗张琴

1

　　头部钝圆钝圆；上下颌几乎一样长的弧线天然上扬；小牙齿密密排着，两只小眼睛，被肥嘟嘟的肉儿一挤，挂在大脸边缘两侧……每分每秒都保持微笑的江豚多可爱呀，然而，发现猎物后的江豚却是很孟浪的：往前冲，快速转体，用尾鳍击水、搅动，惊散鱼群，再迅速接近、咬住、吞咽。如果集体发现鱼群，就分开游动将猎物包围，齐心在水面激起数十厘米高的涌浪，将数十至上百条鱼迫出水面，一片银光闪闪。

　　江豚宝宝在母体生长的时候是个慢性子的小霸王，一座母体宫殿只能住它一个，优哉游哉，待足12个月后，它才伸个懒腰决定出来。先露尾巴，再出身体，最后是头部。娩出后，小霸王奋力向上游动，母豚则腹面向上，身体朝孩子相反方向远冲，用力拉断脐带。小霸王借力浮出水面，向着生命的天空展颜欢笑。江豚与人类一样，有很强的母性，经常带孩子欢快地出水觅食。驮带时，仔豚的头、颈、腹部紧贴母豚背部，活像我们人类的母背娃。托带时，母豚常用鳍肢或尾叶托着仔豚的下颌，帮助它出水呼吸。

仔豚吃奶非常困难，它必须跟妈妈保持同样的速度，等妈妈把肚皮翻上来，才能吃几口。因为是用肺呼吸，它每隔一分钟左右还要浮出水面透透气，不然会被憋死。也就是说，好不容易蹭着母亲奶头的它，没吃两口呢，又得暂停让自己浮出水呼吸，真是一点也不尽兴。

过去，长江一直是江豚的"快乐老家"，长期以来，那绵延数千里的长江里到底生活着多少江豚，恐怕谁也无法数清。但是到了20世纪80年代，长江大开发使水体遭到严重破坏，几乎没有什么鱼了。"饥饿的江豚""江豚倒在迷魂阵旁""江豚被螺旋桨打死打伤""江豚困死乱采砂石的大坑中"……各种悲怆的呼声悄然埋没了许多江豚的身影。现在，全世界仅剩下1000头左右了。创造一个物种，要几百万年光阴，破坏一个物种，却只需要几十年时间。

"世界吻我以痛，而我报之以歌。"江豚选择把航运少、鱼类资源丰富的鄱阳湖当成最后的"避难所"。无论遭遇什么伤害，无论境遇再怎么不堪，这些精灵，从始至终保持微笑，笑着繁衍、笑着生活、笑着涉险、笑着赴难，一如既往地在水中安静悬浮或翻腾转动，没心没肺对人类亲近友好、喷水嬉戏。这番气量胸襟，难怪没有天敌，难怪可以在地球上存活2500万年之久，并一路走到食物链的最高处。

2

5月的鄱阳湖，天空澄蓝，水势壮阔，极致的妩媚与极致的豪迈，被风以一种近乎完美的比例揉搓在了一起。一种独特的气息扑面而来。

微风岸，孤鸿影；平野阔，大江流；小舟行，沧海寄。别说是我，任凭艇上与湖打过无数交道的每一个人，都难以抵挡那种气息的吸引，齐齐挤到甲板上。一排排卷着花边的白浪，瞬生瞬息，将一颗心浇得湿漉漉的，眼睛很快泛起潮来。

"看，江豚！"人群传来一阵欢呼。待明晃晃的阳光将眼里的潮气吸尽，沸腾的方向早已水平如镜。

一位老哥说，从前鄱阳湖里的江豚不算稀罕物，几乎每次出水巡查他都能碰到，最多的一次足足有七八十头。有一家三口一起畅游的，有母豚驮带仔豚的，有小两口亲密嬉戏的，也有单独在水上冲浪的。它们很聪明，知道大船在前面走，能大大减少水的阻力，胆子大的便常常调皮地跟在船后头，乘浪起伏。江豚的声音特别丰富，欢乐时，"噗，噗噗"，音柱散如网状；紧张时，是纯哨声，但哨音没海豚音那么尖；有时还会发出"噢呜"的低鸣，或许是在生气吧。一些时候，它们会聚集在巡艇旁边游来游去，你甚至可以伸出手摸一摸它们的圆脑袋，接一手它们吐的水柱、水泡。如今，要看一眼全凭运气。

宋代诗人孔武仲在《江豚诗》中写道："黑者江豚，白者白鱀。状异名殊，同宅大水。"黑不溜秋的江豚，人称"江猪"，这非猪非鱼的江猪，对大风感觉敏锐，每当刮大风前、江面顺风起浪时，会朝着起风的方向"顶风"出水，这就是江豚拜风，曾是渔民最重要的水上预警，渔民据此就知道，大风要来了，不能出湖捕鱼，以免发生意外；而"白者"白鱀豚在阳光照耀下，闪闪光亮，招人怜爱，加上本性善良，但凡看见有人不幸落水，会围在一起救人，湖区渔民奉之若神灵，给她取了个好听的名字"长江女神"。可惜的是，白暨豚多年前已被宣告功能性灭绝，江豚成了长江里硕果仅存的哺乳类动物。

同事发过来一张江豚流泪的照片。照片拍摄于2011年。那一年，长江中下游地区连续干旱，水位持续下降，科学人员对被救助的江豚进行体检时，江豚眼睛里缓缓流下一滴眼泪。那一滴眼泪，写满凄凉、无助。它是在为自己的命运担忧吗？

回想在网上搜集资料时，我用五笔字根输入词组，想打出"江豚"，显示的却是"满月"两个字。月上中天，皎皎其华。一轮满月，仿佛自盘古开天辟地起的一个永恒存在，万籁俱静的夜晚，与之对望，人似乎可瞬间回溯到自己最深最远的故乡，使情感得到极大慰藉。可紧随慰藉而来的，却是一种关于生命的格外的荒凉感。这荒凉之感，生生使人从心底深处升腾起无名的哀恸。

月凉如水。生命来源于水中。江豚和人类共享同一条江河。"满月"是江豚的隐喻吗？那一刻，月亮陷入乌云的包围圈，世界很快暗淡下来。

在我有限的认知里，余干康山大堤有个江豚湾，听说是江豚出没最频繁的地方。我满怀遇见的希望去往那里。然而，还是失望而归。我在那个信江、抚河、鄱阳湖三水合流的美丽江豚湾，守了五六个小时，也没能瞧见一只江豚的身影。余干的朋友安慰我，也许江豚怕热，都躲在水底贪凉呢，又或者夏季是丰水期，一湖清水流过几千平方公里，江豚贪玩，满世界旅游去了也说不定。多来几次，肯定能见到的。

3

没料到，我与江豚会以这样的方式初见。

也是 5 月的一天，斜风，细雨，我随省水政总队去巡江巡湖。一头江豚静静地泡在水里，尾巴被细线缠绕了好多圈，脸上微笑依旧，眼睛却再也不能睁开。它的身上沾满血迹，有许多伤口，腹部上的一处血洞尤其淋漓、触目。

难以想象，这头江豚之前经历了怎样的挣扎、承受了怎样的痛苦，是血洞在替死去的它"开口说话"："再过三两个月我就可以当上母亲了，是那些滚钩阻断了我所有关于未来的想象，而我腹中那个已经殒失的豚儿本来只需很短的时间就能和人类的孩子一样，学会所有本领，跟我哭、对我笑、满江湖里调皮捣蛋。"

我多想此时此刻有一场大雪纷纷扬扬啊。纷纷扬扬的大雪，一直下到江豚内部，将所有伤痛填满。

之后一段时间，我几乎每天早晨都会遇到同一辆车、同一个人。

车在沿江快速道的江边辅路靠右停着。副驾驶敞开的车门与路边一小排树形成一个曲尺型的天然屏障，如此，屏障与车身夹着的那一小地，就是一个隐匿又开阔的舞台了。

舞曲从车内扬出并向外盘旋。盘旋之声仿佛一根无形的柱子。一个壮硕健美的男子，面朝赣江、攀着柱子不停耸动双肩、扭动身体、抖动双腿，仿佛一条蛇在苏醒。他光着膀子、光着双脚、只着一条湿漉漉的泳裤站在那里，旁若无人、兀自舞着，似乎心里正奔涌着一条江的荷尔蒙。起初，我显然被这白花花一身给吓着了，我使劲摁亮电动车最高速的那个档，从他的车旁落荒而逃。但我很快发现，我不过是在自己吓唬自己，每天，那个男子只倾心于自己的舞台，连眼都不曾睁开过。

当速度归于平稳，好奇心便占了上风。以后路过，我都忍不住去打量他的样子、想象他的故事、揣测他的命运。

流线型的身体，发达的肌肉，光滑富有弹性的皮肤，还有灵活无比的腿部，他的样子多像白暨豚淇淇呀。淇淇是一部名叫《豚殇》的纪录片中的"主人公"，于1980年被渔民误捕。铁钩在它的颈背部钩成了两个直径四厘米、深八厘米、内部连通的洞，送往中科院水生所时已经半昏迷。专家想尽办法总算是将它抢救过来了。

伤好后的淇淇被移至离水生所六公里的研究基地生活。说是基地，其实就是一片鱼池，但生性活泼的淇淇很喜欢这片鱼池。它对声音特别敏感，有人来了就无比兴奋，在靠近人的位置快速游动、翻腾，甚至用尾鳍不停打水。它痴迷玩具，尤其是救生圈，最喜欢把身体趴在救生圈上，或者钻过去，玩疯了连饭也不吃。

四年后，淇淇进入青春期。春夏两季，开始发情——局部皮肤充血变成桃红色，身体直立水中，一边激烈晃动脑袋，一边发出吱吱叫声，生殖器伸出体外，贴着墙壁运动。

必须给淇淇寻找伴侣。

母豚珍珍初到水生所时，淇淇非常紧张，紧张得都不吃东西。它们你看我，我看你，头对头好像在互相观察。珍珍很勇敢，主动接近淇淇。两三天后，慢慢熟悉。后来，当发情期的淇淇表现激动时，珍珍会迅速游到它身边，用自己的身体与它摩擦，直到淇淇平静。正当珍珍接近性成熟，就要和朝夕相伴的淇淇完婚时，一场突如其来的肺炎结束了它年轻的生命。

珍珍死后的那些日子里，淇淇在水中孤独地游着，发出凄惨的声音。研究人员查看从池底的水监器捕捉到的声音图谱，发现这种声音是淇淇过去从来没发出过的。这也许是豚类特有的悲鸣吧。

淇淇要在鱼池里孤独地度过余生。它开始出现一些孤独环境下高等生物所表现出来的一些严重的心理问题：总是长时间贴着池塘壁游泳、任何异样的事情都会使它高度兴奋、食欲不振，等等。每年的发情期，淇淇尤其饱受煎熬。它不停地将身体与水池边的水泥墙摩擦，然后一个滚儿又翻回到水里。一贯腹部在下的它，此时肚子朝上，粉红色的生殖器，尖挺地在下腹部不断向上延抻，两寸，四寸，六寸直到一尺多。它很快又在水泥墙上蹭开了，接着又一个滚翻回到水里，它的生殖器比刚才伸出来的还要长，充血的颜色也更浓。

生殖器是用来生小白暨豚的，但这却是淇淇永不能实现的愿望。研究所的工作人员再也不能够从长江里帮淇淇找来伴侣，甚至于整个人类都无法帮淇淇找来伴侣。

淇淇的肤色越发深重，皱纹也多了起来，显得老态龙钟。它的牙齿已经快磨没了，捕捉食物的能力明显变得呆钝。在它"弥留之际"，工作人员为了让它可以吃到鱼，在将鱼投入水中之前先将鳃挖掉，让鱼慢悠悠地游，即使如此，它常常还是"心有余而力不足"。2002年7月14日早上8点25分，淇淇"沉睡"池底，用永恒的微笑与世界告别。

　　冰雪消融的早春／圆梦时刻到来了／今天我梦见我要回家了／别了，我深爱的"妈妈"／再见了，岸上的伯伯们／此刻，我终于看见了宽阔的长江／虽然我不知道这条大江的前方是否旋涡密布／但是，我会继续追寻我们曾经拥有过的天堂和梦想／好好地活下去！

这是片尾，豚类的心声。

努力让某一物种延续的意义，并非为了规避什么，也不在于为它辩护，更不是为了寻求永生，而是为了努力证明，它为人类的存在赋予了怎样的意义。这只是白暨豚的消失吗？只是江豚的危机吗？当环境被破坏，人类能独善其身吗？一种生灵消亡，人类就少了一种依存的凭借，自然的生态系统，从而变得更加脆弱。

4

地处江西、安徽、湖北三省交界的湖口县，是长江与鄱阳湖唯一的交汇处。县境内拥有30公里鄱阳湖岸线和27公里长江岸线，因而常常吸引江豚在此停留居住。

正是金秋十月，南迁的候鸟已来到了鄱阳湖草洲，枯水一线，江豚活动范围缩小，我愿自己运气足够好，能在湖口邂逅这活蹦乱跳的可爱生命。

北门渡口。下午4时的江风吹在人身上，有些许寒凉。周军琪和志愿者们在湖口江豚巡护队办公室门口等我。

63岁的周军琪，1988年由营职干部转业到湖口县渔政局，一干就是27年。参加过国家组织的连续三年长江白暨豚和江豚的同步考察，可以说，他的职业生涯几乎全部活动在长江鄱阳湖这片水域上。

从渔政局退休后，周军琪与爱人被女儿女婿从老家接到北京，一起生活，照看小外孙女，小日子过得还是蛮自在、安逸的。然而，每次只要遇到跟"豚"有关的一切，哪怕是任何与之有关的只言片语，周军琪的心总是会泛起阵阵涟漪。尤其在北京地铁里看到江豚保护的广告牌，在电视里看到拯救长江江豚、保护鄱阳湖生态的节目后，他都会失眠。

许多个夜晚，待小外孙女睡着，周军琪独自站在阳台仰望星空。浩渺的星空像深蓝色的水体，他的情思在美丽的水体里哗哗流动。他无比想念那片水域，想念水域中的万千生灵，想念那些叫江豚的宝贝。一个从武汉打来的电话，让他心潮澎湃。去年 5 月，长江生态保护基金会和县渔政局的领导，考虑到他在渔政待得时间久，对水域情况非常熟悉，湖区 80% 以上的渔民他都能叫得出名字、说得清渊源，非常希望他能回来牵头、推动湖口的江豚巡护工作。

白暨豚没有了，"长江三鲜"中的鲥鱼、河豚也没有了，刀鱼只剩下半条命，江豚不能再没有了呀。周军琪离开了北京回到家乡，组织十几名护豚志愿者，风里来，雨里去，泥一身，水一身，将满腔怜爱给了江豚宝贝。夏季，铁板船上蒸下烤，热得无处藏身；冬天，江面寒风刺骨，刀子般划在脸上，头吹得不像是自己的。

舜德乡屏峰村属三县交界水域，管理薄弱，然而这里却生活着二三十头江豚，周军琪和队友为守护它们曾在船上吃住了近两个月。它们会出来与我们相见吗？秒针一格格地走着，时间在手表上延伸出一个个空洞又结实的扇面。

"哐啦，哐啦"，水中传来奇异的声响，老周说，这是江豚吞吸时的动静。我使劲瞪大眼睛。"哗"的一下，一只江豚冲出水面。它像芭蕾舞演员一样在水中灵活地完成翻滚、弹跳等动作。我到底没能忍住幸福的尖叫。很快，水面涌现出更多的江豚。当中，一雌一雄正在展开热烈追逐，它们用身体频繁触碰、相蹭，有时还会吻触对方的生殖器。待激情消退，水面平静，两豚缓慢上浮，相依相伴。

暮色恬淡，水波温柔，该返程了。"叮咚"，好友哲在微信里发过来一张照片，是她在第一届鄱阳湖长江江豚保护论坛现场做志愿服务的照片。在湖晏江清、江豚欢跃的背景映衬下，哲，美极了。她发过来一段话："琴，此刻，倾听现场，我觉得这世上的一切伤残都是可修复的。我触摸到了一束光的存在。我看见江豚在光柱里畅游，游向一碧万顷的深处。"哲在话的末尾配了一个大哭的表情，是一个江豚保护志愿者喜极而泣的表情。

原载《长城》2019 年第 5 期

目送

马卡丹

一

曾经，那个感觉，那么遥远，遥远得像是星与星的距离。

人是向死而生的，所有的人都是过河的卒子，只有前行、前行，从无中来，向无中去。这一类说教在耳中进进出出多少回了，为什么依然感觉那个告别式还远在天边，还需要穿越几个太阳系？蹚过几道银河？

这些年来，常有一些年轻的朋友，走得那么突然，多像那些正待绽放的花苞，忽遇春寒，只来得及露出一丝浅红、轻紫、微蓝、淡黄、悄绿，就迅即枯萎、干瘪，幸运些的即便冲寒而开，也不过瞬间昙花，更添叹惋。他们，是未曾完满绽放的花朵，每每忆起，殊觉痛惜，却往往不觉得与自身有什么联系，毕竟，孕育、绽放、凋零，以亿计数的现代人都会完整走过这命定的历程。

也常有老一辈的亲友就在眼前离去，在你心湖上溅起若干伤感的涟漪，只是涟漪开过终究无痕，都知道那是无言的结局，却依然不觉得、不想觉得、不敢觉得与自己有联系。毕竟，老一辈已经完整地经历了生老病死、已经敲响了午夜 12 点的钟声。

此刻却是不同，他走了，他竟然也走了！他不仅与我同龄，且同属上山下乡的"老三届"知青，同在改革开放之初踏进大学校门，同在商品经济大潮前迷茫若失转而舞文弄字。一个个的"同"，是一颗颗钢牙铁齿，都选择此刻咬心啮骨。"同"以血淋淋的痛把我咬醒，那仿佛远在若干光年之外的死神，已经大咧咧地迎面而来！

"同"意味着，我们是同一群耀眼的流星雨，尽管淡去有先有后，终将谢幕。

"同"意味着，我们是同一轴奔驰的云阵，尽管卷舒有早有迟，终将启程。

在将要谢幕之际，在预备启程之前，你的灵魂，我的灵魂，他的灵魂，面对越来越清晰的死神的面影，还需要闭眼塞耳，自我麻醉，如同以往那样视而不见、听而不觉吗？

我是，我当然是星群中的那颗流星，我的前方有多少灿然的闪烁，我的身后也将有多少闪烁的灿然。我将以怎样的心绪，面对前方已然陨落、正在陨落的光柱？又将以怎样的从容，启迪其后期待燃烧的星辰？

我是，我当然是云阵里的那朵流云，我的前方有多少飞腾的云絮，我的身后就会有多少云絮的飞腾。我将以怎样的目光，目送那些淡入空蒙的前行之云？又将以怎样的身姿，回应其后那接踵而来的云团？

伫立阳台，静望夜天：

有一朵流云已然淡去，只留下一丝云影。

有一颗流星已然路过，只留下一星余光。

我只有，目送；只能，目送。

我身后的所有星与云，或许，都只能：目送！

二

目送，本该是多么美丽的瞬间。

人海茫茫，因缘际会。缘聚必有缘散，相逢自有相别，那是生命不可逆转的过程。目送，让生命与生命的缘分在瞬间张扬、凸显、定格，让这样的瞬间化作痛苦而美丽的永恒。

走进知青队列之际，我距离15周岁还差2个月零5天。那是1969年3月10日，早晨，多云，微风。父母连同四个弟弟妹妹，一大家子送我到溪背生产队插队落户。就在与溪背隔溪相望的时候，我停下了脚步。知青是要接受贫下中农再教育的，是要在广阔天地大有作为的，怎能让父母一直送到住地，送到那三块石头当灶、一扇门板作床的住地呢？父亲帮我整好行李：一个小小的藤箱，一个大大的被卷，担起来，几乎与我同高。母亲的泪一下子就下来了，小妹妹忽然哭了起来，我的心立马被揪紧，勉强吐出一句"我走了"，我挑起担子摇摇晃晃就上了板桥。全家人都在目送着我的背影，我始终没有回头，不敢回头。直到走入对岸，走入沿岸那一片盛开的李花之间。

母亲说，那一刻她一动也不能动，就那样木木地看着我的背影，感觉自己生命的一部分已经远去。看不见我的身影了，全家都还站着，望着，好久，好久。

多年后读到柳永的《雨霖铃》，"杨柳岸，晓风残月"，七个字即刻把我带到那天别离的场景。我没有告诉母亲的是，那天，进入对岸长长的李树林中，扔下行李，我的眼泪已淌了满脸。从李花丛中回望，看父母与弟妹在彼岸久久伫立，看他们慢慢转身，一步一步走得那么沉重，直到再也看不见他们的身影，直到晓风拂落李花，打在我的脸上。

儿子两岁的时候，动了个手术，纱布把小手缠成了白白的一团。我要远行，妻子抱着他送我，走了一程又一程，终于，我站住了，妻子站住了，儿子嫩嫩的嗓音喊着"爸爸再见"，我转过身，大步前行，走出好远好远了，猛然回头，妻子还站在那里，儿子的小手已成白白的一点，似乎还在挥动……

"黯然销魂者，唯别而已矣"，生之别离无疑痛苦，事后回忆，那样的目送却大半酝酿成美丽：灞桥折柳，泪眼相对；手挥三弦，目送飞鸿；孤帆远影碧空尽；芳草萋萋满别情……也许，别离终究有重逢的时候，重逢会把痛苦点化成美酒。即便是别后再没能重逢，还能"千里共婵娟"，还能"寄心海上云，千里常相见"，回忆起来至少也是凄美的吧。可是，倘若这目送竟是永别，竟是"上穷碧落下黄泉，两处茫茫皆不见"呢？

好多年前，有一位聋哑诗人，与我一块儿参加一个文学活动。游泳池边，他急于向文友展示他的跳水风姿，未曾理会我们的阻止，那么鲁莽地一跃而下，生与死，这薄薄的一张纸，刷地一下就此撕裂。我曾目送他跃入水中，没有想到三天之后，就只能隔着棺材，目送他在家人的哭声中，渐行渐远。

那些渐行渐远的瞬间，那些流水般永无返程的瞬间。目送，是不是因此而有了更为揪心彻骨的痛？有了记忆中无可替代的悲凉之美？

三

一把油纸伞，从戴望舒的雨巷撑出，一个丁香一般的姑娘飘过，梦一般地凄婉迷茫。油纸伞袅袅而来，袅袅而去，那一种无法言说的凄美。那样的美固然离不了油纸伞，离不了那个丁香一般的姑娘，可是，如果没有那双始终注视的眼睛，美岂不是要大打折扣？是目送见证了美，是目送给了美诗意，让美升华。雨巷有尽，也无尽，那丁香一般的姑娘走过雨巷，也连同雨巷一起走进了历史，走进了一代代爱美的心灵。

寻常的雨巷，庸常的瞬间。目送，在人生无数的庸常间交替反复，也痛也美，悲欣交集。

降临人世，张开眼睛，小小的婴儿就开始了目送。目光安然，迎接奶头、笑脸、爱抚；目光无助，目送转身、背影、远离。在一轮轮目送与号啕的循环中周而复始。如今，站在人生的冬阳里回望早春那第一缕朝霞，五味杂陈的，是睫毛上最初的一滴雨？是目送时赤裸裸的目光。

春意渐暖，婴儿顿成幼儿。晒谷坪中，一个个古老游戏轮番上演。多么快活，牵着"母鸡"的裙角，躲闪"老鹰"的偷袭，那个小小幼儿不住地疯叫，欢闹。堂姐是只称职的母鸡，舒展宽大的翅膀，总把叽叽惊叫的小鸡护在羽翼之下，小堂叔这只笨老鹰愣是不能得手。直到老鹰勃然怒发，利爪直接攫住了母鸡的双翅，幼小的天空就在那一刻坍塌，原来，人生的剧本还有这样的一出，所有的依赖最终都不可倚赖，在命运老鹰的利爪面前，人终究只是一只孤独的小鸡。

迷上捉迷藏，已是暮春年纪。乡间的晒场、屋角、树头之下，鹰与鸡、狼与兔……人间的假想剧总在暮色中轮番上演，又总在父母高分贝的呼声中戛然而止。无论鹰犬还是虎狼，总有一个两个俘虏，耷拉脑袋，在大手的揪扯中黯然退场。那个小小少年为此曾多么遗憾，却依然不曾想到，当命运把一个个身影从他眼前呼去，那时就连这样的遗憾也不可得，萦绕心间的，会是一种怎样的惊恐与悲伤？

由青及壮，由壮向老，春生之后是漫长的夏长、秋收、冬藏，每一个日子都有目送的瞬间，每一个季节都有告别的悲凉，目送，送走晨曦夕照，送走秋雨夏风，送走与你的生命相遇的一切美丑善恶，送走那一个个掀起心涛的瞬间。当目送的瞬间如蛟龙号潜入七千米深的记忆再不磨灭，生命也就有了真正厚重的底色。

盘点与生命交集的所有身影，所有的聚与散都在目光的迎与送之间。目光相迎，背影相送，不断目送一个背影离去，或者，不断目送同一个背影一次次离去，当蜂蜜陈醋黄连小米椒在眼中泛滥成灾，目光，也就有了那个背影难以承受的重量！

小孙女悦儿三岁了，送她上幼儿园。手牵着手，一步一步，且行且哭且絮叨，五分钟的路程，走成了近半小时。直到老师的胳膊接管了她的小手，依旧一步一回头。目送她小小的背影，仿佛目送的是自己的童年。人的一生，总是有太多不想去、不愿去的所在，最终却几乎无一例外地只能去，不得不去，命运有力的胳膊拉扯着你，岂容回头？！

龙应台说，我慢慢地、慢慢地意识到，所谓父女母子一场，只不过意味着，你和他的缘分，就是今生今世不断地在目送他的背影渐行渐远。

其实，能够不断目送他或她的背影，岂止是缘，简直是天赐洪福。只是此福再深，这样的不断最终还是要断，谁都希望可任谁也无法无限延长。如此，目送便成了一种感激，感激生命，让你能隔着人生的夏与秋在冬晨目送春朝，让你能不断日送这独属于这一个你的境遇。直到真正放下一切恩怨的那一刻，你终于不再目送，只以一个无憾的灵魂，聚焦前后左右或悲或怨或纠结或释然或宽恕或祝福的目光。

一曲长调悠然而止，余音袅袅，天心月圆。

四

死亡，是人生最好的老师。

曾经，手足相亲；曾经，青梅竹马；曾经，一见如故；曾经，海誓山盟……死让所有的曾经戛然而止，烟消云散，鸦雀无声；死把所有的曾经重新定位，轻的更轻，沉的更沉。

小时候最喜欢木偶戏，对着戏班子的傀儡箱子往往如醉如痴。不过一个木头人，加上十数根傀儡线，怎么一碰上傀儡师的手指，立马就摸爬滚打，出将入相，乐煞众生？有一回大概看的是武戏吧，舞台上打打杀杀，剑影刀光，锣鼓响得惊天动地，傀儡们急匆匆乱纷纷登场退场，像是逃命又像是赶着投胎。忽然，一声钹响，"咣"——顿时，众声俱寂，灯光敞亮，舞台空空。

"须臾弄罢寂无事，还似人生一梦中！"

那一回的记忆常在脑中缭绕，长大之后再看木偶戏，不禁就多了些联想。木偶依凭的是舞台，每一个傀儡都有登场退场的时候，人的舞台当然要大得多，不过登场退场却也一样并无例外。当你在命运舞台上畅舞蹁跹的时候，你或许未曾在意，一个又一个身影正一一离去；而当月冷烟清，身心俱倦，每一个身影的退场于你便都必不可免地心波激荡。你感慨无法扯住命运的缰绳，只能在目送中任情感风起云涌。"高枝低枝风，千叶万叶声"，所有生命的消逝都是无言之言，无声之声，于在场者耳畔，依依回响。目送一个身影离去，你或许悲哀，悲哀再无相逢之日；你或许庆幸，庆幸自己依然在场。可下一个、下下一个，当人生的舞台上万花纷谢，你目送的眼光，难道依然只有悲哀？只有庆幸？有没有一点由人及己的无奈？有没有几分珍惜生命的无常？有没有几许悲悯众生的无言？

佛教把人之离世称作"往生"，意为走进另一个世界；老家俗语则称之"石生"，意即化为山石永存。可往生也好，石生也罢，人真真切切能够感受的只是此生。一度又一度地目送生命的离席，再浑噩的人也会清醒地感知生命的局限，明了此生的不可替代。目送，让我们珍惜生存，精彩地存在；同时，一步步接受死亡的必然，尽可能从容地，潇洒地离席，让你再不回返的身影，成为他人记忆中的永恒。

于逝者而言，亲人友人的目送或许已无法感知了，可弥留之际的那一回眸，那一反顾，却分明透出了由衷的依恋，那最后的真实深深嵌入我们的记忆，也把亲友的音容笑貌长留在心间。亲人友人固然带走了我们生命的一部分，却也让自己生命的一部分潜入我们的生命之中，音容、举止、笑貌、性格、思想，一一渗透进我们的血液，让我们的余生因此而厚重，而从容。

人的本质是孤独的，大限来临，所有的热闹都成幻影，每个人最终都只能独自面对死神，所有的亲友都只能目送。这样的目送寄托多少深情，多少爱意？这样的目送融汇了多少生命的根盘节错、叶覆枝连？所谓福气，所谓没有白活，其实最终都将落实到那一刻，有多少深情款款的目光，集束在那远行的灵魂之上。远去的灵魂，可能感受到那依依相送的目光？

五

镜子，镜子，前，后，左，右，都是镜子，一个人就在镜子里分身，成二，成三，成四，成许许多多。每一个镜像都是自己吗？每一个镜像都不是自己吗？每一个镜像都既是自己又都不是自己吗？友人练功房的镜子还在赤子阶段，不会毁谤也不懂拍马，可为什么那么多角度的我，都是我又都好像不似我？

迈开步子，向前，对面的我同时迈步，走向我。这是我呀，却不是期许中的我，期许中的我总是独步苍茫，现实中的这具肉身却是亦步亦趋。这最出色、最及时的模仿秀，它在同一时分拷贝你，拷贝你的一颦一笑，一举一动，拷贝你眉毛之下、鼻梁之上，那两道或轻或重或深或浅或柔或刚或暖或寒的目光。

你走着，你继续向镜子贴近，镜中的你也步步向你靠拢。你看见，眼前之镜倒映出反向的那面镜，你看见你的背影，正与你反向而行。你走着，你既是在一步步走向目标，也是在目送你的背影一步步远离，原来，目送，并不仅仅是对他人，也可以是送自己。

人世中的我一如镜中的我，可以有很多很多，每一个我都只是一个侧面，所有的侧面共同复合成一个完整的我，不，不过一个完整的我的肉身。我的灵魂之镜在高不可测的天空，人世之镜加灵魂之镜，才能映出完整的我：我的肉身，我的灵魂。目送，是我送我？是灵魂送肉身？是肉身送灵魂？

肉身是容易叛变的，时光的刀刃，寒光闪闪，不经意间，你的关节，你的骨骼，你的肌肉，你的皮肤，你的牙齿，你的毛发，总有变节分子不住地逃离，黑色逃离了你的毛发，柔韧逃离了你的肌肤，钙质逃离了你的骨骼牙齿……离去是一条必然的道路，你只能目送，目送自己，目送自己的一部分，一点一点地离去；你只能悄悄地致意，慢些，再慢些；你只有祝福，祝福曾经的一部分，向那前路茫茫绝无所知永不回返的道路，率先启程。

这该是目送最普遍的场景吧，不曾寂灭的灵魂目送衰朽的肉身离席，无论肉身多么不堪，灵魂依然尊贵，远行依然尊严。简媜说："一个人入世，不是为了活几岁，是为了验收自己成为什么样的人。"无论生命有多少遗憾，只要灵魂未曾早于肉身圆寂，都应该毫不迟疑盖上合格印章。即便是成为植物人吧，他的灵魂也只不过在沉睡，或许还能有唤醒的一天。怕的是灵魂率先远遁，留下的肉身纵然脑满肠肥，也不过行尸走肉。祈祷上苍，无论生离或是死别，人生的每一度目送，断不要让死沉沉的肉身，送走轻飘飘的灵魂。

细细想来，人生不过加减乘除，前半生总在加加加，加到极致便是青春，便是以乘法相加的黄金时段；后半生不断减减减，减到极致便是弥留，便是以除法回归乌有虚空。如此简单的算术，耗尽一生，耗尽众生！谁能跨越这寻常的算式，活出期许的自我，"跳出三界外，不在五行中"？

道济和尚临圆寂时说偈："六十年来狼藉，东壁打倒西壁，于今收拾归去，依旧水连天碧。"历经狼藉，度尽劫波，眼前水天一色，空蒙邈远，此刻，所有的困境都已解脱，所有的牵挂都已放下，一叶帆影，袅袅远行，"归去，也无风雨也无晴"，只有一人一帆，庄严肃穆，驶向那所有人类、所有生命的归宿，无论迟早，无问西东。

生有限，爱无涯，死生之上，悲悯的目光，绵长……

六

大幕突地一降，锣鼓歇，人悄然，两个大字打在边幕上：剧终。

观众起身，伫立，静待大幕再次徐徐升起，静待使过浑身解数、精疲力竭的演员，带着微笑站到台前，谢幕。

那是观众与演员之间的默契，那是一种"静默的尊重"，一种人格的尊严。

人生舞台上，多少人曾经摸爬滚打，用尽洪荒之力，却往往落得"落日楼头，断鸿声里……栏杆拍遍，无人会，登临意"。这样的尴尬，这样的凄凉，或许只有到谢幕的那一刻方才逆转。生命剧终，总有亲人、友人、敌人、路人，静静伫立，依依目送。那是生命的万千因缘，生命的心神交会，那绝不会是用尽最后力气谢幕时，台下空无一人的寂静与凄清。

目光，五味杂陈的目光，爱恨交织的目光，悲欣交集的目光，成束，成群，共同编织成襁褓，重新把那个谢幕的生命包裹。生命是多么尊严，生命的缘分又是多么凄美，曾经的过客，已是归人，"来如春梦不多时，去似秋云无觅处"。

云舒云卷，星起星沉，前赴后继，无始无终。

无边无涯的队列中，目送，因之而美，因之而弥足珍贵。

那是尊严的目送，那也是目送尊严。

目送无极，尊严无极。

原载《北京文学》2019年第7期，收入本书时略有删节

螺蛳壳里做道场

北京人爱侃，南宁人善撩。作为广西人，这是我所知道的京城与省城的区别。"撩"字何意？明清小说里常读到一个词"撩云拨雨"，意思是调弄风情，也就是南宁人嘴里的撩妹、撩仔吧。古时的闲情风月，眼下已是日常，不用爹妈教的事不说也罢。南宁人时下举世无双的撩功，其实是撩螺。

南宁人喜欢吃夜宵，丰富多样的夜宵品种里，最受欢迎的有可能是炒螺。炎炎夏夜，走在南宁老城区的食街，排档上哗啦哗啦的响声清脆悦耳，让人联想唐代诗人白居易"嘈嘈切切错杂弹，大珠小珠落玉盘"的美妙诗句，现实情况是排档大厨在炒螺蛳。炒螺的诀窍是火候要急，油温要高，大厨在街上工作跟在厨房里有些不同，因为有了满街的观众，动作很是夸张。大勺一颠，轰一声火苗蹿过勺面，不断倒勺翻炒。螺蛳与锅底的碰撞声妙若天籁，哪位馋虫不被勾引得蠢蠢欲动？

热乎乎的炒螺上桌，便是大展撩功的时候了。撩是需要使用工具的，神器便是牙签。牙签拿来撩人差强人意，撩螺绰绰有余。加了大蒜、姜丝、紫苏、干辣椒等配料猛火炒出来的螺蛳，香味浓郁而独特，味道鲜中带辣。一盘炒螺几瓶啤酒两三条友，何等人生境界啊！南宁人的赞美比较生动写意，说是"十指油汪汪，嘴巴辣得爽"。

其实不仅南宁，螺在整个八桂大地都有相当的市场。螺蛳是桂北地区的叫法，在桂中以及我的桂东南家乡，还另有个名称叫石螺，以跟形状相似的田螺区分。螺蛳生长在鱼塘、田间沟渠与河溪里，喜欢吸附在石头上。小时候捡螺蛳，水草丛里翻起石头，一个个拇指大小的螺都贴在上面，掰下来扔桶里便是。那时农药化肥还没有普遍使用，稻田里螺虫鱼蛇应有尽有，所谓"三个指头捡田螺，十拿九稳"，小半天就能装满一木桶。味道最美的是山溪野河里的螺蛳，山泉水清澈洁净，养育出来的螺蛳肥美肉甜。池塘水田里捡来的要泡上三四天，每天换几次水，让螺吐出泥来。山溪螺泡一两天就可以剪了尾巴上锅。尝到美味，也收获了山野乐趣。

俗语云"螺蛳壳里做道场"，意思是小格局里做出大场面。八桂大地，螺蛳的道场确是很大。数不胜数的螺蛳系列美味里，柳州螺蛳粉独领风骚，风行八桂之余还席卷全国。近年回南宁，发现南宁的螺蛳粉生意也是风生水起。早年南宁的螺蛳粉店都打柳州品牌，以柳州口味标榜正宗。风水轮流转，现今南宁螺蛳粉另立牌坊了。李鬼不是李逵，但斧头还是真的。柳州人或者会认为柳州以外的螺蛳粉都是山寨制作，但作为来自桂东南不怎么爱吃辣的我，似乎更受用南宁版本的螺蛳粉。

南宁螺蛳粉保留了传统柳州螺蛳粉的基本功，先炖骨头汤，螺蛳爆炒后放进骨头汤里炖几个小时。汤头真材实料外，南宁螺蛳粉的创新在调味与配菜。辣是桂北的口味，桂北以外的广西人其实吃不惯螺蛳粉的辣。南宁螺蛳粉走微辣路线，微带酸甜，这是南宁人走的他们熟悉的老友粉路线吧。南宁螺蛳粉配菜尤其丰富，酸豆角、萝卜干、腐竹、木耳、酸笋、空心菜、炸花生、炒黄豆、油炸豆腐等。汤味醇厚，粉有韧性，用南宁街头语言说"米粉很 Q 弹"，且配菜堆得见菜不见粉，才对得起南宁吃货的胃口。每逢有外省朋友请教南宁有什么风味小吃，我都建议说先去撩螺，再来碗南宁螺蛳粉，也就打下南宁风味小吃的半壁江山了。

南宁螺蛳粉源于创新，另一款螺蛳美食确是本地发明，这就是风靡南宁大街小巷的田螺鸭脚煲。走在南宁的街上，发现不论个性装修的连锁快餐店，还是搭凳撑蓬的路边排档，总少不了这道本地美食。有人说田螺鸭脚煲源于螺蛳粉，不敢苟同。螺蛳粉的根本是螺蛳与骨头熬制的汤底，田螺鸭脚煲没有这道程序。在南宁时，观摩过排档师傅的制作，工序颇有些复杂。鸭脚焯水晾干，下油锅炸，炸到皮有点焦黄时捞出沥油。锅内放油爆香葱、姜、蒜，加两勺豆瓣酱炒出红油，下田螺翻炒后加酒、糖焖煮，焖至香气扑鼻，下酸笋炒到上色，倒入炸好的鸭脚，加高汤炖到鸭脚酥烂，出锅撒点葱段香菜之类。大厨这么多道工序下来，才捧那锅让吃货们神魂颠倒的田螺鸭脚煲，真是梅花香自苦寒来，螺蛳美从厨艺出啊。田螺鸭脚煲一煲十味，爽脆的酸笋与饱吸汤汁的油豆腐一同入口，嘴里汤汁汹涌，鲜香味溢满口腔，真个是天上有地下无。

学校毕业后在玉林工作了几年，说来是 20 世纪 80 年代的事了。那时的玉林夜生活大抵只有两种，一是跳交际舞，二是吃以煮田螺为主旋律的夜宵。现在想来都脱不了一个"撩"字。那时玉林城里的田螺摊子都集中在市中心的解放路，几百米长街包办了玉林人一半的夜生活，从夜幕降临到次日凌晨二三时，田螺街聚集着城里最晚睡觉的人。论吃螺的技艺，玉林人是如假包换的专家，严格遵循传统吃法，很少用牙签这种外行人的讨巧。所谓传统吃法，是三只指头捻起螺，舔掉螺壳表层的汁水，吸一下剪断的尾部造成密封状态，然后倒回来，嗞的一声吸出螺肉，真个内功深厚！吸螺是要嘬长了嘴巴的，吃相有画面感，吮吸的过程会发出某种很难形容的声音，有点像欲哭无泪的啜泣，大街上此起彼伏，实在销魂。

玉林人多吃水煮螺，热气腾腾的锅上也有配菜，不是南宁螺蛳粉碗里常见的蔬菜豆腐，是鸭脚、鸭胗、鸭肝、鸭翅、猪蹄、鸡腿……一碗滑嫩的石磨粉放上现熬的螺汤，另加两份卤菜，就是再完美不过的夜宵。那时候的周末，多是跟在行署里工作的朋友，还有《金田》与《大众报》里的文友们打牌度过的，一圈下来输者请客，一伙人勾腰搭膀逛到田螺街，几盘田螺几碗配菜，斟上土制米酒，吃喝得嘴爽，聊得畅快，人生如此美好，不知有汉无论魏晋了。螺蛳是大自然的馈赠，八桂大地螺蛳饮食文化浓郁，一代人吮着螺蛳走过工业化的时代，来到后工业的今天，想来感慨。

到桂林必游阳朔，漓江放舟出阳朔县城，几十里地外有个兴坪镇，依山傍水、粉墙乌瓦，是漓江沿岸最美丽的古镇。兴坪镇外有座不太高的山，裸露的山石从平地螺旋而上，层层叠叠直到山顶，从哪个方向看，都像一只巨大的螺蛳。这山不叫别的，也果然就叫螺蛳山。桂林水好，螺蛳清甜味纯，桂林人吃螺蛳走清淡路线。也是与螺有缘，在兴坪住民宿时，吃到了仰慕已久的螺蛳酿，顺便偷师学了些皮毛。

那天下午到厨间装开水，看到店家娘子正在厨间忙着。只见她把螺蛳倒进沸水里，下两勺盐，水再次煮开后捞起螺蛳剪尾。焯过水的螺蛳壳与肉已经分离，拿竹签挑出螺肉，掐掉肚肠，空螺壳回锅加水和姜片煮，去除腥味。挖出来的螺肉与五花肉剁成肉馅，油盐糖酱油调味，新鲜薄荷切碎与肉馅拌匀，塞回螺壳。再下锅时，大火把锅烧热，葱、姜、蒜、红辣椒煸香，倒入螺蛳酿翻炒，加水煮开后改小火焖煮，煮到只剩下汁时，加紫苏稍稍翻炒，一盘螺蛳酿就大功告成了。螺壳里灌满汁水，鲜辣中透着薄荷和紫苏的芬芳，肉吸进嘴里，满口余香。

写风土民俗之类的文字，似乎总离不开"俗话"。俗话说民以食为天，万事吃当先。作为饮食至上主义者，书房里读着小说，无由头地想起螺蛳美味，心猿意马起来，随笔写写记忆里的似水流年，都是些天马行空的文字，回味间把尝过的好东西反刍一遍，是有点意义却又相当自虐的事。美味与长空一色，口水与墨水同流。书到此处，不知道读者诸君能否意会了字里行间的美味、美味里的人生况味，或者已经是垂涎欲滴？反正在下已是越写越饿……

人生得一只鸡足矣

都说千金易得，知音难求，人生得一知己足矣，这句话似乎在广西尤其受用。广西地处边陲，方言很有特色，吃多了糯米粽子荔浦芋头，舌头未免有点大，常听身边的广西人感慨，唉，人生得一只鸡足矣！

求鸡如求友，不是因为八桂大地没有鸡，或者鸡不够完美。作为土生土长的广西人，我深信茫茫宇宙间只有璀璨的星空和肉质香鲜的广西鸡是不言而喻的。广西鸡细皮嫩肉、天生丽质、风情万种兼滋味非凡。我学校毕业后曾在广西多地工作，凡有外省的亲朋故友或者生意伙伴拜访，势必用各种做法的鸡肉相待。有朋友感慨地说，人不留人，风景不留人，一盘好鸡肉让人流连忘返。

所谓无鸡不成宴。广西人不论是家宴、宴客还是祭祖，鸡都是不可或缺的主角。肉食品种那么多，为何单挑出鸡来？也是民俗使然吧。与猪牛狗羊猫一样，鸡这种古老而常见的家禽，是农耕文化的组成部分。生产力低下的时代，粮食普遍匮乏，殷实人家才有余粮养鸡，因此给了鸡不可动摇的餐桌地位。鸡谐音"吉"，双翅喻意展翅高飞，很符合遇难呈祥、日子越过越好的良好愿望。鸡献出肉身满足人的口腹之欲，还有各种的社会功能。人指天发誓，歃血为盟，涂到嘴唇上表示诚意的不是人血，大多数情况下是鸡的血。鸡献血的场合远比人要多，人给自己壮胆，打的也是鸡血。

人生得一只鸡足矣！这鸡不是随便一只鸡，具体而言是广西人的宝贝三黄鸡。三黄说的是黄羽、黄喙和黄脚。三黄鸡产区主要在桂东南，不是某个特定的品系，是多个品系的总称，在不同地方有不同的名称，在岑溪叫糯桐鸡，在贺州叫信都鸡，在平南叫大安鸡，在桂平叫江口鸡或者麻垌鸡，另外梧州的苍梧，还有玉林的容县等地，都有各自版本的三黄鸡。总而言之，三黄鸡有可能是我国著名的土鸡，纯洁清白，根正身黄，从没与其他种系混种。三黄鸡以外，广西生鸡优良品种还很多。桂林有灵芝鸡与绿壳蛋鸡，南宁有游机鸡，龙胜有凤鸡与百林鸡，大化有七百弄鸡与绿保鸡，另外还有百色黑壮牧鸡、凤山核桃鸡、东兰乌鸡，等等，数不胜数。八桂大地山清水秀，食材丰富，不吃遍广西各地好鸡，难称是阅鸡无数吧。

一只好鸡只是基本条件，美味功夫还在鸡外。说起广西人的烹鸡大法，也像鸡品种一样丰富多彩，比如螺蛳鸡。广西人好吃螺，螺与鸡强强联合，成了很有特色的广西一绝。螺蛳鸡做法很简单。螺蛳剪好，浸泡洗净后炒干，鸡肉过水去血沫，热锅爆香葱姜蒜、八角、桂皮、香叶与小米椒，加螺蛳爆炒后再加入酸笋，最后加入鸡肉，高汤焖煮半小时，出锅撒胡椒粉与葱花。我家乡容县炒这道菜常用砂锅，除乡土气怡人外，还能去腥。如今客居他乡，砂锅不是常有，偶尔也用珐琅锅，都没有时大铁锅也凑合着上，总之有条件要上，没有条件创造条件也要上。

桂林菜在广西是个另类，一是川湘味重，二是桂林人仗着有荔浦芋头，厨房里动辄就祭出这个大杀器。著名的桂林香芋焖鸡是川菜干锅做法，鸡肉用大锅焖熟，加豆芽等配菜，炒过的香芋倒在上面。这道菜的诀窍是鸡肉的焖制与汤汁的制作，鲜嫩肉质配合荔浦芋头淡淡的芳香，实在销魂。

三黄鸡炖榛蘑也是在下的心头之好。榛蘑是野生菌类，味道鲜美、盖肥柄脆，至今无法人工培育，特别珍稀。干榛蘑剪去硬根，清水洗净后用温水泡发，鸡块焯血沫，起锅放白糖，下鸡块炒糖色，加酱油料酒炒香，下葱姜加水煮开，再放入泡好的榛蘑，小火炖煮收汁。不等上桌，厨房里闻着香味，也是魂飞魄散了。

吃鸡的最高境界，无疑是白切鸡。白切鸡又叫白斩鸡，起源于广东，在八桂大地发扬光大。粤菜讲求原汁原味，以口味清淡著称，广西餐桌上的白切鸡色泽金黄，皮脆肉嫩，口味鲜美，与发源地广东比毫不逊色，甚至另有一番天地了。

一只完美的白切鸡是怎样炼成的呢？选材是第一要领，餐馆里吃到的通常是两斤上下的雏母鸡，丰腴肥美，肉嫩味鲜，然而白切鸡的最佳选择是骟鸡。所谓骟鸡，就是割掉睾丸的公鸡。小时候上学要穿过菜市场，每天有机会观摩阉鸡这门古老的行当，偶然还奉父母之命，一毛钱换十几颗鸡卵，荷叶包着拿回家，饭锅里蒸熟了给一家之主当下酒菜。之所以要施行这道外科手术，是因为荷尔蒙骚动的小公鸡好斗兼好色，不管吃下多少饲料，很快会转化成全无用处的前列腺液、蛋白质和鸡粪，养殖成本高。更不好的是过量运动导致肉质坚韧，餐桌上挑战人类的牙齿。阉割后的小公鸡成了"太监鸡"，从此断了尘缘，四大皆空，性情温和，最终长成一副皮薄滑爽、肉质肥美鲜嫩却又有嚼劲的好身材。

每只美味的白切鸡背后都是厨房里的高超技艺。白切鸡的关键是火候。锅里兑足量的水，放入葱、姜、八角煮开后放盐，净鸡入锅，小火煮20分钟左右，其间须把鸡捞出来两次，让鸡冷却一下，接着再煮，最后关火焖几分钟，捞出来后浸入纯净水制成的冰水里。没有冰柜的时代，用的就是凉白开了。浸泡十来分钟后捞出，用香油涂抹一遍，既增加风味，也是美容程序，让盘子里坐着的鸡容光焕发，淡黄色的鸡皮泛起油亮亮黄澄澄的光色，再斩块装盘，就是一盘皮脆肉嫩的白切鸡了。

白切鸡的做法各地大同小异，蘸料则各有千秋。葱油与沙姜是主流，各地也有用香醋、香菜、蒜蓉甚至虾油的。家乡有个葱白段爆香加炒花生或者芝麻的做法，不过那是很久前的记忆了。芝麻在那个年代属于奢侈品，一年下来也是难得一见的。香炒黑芝麻配搭的鸡肉什么味道？那是味蕾被一种无法言喻的美味洗礼，一只鸡之美妙被诠释得淋漓尽致。不管活在哪朝哪代，三五知己，一只好鸡，半坛好酒，大可不必羡慕那些醉卧美人膝、醒掌天下权的赵家人了。每逢吃到一盘好鸡，我常做如是想。

此时此刻，身处大洋彼岸的苦寒之地，与八桂好鸡隔着十万八千里。不瞒你说，此刻我真是强忍着口水，努力完成这篇近乎自虐的文字。唏嘘感慨之际，窗外暮色已起，天空飘起纷纷扬扬的鸡毛雪花……

选自《红豆》2019年第6、7期

散落在故土的生灵

许俊文

　　三年前，我还是一个有故乡的人。那个掖在皖东小山沟里的豆村，虽然烟火早就冷却了，但每次回去只要看见老屋、庭院、水井，摸一摸斑驳的老墙、破损的木门等旧物件，就会感觉属于自己的故乡还在那儿，心里便有了水手上岸后的踏实感。

　　这种现象持续了多年，我与故乡彼此都心照不宣，谁也不愿说破。就像村里某位病入膏肓的老人，上帝的马车就停在身边，随时准备把他的灵魂接走，但人们总是以吉利话安慰。其实我心里清楚，命运留给豆村的时间不会太久，就像一坨滞留在冬末大地上的残雪，谁也挽留不了。

　　实际上，结果比我预判的情形来得要早。2015年秋，几台强劲的推土机在村里施展拳脚，比赛似的推墙倒屋，只一天工夫，豆村就被打趴下了。与豆村几乎同时被夷为平地的，还有比邻的松岗、柏凹和下河湾。这四个都有着一把年纪的村庄，曾经构成了我对故乡的地理概念，现在它们荡然无存，我只能改称故乡为故土了。事实上，除了那一方载生载死的老黄土，我抓不住任何一件曾经相识的东西，一种巨大的空，压得我喘不过气来。

明知故乡已徒具虚名，而我还是放不下它，每年总要跑很远的路去看看。其实有什么好看的呢？无非是在空空荡荡的废墟上伫立片刻，抽支烟，愣愣神，丢下几声随风而逝的叹息，抑或用手机拍些荒凉的画面，让乡愁再延续一程半程。有时我也会自嘲，将自己比作一只豆村原住民虫子。显然，这只虫子现在只能望乡兴叹了。

其实，我是最早逃离豆村的那个人，漂泊了半个世纪，又折转回来悼念乌有的故乡，这连我自己都觉得羞愧、诡异。此一时，彼一时也——这类语义中过多夹杂着机会主义的话语，为我自圆其说提供了修辞学的支撑。

一个人带着凭吊的心情在废墟上流连，偶尔会邂逅一些曾经稔熟的事物，它们在劫后的故土上安顿了下来，可谓名副其实的遗民了，当我见到它们时，有着他乡遇故知的亲切与惊喜。譬如韭菜，前几次回去我都没有发现它。去年小雪过后，它从枯死的草丛中露出一抹深碧的绿意，起初我还误以为是"冬不死"，因此草与韭菜极为相似。于是我用手指拧了一片叶子嗅了嗅，当确认是韭菜后，一丝"夜雨剪春韭"的暖意驱散了心头的荒寒。我找来一截枯枝，半蹲半跪在地上，小心翼翼地将几丛韭菜连同杂草和泥土一并挖起，带回到江南我现在居住的地方。

这并非做作，更非矫情。要知道，这韭菜是我祖母曾经种下的，后来我母亲接着侍弄，一代韭菜吃老了，便从母体上掰下一些幼根，接着繁衍下一代，子又生孙，孙又生子，一根血脉数十年未曾中断。

后来，当年迈体衰的母亲侍弄不了土地离开豆村后，韭菜便失去主人的呵护，被野草踩在脚下，蹂躏得奄奄一息。

在我的记忆里，母亲不早也不晚，每年都会在小雪前后割下最后一茬韭菜，洗净后放在一个青釉坛子里腌制，再炒些黄豆杂拌其中，让我带回家慢慢吃。我有晚餐吃粥的习惯，尤其是冬天，冰天雪地，寒冷蚀骨，一碗热气腾腾的白米粥，一小碟碧绿中夹着金黄豆粒的腌韭菜，吃得额头上渗出细密的热汗，少有的舒服感从体内向外扩散，似乎每个毛孔都在用童声小声歌唱。那时母亲和故乡都在，我感觉白米粥、韭菜豆可以永远地吃下去，然而，吃着吃着，母亲和故乡都不见了。

那被我从故土上挖走的韭根，现已在江南的土地上生长、繁衍。今年初冬，我仿照当年母亲的做法，精心腌制了一坛韭菜豆子，开坛食用时，却怎么也吃不出母亲所做的那种味道了。那是什么味道呢？一时说不清。我纳闷，韭菜还是来自故土的韭菜，黄豆也是按照母亲的方法炮制，但却把原来的味道弄丢了。对此，我也只能自我解嘲了。

关于韭菜的事，到此似乎该完结却没有完。2018年春因患脑梗，朋友建议我平时少沾文字，多练练书法，唐代书家杨凝式的《韭花帖》就是在这个时候与我相遇的。开始临摹此帖时，我只关注每个字的结构和书写技巧，并没有在意它的内容。某日，雪霁日暖，心情轻松，随意捧帖小诵：

> 昼寝乍兴，辅饥正甚，忽蒙简翰，猥赐盘飧。当一叶报秋之初，乃韭花逞味之始，助其肥羜，实谓珍羞，充腹之余，铭肌载切，谨修状陈谢。伏惟鉴察，谨状。七月十一日状。

逐字读罢帖文，不觉油然而生敬意，杨凝式为答谢友人馈赠美味韭花饼，信笔写下 7 行 63 字，从此，那普通得不能再普通的韭菜借助杨氏笔墨登上大雅之堂，墨香伴着韭香飘过了十几个世纪，时至今日，我们仍能够从《韭花帖》中窥见古人彼时的心境、情操和温润易感的情怀。而我，委实只有愧疚的份了。

说实话，我每次回到故土，都会从一些微小的事物身上，发现自己曾经的无知和过失，甚至恶。不错，故乡是我和我们的，但也是那些植物和动物们的，还有那些看不见的东西，是它们与我们共同构建了一个安顿生命的场所。然而，在漫长的时光里，我们并没有善待和珍惜那些弱小的生灵，以至于在它们消失后，偶尔想起来，我们才会发出一两声不咸不淡的感叹——也仅仅是感叹。

上个月，我再次踏上故土，发现一种过去几近灭绝的小动物——刺猬。这个相貌丑陋、行动笨拙的家伙，早年受尽了欺凌，狗见了狗咬，下不了嘴就朝它身上撒尿；人见了人捉，用棍子或石块将其砸死，揭下它的皮从走村串巷的货郎那里兑换针头线脑。至于刺猬的油脂，对治疗烧、烫伤有奇效，因而每家必备。由此可以想见刺猬在那块土地上的命运了。20 世纪 70 年代初我离开故乡时，刺猬已经难得一见了。

有一年夏天，一只刺猬溜到王三瘪子家的地里偷瓜吃，被逮了个正着。此时的王三瘪子既没用棍子打，也没用石头砸，而是用麻绳将偷瓜的刺猬吊在瓜地旁边的树上示众，活活被火毒的太阳烤死。几天后，王三瘪子在他家的瓜地里发现一窝刺猬的幼崽，他以为小刺猬们睡着了，就伸出一根棍子去拨弄，可它们连一点反应都没有。这里不说你也明白，这一窝小刺猬全是在失去母亲后被饿死的。还是这个王三瘪子，春天里他家的一只母鸡在茅厕边吃蛆虫淹死了，他竟然心痛了好多天。几十年后旧事重提，我想说，自然界每一种生物的消亡，其背后都潜伏着人性的狂妄、贪婪与自私。你或许会说这是贫穷造成的，我不完全否认，假如贫穷必然会助长恶念，那么，富裕即是没有魔鬼的天堂——对此我深深地怀疑。

自从豆村的人们从那片土地上撤出后，留下的空白很快被野草占领，我家宅基地上的老墙土，少说也有七八十年没出过力了，当它还原成土地后，就成了红蓼、芦荻、狼尾蒿、茅草的温床，茂密得连风都找不着插足的缝隙。野草站稳脚跟后，无须打广告、发请帖，那些曾经销声匿迹的小生灵陆陆续续都回来了，黄鼬、野兔、狗獾、雉、草狐和各种鸟，当然也包括刺猬。

那天我上豆青山去清除父母和妻子墓地周围的杂草灌木，无意中发现两只刺猬寄居在土坟旁的杂草中，它们听见动静并没有马上逃逸，而是将身体缩作一团，暗中用细小的眼睛打量着，我佯作没事的样子，更没有伤害它们的意思。我知道，刺猬这种小生灵，是老鼠和蛇虫蚂蚁的克星，有它们为亲人的亡灵看家护院，那些宵小们是不敢在土坟上胡作非为的。王三瘸子的坟墓紧邻着我家的墓地，也跟着沾了刺猬的光，长满杂草的坟头上没有鼠洞和蚁窝。这算是他的幸运。

那一刻，我似乎从小小的刺猬身上，洞见了自然的隐忍与仁慈。

黄昏时分，就在我准备离开故土时，几只灰喜鹊（原来的豆村人管它叫傻和尚鸟）从豆青河的对岸翩翩地飞过来，在我的头顶上空久久地盘旋着、欢叫着，它们那未曾改变的沙哑嗓音，在我听来分明就是久违的乡音，尤其是在失去故乡之后。

傻和尚这种鸟，主要以捕食松树上的虫子为生，在食物短缺的冬季，它们也会偷食农家挂在屋檐下晾晒的苞谷和腊肉，你轰，它们就飞落在屋脊或附近的树上，等人离开后又来偷食。偷就偷呗，吃到兴奋时还放肆地喧哗，因而屡屡地被人下药毒杀，导致种群数量越来越少，那残存下来的鸟，活得像一缕缕幽魂，白天躲在豆青山的松林里，人们很少能够看见它们的身影。今天倒好，它们把我视为客人，在这寒冷的黄昏为我歌唱。面对着这种不计前嫌有情有义的鸟，我能够轻率地一走了之吗？

于是，我的脚步就迈不动了，干脆在山坡上坐下来，聆听着，也感动着，直到整个人被弥漫的暮色淹没。

原载《散文》2019 年第 8 期

当年高考发榜的日子

程树榛

　　耄耋之年，总爱回溯往事，特别是青少年时代的种种趣事，思之念之倍感亲切。近日，因找一件旧物，翻箱倒柜，发现一张大学的入学通知书，这是1953年秋我的母校天津大学寄给我的。目睹这发黄的纸片，不禁又回忆起我考取大学后发榜的日子。

　　我的故乡是江苏省邳县（现为邳州市），古称下邳，有数千年历史。我们程家原系宋朝"二程"的一支，因享祖荫，曾历代为官，后因兵燹所害，才避居于此。子孙繁衍，形成了百年老村，名曰程家圩。她位于京杭大运河的西岸，土地肥沃，林木葱茏，河流纵横，乃鱼米之乡。新中国成立后，人民成为土地的主人，加上社会安定，人们安居乐业，劳动更加勤奋，因此家乡面貌日新月异，人民生活更加富庶。1953年秋天，风调雨顺，乡亲们又迎来了一个丰收年。

我就是这一年在江苏徐州一中高中毕业，参加当年全国统一高考的。

说起来，那个年代我能够有此机遇，实属来之不易。

我三岁丧父，除了年轻的寡母和我相依为命，家中再没有其他亲人。祖上留下的薄田数亩，茅屋数间，仅可维持生计。更为不幸的是，家乡连遭战乱，先是军阀相互混战，搞得生灵涂炭，民不聊生，继而日寇铁蹄践踏，不断逃难，席不暇暖，哪有机会读书求学？母亲本系名门之后，深明大义，颇知读书明理之可贵。由于望子成龙心切，无奈之下，便央求我的堂兄、堂姊，在家中教我识书习字。因怜恤我这个弱弟，兄姊们慨然应允，遂将日常实用的字句写在一张张纸片上，教我认识诵读，如选择一些浅短的诗词《春晓》《静夜思》《登鹳雀楼》《清明》等要我背诵。为了供我随时温习，母亲将这些纸片用线穿起来，每天晚上临睡觉前，让我一一读给她听。如果读得顺溜，母亲则喜形于色，赏以糖果；如果磕磕碰碰，念不成句，母亲则面现愠色，以示不满，甚至严厉斥责，有时还含泪对我说，如此不用功，何以告慰你父亲在天之灵！因此，我便格外认真学习，年纪很小，便识很多汉字，可以阅读浅显书籍，背诵一些唐诗宋词，及至时局稍稍平定、本村开办学校时，我直接插班二年级下学期，而且成绩突出。次年，又考入离家稍远的高小，读五年级。可是，仅仅读了半年，学校因故停办。

为了不失学，我又不得不到离家数十华里外的土山镇的全县唯一完小就读六年级，并借住在亲戚家中。这个土山，即《三国演义》中所描述的关公下邳兵败后暂时屯兵的小山头，他在这里和曹操的部将张辽签订了"三项协议"，土山也因此颇有点名气。学校就在山丘旁的关帝庙里。

高小毕业后，应该升入中学，可是，我们整个县区没有一所中学，我只好到远离家乡百余里的徐州报考。幸运的是，我居然考取了苏北名校——江苏省立徐州中学，我们全班数十人，仅录取我一个。这所学校历史悠久，师资雄厚，教学严谨，校风淳朴，是众多学子景仰的学府，我能够就读该校，深为广大学友所欣羡，受到家乡父老乡亲的高度赞许。

考入名校自然异常荣耀，却难住了我的母亲。那一笔可观的学杂费和伙食费如何筹措？本欲向他人借贷，但有谁肯怜念我们这孤儿寡母？万般无奈，母亲只好寻求下策：变卖祖传下来的最好的土地，以解燃眉之急。当母亲手捧地契送给买主，拿回我入学急需的钱钞之后，她拎着一筐冥币带着我来到父亲墓前，一边烧化冥币一边眼含热泪仰天祷告："我对不起你和列祖列宗，把祖传最好的园田卖掉了，为了孩子的前程我必须这样办！你在天有灵一定会谅解我的苦衷。"我幼小的心像刀扎一般难受，泪水不禁夺眶而出。

第一学年好不容易熬过去了。但新的学年开始时，我却面临更大的困难。家的仓廪已空，土地荒芜，难觅购置之人，眼看我就要失学了，母亲急得寝食不安，昼夜难眠。

就在这个节骨眼上，中国人民解放军以摧枯拉朽之势，横扫江北百万国民党军队，我的家乡解放了。

我重新进入同一所学校，但学杂费全免了。不久，我又享受了人民助学金，母亲再也不必为我上学而担心了。

青春岁月在幸福中度过，我的学业与日俱进，优异而出众。1953年，我顺利高中毕业，幸运地参加了实行不久的全国统一高考。

我平日爱好文学，并在报刊上发表了数篇文章，按理我是应报考大学文科的，可我却做出了出人意料的选择：报考工业大学机械系。主要原因是新中国刚刚成立不久，国家开始大规模经济建设，急需大量工程师和专家，以满足大建设的需要。于是，我第一志愿选择了前身为我国第一所工业高等学府北洋大学的天津大学机械制造专业。

紧张的考试过后，回家等候发榜。

我忐忑不安。因为特长是文科，报考理工科的名牌大学，心里没底。

一个仲夏的傍晚，夕阳已坠入西山。人们吃完晚饭，各自寻找乐趣。我和几位童年伙伴，相继来到我们家院中的老槐树底下玩耍。程家是一个大家族，聚居在一个村庄里，所以来这儿的多半是同姓的兄弟姐妹，知根知底，玩耍起来毫无拘束。经常是由我操琴弄弦，其他人吹笛品箫，或放声高歌，演唱的多是地方戏曲，民间小调。那几天为等待高考发榜消息，总有点儿心神不定，奏出的乐声经常走调，惹得众人不少嗔怪。

那天傍晚，我们演奏的是歌剧《小二黑结婚》的插曲。可我心烦意乱的演奏使得二胡出了不和谐的音调，只好暂停下来。一位本家小妹抱怨我心不在焉是在思念"小芹"，因为人们都认为我在学校有了"相好的"。但另一个小弟弟马上纠正说："榛哥在等着高中的喜报呢，对不对？"我连连摇头说："都不是，都不是，我一时走神了，我调一下琴，再重来！"

这时，突然有人从大门外闯了进来，手摇一张报纸，高声道："快来看呀，树榛高中了！"

乐曲戛然而止，大家一齐把目光投向来人。这是我一个本家哥哥，在乡政府工作。他走到槐树底下，摊开了报纸："你们看，这儿印着呢！"

这是一份新到的《人民日报》，版上密密麻麻登着当年全国高等学校录取新生名单。我的名字排在天津大学录取名单那一栏里，下面用粗粗的红笔划了一道。伙伴们一看，立即欢呼起来，纷纷向我祝贺，有的和我握手，有的与我拥抱，有的扯我的胳膊，有的拉我的手臂。几个近房的小姐妹高兴地在一旁流眼泪。不知是谁，到深院的屋里把我母亲请了出来，大家又一齐向她报喜。

消息不胫而走。不多会儿，左邻右舍的父老乡亲都赶来了，把我们家的院子挤得满满的。祝贺声，赞美声，不绝于耳。几位年轻的兄弟们竟把我举过头顶，在空中抛来抛去，直到有人高呼"别吵吵了，族长爷爷来了！"才把我放下。

大家闪开一条道，让族长走进院里。族长通常由我们程氏家族里辈分最高、年龄最大的德高望重的老人充任。族长年过八旬，头发全白，一绺长须，飘在胸前。他一般不出家门，只有在全族发生重大事情时才光临。今日事竟惊动了他，实在令人感动。他手持拐杖，颤颤巍巍来到院内，母亲早已把家中唯一的一把太师椅搬出来，请他坐下。老族长把我招呼到他跟前，亲切地抚摸着我的头，以嘶哑的声音说："为我们程家增了光，好！"转身又向我母亲说道："你的心血没有白费，把孩子拉扯大培养成人，不容易啊！孩子高中了，也有你的一份光彩。"一番话说得我母亲泪流满面。

老族长还深切地说："说一千道一万，还是共产党好啊，使我们贫寒子弟，也能上大学！"最后老人家号召，为了庆贺程氏家族高中第一名大学生，家家户户张灯结彩，悬挂书写"立雪堂"的红灯笼。"程门立雪"，是我们程氏家史上最光彩的一页，其标志就是高悬那带有"立雪堂"三个字的大红灯笼。

我母亲自然是首先响应，把收藏在柜子中的大红灯笼拿了出来。这日夜晚，整个村庄也像过节一样欢腾着，家家门前的大红灯笼映红了夜空……

到了夜深人静，母亲突然愁凄起来："你考中了当然是件大喜事，可这笔学杂费一定少不了，咱们到哪儿筹措呀？"她一定又回忆起当年我考取中学后的艰窘。我连忙告诉她，国家有政策，大学不但不收学杂费，而且包吃包住呢！"能有这样的好事？"母亲半信半疑。

不几日，天津大学通知书寄到家中。通知书详细说明了新生待遇：衣食住行全部由国家安排！母亲喜形于色。

在一个秋高气爽的早晨，我告别了亲爱的母亲，告别了美丽的故乡，乘上北去的列车，来到了繁华的天津，走进了美丽的天大校园，掀开生活崭新的一页。

60余年过去，回忆起来历历在目，不禁感慨万端。

原载《光明日报》2019年7月24日

醒来

沙爽

时间的虫洞

不需要任何人指点，我知道酒店旁边的这条小路通往海滩。现在我走出酒店的侧门，开始向右拐，一双脚踩在坑洼不平的沙土路上。再走出20米，小路伸展进一片树林。如果日出是一天的始点，那么这林中的小路仿若前一个夜晚的延伸——它阴凉、狭仄、暗淡，轻风拂过，带来恍如昨夜的气味——难道在刚刚逝去的梦里，我曾经由此路过？

小路的地面湿答答的。两天前横扫北部湾的一场台风，在这儿那儿留下了一小块一小块的泥泞。再往树林深处走，我看见一座宏伟的蚁丘，赫然建筑在小路的一侧。地底下红褐色的潮湿黏土被挖掘出来，垒成巍峨的山峦。此后的几天里，我注意到，这些堆积在洞口处的泥土，每天早晨都是新鲜的，颜色比土路的色泽要深上许多——莫非蚂蚁们总是连夜修缮它们的宫殿？但是为什么要将入口选择在这儿？无人涉足的丛林深处岂非更为隐蔽和安全？或者是这亚热带的林中树木过于密集，工蚁们无法在纠缠的根须间开拓出足够的领地？

这天清晨，熹微的晨光之下，我跨越神秘的林中蚁穴，向四周投去匆匆一瞥。这林中杂树丛生，各种叫不出名字的草木挤挤擦擦，把每一寸土地都挤得密不透风。凌乱，荒芜，这是树林真实的面目。而此前我习以为常的那些齐整的、供人类游览和漫步的林子，其实是被扭曲了的自然的一部分。

穿越树林只需要几分钟。第一天从海边返回酒店，我的两条腿上多了六七个包，从它们的大小和红肿程度来看，这些擅长偷袭的蚊子个头不小。为什么就没有人提醒我，十月下旬的蚊子这样凶猛？我到酒店旁边的超市买了一瓶花露水，每天出门之前，从头到脚喷上一遍。

有一个统计说，在地球上，平均每一平方英里有1356种生物，"包括865只小虱、265只弹尾虫、22条马陆、19只甲虫成虫，以及其他12种数目不一的生命形式。假使同时还估算了显微镜下所能看到的族群，很可能范围增至20亿个细菌和上百万的霉菌、单细胞动物和藻类——全都在不过一茶匙的土壤之中"。但是这只是平均值，在温暖湿润的南方，这个数目想必不止于此。在这清晨静谧的树林里，在我脚下的泥土之中，隐藏着多少生灵？而据说，地球上所有动物的平均体积，约等于一只普通家蝇的大小；相比之下，猫和狗已是庞然大物，人类的体积有如傲慢的山峦——这山峦带着它高悬空中的一双肉眼，对世间的大部分生灵视而不见。

回到北方之后，我翻看留在手机里的照片，有两张显然是在这林中拍摄的：一根不知是什么树的枝条，上面细密缠绕着不知名的藤蔓，但这些并不是重点。重点是镜头中间的一小团黑影。白而柔和的光线从枝叶的空隙间透进来，使这黑影成为一个无从破解的谜团。当时我看见了什么？一只蝴蝶，还是一只长着鞭状触须的甲虫？而无论我怎样检索，关于这个瞬间的记忆，仿佛不曾存在过。事实就是这样：许多时候，我们既想不起自己看到了什么，甚至也想不起自己做过些什么。

但那只鸟的出现千真万确。大约在前一天夜里，它眠于路旁的灌木丛后——那里有几株香蕉树——突然被我的脚步声惊动，它呼啦啦飞了起来。如果它不飞，我哪里知晓它的存在？它的体形比鸽子大多了，羽毛色彩斑斓，但没有锦鸡的长尾。它在香蕉树阔大的叶子间一闪而逝，我甚至来不及吃惊，它已经消失了。

这世界绚丽又神秘。尽管在某一瞬间，自然之神总是挥洒出一幅静态的画面，而在这宁静之下，是天翻地覆，是时刻进行着的毁损和重建，是死亡和新生。美妙的一切被隐藏在暗中，看见它们，需要足够的耐心和好运气。现在他让我看见了一只神奇的大鸟，他一定觉得已经太多，于是把另一个瞬间从我的记忆中悄然抹去。

总的来说，这条通往海滩的小路，连接起人类和大海——海上吹来的风具有腐蚀性，这杂木丛生的树林因而被保留下来，成为人类与大海之间的一道隔离屏风。

每天我看完日出，奇怪的场景总是重复出现——我找不到这条小路的入口了。当我从酒店一路走来，它的出口处明明就在一群铁黑色的礁岩旁边。现在我需要沿原路返回，它却突然隐匿不见。难道这条小路是传说中的宇宙虫洞，当它完成一次秘密的输送，出口即悄然闭合？或者，如同我胡思乱想的那样，它属于昨夜，而日出开启了另一重崭新的时间？一念及此，我索性放弃找寻，踏上近旁的石阶。那是一个海边烧烤大排档，老板娘正在水池中洗洗涮涮。一盘小小的花蚬子，一小把青菜，看起来是一家两三口人的早餐。

　　顺着老板娘指点的方向，我沿着一条与海滩平行的小径横穿过去——就是在这儿，我邂逅了那只羽毛缤纷的大鸟——很快回到了我来时的那条路上。断开的电路重新闭合，中断的时间继续嘀嗒作响。我看见距离路边不远的林中，不知何故搭起又倒伏的低矮木棚，蓝白相间的编织物遮挡住一小片灌木，像一丛陌生而突兀的植物。我看见那蚁穴还在，而四周寂无人影。我看见路边一株我叫不出名字的树，树叶小如婴儿的手掌，五指箕张，上面凝了一层晶莹的晨露。那树小心地托着它们，打斜刺里将一根枝条递到我的眼前，送给我这一捧南国的珍珠。

日出

　　这是清晨 6 点半钟，在南国十月的末梢处，太阳还没有出现，而海水正在退潮——也可能是涨潮，谁知道呢？

　　我在海滩上来回走动。海在做什么？看上去它声色不动，但我觉得它其实已经醒了，打着呵欠，身体转侧，把身上巨大的被子搅成一波一波。几艘渔船还亮着惺忪的渔火，泊在水与天的相接处；而在距离此岸近些的地方，已经有大大小小的渔船，正向着深海驶去。突然，仿佛精灵一般，一大群海鸟在远处的海水上空现身，它们忽而旋高，忽而下潜，然后终于商量好了似的，哗然散落到海面上，我再也无法看到它们。

　　此时的海水，并不是我此前想象里的蔚蓝。它是掺杂了灰蓝的银白色，上面布满大片大片明亮的微光，和正奔涌而来的海浪的阴影。不，那其实是天上的云的影子，是从海中上升的水滴，正在天空模拟出海中巨大的生灵。天与海，它们以这样的方式，息息相通，从来不曾离开过彼此。

太阳升起来了，但它也不是我想象中的海上日出。这太阳，一枚橙色的蛋黄，自高于海平面的那片云雾中出现，在海水之上铺下一条细细的橙色光带。但只不过几分钟，它又躲入了重重云雾。光带消失了。但是你知道它还在。在那里，有肉眼难以看见的光芒，正从那团青灰的云雾中撒向海面。紧接着，云雾好像被谁在暗中驱驰，突然向高处奔去，看起来倒是离人间更近了一些。太阳在此时重新露出了它的脸。它退去了一部分红晕，但是更亮，开始有了耀眼的意思。云和雾气仍缭绕在它的身上，你能够感受到，有什么在那里酝酿。而在水天相接之处，出现一团明亮的聚光，仿佛隐身的神灵正要隆重登场。猝然之间，那条原本隐隐约约的光带变粗变亮，阳光的热度随即喧哗着拍打在人脸之上。是的，太阳，它带来了光焰，和炙烤地球的力量。在我的头顶，有一半的天空，已经有由灰白变成了淡蓝，在那里，有一道看不见的、昼与夜的界线——只半圆的、仿佛半透明的灰白的月亮，还犹犹豫豫地悬浮在上边。

而在日出之前，我注意到不远处泊着的一只简陋的小型渔船，距离沙岸大约三五十米远。但是，30米或者50米，对于大海来说，大约都不值一提。

后来的几天，这只小船一直泊在那里。它那么小，本来应该出现在某座小城公园立着几株垂柳的湖边，而今却像一封投错了地址的信，让人吃惊而惘然。

一天清晨，海上起了风，太阳也迟迟不见踪影。小船在浪涛中颠簸着打转，时现时隐。海偶尔呈现出它狰狞的一面，让小船和人类惊怖于自身的卑微。我以为这定然是一个阴天，但是错了。太阳陡然出现，先是东北角处的一边侧脸，只不过几分钟，地球转动，把它抛出酣眠的云层。光焰铺展，瞬间照亮了头顶的天空，也照亮了更多的云朵的边缘，把白的云染成了绯色，又给那些准备遮掩它的乌云镀上了金边。

那天有几个女孩站在浅水处戏浪拍照，她们薄纱的衣裙在风中如彩云翻卷。而海水阴森，汹涌的浪涛丝毫不肯为美妙的青春略作收敛。但是当我踏入海水，那条由阳光铺在海上的闪烁的光带，似乎正引诱着我，一步步踏向远天。我向侧旁闪避，而它紧随不舍——阳光何等慷慨，每一个站在岸边的凡人，都拥有一条阳光特地为他铺出的闪光缎带。

又一天清晨的同一个时分，海水退得比平常更远，吐出了一片我始终不曾看见的、铁锈般的礁岩。这些奇特的岩石，它们的上半部分是黑色的，像铁质，有奇怪的斑纹和回旋；下半部分，也就是被海水更长久地浸蚀着的地方，也像铁一样，生出了暗红的锈迹。这锈迹流质般的，沿着岩石的侧壁淌下去，一直渗进了沙层里。我想起来了，这是一座由火山造就的岛屿，那么或许，这些假装成石头的家伙，正是三万年前从地心里喷涌出来的铁？它们燃烧、冷却，变成了一群既不属于海洋也不属于陆地的小兽，一天天被海水消磨。

退却的潮水还把一些东西留在了岸上：人类丢进海里的杂物，死去的珊瑚树的断肢，还有柔软纠缠的绿色海藻。我在海滩上走来走去，捡拾了很多珊瑚和石头，直到把两只手都塞得满满当当。大海太过富有了。大海啊，请你原谅一个穷人的贪婪。

我把这些收获的宝贝摆在沙滩上。旅途遥遥，我不可能将它们全部带走。反复地筛选之后，我带回了两只珊瑚。其中的一只形如人掌，只是拇指残缺，小指也短了半截，其余的三根手指并立，像山坡上矗立的三根罗马神柱，支撑起上方未知的虚空。另一个，一座奇怪的山峰，兀立的峭壁上开凿出众多神秘的洞穴，像藏着古老神灵的龙门石窟。它也像一座孤单的城堡，窗棂残破，墙壁被风雨蚀出深邃的孔洞。我曾在辽东小河口的明代长城敌楼上，看到过类似的孔洞。那些坚硬的石头，像泡沫板一样被时光捅成了蜂窝，遍布深而密集的小洞。那一段未经修复的明长城，雕满了几何图案和绚丽的花朵，又奢华又脆弱，让我甚至不敢伸手触摸。而珊瑚在它们的微型城堡顶端也开出了花朵：花心里是呈放射状的纤细触手，它们曾经以人类肉眼难以辨识的速度，轻微抖颤，把大片的海水一一滤过。

我把手指插进浪涛之间。南方清晨的海浪，有着不属于深秋的温度。想到这一点的时候，我才意识到，我已经脱离了我日常所在的时间，仿佛一脚踏入另外的虚空之中。

太阳升高了，整个世界被照亮。南中国滑进它的上午时光。在10月下旬的上午7点半钟，遥远的北国正在摆脱它昨夜的残梦；但这里是南方以南，安恬静寂的北部湾。那只小船还在那儿，它距离我既没有更近，也没有更远。在太阳和它的光焰之间，小船变成了一个黝黑的逗点。

醒来

在南方，我的生物钟总是赶在清晨5点之前准时醒来，闹钟里的鸟鸣反倒迟上一拍。在北方的时候可不是这样。这是难以解释的谜团之一，它与南方带给我的众多惊奇混杂在一起，试图制造几近失真的回忆。

然而这是真的。我起身走向露台。这座名叫"夏至·阳光"的酒店建在岛屿的东边，距离海滩仅有200米。从我住的五楼露台望出去，透过林木山峦般耸起的树梢，可以远远看见大海的一角。到达岛上的那天中午，阳光凶猛，这一角大海白光烁动，亮白中掺进了浅蓝，还有许多隐隐约约的银色波浪线。但此刻是清晨，这一隅大海完全在视野中隐匿不见。

我脚下的小小岛屿仍在沉睡，夜神从峰巅一路滑翔而来，即将在山谷的溪流旁合拢他的翅羽。星月隐退，我看不见海水的光亮，却仍知道自己正停泊在一片苍茫大水的中心。这感觉怪异，像置身于谎言垒成的房子。或许我是这小岛上第一个醒来的人——在科幻片里，太空旅行中最早醒来的那个人，总是需要一颗格外坚韧的心，他将承受孤独、险境、来自同类的阴谋，或者入侵的外星怪物……仿佛如果他身在睡眠，一切都不会发生。而正是"醒来"这个动词，打破了时空中固有的均衡，它发出的微弱声响，使空气振荡，而风暴随之生成。在生命中的某些时刻，当梦境在身后訇然坍塌，面对眼前陌生的世界，是否有人更渴望回到梦中？

在酒店的楼前，有一盏不知为什么燃亮的灯，暖黄色的，戴着铁皮的圆锥形帽子，仿佛一个人独自在夜里穿行。如果在我和那盏灯之间画一条直线，眼前的这个世界就被划成了两部分——在东边和北边的这一侧，是各家酒店客栈参差的小楼和庭院，是熟睡中的人间烟火，所有的窗子都黑着，只露出楼群些微的灰白棱角。而在那一侧，也就是往西和往南，是辽阔而沉郁的黑暗，是大树和小树，是疯长的野草和菜园，是发酵中的粪肥的气味，以及，那一片隐身的大海。

这里的海没有气味，这是一个让人吃惊的发现。海盛装了那么多的鱼虾蟹，我们早就习惯它是腥的。难道，是南国植物葳蕤的气息过于浓烈，海的腥咸因而被掩盖或者中和？

洗漱完毕，天光已然熹微。光的存在让人心安，在陌生之地尤其如此。前一年的秋天，我住在深山里。午夜之后，黑暗在窗外凝结成一块巨大的石墨，仿若宇宙洪荒、混沌未开。我走出房间去看星星，但随即被这巨大的黑暗逼退回来，锁紧门窗。因为恐惧，我甚至整夜地不敢熄灯。我想，人类对于光的依恋和崇拜，大抵在钻木取火之前。天光无法复制，当晨晖尾随黎明到来，众鸟啁啾喧哗，有如感恩神赐。在瑞典，每年12月13日，民众聚会狂欢，庆祝"露西亚节"——此日之后，在这寒冷的北欧国家，白昼拉长，漫长的黑夜将一日短过一日。而在中国，当北斗七星斗柄上指，就到了彝族、白族和纳西族人庆祝"火把节"的日子。传说中，人类曾以火把帮助地神战胜了天神——当此际，天神象征着原初的夜晚和黑暗，而光的到来延续了白昼的光明和暖意，使人在漆黑中仍得以"看见"。

电灯的出现使世界暧昧起来。除了短暂的停电之夜，谁会时刻留意光源的存在？但凡事物，过于泛滥的，往往也最容易被人轻贱。而在这个远离陆地的海岛上，公路两旁竟然没有路灯——来到这里的第三天夜里，我才发现这个惊人的事实。那天我独自到岛西欣赏落日，刚刚转身离开石螺口海滩，天就黑透了。从黄昏到黑夜，难道不需要过渡吗？真是奇怪的经验。电动车的车灯只扑开了车轮前方有限的黑暗，而更多的黑在四野绵延，像不知谁扯开的黑色棉布，硕大无朋又密不透风，横亘于天地之间。有好几次，我疑心我已经错过了通往酒店的那条不起眼的路口，然而手机移动信号中断，在线地图无法查询，我竟至于如此孤立无援……

惊险的夜游仅此一次。作为孤身出行者，到了夜间，我足不出户，在露台上观望海岛夜景。我看见的每个夜晚都如此不同。在此之前，我以为夜是一扇闭合的门扉，但是这显然是不对的。天地从未闭合，即使置身斗室，仍有万千条丝线，正将我与星空紧密联结。

没错，在岛上，我体内蛰伏已久的什么东西醒来了。

晨光熹微之间，我穿过林中小路，去看海上日出。

原载《星火》2019年第3期

一个人的珠峰

简默

　　从扎什伦布寺出来，渐近中午 12 点，我们不再逗留，继续上路，沿着 318 国道，经萨迦、拉孜奔定日。

　　我有一个梦想。这个梦想是一粒小小的种子，打儿时我第一次在小学课本上看见她，便深埋在我心底，随着年岁增长，发芽，生长，等待开花。六年前，我第一次进藏，同行的两位作家肩负着到聂拉木采访援藏干部的任务，幸运地来到了她的脚下，我却在日喀则与她擦肩错过；五年前，我再次进藏，但只能伫立在布达拉宫上遥望她的方向，想象她冰清玉洁的模样……

　　当我们的越野车穿越崇山峻岭，终于奔波到"珠穆朗玛国家公园"门前时，我知道我离她越来越近了，我的梦想就要成真了。在路上，淙淙溪流淘气地追逐着滚滚车轮，喧笑着欢送我们。再小的溪流也有其源头，或来自雪山，或源于冰川，甚至是一眼极易被忽略的泉。现在已进入夏季，有的雪山和冰川开始融化了，冰凉的水流着流着就成了溪流，但在背阴的角落，地面积雪尚未消融，在炽烈的阳光下，闪亮，刺眼，像神的呼吸，又像史前的预言。

通往她的柏油路，蜿蜒在群山的心脏中，飘浮在云朵的眠床上，一圈一圈的，大圈套着小圈。这条路曲折盘旋向上，180度拐弯多，却仅两车道，中间画着黄线，上下车辆无不小心翼翼的，贴着生与死的边缘，各走各的路。它大概是世上最崎岖最危险的公路了，堪比我们走过的怒江72道拐，有人曾信誓旦旦地说自己数过，它有108道拐，我开始一道一道地计数，数着数着就像失眠中数羊群一样，半路丢失了，接不上了。其实弄清楚它究竟有多少道拐，无非是强调它的难与险，但它最大的意义却是通往她的唯一和必经之路，可以叫我们最大限度地接近天空，触摸天堂，这就足够了，其他倒不那么重要了。攀爬到加吾拉山口，望向窗外，糊里糊涂的，不知已过多少道拐，那一道又一道拐，有人说像是盘绕着心脏的肠子，但我说是一条搭向她的绳梯更贴切，粗壮，逶迤，秩序井然，翻身垂直站起，踮起脚尖，努力靠拢她。

早闻这条路上气候多变，时常风雪交加，起初不见雪的踪影，行至半路，突降小雪，掺杂着霰，勇猛地打在车玻璃和顶棚上，转为冰雹，鸽子蛋大小，越落越紧，"啪啪啪"，继而，"咚咚咚"，重重地砸着挡风玻璃和车顶，像无数密集的小拳头；狂风席卷起霰和雪花，吹尽霰雪始见路，风住，雪停，透过车窗望下面阳光灿烂，照在山峰上，一片明亮。车子不歇脚地继续往上，冰雹复落，稠密如织，前方迷蒙，如雾似雨。车子上到加吾拉山顶，停在观景台边，冰雹下得更大更紧了，正当我们犯愁如何打开车门走到观景台之际，冰雹小了，稀了，突然风吹云开，阳光灿然进射，白云随风疾走，天空挥袖擦出晴朗的蓝，数不清的经幡相互纠缠在一起，被强劲的山风鼓荡得猎猎作响，经幡诵出了风的形状和色彩。青藏高原的气候就是这样，此刻阳光灿烂，但作为一个内地人，你永远无法预知下一刻迎接你的将是什么。这个观景台号称世界之最，是因为站在这儿能遥望到五座8000米以上的高峰，它们同属于喜马拉雅山脉这个母体，这当中就有身量最高的她。其实只要进入定日，站在任何地方，选择任一角度，都能望见她伟岸的身影，区别只是视角、衬托和地形不同。但今天，她半遮半掩着羞涩的云雾，难见真容。有藏族男子早已骑着摩托车上到观景台边，涌上来劝我们挂经幡，我请了一条，由他帮忙挂上，我希望当她露出真容时，这条经幡能够成为敬献给她的一个花环，或悬在她目中永不凋落的一道彩虹。

由加吾拉山盘旋往下，进入绒布河谷，绒布河是她怀抱中的绒布冰川融化后形成的河流，追随季节一路流淌而来，清澈明亮如大地的眼睛。有水便生草、长树、种青稞，在山上，在平地，却稀少。白塔矗立，经幡环绕。入扎西宗乡，过拉新村、日贝村、班定村、珀那村、巴松村、嘎布村……一点一点地接近她，驶入一片宽阔平坦的河滩地，在靠近通向她的路边，藏族人撑起一溜儿黑帐篷，这些帐篷分别镶着紫黄红边儿，一座一座的，肩并着肩，各自成一家，这儿就是大本营。我们住进小扎罗的23号帐篷旅馆，小扎罗家在她脚下的巴松村，每年旅游季节他都会上到这儿扎下帐篷。他个儿不高，瘦溜的体形，黝黑的脸庞，羞涩地笑笑，露出一口白牙，大概是因为这张脸，叫我无法准确地判断出他的年龄。他似乎上学不多，仅会说一点简单的汉语，但他基本能够听懂我说的话。我不清楚在藏语中"扎罗"是什么意思，这是一个普通的名字，就像达娃、尼玛、卓玛一样，藏族人喜欢以吉祥事物和神灵的称谓来取名，这当中寄寓了他们的美好愿望和深情祝福；他们在给自己的孩子取名时，有时也故意用一些低贱普通的名称，既求将来好养，又图躲避魔鬼的注意，这有些类似汉族人起名"狗蛋""狗剩"的用意，融入这些看似随意谐趣的名字中的，其实是浓浓的爱和期望。小扎罗当然是个小伙子，这个"小"让我相信他比我小，我好奇的是，当他老了的时候，他是否还会以"小"引领他的名字和人生？

　　由于大本营风疾，所有的帐篷面朝西面开门，前后帐篷角都被大小不等的鹅卵石压住了。我出帐篷，向左走向河滩地，这儿本是空旷寂寞的，却因为这儿是观赏她的好角度之一，就被各种踉跄或沉稳的身影，也被形形色色的口音和语言所打扰，包括此刻我不速而至的脚步。我们这些来自远方的人，千里甚至万里迢迢地来看她，每一个人的内心都充溢着激动的潮水，她却一脸冷漠、浑身冰霜地旁观着我们，心想你们费尽周折地来看我，但看和不看一个样，我都站在这儿，不会抬脚迈腿走出这个天坑，也不会蹲下身子重新矮到海平面以下，我还是我，啥都没有改变。地上散漫地横陈着鹅卵石，遍地站立着玛尼堆，大大小小，高高低低，面前一尊鹅卵石垒砌的煨桑炉，接近一人高，背对着她，孤零零地立在风中，正煨着桑，桑烟弥漫，经年累月不断，自炉口往上，都被烟熏黑了。天上雄鹰掠过她洁白辽阔的额头，伸展双翅像一枚铆钉，铆入如大海翻扣的天空，累了拽一朵云当毛巾，轻轻地拭拭汗；鸽子没有那么大的雄心，它窄小的胸腔安放不下汹涌的风暴，在如麻的沙石地上徒劳地觅食。藏狗们或昂首翘尾，悠闲地踱来踱去，或埋头夹尾，贴近地面扒拉着寻找能吃的东西，这真够难为它们的，在这高寒地带，任何生物都生存不易，狗们也不例外，找吃的是它们一天之中最重要的事情。旅游季时，它们围绕着那些帐篷，帐篷的主人和客人都会喂它们，它们似乎不缺吃的；到了淡季，帐篷撤了，游客没了，遍地空旷得只剩下横七竖八的石头，还有无休无止的大风与暴雪，附近绒布寺的喇嘛和来朝佛的藏族人碰见它们，也会喂它们，但饥饿和寒冷仍是它们的厄运。我判断它们是被放生的，从第一条开始，越来越多，形成了眼前这个规模，与温饱相比，它们更在乎和渴望的是自由。还有栖息在高处的喜鹊和乌鸦，山石缝间苦苦挣扎的植物，屈指可数的几种，绿得那么惨淡，甚至结实地裱在地上呈颗粒状的地衣，在这样的海拔上，都被赋予了特殊的精神意义，令我肃然起敬。

面朝着她，我以虔诚的目光，顶礼膜拜她。她真的像一面巨大的金字塔，从头顶到身上，都落满了皑皑白雪，却与忧愁无关，是漫漫时光在不停地下雪，白了她的头，也葬她的身于雪。而在我眼中，她更是一面晒佛台，顶天立地，圣洁晶莹，无数信众默默地瞻仰她，在心中观想自己的佛祖和度母。她当然是藏族人心中目中的神山，从此意义上说，她就是佛祖和度母，是亿万年亘古不变的信仰，深深地扎下慧根，一望无际地广种福田。落日慈悲如佛祖面颊上一滴硕大的泪珠，自峰顶，一眨眼，便浸润了半截山峰，灿烂辉煌，像失火了，烧红了，灼烫了我的眼；又像漫天撒下金粉，但她太高太大了，这些金粉仅仅够敷上她昂然的头颅、俊秀的面庞、挺拔的上身，却足以晃花我的眼……

天黑透了，我们四人围坐在小扎罗帐篷旅馆的藏式卧榻边，这种卧榻上头搭着卡垫，连接铺排开来，当床也当沙发，面前是一溜儿藏式矮脚四方木桌，色彩缤纷，繁复地描绘着花卉，看上去喜庆热烈，藏族人不因为在这样的高寒之地，也不因为临时搭建几个月，就丝毫降低自己的生活质量和审美标准。帐篷中间拥着一盘炉子，坐着面目黧黑的锅，煮着酥油茶。小扎罗到里面炒菜，端上了一盘芹菜炒牦牛肉片和一盘素炒卷心菜，一人一碗米饭，还有小半瓶的"老干妈"。在这儿能够吃到热乎乎的炒菜和米饭，喝着暖人肺腑的酥油茶，已叫我们感到满足和幸福。要知道这儿的每一粒粮食、每一棵蔬菜、每一坨酥油，都来自山脚下，来自遥远的日喀则和拉萨，甚至只能靠想象的内地。它们乘着各种各样的车辆，回旋往复地攀爬着那些拐弯，越爬越高，最后来到这儿，加热后进入我们的肚子，这个过程在节节升高的海拔见证下，实在是不容易，也叫我这个以旅游名义打扰她清净的人感到脸红，甚至惭愧。这儿类似于大通铺，男女混睡，这儿米饭夹生，炒菜也不够好吃，但没有谁挑剔，也没有理由挑剔，我们应该对这些最普通的粮食和蔬菜，致以最真实的敬意和感激。我慢慢地啜着滚烫的酥油茶，外面寂静无声，白天随处可见的藏狗都不知躲到哪儿去了，整个世界仿佛一股脑地坠入了一口最深最广的天坑。我走出帐篷，空地上三三两两的游客支起照相机，拍着星空。这儿的黑夜浓如老抽，银河清晰横亘，头顶闪烁着最大最密最亮的星星，像她挥舞水袖抛撒的花朵，又像栖满小小岛屿的星星海，仿佛踮起脚尖探手即可摘得，地上却闪烁着盏盏可数的昏黄灯光。黑夜遮住了她的身影，叫她成为黑夜垂直站立的屏风，我暗暗祈祷明天能够望见她的"真面目"。

从码放得一人高的被子中扯过两床，我和衣躺在卧榻上，辗转反侧，一夜无眠，对面的同伴们发出了均匀深沉的鼾声。我的脑袋嗡嗡作响，疼痛欲裂，整个人像被一只巨手一把掏空了五脏六腑，在空中轻飘飘地飞，咋也着不了地，我清楚这主要是因为高原反应，我第一次在如此高的海拔过夜，而且是在她脚下的大本营，亢奋盖过了这一切，直至天明。

小扎罗昨晚没和我们一起睡，另寻帐篷去睡了，他放心地将整个帐篷交给了我们。借着从天降临的光亮，我打量着帐篷内的陈设，不锈钢管纵横，支撑起了帐篷，帐篷外头呈漆黑色，里面却是彩色，靠南一面悬挂着装饰有吉祥八宝图案的大红藏语对子，我不懂藏语，但我猜测应该写的是祝福祝愿的话；一条绳子自南扯到北，上头悬挂着各种小化石。小扎罗恰好掀帘进来，见我望着那些化石出神，告诉我这儿化石挺多的，有鱼、虾的化石，还有海龟、海螺的化石，他随手摘下一串狗牙状的小挂饰，问我要不要，说这是狼的牙齿，怕我不相信，又拽出脖子间狼牙的挂饰给我看，还跟我说他和同伴们曾追踪过狼的足迹，在山上发现了老迈得倒毙的狼，拾得了这牙。见我摇头，他显得有些失望，提起烧水壶往炉子里投了几块牦牛粪饼，进里头去给我们做早饭了。这儿没有自来水，用水是从绒布河背来的，由于是冰川融化的水，洗脸寒凉入骨。一会儿小扎罗端上了鸡蛋面条，吃罢我走着走着来到河滩地，有一辆白色垃圾车停在旁边，跳下两三个中年男人，身穿橘红色环卫工人服，左手捏着编织袋，右手持钳子，捡拾着垃圾，他们每天自山脚下乘车，定时出现在这儿，弯腰干着同样的活。我想起昨晚出门上厕所的情景，这是一座在河滩地上建起来的公用旱厕，男女各一边，伴随着进进出出的人，铁皮门一次又一次地发出响亮的撞击声，在这无边寂静的黑夜显得格外刺耳。许多人来了，带着熊熊燃烧的征服欲，许多人走了，留下一地氧气罐、塑料袋和排泄物。在这儿，6000米以上的垃圾是登山爱好者和专业登山队留下的，5000米处的垃圾是像我这样的游客留下的。尽管这儿触目都是"保护环境，人人有责"的标语，但许多人就像患了雪盲症，根本无视这提醒。他们自恋地玩自拍、玩抖音、玩直播、发朋友圈，炫耀与得意形于色、爆满屏，却独独忽略了脚下这片土地脆弱如婴儿，寒冷的气候，稀薄的氧气，使得这一地垃圾根本无法降解。据说一些世界著名的连锁酒店雄心勃勃地想将酒店开到这儿，但出于环境保护的原因，一直未能如愿。就在我离开一年多后，有"禁令"规定，禁止任何单位和个人进入绒布寺以上核心区域旅游。游客的脚步止步于绒布寺，大本营只能望而兴叹了，我在想，如果退至绒布寺还像过去那样留下一地垃圾，随地大小便，还能继续后退吗？又能退到哪儿去？到那时候，人类能做的只有眼睁睁地望着她，一米一米地淡出，直至移出自己的视野。

我看见她的头顶缭绕着一团乳白色的烟云，像一面旗帜在猎猎飘扬，以她的身高，这自然是地球上最高的旗云了。她牢牢地扎根在大地之上，云在天空扎不下根，一阵风便能将没根的云吹走，况且她站得那么高，她的面前和身后从不缺狂风，但有根的她和无根的云，就像此刻为爱张扬起旗语，相亲相爱，相敬如宾，如痴如醉，6500万年仿佛是一刹那，定格于此。丝丝缕缕的烟云飘拂，风刮过，乱了形，不忍，也不舍，继续厮磨着她的耳鬓。这儿旗云的形态会随着天气和气流的变化而不断发生变化，就像打出不同的旗语，而根据旗云飘动的位置和高度，可以推断出峰顶气压的变化和风力的大小，这自然又是地球上最高的风向标了。

坐上旅游车，颠簸在路上，右侧的绒布河，在阳光照耀下，泛着清冷的光，如影随形地向下游潺潺而去，河面不宽，也不深，水清澈见底，看到石头。约行20里，离她越来越近，下车一步一步地爬上一座小山岗，数不清的玛尼堆林立，五色经幡密密匝匝，缠绵到一起，随风一遍又一遍地大声诵读着六字真言；圣洁的煨桑炉正煨着桑，桑烟袅袅在空中写着篆字，炉口处被熏得漆黑如墨，炉顶环系着一条白色哈达；左边山洼里停着几辆摩托车和小型客货车，是山脚下的牧民放牧至此，搭起帐篷住了下来；一群黑牦牛眼神坚毅，步子沉稳，埋头咀嚼着瘠薄的时光，再往上攀爬一些，就到了它生命和体能的极限。这儿是海拔5200米，有标志性石碑为证，垂直向上离峰顶仍有3600米，我仍要仰望才能看见她的全身。就在她的脚下，一座座帐篷，黄色、白色、绿色，圆形、长方形的帐篷，像蘑菇般盛开在她的怀抱中。现在，我距她是如此近，下了这座小山岗，跨过那些帐篷，就能走向她。我知道，我如蜡烛般正在燃烧的余生不可能抵达她的峰顶，甚至不能照亮通往峰顶的一个脚印，我也无此野心和狂妄，那儿是大地母亲栖居的地方，是雪的故乡和神的居所，轻易亵渎和惊扰不得。我仿佛听得到她的呼吸，看得见她今天梳妆的面容，她的有些地方竟然露出了黑色与黄色，却丝毫无损我对她的顶礼与膜拜。那个四川导游带着一支台湾团队，早晨在扎什伦布寺与我们邂逅，又相遇了这儿，他正在经幡上为远方的亲友写下祝福，然后扯开挂上，叫风和马将祝福随着六字真言驮得很远很远……

　　我的梦想，终于，开花了。我听见了格桑花静静爆裂，六字真言像一朵绽放的莲花，敛翅落满珍珠似的露珠，上绒布寺唯一的喇嘛阿旺桑杰次第点起一千盏酥油灯，一遍又一遍地喃喃诵读着六字真言，为她也为登山者祈祷……

原载《雨花》2019 年第 10 期

土话

泥土生发而出的话语。

红高粱，火热的话。泥土中的地瓜，含蓄、暗示的话。水下莲藕，深情的话。麦芒，针锋相对的话。玉米，字字珠玑。风中柳树，挑逗。五月桃树，献媚。一地荆棘，讽刺。竹影隐逸，清谈。水湄芦苇，梦呓……

土话方言，隔一座山、一条河，都会随着植物面貌的迁移而嬗变，像淮南的橘子树深夜涉河在北岸登陆，就突变成枳子树，淮南话一夜间突变成淮北话了。

先秦时代，《楚辞》与《诗经》，南方、北方的两种土话，分别生发于长江、黄河两大流域。前者绚丽艳异、语句参差，后者端庄中和、乐而不淫，一概与当地泥土孕育而出的风物万象，洽和为一。在什么山上唱什么歌，去什么水边听什么曲。一种土话，就是一方土地上的农作物、野生植物。

当下，乡村少年进入城市谋生，首要工作就是扎上领带，像父亲用草绳扎紧酒坛子。必须扎紧体内的土话，避免它们一不小心蹿出嘴巴，让周围绅士淑女遭受红高粱、地瓜、水下莲藕、麦芒、玉米所携带的乡土气息的侵扰。要学习普通话甚至英语、日语来与人沟通交流。这些与故乡土语关联微弱的强势话语，使一个乡村少年的舌头像车床零件一样异己、震颤。在梦中，故乡万物此起彼伏，大面积隐现于狭小卧室内的黑暗深处。

话语的边界，就是人心乡土的边界。

在故乡，河南土话和豫剧一样，直，硬，陡峭，冷峻——豫剧也叫"河南梆子"，有一只枣木梆子梆梆梆梆裂帛碎玉般追逼板胡、鼓、锣、剧中人，迫使他们共同说出内心的激情和秘密。豫剧，宜演绎侠义恩仇、沙场征伐。很难想象沪剧、黄梅戏等南方剧种会有一只枣木梆子在其中撕心裂肺地叫嚣。南方剧种是细语、低语，像黄梅雨，宜表达春闺幽梦、离愁别绪。河南土话里，有一只枣木梆子撕心裂肺地敲。即便抒情，"俺稀罕你"这几个咬牙切齿吐出的汉字，也卷沙扬尘、土腥逼人，比"我爱你"动人、有效。显然，河南土话宜于争论、审讯、劝降、盟誓、将军传令，有着毫不妥协的霸气。

偶尔古雅诙谐，河南土话也能流露出别样柔情——

（1）"花婶"，花一般的婶婶，父辈中排行最小的那位叔叔的妻子；（2）"满月"，小孩出生一个月，如圆满月亮，让一个家族亮亮堂堂；（3）"暮思雨"，细雨，一个乡村书生在暮色中思考人间大事就会引发一场细雨；（4）"对象"，未婚夫，或未婚妻，是一个人对着镜子映出的影像——另一个自己？（5）"露头青"，像冬日里的青头萝卜突破地皮——张扬自我的一个家伙；（6）"沾弦"，手指沾着琴弦，有声，行；反之，"不沾弦"，无声，不行；（7）"萦记"，像夜色萦绕村庄一样，深深记想着某一人、某一事；（8）"日头"，红日犹如头颅，在肩膀一般的地平线上喷薄而出；（9）"脚回来"，一个人也就回来了——

一个还乡者，一个学生、民工、商人、士兵、艺术家或官员，在故乡晃荡，被长辈们招呼："娃啊，啥时候脚回来了？"你若用半土半洋、半文半白的腔调回答："我昨晚回来的。"就会被指认成一个背弃乡土的逆子，就遭到讥讽："嗷，你坐着碗回来的，我还以为你坐着锅回来的呢！"在河南，"昨晚"的土话是"夜尔黑"——夜色使你变得有些黑了。

在北宋，河南土话是官方语言。宋徽宗在开封龙亭里对太监说："给俺整二斤油馍尝尝（给我炸二斤油条吃吃）。"传令者便次第高叫："整——二斤——油馍——尝尝——"回肠荡气，响遏行云。那时候，河南土话的地位类似于今天的北京腔，喊起来有非凡感。河南以外的省份均被称为"外省"。天南海北的诗人，都想在开封文学界聚会中有一把椅子、一杯热茶，比如苏洵，就带着苏轼、苏辙从四川来了。宋江不写文章，但来开封对李师师进行公关时，也必须用蹩脚的河南话献媚。在张择端《清明上河图》内某个酒楼里，我似乎看见宋江也学着河南人的样子，蹲在椅子上与人划拳，酒令铿锵："一匹马呀，哥俩好呀，三桃园呀，四季财呀，五魁首呀，六六顺呀，七仙女呀，八抬轿呀，九重天呀，十杆枪呀……"

南宋以后，河南土话影响力式微。囚牢中的河南人岳飞念诵《满江红》，语调低沉。暖风熏得游人迷醉的天堂杭州，吴侬软语流行。移居江南一带的河南人，深夜唱豫剧，喉咙一哽，泪水满脸。现在，杭州一带方言，偶尔有河南土话夹杂、闪烁，像岳飞的墓，夹杂闪烁于栖霞岭的山色湖光之间。

如今，背着水杯这种水井模型离开故乡闯荡世界的乡村少年，踏上火车或轮船，就开始练习普通话，准备去与异乡人谈判、交涉、谈情说爱、争权夺利。或许也尝试操练一下京腔、沪语、粤语的感觉——这是目前比普通话还霸气的语言，三种可以在北京、上海、广州隐匿自己来历的语言。甚至要尝试操练英语、法语、意大利语，加大刷牙的密度、力度，尽力遮盖话语中的乡土气息。直到疼痛难忍时喊出一声"俺的娘啊"，才把内心最深处的悲伤一泻而出——

土话如土，藏魂葬骨。

先生

那率先出生在我们之前的事物——

树木、河流、星辰、文字、民谣、画卷、鸟兽、风雨……那些事物，永恒、永在。

那些先生的事物，接受后生事物的敬意。

"廊前花初放，阁下李先生。"阁檐下一棵结满了李子的树木，就是走廊前刚刚绽放的花朵们的先生。它比花朵更早一些掌握了节气和泥土的知识，就毫无保留地向周围次第传播关于浆果草虫的芳香和消息。

也许因此，姓李的人都显得有见识，戴眼镜，用书面语说话。即使一个街头铁匠，一个文盲，都不妨碍被自己妻子呼为"我先生"。她们以花朵之谦卑，衬托丈夫之伟大。

在民间，被敬称为"先生"的人，往往是算命者、风水师、医生。由于他们洞悉了人类最软弱的部分：命运、未来、身体。

现实生活中，我也往往被人唤为"先生"，但这只是一种礼仪而已，当不得真。我对这世界所知甚少，对自己所知更少。甚至面对一个幼童、少年，也必须怀着敬爱——只有他们清新的身体，在传承天真的秘诀和感动的能力，而"我们已经完全变成，二十岁的时候我们与之抗争的东西"（墨西哥诗人帕切科）——世俗、偏狭、无聊、虚荣、轻狂。

后生，也可成为先生。

我人到中年，是先生与后生之间尴尬的一个人，没有先生的智慧，又缺乏后生的喜悦。美国诗人弗罗斯特所理解的诗歌，就是"始于喜悦，终于智慧"。我显然远离诗意，而近于一纸广告、合同、账单。

那率先出生在我之前的事物，是传统、根、源头、高山景行。那真正担当起"先生"二字的人，保持着传统的深远、根的可能性、源头的清明、高山景行所指明的苍穹和地平线。他们"受雇于伟大的记忆"（特朗斯特罗姆），是伟大记忆的雇工、搬运者。

"先生"，一个名称，一种责任，一种修为。

"云腾致雨，露结为霜"，云和露，就是雨和霜的先生。

在大地上，做一棵树，好；做一丛花朵，也好。无论先生、后生，都是泥土雨水喷薄而出的一派绿木青枝。

看那小生一样英俊的李子树，花旦一样绚丽的花，唱念做打，满庭芳华。

意思

意蕴，思绪。

"意思"一词的最美运用者，是姜白石、曾国藩。

宋朝姜白石，某年深夜在绍兴鉴湖上与朋友黄庆长泛舟，写下

《水龙吟》："夜深客子移舟处，两两沙禽惊起。红衣入桨，青灯摇浪，微凉意思……我已情多，十年幽梦，略曾如此。"据说，姜白石在鉴湖上产生微凉的意蕴思绪，缘于年轻时代发生于合肥的一段情事。白石深情，悱恻缠绵，意思苍凉。我喜欢白石词，喜欢白石词中的爱意幽思——"恨入四弦人欲老，梦寻千驿意难通""春未绿，鬓先丝，人间别久不成悲"，等等。

清朝曾国藩曾撰联："养活一团春意思，撑起两根穷骨头。"刚柔并举，方圆兼容，春意穷骨不可分——青草鲜花之间涌起两块石头，才是完美景象。他就是这样通达开阔：湘军首领，桐城派散文代表性作家，书法家，两江总督、直隶总督——功名利禄占尽，春温秋肃一身。

当代，"意思"一词蒙尘，成为公共领域经常使用的暧昧词汇。

新闻发布会上塞给记者红包："小意思，略表寸心。"节日拜访重要人物时送上礼品："一点意思，聊表谢意。"职位升迁关头家人之间商量："要领会老板意思，必要时去意思意思。"等等。

男女之间情事，往往无意无思。朋友之间涉及异性话题时彼此调侃："那人眼神好像对你有意思啊。"肇始于网络聊天室内的言辞撩拨，结束于宾馆内的一夜消磨，有了"意思"的男女自始至终都不知道，也绝不关心对方的处境和隐痛。甚至连手机号码更换、网名改变，都意味着某个异性、某个夜晚、某个小旅馆的终结。危险游戏，需要留下足够的安全区。穿上鞋子，相忘于江湖——做匿名的鱼、漏网之鱼，漏出于因特网、中国移动通信网、生活之网的两条鱼。

尚存有古典情怀的一对男女之间，有爱意，长相思。其梦想也许只是：在暮年，在公园长椅上，握住对方布满老年斑的手，回想起早年的初次相遇——当然，这是旧式情感小说中的一幅插图。

最持久的意思、意蕴思绪，应该是山意水思——

雨后静观山意思，风前闲看水精神。山间的烟岚雾霭，水势的潋滟微渺。山雨意思，风水精神，契合于深情者的胸襟，才有了成语"山盟海誓"，有了无名者的古诗："上邪！我欲与君相知，长命无绝衰。山无陵，江水为竭，冬雷震震，夏雨雪，天地合，乃敢与君绝。"

失意者同样需要在山水间获得慰藉。元代画坛"元四家"黄公望、王蒙、倪瓒、吴镇，清代画坛"清四僧"八大山人、石涛、渐江、髡残，皆为山水画家。这些失败失色的汉家才子，在宣纸上发明水墨山水、青绿山水、米点山水、赭墨山水等技法，通过一张宣纸、一砚墨，来抚摸异族统治下的山河——重重的哀意与痛思。

一副古联："无情对，有意思。"无情则横眉冷对，似霜降。有意而柔肠热思，如夏至。

两个词牌："红情绿意""长相思"。合起来读，真好——红情绿意长相思。

树立

一棵树，挺立在那里——

那一棵树，就成为一方地域的核心。树周围的野草、庄稼、花朵、小动物、小路、流水，有了依归和倾向性。这些低微的事物，因长兄般的一棵树挺立在那里，就消除了孤单和不安，把目光从地面抬向这棵树的树梢。树上鸟巢犹如树木眼睛，鸟的飞翔犹如目光，洞悉了这一地域的秘密。树内年轮，大约是累累叠加的小型编年史、地方志，被叶绿素这样一种特殊的墨水书写。树下走过一个外乡人，对此不知不觉。

这棵树，如果立于渡口、路口或村口，会成为游子们梦境中屡屡闪现的象征物。树的姿态，就是故乡、亲人的姿态。一个人可以从亚洲漂泊到欧洲，从少年流浪到暮年，这棵树始终立于原地，等待他面目全非、伤痕累累地归来。即使整个世界把他抛弃，仍有一棵树像老父亲一样原地守候。即使附近街市上有笙箫鼓吹，这棵树也决不会放弃自己的立场，奔跑到灯红酒绿中去欢愉、游荡——它担心，自己移动，会使一片原野秩序混乱，让一个归来者迷失路途。

一个人，如果有这样一棵树挺立着，作为记忆和乡愁的对应物，多幸福。每个拥有乡村生活背景的人，都有这样一棵树存在，不论是槐树、桑树、白杨树、梧桐树，还是核桃树、松树、苦楝树。身体里暗藏这样一棵树，即使堕落，也只会堕落到泥土里，重生为一棵新树。他明白，与一棵树相比，无法胜出。身影与树的阴影相比，面积和凉意都无法胜出。事业成果与树木果实的甜蜜度、营养性相比，无法胜出，甚至会结出满身的恶果与苦果……

在一棵树面前，一个男人应该谦卑、不安、感激。

明代松江派画家宋懋晋，热爱画树。在《摹诸家树谱》中，临摹了唐代至元代20多位画家所作的20多棵树。画家消失，那些来源于大地上的树移植宣纸，折射出古人曾经投向这些树木的目光，继而与后人眼睛相遇——这些树，这些树立在纸上的记忆、惆怅、风声、鸟鸣。关于树立，宋懋晋有一段很妙的话："树为山之侣、水之伴、道路之朋友、屋宇之衣裳。故从古至今，从无无树之画。"当代画家笔下，无树之画很多。丧失了伴侣、朋友的山水和道路，孤单无趣——当代城市里，不穿树木衣衫的屋宇日多。丧失了树木的荫蔽、照抚、爱意，一个市民多么孤单、抑郁。

唐代刘长卿有诗句："秋草黄花覆古阡，隔林何处起人烟。山僧独在山中老，唯有寒松见少年。"唯有一棵寒松，惦记着一个老僧曾有的少年清俊。一个人与一棵树长期相伴、彼此见证，是山中的事情。当代，城市里的树，只能看见广大而抽象的人民。一个市民若想与某棵树互相记忆、牵挂一生，难度大。他对于人行道边整齐划一的悬铃木，情感淡漠、均衡。那些悬铃木，如同悬着铃铛的一群宠物犬，与一个市民的灵魂很遥远。当他感伤，回忆早年的亲人情人，这座城市大约只会提供一根灯杆或电线杆，最多提供一座古塔，树一般挺立在小巷尽头，帮助他证实曾经拥有的暖意和疼痛。

需要树立一棵树、一根灯杆、电线杆、古塔，来安慰中年以后的视野和心境。那像树一般、灯杆一般、电线杆一般、古塔一般的人，是亲爱的人，树立着，安抚野草般的心事、庄稼般的繁芜、花朵般的喜悦、小动物般的寂寞、小路般的伤感、流水般的惆怅。假如有这样一个女人或男人，树立心头，混乱的灵魂就有了秩序和幸福。

现实生活中"树立"起的某些艺术偶像和精英，在聚光灯下接受敬意和掌声时，不会想到自己与一棵树的关系。站在电视摄像机的镜头前，像塑料树一样虚荣，与光合作用没有关系，血管里流动硬币而不是叶绿素。大理石或红地毯上的那些鞋子很昂贵，没有泥土痕迹。那些昂贵的双脚不会进入我们树坑般的内心。他们热爱的、竖立在大地上的事物，大概是那些辐射娱乐信号的广播电视塔——一棵以名利为基本立场和世界观的现代城市之树。

在伊朗电影大师阿巴斯《樱桃的滋味》中，一个老人劝解渴望死去的男主人公巴迪："我结婚的第三年遇到许多问题解决不了，有一天，我带条绳子想在一棵樱桃树下吊死。碰到一棵樱桃，那么柔软，我就吃了。那么甜！我就吃了第二颗、第三颗……天亮了，一群孩子从树下走过，我就摇动樱桃树，他们吃着滚落一地的樱桃，那么开心。我也捡了许多樱桃，带回家给妻子吃。她还在酣睡。一棵山坡上的樱桃树救了我。问题依旧存在，但我的想法变了……你的想法出了问题，你改变一下想法，世界就会因你而改变。难道你不想再看看落日余晖，不想再看看星星和满月之夜？不想再品尝樱桃的滋味了吗？千万不要！我恳求你。"巴迪被老人的话打动了，开始换一种想法、活法。一棵樱桃树救了两个人。那老人也成了山坡上立着的一棵樱桃树了。

我有没有定力和能力，像一棵树、野生的樱桃树，竖立着，使若干人的困顿得以消解？我能否坚守一块泥土、一种立场，在纷纭变幻的天气里，兀自开花落叶？但我很可能只是像瑞典诗人特朗斯特罗姆在《上海的街》一诗中所写的那样："我攒集了如此多无法辨认的发票，我是一棵老树，挂满了不会掉落的叶子！"在商品与货币的交易中，长成这样一棵病态的树，是很不舒服的事情。上海街头，充满这样的树。

向旷野里的树、伊朗某一山坡上的那棵樱桃树学习——把枯涩的眼眶更新成两窝鸟蛋、小鸟、鸟叫，或者是两颗樱桃；夜晚，用热水浸泡双脚 20 分钟以上，温习树木在树坑里接受夏日暴雨冲洗时的阵阵眩晕。

原载《牡丹》2019 年第 6 期

往事堆叠的回廊幽暗曲折，倘若不把他及时照亮，必然会渐渐失去光芒。

旺火

疾风如马，生长在遥远的群山之巅。

如果在往常，它们可以卷走石头，可以拔掉小树，可以撞破门闩，可以咬断窗棂，可以轻而易举地把我手里的粗瓷大碗夺过来，狠狠摔碎在青石的水槽边。

然而现在，一万群风马掠过，也扬不起半点烟尘。

那些如胭脂般略泛红色的冻土牢牢覆盖着大地，只是她们已经不再葆有暖风和煦时的柔软弹性。即便是挥动锋利的铁锹，也只能在上面留下一排浅浅的白色啄痕，北风一吹，立刻消散得无影无踪。

我的根，就扎在这冻土深处。

清晨，白色的淡雾还没有退去，村庄的呼吸细碎悠长，睡意沉沉。奶奶已经绾起头发，裹上黑色的棉袄，用爬满红锈的铁杖捅开泥封的灶火。炉膛内的灰尘被火光吹动，扑向她瘦削的脸颊。她一面扇动手掌，驱赶炉灰，一面弯腰铲了些炭块填在里面，然后把油亮笨重的黑铁茶壶坐到火上。燃烧了一夜的炉渣被小心地从炉子的下部清理出来，炉子醒了，火焰升起来，舔舐着茶壶。

茶壶里的水开始翻滚的时候，爷爷已经穿衣起身。灶火上放着白地红花的搪瓷洗脸盆，盆里有奶奶倒好的浅浅的热水。他只能撩起热水擦把脸，肥皂是绝对不能用的，否则后起的人——三叔、三婶、四叔、我，就没法用这点水了。在这里，水要比高原外面的地方宝贵得多。高原外面的地方是什么样子，那时的我一无所知。我感兴趣的是树上的鸟窝，石头下的蜈蚣，哑巴家的老牛。我对高原外的粗浅认知，是父亲在那里当兵。父亲长得什么样子，细想起来实在太费心思，不如再睡会儿。爷爷洗完脸，担起炉渣，推门出去。彼时，奶奶正在沙沙地扫着院子。爷爷经过她身边的时候，仿佛根本没有看见她，径直去村外沟边倒灰去了。

我在饥饿难耐中把手伸向枕边的瓷碗，那里面只剩了两片干硬的玉米面馍馍。我不情愿地翻了一会儿，直到外面的寒气跃跃欲试，打算顺着我不着一丝的胳膊钻进被窝，我才打定主意把那两片玉米面馍馍掖进被窝，大嚼起来。爷爷奶奶心疼我年幼，害怕我半夜饿醒，总是睡觉前在我枕头边放个大碗，里头放几块馍馍饼子之类的，于是每当夜深人静，枕边总会传来我嚓嚓的咀嚼声。

那时的我正是长身体的时候，食量惊人，几乎任何能入口的东西，都逃不脱我的魔掌。以至于长久以来，我担心自己肚子里养了条饿狼，永远喂不饱。母亲形容我吃饭的做派，是个标准的"讨吃鬼"。我丝毫不以为意，依旧我行我素。被送到乡下爷爷家以后，更是练就了一身混吃的好功夫。村里人家养鸡，大多是攒了鸡蛋用来换油盐钱的，唯独我家不是。这固然是因为我父亲能常常往家寄钱，更是因为老人们疼我。我是不领情的，蛮横霸道地把架子上的鸡轰走，伸手就往里摸。摸到的鸡蛋大都是温的，有时还会粘些鸡毛鸡粪在上面，我就手磕开，直接把那甜腥的液体倒进嘴里，舔舔嘴唇，依然回味无穷。

嚓嚓的咀嚼声总会伴随着落下的食物碎屑，当这些碎屑落满床铺，扎得人无法安睡，我才会在小米稀饭黏稠的香味里姗姗起床。

三叔和村里的年轻人们上山去了，晚饭之前，他们需要带着成堆的木柴回来。我们这里本是不需要木柴的，家家院里都有用不完的煤堆炭块。只是眼前已到年根，村里不时会响起的鞭炮声，一年一度的"旺火"却是少不了木柴的。

傍晚时分，三叔他们拖着两棵小柏树，走进了院子。饭是已经提前做好的，他们吃过饭，吸了一会儿烟，马上动手。用木柴搭架子，炭块如方砖一样层层码好，砌起碉堡一样的小楼。等到吉时，引燃鞭炮，点起旺火。

那年的旺火搭得比我家屋顶还高，第二天醒来，我透过纸糊的窗子，隐约看见红光闪动，那堆火还在哔哔剥剥地烧着。

我又长了一岁。

豆角

古诗云："豆粥能驱晚瘴寒。"

这个豆粥大约是南方的豆粥吧，凉水注入砂锅，加热到微冒水汽，依次添入红豆、绿豆、江米、莲子、花生、蜜枣等，大火煮开，文火慢熬，直至口味香甜软糯，色泽艳丽浓稠。然后用粉彩的小碗盛了，丢进去一只白色的调羹，便可上桌。这样的粥饱含着江南的烟雨风华，无论是制作过程，还是享用时分，都氤氲着细腻独特的水乡情感。而在我的记忆里，在风马奔腾的高原，在爷爷家，却有完全不同的另一种豆粥。

熬粥的器皿自然是笨重的黑铁大锅，要煮够全家人的份量，这样的炊具再合适不过。豆角去筋切段备用，待到锅中水滚，加入小米、黑豆、核桃，熬一袋烟工夫，再将豆角放入其中，用缺了角的黑铁马勺搅动一番，加盐，煮至浓稠，马勺插入能立而不倒，起锅，用粗瓷大碗盛上，便是一顿耐饥抗饿的早餐。这样的粥亦菜亦饭，从营养学来看，碳水化合物、氨基酸、植物蛋白什么的全有了，只是味道实在不敢恭维。

那时的我在味觉上的追求并不奢侈，能吃饱并且随时嘴里有东西咀嚼，那才是梦想所在。即便如此，这样的早餐依然能给我无比踏实的感觉。同样地，它是以土地为生的庄稼人最重要的食物。在村庄每家的食谱里，豆角都是不可或缺的组成部分。豆角耐旱，容易打理，产量可观，几乎家家都会在地垄子里种几行，有了这个，就不必在蔬菜上多费心思了。

豆角是有藤蔓的，无论枝叶爬得多高，那些丝丝缕缕总会牵扯着它的情绪。

就像人一样。吃饱了，玩疯了，总会静下来。

我想家了。

如果我是一根豆角，母亲就是藤蔓，家就是根。离得越远，就越想落下。

我时常问爷爷："我妈什么时候来接我？"爷爷不语，奶奶笑呵呵地在我手心里放一捧喷香的炒豆子，说："快了。"

我热切地盼望回去。有一天，我正在小哑巴的牲口棚子前看人铡草，有人路过对我说，你家里来人了，是不是要把你带走？

我立刻像旋风一样刮回家里，却被告知来人已走。

是妈妈怕你吃不好，托人捎了两袋肉丸来，奶奶说。然后她把黑色的砂锅加满水架到火上，撒把盐，切把葱，丢两个肉丸进去。只炖了一小会儿，屋子里便充满了香气。

肉丸很好吃，但我更想母亲。

天很热了，地里的农活多了起来。爷爷奶奶在前面摘豆角，我挎着篮子在后面跟着。望着满眼的青绿，我突然说了一句，爷爷家的豆角真好，过些日子我要是回家，给我带点吧，让我妈尝尝。

听了这话，爷爷奶奶对视了一下，停下了手里的活儿。

奶奶捶捶腰，说道："我娃儿大了。"

老井

村子里没有钟表，时间的概念完全来自于日升月落；所以没人知道，那口老井诞生于何年何月。

它确实够老的，长满了斑驳的绿苔，井绳和铁桶在它的口沿上留下了岁月的痕迹。

打水的都是男人。这是个力气活儿，更是个技巧活儿。要去打水，先须搬开井口上覆盖的青石。脚一定要踩实井台，才可借力。用井绳上的铁钩挂住桶上的提手，缓缓放下，待手上略略感到水桶受浮，抓稳井绳，左一摇，右一荡，沉两下，提将上来，便是清水满溢。

两桶水打完，还要照旧将青石盖到井口上。扁担上肩，便可回家送水。不得不提的是，用扁担也颇讲究技巧，步频须得与扁担颤动的节奏合拍，才能既轻巧又稳沉，一路轻松滴水不漏。倘若是脚步配合不好，扁担两头反弹回来的力量会成倍袭来，压得肩膀生疼。最重要的是，两只水桶会失去平衡左右乱晃，带动着人也踉踉跄跄。等回到家中，在黑陶大缸边站定，稳稳神再看，两桶水洒得只剩下了半桶。

挑水这样的活儿，向来都是三叔的。四叔腿脚上有残疾，一辈子没干过重活儿。爷爷上了年纪，腰腿自然不比年轻时候。三叔在家便是顶梁柱，那时三婶刚刚生了孩子，每天的大部分时间都在炕上度过。增添了人口，日子过得似乎也有点紧巴。光靠几亩薄田，应付得了大人，却打发不了孩子。在我的印象里，三叔似乎也是下过煤矿的。

那是更大、更深的一口井。

得益于自然的馈赠，那些年几乎每个村子都有自己的小煤窑。村民们在磨盘边吃饭聊天的时候，总是少不了哪村跟哪村的矿井无意间打通了之类的话题。话题中也有共识：种地虽然本分，但顶多也就能糊口，要想挣钱，非得下井不行。

有一次三叔午饭前回来，带了一身衣裳，一顶安全帽，一盏可以别在帽子上的矿灯，说要在村里的煤窑下井了。

从那以后，我经常和小哑巴到矿上去玩。直到中学为止，我对于"工业"两个字的印象，完全来源于小时候在矿上的见闻。钢轨、翻斗车、电灯，都是最早在那里见到的。最神奇的当然是升降机，我每次到矿上都要进升降机房看一看，开升降机的师傅让我羡慕不已。在他的催促下，一群面孔生动的人钻进铁笼子里。他拨动操纵杆，伴随着雷声般的响动，人群就被送到了深不可测的地底下。雷声再次响起的时候，笼子里站满了面无表情轮廓难辨的黑人。笼子门一开，如释重负的人群才奔向澡堂。

澡堂是矿上的，只针对下井矿工开放，所以村里大多数人都不知道里面到底是什么样子，唯独我和小哑巴。那一次我们趁着管理员不注意溜了进去，只看见很大的一池冒着热气的黑水静静地躺在面前。我和小哑巴立刻脱去衣服，跳进水里，玩了起来，直到水越来越少，光滑的洋灰池底露出来，管理员提着水桶来打扫池子，我们才在训斥声里恋恋不舍地穿上衣服。

关于井的生活，伴随到我7岁多。水井不仅爷爷的村子有，母亲的县城也有，就在东关的东城壕边上。

那个夏日的午后，我还在甜美的午睡中不肯醒来，奶奶摇了摇我说，娃儿，妈妈托人来接你了。我在懵懂中点点头，爷爷把我和行李抱上了车，然后他下车跟奶奶一起向我摆了摆手，我就继续睡了。

我的行李很简单，只是一麻袋豆角。爷爷和奶奶专门为我摘的，重得我搬不动。

见到母亲已经是晚上，我下意识地喊了句"妈"。也许是我乡音太重，她立刻笑出声来，说："我娃变成草灰了。"

"草灰"是我母亲县城的方言，类似于"土鳖"，用来指称乡下人。说完这话，她立刻烧水，给我洗澡、剪指甲、换衣服。因为那一句"草灰"，回县城的头一个月里，我怯得不敢说话。

哥哥却是不久前刚从武汉回来，他眉飞色舞地给我讲述大城市的样子，给我讲父亲的军营，给我看从靶场上捡来的亮晶晶的子弹壳。

我很羡慕他。

油灯

很多年以后，我才弄明白奶奶那句"我娃大了"里包含的丰富情感。那一次，他们俩离开生活了大半辈子的村庄，辗转 200 公里来到这个高原外面的城市。

彼时，我已经参加工作。爷爷来看病，食道癌。

起初的日子很慌乱，父亲请假、联系熟人、安排去几家医院检查；母亲每天买很多菜，还有不同的点心，安排两位老人的饮食。然而不同医院的诊断结果还是一样的，父亲变得很沉闷，倒是爷爷豁达得多。他十六七岁参军离家，打鬼子，打老蒋，走南闯北，直到胸部中枪，伤愈后即回家种田，也算是经历过生死的人，生老病死的事情，似乎看得很淡了。

父母要上班，哥哥远在武汉读军校，奶奶是行动不便的小脚老太太，每次陪同放疗，就成了我的事情。杂志那时是双月刊，弹性工作制，相对比较自由，我把工作尽量在上午做完，下午就可以陪爷爷。医院离家有一站路，虽然很近，但我担心他体力不支，问他是否坐公交，他总是笑着摇头说不用。于是我们两个总是走路前往，我很想跟他说点什么，可是想来想去找不到话题。而且我现在一口普通话，儿时的乡音已经打磨得丝毫全无，跟爷爷交流起来，似乎隔着宽阔且陌生的河流，完全没有亲近感了。

有一次，我陪爷爷去放疗的路上，接到朋友的电话，约我下午去踢球，顺便晚上喝一杯。医院的气氛总是沉闷的，尤其是在放疗室那样的地方，常常会传来病人绝望的呻吟。即便是拿本书，我也读不进去几页。闷了这么久，我当然也很想去透透气，能和朋友们喝点酒，释放一下。于是进了医院后我就问爷爷，问他能不能找到回家的路。

他笑着摆摆手示意我离开，如同当年他送我离开老家一样。

傍晚，我刚坐到酒桌边，就接到了父亲的电话，他责备我不该把爷爷一个人丢在医院里。后来我才知道，父亲那天下班特别早，赶到医院后，爷爷刚做完放疗，正坐在候诊大厅里休息。我可以想象他远离了自己的土地，在陌生的城市，在充斥着消毒水气味的医院里，身边却没有自己的亲人时的孤独与无助。

那天晚上，我是在歉疚中度过的。疗程结束以后，爷爷就执意要回家，我们怎么劝都没用。

翻过年头，尚未出正月，天很冷，老家传过来消息，爷爷不在了。

爷爷一辈子刚强，临走那天也不例外。奶奶说那天早上爷爷照样早起挑着担子到村头沟边倒炉灰，就像什么事情也不会发生一样。她还补充说，爷爷虽然吃饭吞咽并不怎么利索，但是回家后并没闲过。

爷爷下葬那几天，奶奶总是握一条手绢。她已经是 80 上下的人了，身体变得干枯瘦小，储存不了多少眼泪，可是每当看见有人来给爷爷送行，都忍不住眼眶红润。姑姑们和我的几个堂姐妹，生怕她有什么闪失，饮食起居都陪着她，甚至连上厕所都不例外。很难想象，奶奶憔悴成今天这个样子。当年爷爷要参军离家，她便在村子里参加了妇救会，纳布鞋、送军粮，也是泼辣要强的人物。我在家那两年，她身子还硬朗，里外家务一应操持，倒是爷爷很少费心。

打淮海战役那一年，我爷爷和其他六个同县伤兵一块儿回乡，第二年有了我父亲，至此才过上普通庄户人家的平常日子。到爷爷下葬时，那些共过生死的同袍已经故去四人。剩下的两人，一个家境尚好，另一个则终身未娶，亦无子嗣，只能靠微薄的老兵津贴过日子。即便如此，仅存的两名风烛残年的老兵，还是相携前来送爷爷一程。他们来的时候，奶奶让姑姑扶着，颤巍巍地从床上下来，出院门相迎。话未出口，已是老泪纵横。

我是以长孙的身份回去的，那时哥哥仍在念军校，不便请假。父亲已将近 60 岁，虽然身体尚好，但也需人照应。父亲说，他参军时，爷爷是持反对态度的。在爷爷的眼里，当兵就要打仗，打仗就要死人。他们那辈经历了太多的血与火，实在不愿意自己的骨肉再去摸阎王爷的鼻子。对越自卫反击战那些年，父亲也确实差点上战场，可他从来没有后悔过自己的选择。

不知为何，我想起了小时候的煤油灯。村庄没有通电的日子，那是唯一的照明工具。油灯通常用墨水瓶加条粗棉灯芯改造而成，煤油凭票供给，非常珍贵，只是晚上做针线或是起夜时亮一亮。虽然微弱，但那是乡村黑夜里最耀眼的光芒。我上学时，爷爷还到处找墨水瓶，想要给我做一盏新油灯。

90岁时，奶奶也等到了油尽灯枯的一刻。我还是以长孙的身份回去，看着父亲和叔叔们把她葬在爷爷的身边。

关于油灯的记忆，终于还是泯灭了。

原载《福建文学》2019年第3期

梁间燕子岂无情

张金凤

　　在乡村，燕指燕子，雀是麻雀，它们是贴着大地飞翔，依着屋檐生存的鸟类，它们受着农家屋檐的庇护，像农户的成员。燕与雀都形体小，飞翔迅速，不怕人间烟火，愿意和人依偎在一起生存，但是它们得到的待遇完全不同。燕子被称为吉祥鸟，是捧在手上、爱在心上、供在梁间的；麻雀被称为老家贼，被驱赶、遭喝骂，甚至在粮米匮乏的年代，它对人类生存构成威胁，人们将它作为四害之一进行杀戮。

　　都是为了那口饭，农人叹息着。

　　燕子是乡下的绅士，羽毛永远光洁油亮，白衬衣黑西装，斜飞过水面时，不忘撩些水洗浴翅尖。燕子活得精致，它只吃虫，口味刁钻就免不了劳碌之苦和千里奔波。为了那口鲜活的吃食，它南飞北归，年年奔忙。燕子不仅在饮食品味上挑剔，对居住也舍得投血本，衔泥筑巢是它区别于所有鸟类的独到之处，这个出类拔萃的房屋设计师和建筑师常常将巢建得别有风情，在檐下，在梁间，在院角，它择地而居。燕巢也筑得精美，油罐、花瓶、草篮都被它模仿了去，燕泥井然排列、严丝合缝，绝没有豆腐渣工程。燕巢一般不会筑得很大，够一对燕子居住即可，当燕子孵雏的时候，总是雌雄轮流值守。夜晚，那只不趴蛋的傍在巢的边缘，似乎要掉下来了。燕子幼雏一旦会飞，就要迅速自立门户，家里没有多余的床位。燕巢的形状很有趣，什么样的都有，有的底端细、开口广，像一只大海碗，有的两头翘中间凹像一个金元宝，有的像篓子，有的像陀螺，有的像八仙桌上的香炉。燕子筑巢是用自己的津液搅拌泥土，或许加入了它的津液，那泥就更坚固了。有些燕窝被人类反复炒作，认为是高档补品，血燕呕心沥血的巢穴也就一次次被贪婪的人倾巢掳掠。不过在乡间，燕巢是安然的，谁也不相信那泥巴筑起的燕巢能吃，而且，也绝对不会去打扰那可爱的燕子。

　　燕子的洁癖在于它挑主人、选邻家，不是谁家都配有一窝燕子，若是争争吵吵，火药味重，再好再新的房子它都不会去安家。燕子筑巢之前先要"验窝"，一对燕子在周围反复盘旋考察后，才决定是否在此垒窝。当燕子开始筑巢，这户主人就内心欣喜，甚至暗合手掌口念阿弥陀佛，她轻言细语、谨慎进出，她把狗儿猫儿驱赶开，甚至对孩子颁布禁令：不许偷看，不许大声说话，不许在堂屋和院落里剧烈活动，不准把伙伴带到家里玩闹。为了燕子的安居工程，孩子们也知趣地避开，回家的时候尽量轻声细语，蹑手蹑脚。乡下人以无比虔诚的姿态和礼节迎接居室里的一窝燕子。一对翩然出入的小燕子给乡下简陋的房舍、萧条的庭院带来许多生机，也给那些劳苦的人带来莫大的心灵安慰。

燕子的洁癖还在于它的决绝割舍。当它在辛苦垒筑起的燕巢安然居住时，恰巧有调皮的小孩好奇燕窝的构造和神秘，趁它不在，攀着梯子爬上去，用手掀动了它铺在窝里的羽毛褥子，顺便留下了自己涎水脏手的气息。那燕子归来后盘旋哀鸣，它知道巢穴被入侵者动过了，它就这样盘旋着不肯再进窝，一个新窝就这样废弃了。那个春天，一对燕子露宿树枝，它们对这户人家彻底失望，商量着到别处重新筑巢。那户燕窝空空的人家，内心无比失落，比丢失了一件贵重物品都难过。连燕子都看不上他，这日子还有多少滋味呢？

　　漫长的冬天里，燕子沿着季风的方向飞翔，追逐着温暖和美餐，它的巢穴空荡荡地在北方的风里等待。

　　麻雀原先住在瓦檐里，那里冰凉，它们像流浪者，不筑巢，不储存，混天潦日。看到屋檐下那空着的燕窝，就心动了，那里有细小柔软的动物皮毛和鸟类羽毛，那是多么舒适的一个床铺啊！反正这邻居度假去了，何不借它一用呢。于是，鸠占鹊巢，它心安理得地在燕巢中过冬了。第二年，燕子回来，两家打起官司，叽叽喳喳地在院子上空吵翻天。气性大的燕子骂一阵就走了，被麻雀住过的房屋，它绝不再住进去。这种决绝的燕子人们称呼它为"家燕"。家燕因深知麻雀之流的坏脾气，于是防患于未然，选择将巢筑在农家厅堂里，农家是不允许麻雀进屋的，这一点，家燕知道。家燕居住在屋内，真的成了家里的成员，它很自律，不给家里添一点不便，绝不会把粪便排在窝巢外，厅堂也就始终干净。当幼雏从卵中孵出，幼雏的粪便就由老家燕衔出去扔掉。良好的品行使它们得以跟人类同居一室。另一类燕子叫作"草燕""游燕"，是不那么自律的燕子，它排便随意，所以不能筑巢于室，而是在屋檐下，麻雀所夺的是草燕的窝。

　　我曾经在一个春天，到农户家闲游，见麻雀和燕子在庭院上空掐架，几只鸟在空中扑棱棱，麻雀的灰色和燕子的黑白色忽上忽下，互有胜负，也算是一景。住家老人说，燕子的窝冬天里被麻雀占去了，燕子回来要夺回来，可是麻雀住惯了，不打算返还，两家都打了两三天了。后来，问及那燕雀的官司，老人说，因为麻雀泼皮势强，燕子争不过它们，盘旋几圈伤心地飞走了。老人气不过，拿竹竿把燕窝给捅得稀巴烂。老人说，这还有没有公道了，原家住不成，强盗也住不成。他能把燕窝捅烂给燕子出气，却没办法给邻居家那个媳妇争理，那媳妇的男人外出经商，勾三搭四，一次次要离婚，还把小婆领回家来。唉，老人叹息一声，麻雀都是跟这些人学坏了。燕子走了就走吧，有这样一户邻居，也是留不住燕子的。

蛰居小城，人到中年的我常常被一种梦境里的天籁叫醒，比如春天，我的梦境比南风更早地呼唤燕子归来。某个清晨，我梦中醒来，竟然满脸泪水，耳际还有燕子略带忧伤的啁啾，拉开窗帘，一片灰暗的萧索和模糊的雾霾朦胧于我的眼睑。我把窗帘再拉上，企图重新回到与燕子应答的梦里。用不着翻看日历，我知道，清明近了，每年这个时节，我的梦就多。

我梦见的是小时候，我趴在窗台外收听着广播，一首旋律优美的歌曲在时光里飘荡。广播线上、干丝瓜藤上、过年挑着鞭炮的竹竿上，几只乌黑的小燕子在梳理羽毛，在兴奋地叽叽喳喳。母亲从里屋出来，念着："七九河冻开，八九燕子来。"我甜蜜地看着开心的母亲。那是我小时候的春天，燕子在寒凉的南风里归来，母亲把御寒的风门拆下，打开堂屋门，把灿烂的阳光迎进屋。

鱼篓型的燕巢在我家老屋正堂内，在黑漆漆的屋脊上，被常年的烟熏火燎熏染成了我家的颜色。高处的燕子总是最先闻到炊烟里的悲喜和愁乐。怕熏着燕子，母亲做饭尽量少弄出些烟，而且一定要在天黑前把晚饭做完。母亲的炊烟总是在呼唤着我们，也在期待着燕子归巢。这烟火停了，炊烟散落，我们回家吃饭，燕子回窝睡觉，我们和燕子一起进屋。

抬头是燕窝，生灵在高处，家里就更有生机。燕子成了母亲的教科书，"贫贱不怕，要和睦勤劳，要不，连燕子都瞧不起"。于是我们乖巧了许多，言谈举止逐渐从一个个野孩子变得安静起来。燕子来筑巢，是看上了我家的和睦安宁，我们要对得起小燕子对我们的信任和看重，年少的我们尚且不懂母亲借小燕子教习我们礼仪的一片苦心，但是已经能以一片圣洁之心，仰望我们屋顶的生灵。

尽管和许多穷苦的家庭一样捉襟见肘，但父母的和睦一直是我童年里的温暖阳光。记得一个夏日的午后，我和小芹欢欢喜喜去她家，结果她娘抹着嘴角的血在院子里哭，她爹在屋里大骂。我情绪压抑地回到家，父母正在树荫下包饺子。母亲说今天入伏，没肉就包素馅饺子吃，得把节气过得像个节日。他们一边包着饺子一边轻声地说话，看我不高兴，母亲就说："嫚，你看燕子在数数呢，你跟它比比谁数得快？"于是母亲把燕子的呢喃变成了极快的一到十的数字"一二三四五六七八九十"，我听了哈哈大笑。那个父母在包饺子，我在桃树下和燕子比数数的傍晚，永远烙进我的记忆里。

燕子会改变家庭，也会被家庭改变。家燕虽然品格高，不会把粪便拉在屋里，但是，如果这户人家不讲究，它也就渐渐放松了对自己的要求。若不是勤劳的人家，起得比燕子晚，燕子就会毫不客气地将粪便拉到厅堂，因为它没办法及时飞出去。家有燕子，母亲总是早早起床开门将燕子放出去捉虫和打扫自身。爱睡懒觉的我，渐渐在燕子的欢叫中醒来。母亲说，一群燕子在丝瓜架上开会呢，是商量什么事呢？邻居家的燕子孵出小燕雏来了，看看，它们的姑舅姨妈都来看望了。燕子的生动生活实在是比被窝更有诱惑，我渐渐也养成了不睡懒觉的习惯。"哪里有什么家燕游燕，是燕子的品性不一样罢了，就像人一样，当好人自然是辛苦，可是总不能当进不来家的游燕吧。"

母亲这样说。"把家燕生生逼成了游燕，能把游燕养成家燕的人家才真正了不起呢！"我那时候听不懂母亲这句话，并不知道这是她对村上家庭教育的精彩点评。

黄昏时候，燕子好像格外兴奋，它们成群结队在电线上聚集，一次次在庭院上空俯冲，在硕大的白色葫芦花前掠过，在弯弯的眉豆角前啁啾。它们灵动的身影让晚霞更可爱，让炊烟更安闲，让童年的记忆更温馨。

秋叶飘零，燕子匆忙启程，空落落的燕窝让人惆怅。燕行在外的日子，母亲看着空空的屋梁沉思："燕子走到哪里了呢？"她也扳着手指数算："七九河冻开，八九燕子来，快回来了。"屋檐下的冰凌一点点化尽了，屋后根的残雪也钻进了土地，小燕子啁啾一声，扑进了春寒尚浓的庭院，和母亲的惊喜撞个满怀。小燕子没有辜负她的期盼，一年年在料峭春寒里返回梁上，而她自己的小燕子却一个个地飞走了。在县城安家的我和大哥，在京城漂泊的二哥，熬苦了母亲期盼的双眼。我们蜻蜓点水般的归来飘忽不定，竟不如燕子守时，年年和母亲做伴的，竟然是那窝燕子。

"燕子不进愁门，老鼠不坐空仓。"谁家都能养一窝燕子吗？养着燕子的人家或许并不比别家宽裕，也有许多生活的漏洞需要填补，但是他们常常在无望的时候想到燕子，也没有谁替它张罗，还不是自己建屋、自己打食吗？燕飞千里不缺食，那些穷困的人就在田里刨了一遍又一遍，决不把落漏的果实烂给土地；坡上能吃的能用的野菜草根，都划拉回来，归到粮仓或者草垛，只要能燃起生活的暖，他们都不嫌弃。

老屋拆掉时，我暗自流泪，鱼篓形状的燕窝已经破旧不堪，但是依旧没有空，我不知道住的是当年那对燕子的第几代儿孙。一座新房盖起来，但是，那砖换了，梁撤了，瓦是崭新的，没有淋过一滴岁月的雨水，那是我们的家，没有了母亲炊烟的家，那曾经在我家梁上筑巢的燕子，还会再来筑巢吗？

后来，父亲随我们进了城，老家的新屋就像一只空空的燕巢，只剩下一个念想。如今，原先的一梁一椽都不在了，这崭新的家，如何能承载我们沉甸甸的往事？燕子归来寻旧巢，我们的燕子，再来的时候，将依附于哪根屋梁？而我们再回来时，那崭新的房屋能承载什么？母亲的巢已倾，父亲的巢已迁，我们徘徊翩飞，究竟要落在何处？翩飞在天空的燕子啊，难道你也像我们一样寻家不着？

春节回家过年是我和哥哥执拗的坚持，哪怕老屋不在，娘亲不在，我们依然要回到那个烙下刻骨记忆的地方虔诚厮守。我和二哥沿着雪地里的沟畔一直走到西河，我们说起河沿上我家那块承包地和旧日的河塘，那栽着速生杨的地里，承载过我的童年汗水。我们一家人如今在这个村庄没有一寸土地，我们这些"城里人"却年年来这里过最隆重的节日。我还在门外的一墩棘子树前照了相。翻建老屋就像一场洗掠，这丛棘子树是家留下的唯一旧物。

忽然记起，梦里流淌的那首歌是《归来的燕子》，"越过大海，你千里而归，朝北的窗儿为你开，不要徘徊你小小心怀，这里的旧巢依然在。"我们的燕子到哪里去了？燕子你听到了吗？旧巢还在！

我常常听着这首歌，想着明天的路程，明天，会不会遇到那翩飞的燕子，我家曾经的燕子？

原载《山东文学》2019 年第 2 期

从清明日到桐花逝

陆梅

我的脑海里翻涌着很多儿时的"浮世风景"，万花筒般，转出来一个，又一个。青翠的竹林，汩汩流淌的河水，年年春天飞临的燕子、喜鹊、布谷鸟，扁豆叶上的七星瓢虫，砖墙缝里的蜜蜂，菜园里的黄白粉蝶，绿翠红嫣烂漫一片的紫云英……我的拙笔怎么描绘也是徒劳，谁的家乡不美，谁的童年不值得回味。鲁迅的《朝花夕拾》、沈从文的《湘行散记》、汪曾祺的《晚饭花集》，杨绛、宗璞、孙犁、黄永玉……很多前辈们笔下的文字早就道尽故乡童年的美，那么我的回忆是为哪般？也许，换一种视角更能抵达童年和故乡。

2018年4月5日。这一天是清明日。前晚已和父亲说好回家。早上起来看天，不晴不雨，轻阴混沌着，倒是契合了这样一个节气上的心情。临时决定不开车，轻装简行，就背一个双肩包，包里装了几盒青团和一瓶路上喝的水，搭地铁＋步行回松江车墩——父母从老家搬出后住的地方。心里还有一层心意，想以"慢"的方式去"认一认"爷爷的墓地。老家拆迁后，爷爷的墓迁出已三年，可我竟还不知他的"新家"在哪儿，父亲总顾念我的忙碌不让我为家事分心，我心安理得地接受着，总是要等到事情累积了很多，才想着去做。

地铁探出地面攀升到城市的半空，我的视角望出去，恰好和两边忽闪的树等高。我戴上近视眼镜，这一看可是耳目一新，我采到了一整个春天的新绿，真真这才是春天的生机和盎然。水杉、香樟、柳树、碧桃、梧桐……各种新嫩枝条和叶芽疏朗地生发着，新绿叠旧绿，眼睛所及碧青如洗。水杉的旧叶早已褪尽，枝条上层层对生的羽叶状鲜绿倏忽一闪，小脚丫般扑进心坎，耳边唤起刚出笼的小鸡小鸭毛茸茸的唧唧声。接着是香樟，满头满脑的深绿青绿和黄绿。香樟树是一种奇怪的树，它的春天和秋天仿佛是一起来的，就在清明的春风里，旧叶还未落尽，新叶就葱茏着长出来了，乍看去层层深浓不一的绿挤挨着密不透风。可真要在树下走，你就发现了秘密，风过处，一地的老叶子，鼻翼间一股醒神好闻的清香。这是江南长大的孩子都熟悉的味道，谁家没有一件老祖母和母亲流传下的香樟木箱子。

地铁隆隆，匀速开往郊外，窗外景致渐渐起了变化，视野更阔静，一棵两棵的落叶乔木打你眼前一晃，也不知是梧桐还是榆树朴树。枝丫纵横舒展，在朗阔高天里孤立着，叶芽儿才刚萌出，想起作家黑陶一句话："疏朗静美处，有繁盛清劲。"又一闪，远远看到一树树的桐花正肆意盛放，惊鸿一瞥在桥畔、水边、村舍旁，白桐贞静，紫桐磅礴。啊，那盛放的美真真没法用言语来形容。课本里说到的烂漫就该是这景象吧。

以为这就是春天了，可春天于我还只是个引子。站累了，找了个位置坐下。拿出手机看微信，偏就这么巧，朋友圈里作家好友潘向黎在说桐花，"每回看到桐花，都会暗暗感叹：这种凄艳突兀，简直是唐诗中的李贺。这种亮烈不群，却命如纸薄，又是《红楼梦》里的柳湘莲。""桐花是清明之花。《周书》记载：'清明之日桐始华'……清明是祭祀和怀念的节日，因此这个时候盛开的桐花，唤起的感情多少有几分哀愁和悲凉……"

桐花是清明之花。这么说此刻我和一树树的桐花照见是冥冥中的感应？心里是一惊一喜一叹，遂又一定，老僧入定的那个定，就这么端然静坐了许久，才长吁一声，站起——到站了。

不是不识江南的泡桐树，也不是没留意过泡桐花开时的景象。可是，景也，情也。就在这样一个早春，就在清明之日，我和桐花的遇见竟似一场生命约定。

这天晚间回了自己家，我信手从书架上抽取一本《银锭桥西的月色》闲翻，不意却读到这么一句："似烟花初绽，亮烈而贞静。"——又是"亮烈"！写的正是桐花。

清明和亮烈分明像是一对反义词，清明是收的，亮烈外放；清明静，亮烈闹，用亮烈来形容桐花，真真是"亮烈不群"！不会是李贺的诗文？手边没合意可查的书籍，又不想网上搜来"唐突"了桐花。到底，用亮烈来平衡清明的落寞伤怀也是合了心境。这才是桐花的气度。长得高大磅礴的泡桐不是柔弱的花树，它有烈烈男儿气。

桐花开在我脑海里竟成了一桩心事。为的一句"清明之日桐始华"，我还真查到自己城市有将它植作行道树的，就在普陀区的子长路和宜川路。第二天我奔它而去。眼前街巷，左右两排桐花树绵延盛放，紫色、白色的花束一串串垂在枝头，花朵风铃般硕大，树都已有年头，虽有养护工人任意肢解的旧痕，但仍身形高阔洒脱。阳光很好，几无路人，一阵大风，枝上桐花啪嗒啪嗒往下掉，我站在花荫里，一朵一朵的桐花落在了我的发上、身上。鼻翼间有淡淡花香。

眼前都是和桐花有关的意象：桐花落、桐花荫、桐花春、桐花香……潘向黎文章里还引出一个"桐花冻"。晚清词人况周颐《蕙风词话》云："蜀语可入词者，四月寒名'桐花冻'"，说是四川人把清明时节的乍暖还寒、凄风冷雨天气唤作"桐花冻"，喜欢植物的巴蜀人当真是解花人，这桐花冻真合这节气。以为桐花的意象已够壮观，偶然间又看到一个"桐花祭"——在台湾，每年的四月桐花盛开时节有一个类似日本樱花祭那样的节日，叫作桐花祭。台湾的桐花大概是油桐花吧？白色居多，在花下铺席而坐不知是怎样景象。樱花是飞雪一样纷纷扬扬的，视觉上轻盈，桐花到底花朵硕大，啪嗒啪嗒往下落，有形有声，太酣畅也太张扬了，明明是感时伤生，却又那么大的动静……果然在桐花面前不必悲切哀伤。花开繁盛，向死而生，送走死，迎来生，天地万物不就是这样循环往复的吗？

看到一个说法，说桐花是雌雄同体，一棵油桐树上的雌花和雄花就在树上传粉，雌花受了粉以后会结出一个油桐果，为了把养分留给雌花，雄花就豪气地离开枝头……这么说，在清明的风里纷纷开且落的都是雄桐花？也不知这说法是否经得起科学推敲，我且信它。啪嗒啪嗒往下掉的桐花真就是男儿花。

李贺7岁以长短诗名动京师，横溢才华却只活了27岁，记得初中语文课本里有他的《雁门太守行》，凝稠悲声确乎和黄昏中的紫桐同调。桐花是"殿春花"，花谢了，春天也就老了，恰是韩偓的《惜春》："……一夜雨声三月尽，万般人事五更头。年逾弱冠即为老，节过清明却似秋。应是西园花已落，满溪红片向东流。"

地铁下来，竟起点点雨意，罢了步行回家的念头，打车到父母家。父亲刚烧好一桌好菜，这个寒食节怎么也不该拂了父母好意，于是洗手尽兴吃饭。

饭后由母亲陪着去爷爷墓地。这个叫灵憩园的墓园竟只有一河之隔，过桥即到。脑海里翻出一句话："我们过桥，是为了从此岸到彼岸。"

一直以为河的对岸是一片种植苗木的园地，不曾想因村落拆迁而不得不迁坟的人家有那么多，这个临时启用的墓园就安在了小区对岸的"苗木林"。彼岸有一条火车线通金山，小火车日日隆隆驶过，真真还有安宁？

桥也是新建的，造得夸张——不如看作是仪式的强化吧——不宽的河岸上架了一顶很高的桥，钢铁坚固，刷成银白色，拾级而上，要跨很多级，忘了数了，不会是九九八十一级？上桥和下桥的，人来人往，很多人手里提了一笼笼稻草编的直筒笭筐，上有尖顶盖子，提绳穿着。这个草笭筐还真新鲜，竟是头一回见。问母亲，说是里头装了叠好的纸元宝，一并烧给先人。难怪有人手里拎着个大铁桶。下桥，眼前一条长长的甬道，两边松柏和一些常青树交错，松柏新植，不及碗口粗。倒是荒长的藤蔓和野草花生机勃勃，这就遇见了阿拉伯婆婆纳。墓园的入口处，蓝色小碎花星星点点。我蹲身细看，感觉花瓣上的深蓝放射状条纹光芒四射，一下灼烧了眼。

阿拉伯婆婆纳也是清明花，开在早春的清明。但是阿拉伯婆婆纳的生命力要强健得多，它匍匐在地，只一息尚存，就拼命地蔓生野长。它是泥地里开出的最朴素无闻的小野花，从早春二月直开到五月初夏。杭州的周华诚也喜欢阿拉伯婆婆纳，他在文章里写道："那时我并不知道它的名字。它细小的花朵，细小的蓝色花瓣，极简的四瓣造型，居然可以美成那样。花瓣上一丝一丝的深蓝脉络，像皮肤下的静脉。"

　　说得真好。形容花瓣脉络"像皮肤下的静脉"也独特。仔细看你手背，把手握成拳，手背上的静脉清晰可见，一条一条就是深蓝色的。喜欢阿拉伯婆婆纳的，大多有过乡村记忆和童年生活经验。而且，更重要的，都喜欢自然和植物，再粗犷的性格也都有一颗柔软的心，我用这法子寻找同类屡试不爽。周华诚的这段文字勾起我的记忆。夏天晚上我们全家在场地上纳凉，爷爷挥着蒲扇打瞌睡，我拉过一个小板凳坐他边上，我摸他腿上凸起的"蓝蚯蚓"，那是长期劳作静脉曲张的缘故。弯弯曲曲的蓝蚯蚓摸上去一跳一跳，感觉像是一条条的深蓝色河在流。小小的阿拉伯婆婆纳开在爷爷身体里，汇成大江大河……

　　突然发现，同是清明时节的花，"节过清明却似秋"的桐花和生命力旺盛的阿拉伯婆婆纳，落差如此大的两种植物，竟然都是玄参科，竟然都开蓝紫花。清明是蓝紫色的，死之寂寥和生之欢欣，交织在这一日。蓝紫色也就是偏深一点的蓝。少年不识愁滋味的年纪，最喜欢的颜色就是深蓝。其实现在也喜欢，只是这喜欢里添进了无尽的苍茫，脑海里浮出小林一茶的俳句：露水的世啊，虽然是露水的世，虽然如此……

　　墓园竟不是我以为的样子，没有墓碑，简单到只有一个名字，挤挤挨挨刻在水泥阶石上，排成一排排，相隔他人的名字只一个拳头的距离，名字和名字间种着一棵棵小松柏，连成条状，分明就是绿化带。母亲说，这样的一丁点位置都还抢手得很，不容你犹豫……

　　我确是没有做好准备。看着爷爷的名字，满心怅然，甚而觉着不可思议的荒谬。眼前周围，有人哭的哭，烧的烧，小孩子笑闹着呼来跑去，年轻人则以踏青般的心情谈笑赏花，远处亭子里站着看风景的人，一排排晚樱艳得跟桃花一样清扬。天也放晴了，春光明媚如许。如此各怀心思，倒是一场奇怪的生死相聚！

想起动画电影《寻梦环游记》，也是过奈何桥，12岁的墨西哥小男孩米格尔为寻音乐梦，一路踏上撒满万寿菊花瓣的金色桥，从此岸到达彼岸。在那个往生者的世界里，死者可以看到生者，若是死者见到亲人前来祭奠，那么他在彼岸世界里就有立足之地。倘使从此不再有亲人记得，不再有人间的惦念和记忆，亡灵在那个世界就会彻底灰飞烟灭……眼前景象何其相似！原本，人世间所有的装饰都仅仅只是一个点缀，能有年年岁岁的相聚和惦念才是最好的安慰。爷爷也是这么想的吧？

火车隆隆驶过，自北而南，恰就是我从上海出发往家乡的方向，总有一列会在墓园附近停靠三分钟。生和死就这样又聚在了一起。能聚一起就好。枕着这铁轨声，长眠地下的爷爷会不会习惯这隆隆的波动？——仿如风从山冈来的永恒。

原载《散文选刊》2019年第4期

面朝大海（节选）

杨海蒂

大海的呼唤

故乡在山川锦绣的江南，大海，对于儿时的我来说，是那么的遥远和神秘。那个天真烂漫的小女孩，因为安徒生童话故事《海的女儿》，对大海充满了无穷的遐想：大海一定很美很美吧？要不，她怎么会有"小美人鱼"那样一个美丽、善良、多情的女儿呢？

及至豆蔻年华，父亲豪迈铿锵的歌声，字字句句落在我心坎上，"我爱这蓝色的海洋，祖国的海疆壮丽宽广……我爱大海的惊涛骇浪，把我们锻炼得无比坚强……"我对大海更是充满了无尽的向往。

终于，我见到了大海。琼州海峡，天蓝如海海蓝如天，曾经，解放军在此渡海铁流滚滚，而眼前，在灿烂阳光的映照下，她就像一匹闪闪发亮的蓝色锦缎。微风轻拂着海水，海水泛着层层粼光，海波与沙滩私语，海鸥在空中盘旋，海面百舸争流，渔民撒着渔网。天地间，万物祥和。

我的心灵一点点融化，融入眼前这片辽阔、深邃、壮丽的海域中。我一动不动地凝望着、凝望着，仿佛看到了大海深层的战栗、听到了她永恒的喧哗。当我将视线转向大海的上空时，脑海中又回荡起少年时代的誓言："我一定要去看大海！"泪水渐渐迷蒙了我的双眼。

本是海南岛匆匆过客的我，灵魂被广袤神秘的大海摄吸住了。或许这就是冥冥之中的不解之缘吧。我留下来了，留在了祖国第二大美丽宝岛，走向不确定的未来。

我成了"海的女儿"。从此无论是啜饮了生活的甘泉，还是尝到了命运的苦酒，我都会来到大海边，或者将欢笑撒向海滩，或者让泪水汇入海水。大海包容着我的一切。我的心灵越来越开阔，我的生命越来越坚强。感恩大海，感恩海南。

西岛女民兵

碧波万顷，海天一色；绿树掩映，百花争艳；鸟翔鱼游，涛走云飞；老人惬意地躺在吊床上闲聊，孩子们快乐地在沙滩上嬉闹；男子捕鱼，女人织网……这一幅幅生动画面，这一片片美丽景象，组合成一个海上世外桃源——西岛。

西岛形似玳瑁，全称西瑁洲岛，挺立于南海中，被三亚湾环抱，面积近三平方公里，由树木、草地、山体、沙滩、珊瑚礁以及村庄组成。远远望去，小岛被绿色全覆盖，宛如一块巨大的绿宝石。西岛茂密的植物中，终年跳跃着珍贵的野生猕猴、翩翩起舞着珍奇的金丝燕，如果你运气好的话，还能意外收获到难得一见的海岛珍品——燕窝。

东瑁洲岛像一只昂首前行的巨鳌，与西瑁洲岛交相辉映，两座小岛构成掎角之势，活像"南海的两只眼睛"。东岛、西岛都是南海的国防前哨，同为从南海领域通往三亚的海上咽喉，战略位置十分重要。

驻守东岛的海防连是祖国最南端的陆军连队，西岛则主要由岛上的女民兵守护。20世纪70年代的著名影片《海霞》，就是以西岛女民兵为原型，影片主题曲《渔家姑娘在海边》优美抒情，唱遍大江南北："大海边哟沙滩上／风吹榕树沙沙响／渔家姑娘在海边／织啊织渔网织嘛织渔网／高山下哟悬崖旁／风卷大海起波浪／渔家姑娘在海边／练啊练刀枪练嘛练刀枪。"

西岛女民兵，有着怎样的历史与光荣？

20世纪50年代末期，退守台湾岛的蒋介石扬言反攻大陆，毛泽东因此强调"要藏兵于民""兵民是胜利之本"、倡导"大办民兵师是不分男女的"。为增强南海前哨的防御力量，1959年8月1日，海南军区授权崖县（三亚旧称）人民武装部在西岛成立女民兵炮连，作为战时西岛的主要防御力量。很快岛上八个女孩积极响应，年龄都在18岁左右。她们力主"妇女能顶半边天"，苦练杀敌本领，不久"八姐妹炮班"在岛上、海上有了一定的威慑力。

围绕她们的风言风语也随之而生，"女人操枪弄炮的，找不到婆家""炮声震了生不了孩子"，等等。"八姐妹炮班"中的六位姑娘打破岛上"好女不外嫁"的旧传统，嫁到西岛外成为军嫂，更是惹来流言蜚语，后来她们都当了母亲，谣言便不攻自破。

榜样的力量是无穷的。西岛上越来越多的女子要求当民兵。1969年8月1日，西岛女民兵连（也称"娘子军连"）创建，人数超过100，西岛女子"全民皆兵"。

声名远扬的西岛女民兵，接受过刘少奇、叶剑英、聂荣臻、徐向前、罗瑞卿等党、政、军领导人的检阅，也接受过罗马尼亚、朝鲜、阿尔巴尼亚军事代表团和柬埔寨西哈努克亲王等国外政要的检阅。郭沫若在全国人大常委会副委员长任上视察了西岛，为西岛女民兵题词："小豆夹花树树黄，珊瑚处处砌为墙。榆林港内东西瑁，睁大眼睛固国防。"

　　几十年来，代代承传的西岛女民兵，海南岛上的新时代"红色娘子军"，先后进行过近百场次的85加农炮实弹射击表演，均取得优秀成绩，被誉为"爱红装亦爱武装的光辉典范"，被授予"南海长城、巾帼尖兵"锦旗。光彩夺目的她们，是新时期海南女性的荣耀。

　　艳阳高照的又一个8月1日，我随《解放军报》记者组乘坐海军军舰来到西岛，观摩西岛女民兵为重要来宾举行的一场盛大的实弹炮击表演，姐妹同炮、母女同炮、婆媳同炮、三代同炮令人大开眼界，弹无虚发炮炮命中令人肃然起敬。表演结束后，我采访一个长相俊俏的女民兵，小姑娘名叫阿花，刚满18岁。我问："你们当民兵，没有任何阻碍吧？"她低头拘谨地说："没有啦，都很支持。"其羞涩之态，与刚才装弹、射击时的英姿截然不同。我又问："你有心中偶像吗，是韩国明星还是港台明星呢？"这回她回答得干脆利落，泼辣的眼神使她与电影《红色娘子军》中的吴琼花颇有几分相似，"我们的偶像是红色娘子军！"她说的是"我们"，旁边的几个女民兵使劲地鼓掌。

　　我也为阿花喝彩。因为"红色娘子军"情结，不少海南女子名字中或有"琼"或带"花"。

　　近年来，西岛对外界撩开了她神秘的面纱。水阔潮平的西岛，是开展海上运动的天堂，在这儿，摩托艇、拖曳伞、海钓、香蕉船、皮划艇一应俱全。西岛周边海域的海水洁净清澈，是世界公认的潜水胜地。西岛有国家级珊瑚礁自然保护区，奇形怪状光泽悦目的海洋珍稀动物玳瑁，经常出没于红珊瑚、扇子珊瑚、鹿角珊瑚、葵花珊瑚、冠状珊瑚中。五彩斑斓的狮子鱼、小丑鱼、青衣、神仙鱼，精灵古怪的海星、海葵、海胆、海螺、海蜇、珍珠贝……也在此安家落户，它们的游弋与隐匿、美丽与奇异，让这里成为一片迷人的海底世界。

沙滩上、榕树下，依然是西岛女民兵编织渔网的动人身姿。

守望

小桥流水，廊转花回；荷风轻拂，泉飞石立；亭台楼榭，曲径通幽；鸟翔鱼游，云动树移……在这样的美景中，搬一只小竹椅，在花间树下惬意坐坐，听听莺声燕语鸡鸣狗吠；或如一只野鹤，在林荫道中随意走走，看看奇树异草山花烂漫；也可像一片闲云，飘于北山泊于南岭，采一束野花，摘几串瓜果……亲切、温存、随意、自由自在，如此这般陶渊明笔下的田园诗意境，我又一次领略到了，在琼海伊甸园山庄。

四年前第一次来到这儿，当时就有置身"伊甸园"之感，徜徉其中，我与朋友们流连忘返。花开叶落斗转星移，春去秋来四载，伊甸园山庄庄主林保森先生笑吟吟地对我说，回头客人是我们最尊贵的朋友。

林先生是海南省政府命名的"海峡两岸（海南）农业合作试验区、休闲农业示范基地"的创办者，他将休闲观光农业首引到海南，民主党派中央领导和无党派人士代表考察团就推动两岸政治谈判、经济合作和"三通"问题对海南省进行考察时，选择的第一站就是伊甸园山庄，国宴上的杨桃、番石榴出自伊甸园山庄。

但林先生是个很低调的人，对于自己的成功、成就，他总是避而不谈。或许低调的人才能走得更远？

当年为伊甸园披荆斩棘、种花栽树的情景还历历在目，一晃却是30年过去了，林先生感慨万千。他说1988年海南建省时他过来的，海南给他的第一印象太好了，"东北、深圳、江浙我都待过，找不到这种感觉，现在我两只脚已深深陷入海南。"是海南老百姓尤其琼海乡亲们的淳厚质朴使他留了下来，也从此改变了他的生活。他早已"将生命托付给了琼海"，年轻漂亮的四川籍妻子和天真可爱的两个女儿，也全都成了琼海人。"都是缘分。"他笑笑，他的笑语简短苍劲，但似乎说透了一切。

正闲聊着，忽然一只小松鼠驾临，我惊喜地奔向它，小松鼠鼠窜而去。林先生告诉我，总面积为1500亩的伊甸园山庄里，栽种的各类树木上万棵，水果有杨桃、枣子、番石榴、香水柠檬以及海南最甜的西瓜等，因此这儿成了不少珍禽走兽的乐园，山庄里有几十只孔雀、几百只野鸭、几千只鹩哥，有松鼠、狐狸、大蟒蛇，还有六只海南快绝种的皇冠啄木鸟，等等。林先生反对对大自然的掠夺性开发，在伊甸园山庄里，他要尽可能地体现出人对环境的关怀，体现出人文关怀与自然环境的切合。

我沿着"菩提小路"，走过"和平鸽舍"，经过"孔府大院"（孔雀园），在"低头坊咖啡屋"小饮，聆听"星象广场"上的秋蝉声此起彼伏。海南的星星数量很多，夜幕下显得特别干净，这么多、这么干净的星星，在台北是看不到的。那时候，他铺张草席在旷野的"星象广场"上露宿，体味着康德的心声：世上最美的东西，是天上的星光和人心深处的真实。

伊甸园山庄不仅维护着极好的生态环境，也处处是文化生态。懂得生活艺术的人，可以从平凡枯燥的事物中看出趣味来。

"人的痛苦来自欲望，欲望越多，人越痛苦，生活越简单，人就越幸福。人的幸福全在于心的幸福。人要懂得本分、知足、感恩。珍惜，才是福气。人要惜缘、惜福。有宁静，就享受，没有，也不强求。"林先生的话平淡中有深意。养心莫善寡欲，至乐无如读书。伊甸园山庄，更大意义上来说是林先生的精神家园。

　　林先生用这种"简单"的人生观教育和培养孩子。他不送小孩到国外上贵族学校，他说，小孩要长久在这儿生存，就必须本土化。他两个女儿都在琼海的普通小学念书，都会说流利的海南话，各自结交了不少本地小朋友。林先生教导孩子：念书很重要，但念书只是基础，读书的目的应该是训练技能，以及培养人格、气度和对自己负责任的人生观。人有好身体，有优秀的人格，足矣。

　　不知这是山庄主人的本色，还是他返璞归真后的状态，总之，在平常中追求超常、在超常中保持平常，一般人是很难做到的。

　　"您理想中的人生最高境界是什么？"我问。

　　"不敢想，没胆量去想，至今还没去想过。'活在当下'，日子过得平安就好。已有的福气要多体味，还没来的福气不是福。人生无常……"林先生说着，目光迷茫起来。看来他是一个带着悲观情调的乐观主义者。历史的浩瀚、宇宙的广袤，最终显示出人生的无奈和个体生命的渺小，而这些感悟，显然他早已用生命的大悲大喜参透了。

　　对于海峡两岸关系，林先生则非常乐观，他说："不管过程如何艰难，最后肯定会和平统一的，因为大团圆的结局最符合我们中国人的心理和利益。21世纪，世界是中国人的世界，应该有一个很团结的中华民族。我坚信自己能在伊甸园山庄里，守望到两岸统一、同胞团圆的那一天。"

　　这是一种明智的乐观。

思想起

时光容易把人抛。恍然回首，我离开美丽的海南岛，离开生活过整整十年的海口市，也有好些年头了。

每每思绪飞回时，解放西路总是首先浮现于脑海。新华书店里，我多少次买过书也曾签名售书；斜对面的电影院，不少座位上可能还留有我的泪痕。每当看到三轮车，便会想起博爱南路的服装批发市场，想起头戴竹笠脚踏三轮车穿梭其中的海南妇女。中山路的东南亚风情骑楼，在我梦里出现过多回。和平大道、长堤路、龙昆北路、龙昆南路、南海大道、金盘路这一串线路，直到现在，我闭着眼睛依然能摸过去。

最忘不了的是"海口明珠"海甸岛。海南十年，我一直住在海甸岛。

海甸岛临江傍海，四周碧波万顷，有"中国威尼斯水城"之称，可惜我不会游泳，只到附近的海南大学游泳池狗刨过几次，生生辜负了身边这个"威尼斯"。海甸岛上的海甸溪，终年绿成一条翡翠玉带。

海甸二东路热闹非凡，大排档一家挨着一家，肠粉、清补凉、文昌鸡、加积鸭、和乐蟹、东山羊……"舌尖上的海南"在这儿应有尽有。几张桌子和一群凳子的组合，便是最受市民欢迎的"老爸茶庄"了，不到打烊时分，客人始终是满满当当的。刚坐定，一杯茶立即就放到了眼前，接着就有端着竹筐叫卖小吃的妇女趋前，多是澄迈花生，煮的炒的由着你挑。擦皮鞋的男子、捧玫瑰花的少女、弹吉他唱歌的流浪艺术家……鱼贯而来，熙熙攘攘的场景似一幅《清明上河图》。

民以食为天，这句古训在海口得到了很好的诠释。海口最大规模的食街叫金龙街，大概老板起名时想到了"饕餮"是龙王的儿子吧。

夜幕低垂，海甸三东路的酒吧一条街，是文人雅士、红男绿女的"好一个去处"。令海口人得意的是，它比北京三里屯酒吧一条街更有排场更富情调。且不说"哈瓦那""苏格兰牧场"之类煽情的名称，也不说"昔日情怀""至少还有你"的神秘氛围，单是门外那闪烁变幻的霓虹灯，就能勾住人的魂，让人欲走还留。不过海甸四东路上雅致的绿园茶馆、安静的鸭尾溪咖啡厅，才是我的"菜"。

月光清辉的夜晚，窗外的椰子树影影绰绰，总会引诱得我心猿意马，一溜烟就到了白沙门海滩。凉风习习、涛声阵阵、帆船点点，沙滩上的小木屋风情万种。呼吸着甜丝丝的空气，我有些恋爱般的陶醉。

再往北，海甸岛既接壤繁华又远离喧嚣。

大学校区、外国语学校、富豪宅邸、星级酒店，大多坐落于海甸岛。随着国际知名品牌酒店陆续入驻，寰岛、燕泰、金海岸……这些曾盛极一时的大酒店，如今风光不再。海达路上的"海口最大别墅群"，见证了海南岛从"最大经济特区"到"国际旅游岛"的变迁、兴衰、沉浮。"一桥飞架南北"的世纪大桥，也已成明日黄花。"海甸岛新外滩"正在崛起，目标是"国内最美丽的海上家园"，让我这资深岛民心生憧憬。但我另有盘算，在琼州海峡对岸、距海口秀英港也就十多海里的海安，由我艺术老师徐玲玲的弟弟、新徽商徐小健先生领衔打造的"蓝海城市广场"性价比超高，在那儿倚窗眺望海口美气得很呢。

"美容美发"业在海南格外发达。在海口十年，我没少进美容美发店，洗发吹干、肩颈按摩一条龙，只花十元钱，享受一小时。定居北京后，起初最不适应的是不得不在家自己动手洗头发，每到这个时候就特别怀念海口。海口的足浴（疗）馆同样遍地开花，服务周到价格厚道，男女老少贫富贵贱都爱去。

在海口，无论政要、商贾，文人、雅士，农夫、车夫、引车卖浆之流，都能过得很滋润，都能找到最佳的自我感觉。海口给她的每一个子民，都会打上深深的生命烙印。

原载《红豆》2019年第9期

毛笔西施

刘江滨

刚入夏，太阳就放射着灼热的光芒，热气扑面袭来。石家庄市棉一立交桥古玩市场，熙熙攘攘，人语喧哗，我刚转了一圈，额头就沁出了汗珠。在市场临近马路的边缘地带，我看到了毛笔西施的摊位。

说是摊位，其实也就两张摊开的报纸那么大，上面摆着各式各样的毛笔。毛笔西施坐在小凳子上，正在热情地给顾客介绍毛笔。她60多岁，一头染成微黄的波浪卷的头发，上穿藕紫色外衣，脖子上系着一条项链，下着黑色方格的裤子，脚蹬一双跟上衣一样颜色的鞋子，挺时髦的一位老太太，怪不得人们称她为"毛笔西施"。只是她脸上的皮肤如核桃皮，皱纹密布，写满了人生的沧桑和辛劳。

毛笔西施本名徐银花，江西进贤人，她的老家被称作华夏笔都，人人都会做毛笔。20年前，她和丈夫来河北做毛笔生意，先在衡水开了一个店面，生意不太好，七年前丈夫回了老家，她则投奔在石家庄打工的女儿，从此在石家庄安营扎寨，摆摊卖毛笔。丈夫在江西老家负责制笔，把货发过来，由她来卖。一年前女儿也回江西打工了，如今只剩下她一个人。她把租的两间房子又转租一间，可以节省一点开支。

我蹲在摊位前和她攀谈起来，她很健谈，虽带着些江西口音，但普通话说得还不错。不时有人过来看毛笔，她根据顾客的情况，推荐给他们适合的毛笔，什么狼毫、羊毫、兼毫、猪毫，什么行、楷、篆、隶，门儿清。她的毛笔有5块钱1支的，也有100块钱1支的，顾客尽可以讨价还价。有的笔杆是天然的竹竿，淡淡的绿色，散发出植物清新的气息。在比较精致的笔杆上，还雕刻着她丈夫的名字，她说那是听了一位书法家的建议，给自产的毛笔打品牌。她很实在，也很精明，笑靥如花，给人以信任感。她说，有一次一个书法家来买毛笔，问好使不好使，她说你拿走几支试试，不用给钱，如果不好使你把笔退给我就行。几天后，那位书法家又来了，还带着10来个人，高兴地对她说，买支好使的笔，比找个好老婆都难，你的毛笔太好用了！这些人一下子买了一万块钱的毛笔。徐银花说，石家庄的文化人多、人好，一年能挣个两三万元，所以，我舍不得离开。当然，挣钱也很辛苦。只要不是极端恶劣天气，或者生病，徐银花每天都会出摊。有时骑自行车，有时坐公交车，石家庄市凡是古玩市场都留下了她的身影，许多人都认识她。她不仅摆摊，有时还到各个大学尤其是老年大学兜售毛笔。中午饭常常自己带着，放在保温壶里，有时在市场买几个馒头凑合一顿。

我有点不太明白，丈夫、女儿都回老家了，徐银花年逾花甲，何必一人独自在异乡苦苦打拼？徐银花对我讲述了她惨痛的受骗经历。十几年来，她辛辛苦苦积攒了30来万元，本想在石家庄买一套房子，但她老头儿不同意，说，家里那么多房子，干吗还要在外地买房子？当时买房还差个10来万，就想着除了更勤快地卖毛笔挣钱，还得理财，让钱生钱。没想到，陷入了一个骗局！徐银花说："刚开始，给的利息确实很高，那家公司还组织去新马泰旅游了一趟，我也算出了一趟国，觉得挺划算，就加大投入，后来把30万元全投进去了。谁知，那家公司再也找不到了，被骗了个精光！那时，我死的心都有啊！天天哭，吃不下饭，睡不着觉，一下子瘦了十几斤，几天工夫头发全白了！我实在想不通，自己每天这么辛苦，从来没害过人、坑过人，靠诚实劳动过生活，怎么老天这么不长眼，让我这么倒霉，所有积蓄一下子全打了水漂！过了几天，我从床上爬起来又出来摆摊，人们说，出了这么大的事，还有心思摆摊啊。我说，日子还要继续过下去，不摆摊又能咋样？"徐银花在讲这段经历的时候，语气平静，好像在讲别人的故事。徐银花是一个坚强的女人，她没有不停地懊悔和咀嚼痛苦，没有沉湎在忧伤中不能自拔，没有在被骗的门槛绊倒后就爬不起来了。徐银花迈过了那道门槛，她不服输，一切从头再来！用更勤劳的努力，给未来铺展一条通往希望的幸福之路。

徐银花笑着说："那是三年前的事了，如今我又攒了五六万元了。我虽然倒霉遇到了坏人，可还是很幸运地遇到了更多的好人，给了我继续生活下去的勇气。他们得知我被骗个精光，都替我难过，安慰我说，钱没了再挣，还有我们呢！有个书法家叫潘海波，经常来买我的毛笔，一买就是上千块，给我起了个绰号'毛笔西施'，还把我的故事发到了网上，后来，来买我毛笔的人就更多了。我初中毕业，文化程度不高，但我知道西施是古代一位美女，怎么能和人家比啊，我知道大家这么叫我，是在帮我。我到大学去卖毛笔，学生们见了我也喊

'毛笔西施'。"说到此，徐银花笑得像一朵绽开的菊花。

我油然从心底生出对徐银花的敬重和钦佩，她那看似瘦弱的身体里边竟蕴藏着如此强大的能量，坚韧、顽强、勤劳，不惮风雨，不怕苦难，跌倒了，拍拍身上的泥土，继续前行。

眼见要到中午了，我让徐银花给我挑几支毛笔。虽然我小时候练过毛笔字，但那点功夫早就消失得无影无踪了。我一直想重新练笔，却一直畏葸不前。那么今天，就从毛笔西施的毛笔开始吧。

原载《中国文化报》2019 年 7 月 23 日

睡眠唯美

傅菲

　　我是属于活得比较简单的那类人，每餐给我一碗小米红薯粥，每夜给我一个房间安静度过，每天的时间由我自己安排，我便满足了。事实上，我的生活也是这么过的，我是一个没有奢侈想法的人。我以减法的方式去活——减去繁琐的事，减去繁琐的人。给我的房间，只需要一张床，一张书桌，一盏灯和几本书。我对生活不挑剔，在哪儿都能过夜，过夜的地方安静就可以。

　　我曾十分害怕过夜。度过一个夜晚，曾是一件十分痛苦的事。对于一个重度失眠者来说，夜晚是一口热锅，我是沸水里的活鱼。我女儿出生第二年，我患了重度失眠症，经常整夜无眠，站在窗口，看着天空发白。窗口边有一个麻雀窝，天麻麻亮了，麻雀便唧唧唧唧地飞出来，栖落在樟树上，和其他鸟儿交头接耳。麻雀窝安在空调管的墙洞里，我从房间里可以清楚地看见麻雀睡觉，麻雀蜷缩在枯草堆里，缩起头。我还看见麻雀孵幼鸟，趴窝焐鸟蛋。我不是一个内心会焦虑的人。即使失眠，我也不焦虑，虽然无所适从，但生命给予我的，我都坦然接受，无论是好的，还是坏的。我始终抱着这样的想法去活：好消息远远多于坏消息，人的一生其实只需要不多的好消息。我每晚饶有兴致地看麻雀睡觉。我甚至暗想：如果和麻雀一样该多好，无忧无虑去觅食，无忧无虑去睡觉。

重度失眠症给我落下了坏毛病。我睡觉的时候，不能有任何声音，不能有光，水龙头的滴水声也能把我惊醒，所以，我几乎不和别人同房间睡觉。我最羡慕的人，就是倒头便鼾声四起的人，坐在车上也能呼呼大睡的人，趴在饭桌也能睡出涎水的人，靠在办公室椅子上岔开脚仰头瞌眼的人。

祖明是我死党，他是整晚不睡觉的人。他没有失眠症，是生活习惯。他一个人在房间里看电视也能看到凌晨，遥控器捏在手上，半分钟换一个频道。上午，怎么叫他他都不会醒，可把他电视机一关，比冷水浇他脸还来得快，他会马上抬起头，说："谁关了我电视机？"他依赖电视声音睡觉。他横着床睡，睡得昏天黑地，过了晌午才会醒。前几天，一个上门送酒服务的人到了上午11点给我电话："饶祖明昨晚是不是喝醉了？说好了上午送酒给他的，从8点打电话到现在，打了11个，他也没接。"我说，就是他老婆打11个，他也接不了，没过中午1点，他不会醒。送酒的人说："世界上还有这样的人，别人急死，他呼呼大睡。"

我另一个同学永忠，则完全相反。他每晚8点上床入睡，雷打不动，凌晨5点起床，风雨无阻。他入睡了，也是谁都叫不醒的，什么电话也接不了。胖子大毛是入睡最快的人，随时随地，不分场合。

有一次在高速服务区，大毛对老四说："你来开一会儿车，我睡一下。"老四刚坐上驾驶位，大毛已经在副驾驶位鼾声如雷了。大毛打麻将也可以睡觉，抓麻将睁一下眼，打一张，又睡——他还要赢钱。麻友说：胖子睡觉打麻将，谁也别跟他来，从来不输。

我们有三分之一的时间是在床上度过的。睡眠占据了黑暗中的我们。在熟睡中，我们如婴孩般懵懂无知，我们沉入世间最深的海底，被洋流包围。我们会进入地层里的洞穴，地下河无声无息汇成湖泊。我们是湖泊里的盲鱼，在没有光没有声音的世界里，感受水细小的波纹，像琥珀里的晶体标本。我们是高空中的鸟儿，顺着气流飘，飘，飘到遥远的天际。

似乎我以前讲过不睡的故事，记不太清楚，不妨再讲。我一个邻居，我叫他三叔，他有过一个星期没睡的经历。他老婆得了慢性心脏病，看医生花了很多钱，他又没经济来源，只有日夜干活。我老家一带的山坡上，有很多野生的梓树，深秋之后，树叶落尽，白白的梓籽成串地挂在树桠上。浙江的肥皂厂定时来收梓籽，三天一车，收一个月。三叔白天扛一个竹杈，爬上树把梓籽扠下来，装在箩筐里，一天扠三担；晚上坐在椅子上，用手掌把梓籽从枝丫上搓下来。他也不要灯，借着窗外的天光搓。他把搓下来的梓籽卖给收货人。他最长时间连着干过七天六夜没上床睡觉。他可能是村里吃苦最多的人。"双抢"季节，下午下田之前，他也不午睡，还要去砍一担柴。所有的苦之中，他说，搓梓籽熬夜最苦，手掌搓得发肿，火烤一样痛，眼皮在打架，可又想多卖几块钱，只能把自己嘴唇咬破了死撑。

睡眠是一种自然休息状态，规律的睡眠是生存的前提。从睡眠中醒过来是一种保护机制，也是健康和生存的必须。意大利画家达·芬奇（1452年4月15日—1519年5月2日）是个世界艺术史上的塔顶人物，他是个对世界充满好奇的人，还是力学家、发明家、数学家，对勾股定理很有研究，对杠杆原理有理论贡献。他把黄金分割法应用到睡眠之中，每4小时睡15至20分钟，一天只睡2小时左右，剩余时间全部用来从事创作。后人把这种睡眠法叫作达·芬奇睡眠法，属于多相睡眠。我们也会多相睡眠，如打盹、瞌睡、午睡，与之相对的是单相睡眠，即白天干活、晚上睡觉。

也有不睡觉的人。在美国新泽西州，有一位叫奥尔·赫平的老人，从他出生至离世，整整90年没有睡过觉，他的房间里没有床。多个医生曾对他轮流观察，老人干完一天活，坐在一张破旧的摇椅上读点书报，又可以继续工作，他没有疾病，精力充沛，食欲旺盛。法国著名法学家列尔贝德两岁时随同父母去看国王路易十六被处决，不料观众看台倒塌，列尔贝德头盖骨碰折，从此他再也不能入睡。直到73岁逝世，列尔贝德整整71年没有睡过觉。

现在快节奏的生活和高压力的工作，导致很多人患有失眠症。我有一个朋友说："躺下去，比坐起来更累。"失眠使人疲惫、焦虑。周传雄在他的歌《黄昏》中写道："疲倦还剩下黑眼圈。"这是对失眠者最形象的写照了。失眠的人常多梦，怕声响。我有一段时间常做相同的梦：我的女儿安安在街上跑，一转眼不见了，我到处找也找不到。梦醒，我全身冷汗湿透，再也无法入睡。

入睡前夜读，是我多年的习惯。从18岁开始，每天至少夜读三小时。患了重度失眠症之后，我则完全依靠夜读度过黑夜。我用书中的文字一笔一画地丈量了黑夜的长度。尽管如此，我仍坚持不吃药物。有一次，读朋友姚写服用药物治疗失眠的过程，我有些难过——只有失眠的人，才会懂失眠的人。第二年，我们在一个风景区开会，大家都兴致勃勃地四处溜达，只有姚一个人坐在大巴上，用衣服蒙住头，靠着车窗睡觉——睡一个好觉，是失眠者最大的愿望了，哪怕只有几分钟。

梦是睡眠的伴侣。梦把我们带到异境，我们会梦见相爱的人，梦见故去的亲人，梦见陌生的景色。我们梦见天堂，也梦见地狱；梦见刀和血，也梦见玫瑰和湖畔；梦见唐朝的长安，也梦见环形的月亮山。梦给我们恐惧，也给我们惊喜。奥地利心理学家西格蒙德·弗洛伊德在1900年出版的《梦的解析》被称为人类思想革命的三大经典之作之一。在学生时代，我读过，读不懂。于我而言，梦是神赐的诗篇。

　　无论是美梦还是噩梦，大多数人都是会做的。梦是睡眠的衍生物。一个不再做梦的人，会是什么样的人？平平静静去生活，不挣扎，不奢望。"我已经不做梦了。"在我听来，这是一句让我无比绝望的话。不做梦的话，我宁愿选择失眠，饱受黑夜孤独憔悴的折磨。昨晚，我就做了一个梦，梦见我变成了树枝，在春天里勃发生长，雨水噼噼啪啪淋着我。一个人来到树下，摩挲着我，贪婪地吸着树叶滴下的雨水，随后他就像卷心菜一样油绿旺盛地鼓胀。

　　睡眠，是我们合上的神秘一页，内中写满了咒语和梵文，有不规则的图案，有无法辨识的色彩。我们的一生，会和多少人同床共枕相拥入眠呢？我们的父母，我们的孩子——孩子在我们怀里，听着我们的心跳，酣睡。当然还有爱人，我们在黑夜里亲昵地说话，把船（床的一个喻体）划到生命的彼岸。"有一天，我们可能会走散，你会不记得我的样子。人很多时候，都是不由自主的，走着走着，手就松开了，人走散了，没入了人流，去了一个自己也不知道的地方。你不记得我的样子，即使再相遇，也不会是重逢。"我翻阅一本诗集时，读到了自己随手而写的阅读笔记。字迹如昨。我坐在窗下，孩子已经深深入睡。我走到孩子床边，看看孩子睡觉的样子。安安歪着头，横着身子睡。我抱起她，给她翻身睡妥。我睡前都要检查一遍她睡觉的姿势。

我从来就是一个只能孤单睡觉的人，这是对一个内心细腻的人最好的褒奖和惩罚。我从来就是一个经常会半夜醒来的人，这给了我时间用来反省、体察人世间的冷暖爱恨。床，最终只容纳我一人。人最终会离开床，我也会离开我的床，进入不再苏醒的睡眠，想到这里，我无比悲伤。在我没永远离开床之前我常想：我最爱的人是谁，最爱我的人是谁，我等待来到的人是谁，我最想见又见不到的人是谁。这些人，使我的生命有了意义和欢乐，使我变得宽阔和仁厚。

在入睡前，我靠在床上读一会儿书。在睡意来临之前，我关掉灯，喝一口水，抽一支烟。我渐渐进入冥寂的模糊状态，这个时候，我会看见一个人，如月光一样轻，飘进我的窗，我的梦有了飘忽的白雪，长长的街道上，灯光迷蒙，一把伞被风刮走……

原载《雨花》2019年第 1 期

河水中有我童年快乐的基因

李美皆

儿子曾经问我，你小时候最快乐的事是什么？我竟一时答不上来。贫瘠的童年岁月，虽未挨饿，却也足够匮乏，以至于记忆里没留下什么亮色。终究不甘心童年如此乏善可陈，我努力地向遥远的过去打捞着，终于，像抓住一条大鱼一样，从记忆里找出一件乐事：夏天下河。

我仔仔细细地向儿子描述村子南边的那条河：夏天，雨水丰沛，河水上涨；开始是混浊的，人们便一天天留意着它变清了没有，女人们开始大拆特拆着一家人的被褥棉衣；河水终于变清的那一天，女人们用篮子挎着拆好的衣被涌向河边，用清亮的河水洗去一冬一春的积垢。那时候没有洗衣机和自来水，洗衣服靠井水，这些大件，是要有这么宽裕的河水才能漂洗彻底的。女人们像撒网一样把被单抛出去时，心里是何等舒畅呀，仿佛岁月的皱褶都给打开了。那时候孩子多，一家人的过冬衣被一次是洗不完的，河水清亮的那些天，河中便一直喧腾着。如果是厚的毯子，还会用棒槌来捶打，大开大合，看起来十分过瘾。

　　女人们除了洗衣被，还要洗自己，洗孩子。20世纪70年代的北方农村，大人孩子是一冬都不洗澡的，柴草连烧水喝、做饭吃都紧紧巴巴，怎么可能用来烧水洗澡呢？再说，没有取暖，冷得要命，怎么洗？到了夏天，大人孩子终于可以尽情亲水了！如果是孩子跟着大人下河，大人就会在河水里摁着孩子猛搓，搓得孩子龇牙咧嘴，大笑或号叫；如果是小伙伴们同去，就不为洗澡了，只为戏水撒欢，或只是泡在水里，也很满足。人在水里总是快活的，何况那么宽广的水域，那么清亮的河水，河床全是细沙。重要的是，北方的河里没有蚂蟥。人在水里特别容易饿，有时候下河是带着干粮去的，但不会有人带水。口渴了，找一片露出水面的沙洲，挖一个小沙坑，水就慢慢地从沙壁渗进坑里，用手捧了喝，比井水还甜，而且是常温的。

　　是的，河水是温的，因为经过了阳光连绵的抚摸。大自然给人的是一整套的服务。如果下一场大雨，河水就会变浑变凉，须等太阳晒几天，同时澄清几天，才能再度接纳人们入浴。人在温暖的河水中，身心都被温柔以待的那份放松，实在无可比拟。2007年以后，我爱上了露天温泉，自己解释：人来自羊水，肯定在水里是最自在的，是最贴近生命本源的一种状态。可是，为什么必须是露天呢？在写这篇文章时，我才蓦然发现，对于露天温泉的热爱原出于我幼时的身体记忆，那是更深的胎记。

　　曾经有位东北的亲戚来，我带她去下河，她很惊喜：人居然可以泡在河里！她说，东北的河水夏天也是凉的，顶多泡个脚进去。那已是90年代初，家家孩子少了，生活条件也好多了，那条河已不被待见，很寂寞。我站在空寂的河中闭上眼，仿佛还能听到河面上童年的欢腾。

我童年中最重大的历史事件，就是1974年的一场洪水。这场洪水也与这条河有关。暴雨导致河决了堤，才成为洪水，淹了整个村子，当时河离村子很近。河是不会搬走的，搬走的只能是村子，洪水过后，村子北撤，离河远了点。同时，河坝加高，种上更多的树，这样，河两边就有了高而密的屏障，铺陈于大地之上的河床，就放心地对人打开了胸膛。约定俗成地，河段分为男河和女河，女河这边林密水缓，男河那边反之。男人会自觉绕行，禁足女河。有天然的屏障，又有男人的自觉，女人们就可以放心地下河了。人在河中，露出的是小部分上身，一般来说，婆娘会光裸，姑娘则穿件贴身小汗衫，但这也足够触及"风化"了。我没对儿子讲的，是偶尔有打鱼的汉子，把裤腿挽到大腿根，那网越撒越靠近女河，不知是女河鱼多还是咋的。早有眼尖的女人在观察着他的靠近，终于，几个泼辣的女人大声喊着：扒下来看看他长啥样！群起扑向那不知进退的汉子，汉子狼狈地拖着渔网猛劲儿逃窜。

成年以后我下过的水是海，但海水含盐，会让皮肤滞重发涩，还会让皮肤有一点刺激的不适，泡过海水是必须要冲洗身体的。我小时候下完河，皮肤则是滑溜溜的，身体有一种飘飘欲仙的轻。由此，成年后的我理解了孔子所认同的弟子曾点的理想人生情态："暮春者，春服既成，冠者五六人，童子六七人，浴乎沂，风乎舞雩，咏而归。"

然而，我的物质方面已趋饱和的儿子，以及他这一代人，或许还有此后的不知几代人，却再也没有"浴乎沂"的快乐了。他已经没有免费的全身心亲近自然之水的机会，固然可以花钱泡温泉，但哪能跟我小时候的"天浴"相比？终于找到一样我有而儿子没有的东西了！为儿子遗憾的同时，我童年匮乏的遗憾似乎也得到了一点补偿。难道这也是一种天道平衡吗？

我不敢自诩为"智者"，但始终是"乐水"的——我指的是天然的淡水。在桂林漓江和灵渠，我曾站在水中，看流水哗哗地吻过我的腿又快乐向前，心里真是溅满水花的快乐，那几乎是快乐的极致，自己都感到莫名的。也是写这篇文章时，我才破译了自己快乐的密码：河水中有我童年快乐的基因呀。

我曾经回老家去寻找那条河，找到的是真正沧海桑田的感觉。河流已经干涸，变成低地，低地上扣了蔬菜大棚，河床因挖沙卖沙变得千疮百孔，再也看不到一条河的模样。略远些，河上原本还有一座桥，桥两端连通的是柏油路。在被村庄农田包围的生活中，柏油路和桥总是给人以现代文明的新异感。小时候从这座桥经过时，呼啸而过的大货车带来排山倒海的惊险刺激，仿佛现代文明从耳边呼啸而过。现在，老桥只剩下遗迹了，桥墩斜插在沙土间，好像夕阳下湮没的古罗马的文明遗迹。新桥"高大上"地架在半空，我在废弃的桥墩旁边仰头看它，竟有些晕眩。

河流变成了土地，高的矮了，矮的平了，平的却拔地而起了。人也是这样。一切都在变。

原载《中国艺术报》2019 年 4 月 10 日

江上

钱红莉

一

带孩子回了一趟小城芜湖。

妹妹将父母在小城的最后一套房子卖掉——这次回去，基本上算无家可归了，暂借于妹妹同学家。小区临江，大约是过去三号码头的位置。无论清晨，抑或日暮，站在阳台，可闻江水气息。

纵然同样的温度，合肥总也显得比芜湖热些。一条大江依城而过，是可以调节空气的，永远那么温润，有灵气。用罢晚餐，去咫尺之隔的江畔散步。碰见卖孔明灯的，孩子们买了三只放，橘红火焰越飘越高，越来越小，直至不见，所有的残骸都落入了漆黑的江水中。

正值汛期，江水浑黄，浊浪滔滔，去得晚了，错过了落日与晚霞。

少年时代，全家迁居芜湖，居在爸爸单位分的坐落于吉和街的一所小房子里，房子是两层木阁楼建筑，前面一溜儿门面房。吃完夜饭，我们喜欢去江边洗碗，拎着篾篮，大大小小的碗碟扎在篮子里。青弋江穿城而过，至西岸尽头，汇入长江。清澈的青弋江水贴着长江南岸低低流淌，水流清澈，与翡翠没有两样。黄昏，大人、孩子一齐在江里戏水，其中一个皮肤白皙的孕妇腆着大肚子，每日准时来游泳。她丈夫坐在岸上，雕塑一样一动不动，她的双腿在江水里伸伸缩缩，白得耀眼。

碗洗完，再也无事可做，就势坐在江堤的台阶上观瞻日落。浑圆庞大的橘红色太阳，一点一点沉坠下去，江面波光粼粼，被落日金属的光染红，江对岸的天空铺满玫瑰红霞光，像一整座村庄的所有稻草垛同时被点燃，焰火熊熊……城市的晚霞与乡下的迥然不同。乡下的晚霞，叫火烧天，预示着第二天肯定会热；或者乌云接日，第二天必然有雨……乡下人个个承担了巫师的角色，擅长观云测雨。所有这些，到了城里，早已排不上用场，失落得很，又没有学校可上，一个少年只能长久地滞留江边，以此打发稚嫩生命的空虚、落寞。

落日与晚霞这些自然界中亘古即有的东西，似可暂时慰藉一下少年的孤单。

那年中考，我以403分落榜。来到芜湖，当得知楼下一户人家的同龄女孩以278分被芜湖师范学校录取时，惊愕不已。对于20世纪70年代出生的一拨人来说，因人为因素导致的城乡户口巨大差异，致使乡下初中毕业的孩子极少再能获得继续受教育的机会，无数像我这样成绩中上等的孩子唯有默默退守乡下种田，一辈子活在没有出路的绝望中。如若拥有城市户口，以那样的分数，是可以上芜湖最好的高中吧，我的语文成绩全校第二。

一次，与爸爸吵架，我无比愤怒道：我要告你，竟让 15 岁的我打工……

爸爸怼过来：你好意思吗，连普通高中都考不上，还能怪我吗？

我一下愣怔在原地，被耻辱与痛悔双重夹击的我毫无还手之力。

1988 年，是小虎队流行的年份。那年秋天的每天早晨，我从吉和街去往工厂，总与一群同龄女孩擦肩而过，她们如一群快乐的鸟儿，一边走一边唱《青苹果乐园》……同是花季，她们去的是敞亮的学校，我去的是嘈杂凌乱的工厂车间。

世间的不公，早早降临，让一个 15 岁半的少年无法承受。

2010 年，小虎队重回春晚，当《爱》的旋律乍起，迅速将我拉回至 1988 年秋天的场景，眼前一热，流下泪来。

后来，我一边工作，一边断断续续上夜高、夜大——对于念书，我有着令人难以想象的热情与执念，犹如追寻一份精神上的依靠，即便风骤雨狂，想不去，也不行。爸爸看在眼里，开始心疼起来，幡然有了懊悔，有一次向妈妈袒露心迹：当初大丫头要是不停地吵，坚决不去工厂，我可能也会咬咬牙再去找找人，给她补习一年，你看吧，第二年户口也就办下来了……

乡下孩子早早懂事——当年，我觉得他一个人太难了，到处求人，方得以将弟弟妹妹借读于吉和街小学，已实属不易，作为家里的老大，怎能再给他额外增添负担？

为了户口的事，爸爸有一回给派出所的干事送去一些土特产，以及一只老家的土鸡。他回家沮丧地向妈妈抱怨：那人嫌鸡太瘦了……

他军人出身，一生自尊耿直刚正。中年以后，也总是叹气：为了你们仨，我低声下气求了多少人……

为纪念这得之不易的"芜湖户口"，纵然移居合肥多年，我也不愿将户口自芜湖迁出——这小小的城市户口，曾经搭进去一个父亲多少尊严？

一路行来，惊心动魄，如今不必再提。

那时的江边特别凉快，可一直坐至日暮，忽地想起什么似的，一个激灵，迅速把一篮碗筷送回家，再扛一个拖把出来，在江水里上下捣捣，大力往水泥石阶上掼，一派空荡荡的回声，响彻久远。家里木地板刷着红漆，快被我拖至发白，已然看得见木质纹理。若是趁势跳一跳，所有家具都会剧烈晃动……

二

爸爸常年工作于江上。但凡休假，他必带回一些江鲜，圆滚滚肉芳芳的鸡腿鱼，刚从冰柜取出，鱼身的冰冻尚未融尽。他常年跑上海、九江、汉口航线，余暇得逛逛当地菜市，顺便买些江鲜，冻藏于他们船上厨房的冰柜里，等休假回来给我们姐弟仨打牙祭。平素，妈妈不舍得买这些奢侈的鱼鲜，我们一日三餐差不多都是蔬菜，炒豆干，算是荤菜了。那时豆干凭票供应，爸爸想方设法不知从哪里搞到的，印得密密麻麻，四四方方，邮票一般大小，撕几张票，买几块豆干。若票用完再买豆干，花的钱就会多些。豆干清炒辣椒，也蛮好吃。

那日临回合肥的黄昏，妹妹叫我先去楼下饭店点菜。第一眼，竟看见了刀鱼，一尺来长，炸好了的，摆在篾制的镂空竹盘里，佐以糖醋烩烩即可。我下意识咽了咽口水，到底没有点，太贵，吃不下嘴。这家饭店的冷藏柜里，陈列着各类江鲜，鲳鱼、鳊鱼、鸡腿鱼、江鳗、江丫等，每一条都极新鲜，考虑刺多，三个孩子无福消受，遂作罢。把菜点好的空隙，饭店后厨又从外面进来一条江鲳，刚刚打上来的，活蹦乱跳，称一下，五斤四两，巨大椭圆的鱼鳞银光闪闪。这样的江鲴适合清蒸，连鱼鳞一起。早年吃过，鱼鳞入嘴，绵糯，细嚼之，滑口、润喉，值得一吃再吃。

江鲜，应是最有品格的。江流湍急，游弋其间的鱼类整日与水搏击，肉质紧实，无论清蒸、红烧，抑或氽汤，都是一绝。

好多年没吃江鲜了。去年初秋，在安庆吃过一回江丫，其鲜美，至今存于味蕾之上，好生回味。

点了一道肉丸青菜汤——不知如何赞美江南人的精细吃法。那样子的鸡毛菜，我在合肥 14 年，没有遇见过一棵。小而嫩，入嘴微甜。这种鸡毛菜，只有芜湖、南京一带的江南人才晓得吃。早年，在小城吃麻辣烫时，必点鸡毛菜。一份一元钱，老板用拇指、食指、中指合拢，捻一绺儿下到高汤里，立即捞起，盖在碗尖上，端给你。几筷子吃尽，不过瘾，再烫一份……这些都是美好记忆。当日天热，身体疲乏，也没有骑车去冰冻街寻访"明明麻辣烫"了。

我曾经在与冰冻街一墙之隔的铁佛花园工作过两三年，几乎每日光顾"明明麻辣烫"。有一年春节回小城，年二十九下午，特意骑车去那里吃一碗麻辣烫，记忆里的味道永垂不朽。

赶回芜湖，已经是夜里 9 点多了，在妹妹的怂恿下，我们前往双桐巷，只为喝一杯赤豆酒酿——醇正的赤豆，软糯甜腻，慢慢滑过喉咙；酒酿发酵得刚刚好，不酸，微甜，特别亮喉。味蕾的记忆力相当倔强，即便暌隔十来年，也能迅速复苏。倘若是一边吃麻辣烫，一边喝一杯冰镇赤豆酒酿，滋味概当如何？不禁要背诵曹孟德的《观沧海》了。

双桐巷旁边的和平大戏院不见了，唯有青弋江畔的新百大厦尚在。这眼前的建筑也不知翻修了多少遍，唯有赤豆酒酿的滋味永恒不灭。我们去得晚了，老奶奶牛肉面馆已歇业关门。当年，她家的牛肉面辣得登峰造极——我独喜欢门口小炉子里焖煮的卤干。

芜湖卤干子，实乃一绝，咬一口，汁液淋漓，泡泡软软，吸饱了汤汁，筷子夹起颤巍巍的——世间怎么会有如此可口的食物？普通的一块块白干子，改成花刀，入油锅炸至金黄，捞起，放入调好的汤汁中焖煮，越煮越入味。要一碗牛肉面，两块卤干，一顿早餐，铁饱。"铁饱"这个词，属芜湖方言，大约是胃饱胀得太坚硬了，再也不能吃别的了。夜深，当我们经过新芜路，忽然想起"老凌鸽子汤"，也不知，可还在了。

路过安徽师范大学，隔壁的南方书店犹在，汪应泽老师的萃文书店，不见踪影……如今的梦里，依然频繁出没于小城书店。或者，正在奋力考试，铃声已响，卷面上尚有大半未答题，无比绝望……这样的梦魇追随我许多年——给一个人造成的阴影太深了，永无修复的可能。

曾在小城各家书店流连了又流连，任多少光阴倏忽而去？唯有一塘镜湖水明了。

古诗云：

携手上河梁，游子暮何之。
徘徊蹊路侧，恨恨不得辞。

一路行来，似乎不曾有过哪怕一刻的扬眉时刻，谈何携手？

三

中午，去美食街，充了两百元的卡。一律熟悉的各色小吃，一路走过，如若故人重逢，简直要落泪。徘徊了又徘徊，最后，要了一碗牛肚炒面，配一碗老鸭汤。妹妹给孩子们点了牛肉炒饭，她自己要了渣肉蒸饭配赤豆酒酿。老鸭汤火候掌握得好，汤汁清澈，碧汪汪的。江南人永远那么精致——把鸭汤烧滚，下一块豆腐皮，下一点粉丝，最后再另给一袋小米锅巴，反复叮咛：不要一起放进去啊，要随放随吃。我点点头，都离开了，老板娘还不忘添一句：一块块地泡着吃啊。端一碗老鸭汤慢慢走，旁边的餐桌旁，有人正享用着饕餮凉拌面，比粉丝还要细的面，春风拂面的样子，亮汪汪的，被人麻利地嗦着，一半在嘴里，一半拖在碗里——人间至乐图，莫非如此。

我有点后悔点了炒面，应该吃凉拌面，典型的吃着碗里看着锅里。除了炒面、凉拌面，还有炒面皮、炒年糕、灌汤臭豆腐、小笼包、虾籽面、烧饼、馄饨、肉丁烧麦……太多的小吃，可一星期不重样。

临离开美食街，忽然看见藕稀饭，明明吃饱了，可我还是条件反射买了一碗。回妹妹同学家吃起来，藕块略硬，颇挂喉。要等到秋风起了，寒霜降了，江南的藕才可口，煮出铁锈红色，软糯分芳，糯米粥煮得发亮，上面漂着厚厚一层粥油。寒冬，坐在街头，喝一碗，可暖一下午，也暖了一辈子。

对于芜湖的感情，大抵都藏在这些小吃里了。

后来，我们搬至绿影小区。附近胜利渠菜市旁边有一个老人熬的藕稀饭，乃芜湖一绝。老人的音容笑貌，至今犹记，一条白围裙洗得清丝丝的，白得耀眼。她矮小的个子，喜欢戴一顶白帽，照样洗得白净净的。她家的藕、稀饭，皆单煮。藕焖在柴火灶上的铜锅里，拿一根长叉从幽深的锅里叉一节，放砧板上，三下五除二切片，再剁剁碎，一碗粳米粥盛好，把藕碎盖在粥上，挖一勺白砂糖，端给你。藕粒入嘴即化，无可比拟。渐渐地，她不大出来了，许是年岁大了，改由儿子接班出摊。他皮肤黝黑，聋哑，我们每次要什么，均打手势。凌乱的风中，坐在小竹椅上喝粥，看着这个男人的背影，一种莫名的情绪渐渐围拢来，具体说不清，五味杂陈——他这一辈子怕是不大顺遂如意吧，眼里多是悲苦。我可以懂得他，体恤他，多去吃一些他煮的粥……

芜湖还有一道早点——菜薹面，颇受青睐。外地人不明就里，可能会忽略这道阳春面。腌菜薹，是新鲜的花蕾未绽的油菜薹的前生，怕也只有这边的水土，才能长得出如此可口的油菜薹吧。

四

吉和街不复旧年模样，所有的木阁楼全部消逝了，代之以40多层的楼宇，站在每一层楼的阳台上，似可望见滚滚长江。

吃早点时，一直打听早年间吉和街那家著名锅贴饺的去处，均不知所踪，吉和街唯有天主教堂犹在，雁青色的细砖外围，哥特式尖顶，高高耸立。弟弟妹妹上学的吉和街小学也不见了。

早年，天主教堂的大铁门始终敞开着，我们喜欢去那里玩耍。牧师或清扫落叶，或在那里练琴。有时，他实在受不了我们的喧哗，便轻悄悄地走过来，以商量的语气请我们离开……少年纵然经世少，但心底也起涟漪——这世上竟有如此温柔敦厚之人？即便一身藏青寡色打扮，也掩不了眉宇之间的英气。

家里小阁楼实在闷热，因此在华侨皮鞋厂下班以后的每一个黄昏，我都会搬一只椅子，搁在楼下湿荫荫的地上，看书——这本书或可是叔本华、尼采，或可是陀思妥耶夫斯基的《白痴》，后者是用一首短诗的稿酬换来的。一个少年性子里无告的安详与忍耐，或许是教堂日复一日的钟声所培养的吧。

20世纪90年代初，一切都是缓慢的。甚至，连日头落山都比乡下缓慢一些，每天的时间仿佛多出一大截子——再也无须放牛割草，盛夏没有了"双抢"，割稻，收稻，晒稻……

下班回家，吃下晚饭，太阳尚老高地挂在天上，穿过一条青石板小巷，到了江边——我把一生中的落日余晖都提前看完了。

"孤帆远影碧空尽，唯见长江天际流"——倘若一个人未曾去过长江边，他或许不能懂得这句诗的深义。有些诗，单单依靠想象力是抵达不了内核的。你必须亲临现场，方可懂得一二。

江上，舟来船往，汽笛声声；入夜，航标灯忽明忽暗，星辰一样闪烁。没有多少瞌睡，总爱于江边逗留。我们家在二号码头附近，铁质栈桥倾斜地伸向江中，铁腥气在夜里散发得更加浓郁，鲁莽地钻入鼻腔，掺杂着江水的气息，醇厚而浓俨。江水哗哗，一波一波涌向水泥石阶，复而退后，循环往复，像极了平庸又琐碎的日子。月光洒在江上，江水澄亮，似碎钻、纯银，一齐倾倒于江中。那样的月夜，坐在江边，置身失真的美里，却写不出一首诗来——好急啊。生命里横亘无数失语时刻，急也急不来的，唯有回忆。

90年代初的场景，如今重新复活，历历在目。

五

早晨，去江边洗衣，驳船靠岸，工人们往岸上扛陶罐。走在临时搭的木挑上，有人不小心脚下一滑，一个趔趄，陶罐重重摔在地上，碎了，散了一地涪陵榨菜，腌得橙黄，清香扑鼻，囫囵囵的，一只只，散得到处都是……有老人觉得可惜，去捡。那时没有高铁，长途汽车也极少，运输基本靠水路，吉和街国营副食品商店里的糖蒜啊，榨菜啊，萝卜啊，都是驳船慢慢运过来的。

盛夏，我们在石阶上勤勤恳恳洗衣服，眼看远方一艘大轮犁着白浪逶迤而来，赶紧抱起一团湿衣，跳至高处的台阶躲浪……目送大轮远离，心下不免惆怅——什么时候，我也可以坐一次大轮，从上海去武汉玩一玩呢？那么豪华的白色巨轮，怕是可以装下几千人吧。

每次妈妈吩咐回老家，只有小轮可坐。比起大轮来，小轮可就差多了。开得慢极，差不多早晨出发，黄昏才可到达池州对面的桂家坝码头，坐15公里的蹦蹦车，再走上四五公里羊肠小道，方可到达钱家祖村。

刚来芜湖的最初几年，常被妈妈差遣着走水路回乡下。在船舷边吹着江风，观瞻沿岸风景，江畔寥落的芦苇湿地间，偶有白鹭飞起……慢慢地，荻港到了，铜陵到了，大通到了，然后就是终点站桂家坝码头。

冬日，风大，便不去长江边洗衣了，改往青弋江。青弋江流经芜湖的这一段，江道变窄，加上冬季枯水期，青弋江的水位落得很低很低，这样，寒风就刮不进来了。比起夏天，江水更加清澈。为了方便驳船靠岸卸货，他们会在江边扎一排木挑，以粗草绳捆绑之，牢固而耐用。这样的木挑非常适合浣洗之用。

洗衣这件事，是从小就有的爱好，差不多七八岁的时候，便热爱了。一年四季无论寒暑，就爱洗衣服。逐渐到后来，与其说是热爱洗衣，倒不如说更爱长久地待在江上，棒槌声声，沉浸于寒冷中浑然不觉，这也是消耗生命的一种方式吧，不然，那么多的空闲，如何打发呢？洗完一铁桶衣服，拎着它慢慢走在铺满青石条的巷子里回家，浑身发热——总是利用不停歇的体力活，试图去填满生命里出现的大片空洞，仿佛热血犹在，漂泊而失根的小小生命，一步一步有了方向。

在合肥这些年，总是不适，可也到底说不好究竟怎么了。等到一次次回到小城，方才恍然，合肥这座城市唯一的遗憾是缺少水系，干涩而无灵性。许多年以后，借一次出差的机会，我们开车来到宣城，那种水田漠漠的温润感刹那间击中了我，直想大哭。待在合肥这么多年的喑哑感，终于找到了原因。

整个皖南均是水田漠漠的气象，灵性的，鲜亮的，温润的。合肥地处中原地带，不太适宜江南人的饮食起居。可不是吗？自离开芜湖以后，笔下生涩渐多，文字的灵性几乎荡然无存。

一方水土一方人。

渐渐地，我们姐弟仨都大了。爸爸单位重新分了一套单元房，自此，我们搬离了吉和街。但，这一段生活是永难磨灭的。

我还是想回到芜湖。至少，每一个早晨，江边散步以后，拐去菜市，可以拎几条江鲜回来。

六

在芜湖当日，早早醒来，踱步江边，众人或快走，或慢跑，或闲步遛狗……江中运沙的驳船鳞次栉比。一位老者以简易丝网，正在水流湍急的江边捕鱼，方才6点钟，已网上一两斤小鳊鱼，微型制氧机在铁桶的水里制造出无数咕噜噜的小泡儿。那些小鱼与老家小河里的模样近似，翘嘴鳊的一种。望着这些鱼儿，心底仿佛有什么东西又一次复活了。

远处的江上，汽笛声声，滔滔黄浪奔流不息……

江边久望，白雾茫茫，多年前的那个少年似乎重新回来，中国的这条大江曾给过她多少慰藉，深深印刻于脑海，永生不灭。

比起大海，还是热爱中国的江河，它们有好听的名字——青弋江、新安江、钱塘江、楠溪江、富春江、浦阳江……

爸爸大半生奔波于江上，得以慢慢将我们姐弟仨抚养成人。临退休前那几年，爸爸争取到出海名额，跑韩国、中国香港航线。大海颠簸，夜里睡觉他都要下意识抓紧船帮……如今，他老了，妹妹在江边买了一幢房子，希望他们将弟弟家孩子带大，再回江边安度晚年——他一生颠簸于江海之上，老了，应居到江畔，方顺心些。我们姐弟仨各自离开，弟弟妹妹分别定居于北京、成都，唯有我，到底走不出皖地，即便心怀梦想，那又怎样？

夜里，开车往合肥赶，电台不知怎么了，一直播放老歌，主持人或许困了，每一首歌之间也不愿串一串。一首一首，江水一样流淌……最后一首是《几度夕阳红》，潘越云唱："青山依旧在，几度夕阳红。"那一刻，忽然懂了，于心底激荡了又激荡……

原载《星火》2019年第 1 期

海风中的虎皮鹦鹉

陈美者

老家宅子边，似乎是一夜之间，长出一间小木屋。

小木屋被繁盛的老龙眼树围绕，门口还挂着一个鸟笼，住着一对虎皮鹦鹉。沿海风大，风吹得笼子轻轻摇晃，两个小家伙站在笼子里的架层上，仿若在荡秋千。看来，我二哥又有新宠了。

距离我上次回家两个月而已，二哥竟变出这样一个漂亮小木屋。这是他用来作茶室的，就挨着我妈的房间。我高兴地对我妈说："有了这小木屋，你可热闹些了。"我妈却叹了口气。我没有太在意，她总是喜欢叹气。

入夜后，小木屋开始变得光亮，似乎迎来它最好的时光。我二哥的好友陆续赶来。杂货铺老板、盐民、水泥工、裁缝、戏台布景师，穿着半旧西装的则是啥活都不干的无业者……他们围成一桌，其乐融融，茶具被移到长凳上，以便给扑克牌让位。小屋一下就被填满。至于那对虎皮鹦鹉，鸟笼被提进来，挂在小屋里，它们似乎也习惯了，乖乖站在笼子里，在洗牌声嬉闹声中，一边吸二手烟，一边睁一只眼闭一只眼地打盹。

我对打牌一窍不通，在旁边探头探脑讨不到什么趣儿，也根本没人招呼我，就站到虎皮鹦鹉那。小家伙们被惊扰似的，将两只眼都睁开，瞄我几眼后则继续打盹。我不得不承认，它们的眼睛太小了，根本玩不了大眼瞪小眼。

我愈发觉得无趣，勉强站了一会儿，只好闷闷地回到老宅睡觉，却在床上辗转反侧，难以入眠。我能听到小屋传来的一阵一阵吵闹声。我二哥不带我玩，却和他的朋友们玩得很尽兴。大家拼的是眼疾手快，还有嘴上功夫，竭尽所能地互相嘲笑和挑衅。比起输钱，更不能输的是气场。他们玩牌，因玩家固定，且统一都没几个钱，输赢轮流，不必在乎。

第二天一早，那个装有虎皮鹦鹉的笼子已经被挂在龙眼树上，两个傻乎乎的小东西依旧拿眼瞄我，被我盯毛了，就转向别处。

我二哥居然起得比我还早，已经坐在小屋泡茶。茶香勾人，我没刷牙就跑去喝，边喝边对我二哥说："你胃不好，最好不要喝绿茶。"我二哥只"呃"了一声，算是回应。

没多久，一个中年男人来找我二哥，这人我熟悉，是村里杂货铺的老板。

他们连招呼也不用打，我二哥只笑嘻嘻问他："瘦肉还是五花肉？"

杂货铺老板伸出四只手指，也有可能是五只手指。他的大拇指幼年时就失去了，后来开家杂货铺营生，并且还在铺子旁边建了一个小作坊，兼营榨花生油，甚至还有做爆米花，麻利得很。只可惜，这些年种花生、种麦子的人少了，外出打工的人多了，他的生意，不管是杂货铺还是油榨作坊，都愈发难做。我二哥看懂了杂货铺老板的手势，边忙着手里的活边说："那是割了一块瘦肉。"

我站在那里许久，这才注意脚下：房子墙根，被我二哥挖了一条 L 形的小沟，直通河里，我含着一口的牙膏泡泡嚷："你这是在干吗呀？"

"挖一条新水沟啊。"我二哥正把一个水桶放进转弯处，在那里他挖了一个圆形的大槽，说可以起到过滤效果。我默默刷牙。直到刷完牙，也没想明白，到底要怎么过滤。

我恍惚的工夫，二哥已经发动他的大卡车。没过多久，又开了回来，塑料膜包着的白色排水管纷纷从挡板上探出头来。二哥将它们卸下，放在水沟边。又抱了一包水泥下来，和上水，抹到水沟转弯处的塑料桶边。我妈在一边唠叨，得把水桶转动几下，这样干了才能拿得出来。二哥听话地照做，原来水桶不过是做模型用的。

村子渐渐热闹起来，路过的人也多了，问挖水沟啊，我二哥"呃"一声算是回答。他不想多说的时候，常常都是这样。

过了一会儿，那位穿着半旧西装、啥活也不干的哥们来了。他背着一双手，笑眯眯道，碎石子不要拨到水管上，免得硌坏了，铺点细沙才好。

二哥听话地改用细沙盖住排水管，还吩咐我将那些没用的碎石子都清理到房角，说要让我过一个有意义的劳动节。

才清理两畚箕，我的手就起了泡，腰也疼。扔了工具，回屋拿了两个馒头。二哥接了馒头，还不给我面子，当着外人大笑，你们这些坐办公室的，就这么两下子啊？戏台布景师也晃悠过来，接话道，这要是种树，恐怕连坑都挖不来吧？我讨饶般苦笑道，不要担心，我还没种树的资格。

眼看太阳越来越大，二哥拐进小房子里泡茶。

有人催他，还不趁凉快时把活做完？二哥笑："急什么，挖个水沟而已，又不是盖新房。"

我觉出他颇有几分沮丧。我二哥年近50，尚未有自己的家业。老宅很有年头，外墙的石头早已发黄。几棵老龙眼树，也是当年分家时种下的，葱葱郁郁得过分。不久前我二哥把多年来的存款，全转给自己在福州的儿子，为一套50多平米的房子付首付。这个过程中间有不少对谈和拉扯，他们父子关系一度紧张。我亦没有说话的份，我在城里不过是个普通职工，常常跑回老家，让熟悉的海风抚平我的伤口，寻找一些安全感，谈不上对家里的帮衬。那笔钱二哥原本寄存在我户头上，当我鼠标轻轻一点，将我二哥大半生的血汗转出后，恍惚了好一会儿：二哥的新房真不知要何时了。我的黯然，也掺杂着私心——二哥若盖了新房，定有我的一间。

我曾问过我二哥，如果他愿意来福州，我可以帮他找份工作，他能做和车有关的事情。我二哥只"呃"了一声。

我二哥的话实在是太少。过后，我才醒悟过来，大概我二哥在想：那妈怎么办？

黄昏，排骨汤在高压锅里炖着，我在玩一片紫菜，那是我从小就熟悉的味道。等汤熬好后，加上这片头水紫菜，将是人间至味。忽然，我妈很神秘地把我叫到她房间，嘱我搬出柜子最底层的木箱子。

我感受到了氛围的诡异。

我妈小心翼翼地打开箱子，里面放着衣物，白色的、蓝色的、黑色的。有衣、裤、鞋、帽……她一件一件地将它们打开，问我如何。我只呆呆地站着，连碰都不敢碰，张着嘴却说不出话。我妈用手指摩挲着那些衣物，我就静静地站在一边望着她摩挲那些衣物。我是第一次知道，人到那时候需要那么多条裤子，那么多件衣服。这层层叠叠的恐惧，令我出不了声。我忽然间意识到，在那些我不知道的时刻，或许是黄昏，或许是深夜，我妈可能已经好几次，自己一个人坐在这房间里，整理这些衣物。现在她又一件一件地打开、翻看，挑出三四件不满意的，说这几件过时了，不要了，得再去买新的。我就听话地将那些她扔掉的衣服装进袋子里。然后，我听见我妈说："我每年都要拿出来晒几回的。我别的不担心，到了时候你们可一定要帮我收拾好。"

一种抗拒式的愤怒终于让我呼吸过来，一喘过气，我就大声道："好好的，你能不能别胡思乱想啊！"说完我就跑出房间，再不走就会被我妈发现我哭了。我气坏了，委屈坏了，心情好复杂。可实际上，我可能只是被吓坏了。

晚饭后，我们又恢复如常，喝完紫菜排骨汤，对坐着聊天，刚刚过去的一幕，似乎就像电视机不小心跳台。我妈生性敏感、要强，我爸还在时，总是温和地为她拔去心头的刺，可如今，失眠之夜，只有天花板上的裂缝与其对视。所以，每每我回家，她总抓着我有说不完的话，就算什么也不说，盯着我看也好。

"村里不是还有很多老人吗，你平时也可以和她们说说话。"我说。

"有啊，她们有时候过来，我们就会交流到时候要准备的衣物。她们说，现在不流行斜襟的，现在流行唐装。"

我打了个寒噤，轻轻转移话题："有了小木屋，会热闹很多吧？"

"他们玩他们的，又不跟我说话。"我妈又叹气。她还说，小木屋也会生出麻烦，什么人都来。我这才知道，打牌激烈时这些人还曾打过一架。最先出手的那人，被我妈警告不许再来。过了一段日子，他还是来，特意带来那对虎皮鹦鹉，收买我二哥。我二哥实在太喜欢那对翠绿的小东西了，也可能他本来也不觉得打架是什么大事，他们这些人，小时候不就经常打吗？更何况，不让人家来，人家干了一天的活，晚上能去哪里玩呢？在这个村子里，实在没有什么可去的地方。这些年，村里的中年男女越来越少，他们背着大包小包家乡的食物，紫菜、蛏干、花生、墨鱼干……坐上火车，坐上飞机，奔往远方，没有人问他们去了哪里，也没有人知道他们在外到底过得如何，是否像曾经梦想的那样，穿上光鲜亮丽的服装，抑或住进笼子般的小公寓，像那对可怜的虎皮鹦鹉一样，在风中荡秋千？那些昂贵的化妆品，是否改变了原本被海风吹黑的脸庞，早已看不出各人的底色和出处？

所以，小木屋能聚集到这么多人气，无论如何，是令人高兴的。这次返乡，我心情愉悦了不少。

结果，我妈忽然说道："你小的时候，我总以为你长大后会很不一样。"

我能听懂她的意思，却不知如何接她的话。谁不是在小时候觉得人生无限可能呢！可是，成年人都知道，人是很难超越生活的，那些波折和低回，总能一次又一次地训练我们，重新认识这个世界，不论是在城里，还是在村里。如此伤感心思，自然是不适合说给老母亲听的。我只说，以后会越来越好的。夜深了，我们睡觉吧。我妈听话地回房间。我帮她把被角掖好，熄灯——就像从前她为我做的那样。

睡在妈妈的隔壁，我心里颇为踏实，似乎平日拒接她电话的罪恶已经洗清。我在福州时，我妈会在任何时刻打电话给我，买药是最常用的招数，二甲双胍、格列吡嗪、通血管的、补钙的、鱼油、鱼肝油，最头疼让我带鱼丸。这东西难吃，还得保鲜。我需要用好几层保鲜膜裹着，坐动车拎回去。我猜，我妈无非是想在我的日常中留点痕迹，让我多回来看她。这种努力如此日日夜夜、锲而不舍，大概也只有她能做到。我透过白色镂空蚊帐，眼前浮现出那个木箱子，箱子里那层层叠叠的白色、黑色、蓝色衣物，竟不觉也叹了口气，脑海里忽然生出一个念头：或许我可以回乡下写作。在老家，盖一座白色小楼，在院子里种番石榴、栀子花两三株。不必接见厌恶的人和事，清晨、深夜、白日都属于自己，写小说，陪妈散步……

几秒钟之后，我就清醒地知道，这种生活仅存在于想象中。

我不可能回来，也没能把我妈和我二哥带出去。

第三日午后，我将被子、枕头、草席都拿到太阳下晒了一会儿，再收进来，打包好，将蚊帐放下。这样下次回来，床铺会干净些，我妈已经没有办法为我提前晒被子。关好房间门，我去找我二哥。

他用摩托车载我去镇上。镇上，我可以坐公交车到火车站，下了火车有地铁。这些年，交通方式变化，但仍改变不了跑一趟的总耗时，还必须四五种交通工具轮番上场。我辛苦考来的驾照，在两次上路分别撞树和撞车后，彻底沦为给朋友扣分专用。

载着我们兄妹的摩托车，躲着大型卡车、开得贼快的小车，在路上怯生生地前进着。

"下次什么时候回来？"我二哥问。

"争取两个月回来一次吧。"我说完，有些心虚。

"那已经很好了。"我二哥很是欣慰的口气说，他一点都不怀疑我的话。

摩托车继续往前开着，再拐两个大弯，就要到我等公交车的地方。

"妈说，你养的虎皮鹦鹉很可爱，但就是有一点不好。"

"怎么了？"

"它们不会说话。她叫我有看到会说话的虎皮鹦鹉，给她买一只。"

我听不到我二哥的回应。也许是风吹乱了他的声音。我抱着我的大行李箱，什么也没说，什么也没想。想什么都没用。

几个小时后，我回到了福州，回到属于我的那种日常——早起上班，睡前给孩子念故事。晚上，我给孩子念的是日本作家竹下文子的绘本作品《快来，一起盖房子》：

农田边上有一块空地。这里马上就要盖新房子了……卡车运来满满一车木料。这是用来做房梁的木料。用起重机把它们慢慢地卸下来吧……房子的骨架搭好，接下来就是屋顶和墙壁。窗框也装上。渐渐地，房子的模样出来了。大门装好，围墙砌好，窗户上的窗帘也挂好，全都好啦！

现在，随时都可以搬家了。

合上书，我轻轻为孩子掖好被角，给了他一个晚安吻，告诉他：乖乖睡觉，下次一起回外婆家，看舅舅盖的小木屋，还有那对在海风中荡秋千的虎皮鹦鹉。

原载《黄河文学》2019 年第 2、3 期合刊

饭是钢

第广龙

　　大野行走，远方升起一缕炊烟，脚步停了一下，又加快了。奇异幻境，十里洋场，抵不住人间烟火之于心田的触动：那里面，有柴米油盐。人活着，就要吃饭。食物是神圣的，有着自带的庄严。古人说，民以食为天——历史上，国人挨饿的日子，太长久了。

　　有学者把食欲定义为人的低级需求，并不意味着人可以饿着肚子唱歌。吃过饭和没有吃饭，人的精神面貌是不一样的。吃饭没有吃饱，人的记忆力增强，脾气却变大，会在别的方面表现出来。问起吃饭，如果谁老说随便，那么这个人我觉得不可靠。

　　一个有追求的人从事崇高的事业，中断一些日子，并不会影响到社会发展和文明进步，可如果三天不吃饭，这问题就大了。有的人想不开了，有的人病倒起不来了，如果他端起碗来，或者嚷嚷着要吃的，旁边的人都会松一口气，就知道这个人走出了困境，生的气息又回来了。

没有饿过肚子的人，难以体会什么叫珍惜。自然，顿顿有饭吃，才是正常的生活。2018年的夏天，我去渭南大荔，听说丰图义仓在附近，就专门去看。丰图义仓建在一个高台上，青砖建筑，四合院式，是清朝的粮仓，上百年了，依然完好。房顶上，也是一层砖，中间凹下去，一边向院子倾斜，这样设计，防盗、便于排水。不论哪个朝代，粮食就是天下，就是人心。有粮，就有了安定，有了底气。丰图义仓还在使用，储存了5千吨粮食，叫中央事权粮食，是不能随意动用的。

什么时候开始，人们都认为，不缺粮了？也许是我的观念跟不上形势，对此，我有极大的不解。过去，农民成天在土里刨，粮食不够吃，闹饥荒，城里人勉强，乡下人难过。可是，如今的土地，一块大块地盖了楼房，剩下的，不论肥瘠，大片撂荒，农民不种地了，进城打工去了，粮食供应怎么还如此充足？奇了怪了。如今这么多的粮，哪来的？我希望着，过去的光景可不要重现，如今的充足，能一直长久下去。

看到消息，说美国的肥胖人群在增多，而这些人多为穷人和底层民众。究其原因，是因为他们经常吃垃圾食品，导致摄入热量过剩，造成了脂肪沉积。而中上层人士，注重膳食搭配，合理补充营养，又计划出专门时间运动健身，体型都相对更为标准。一时间，我脑子转不过方向。过去，一个人要吃胖，是多么难以完成的事啊。兵马俑的士卒都身子瘦长、下巴尖，这是因为，吃军粮也是有定量的，不能敞开吃。唯独有着将军身份的陶俑拥有凸起的肚腹，这才是将军肚为何被叫作将军肚的原因。在我幼年的记忆里，只有在食堂上班的厨师，才能挺着一个大肚子让别人羡慕。一般人家平常日子破天荒吃一回肉，哪里会引起肚子的变化？

至于食物，怎么能以垃圾称呼呢？这简直是对粮食的侮辱。我们那里，只是用细粮和粗粮来区分。小麦是细粮，可以蒸馍、擀面条，是可口的。粗粮下咽困难，人若不是为了有一把力气，不愿意吃。玉米是粗粮，小米是粗粮，高粱是粗粮。还有豆子、荞麦这些，干脆就叫杂粮。如今，全颠倒了，粗粮、杂粮，有了绿色食品、健康食品的命名，变珍贵了，价钱也上去了。如今，人们不再为吃饭发愁了，人温饱了，吃下去的多，消耗掉的少，都愿意把吃饱喝足的日子过长久，还不得高血脂和脂肪肝。

大妈们跳广场舞投入啊！可不是吗，走路走少了，洗衣服、做饭、储存食物，都有这个机那个箱的，人从家务劳动中解放出来了。一个孙子抢着带都抢不上，儿女也不放心，轻易不放手。人清闲了，吃了五谷想六谷，身子如吹气般放大尺寸，这得活动、得闹腾啊！

我也不例外。有一阵子，我走路气喘，自己听不出来，旁人听出来了。不是有一句话吗：说你胖，你还喘上了。两样我都具备，我该减肥了。这个不容易。在嘴上控制的，都不容易。朋友感叹喝凉水都长肉，他老婆说：那不可能，是你成天在外面吃饭吃的。吃饭就是端着碗吃、就着菜吃，吃饱了碗就放下了。你们吃一桌子的菜，这个尝一口，那个尝一下，肚子装不下了还要上主食，还要再吃一碗，不胖才怪呢。于是，减肥都形成了市场，都有教科书了。正在减肥的人，听到有人劝自己再吃一点、别太为难自己时，总会大声强调自己不饿、吃太饱了、吃了一肚子。说这些话，既是给别人听的，也是在给自己打气呢。我就这样。想不通啊，往前10年20年，怎么也不会意识到，体重超标会和自己联系起来。家里有了弹簧秤，不准，也不怎么用，为一毛钱和人争执，不划算啊。还增加了体重秤，怕上去，又不得不上去。体重秤偏差少，减了一斤，高兴，数字没变化就怀疑是假冒产品。减肥怎么这么难。

科学家研究过，人类进化过程中，一部分人吃下去食物能充分吸收，一部分人把吃下的都拉出去了。食物有限，天灾人祸不断，物竞天择，能充分吸收食物养分的这一部分人活下来了，基因得以遗传，另一部分人被淘汰了，谁让他们消化功能不发达呢。看到这个，我得到了很大的心理安慰：作为人类成功生存繁衍的实体存在，胖不是罪，是赢家啊。

遗憾的是，人类这个物种，在遗传机制设置方面，忽视了大家都能吃饱这个可能，而一旦出现这样的状况，又无法在短期内加以调节，局面就失控了。承担责任的，偏偏是个体，一个一个的个体加起来，成为群体，我是其中之一，解决问题的办法也只能靠自己找，找到了便意味着对整个族群的变化，做出了一些探索性的贡献。不过，个别吸收能力超强的，就惨了。有巨无霸级别的胖子，不出门，常年在床上，得病上医院，拆了窗户，用起重机吊出去。也有另一种极端，一个人吃一桌子饭，腰细细的，脸小小的，这样的人，胃囊里仿佛全是硫酸，食物就是在体内通过一下，这也属于样本性质，不过相对稀缺，这种人要是放到以前，不被打死，饿也饿死了。

话说回来，我挺佩服自己的。经过天长日久的努力，减肥还是成功了。就这，我也不敢吹牛皮。戒烟又复吸的人，烟瘾会更大，减肥能不能反弹，那可是毅力的考验。从目前看，我还能坚持住。我是怎么做到的？说来简单，下定决心就行，我不愿凑热闹参与那些正儿八经的运动项目，我只是走路，早上走，天天走，最少走一万步，我已经走了十多年了。

10月的临潼，石榴成熟了。单位的培训中心是以前的疗养院改造的，我来这里参加技能培训。骊山青翠，华清池和兵马俑天天都是挤满人。我去过多次了，再也不愿意进去了。早上天黑着，我按照老习惯，依然出去，沿着秦唐大道走路锻炼。这个是我乐意的。折返的时候，魏家包子铺已经开门了。前一天，我看里面坐满人，心想味道一定好。今早，我忍不住进去，吃了一个地软的，一个豆腐粉条的，热乎乎的，馅料足，调料合适，真的可口。走的时候，又买了几个带上。

这要是搁在以往，黑灯瞎火的，饭馆才不会开门。是人口的流动，带来了生活方式的改变。如今，到哪里，都是饭馆遍地。多少人在外谋生，一日三餐，都是在外面凑合。不是为了享口福，只是为了把肚子填饱。人走出去，怀着一份希望，哪有随便就成功的。可是，家乡养成的肠胃不得不适应异乡的习俗。在这个过程中，人们顽固的心理逐渐松懈，口味上不再坚守，对于食物的接纳也拓宽了其他方面的包容心。吃什么饭食，就有什么性情，这话有一定道理。

没有什么水土不服的，就看是在什么情景之下的认可和接受。当食物的多样化出现在菜市场和餐桌上，社会的交融是必然的。现在，我到外地去，饮食上不光能适应，还能从当地的菜市场买菜往家带呢。不论到哪里，我都喜欢到菜市场转悠，看着各种颜色和长相的蔬菜，我心里喜欢。说出来不怕被笑话，我爱吃豆角，到东北看到四五种没有见过的豆角，就买了一口袋，坐飞机走了上千公里，带回到西北，够远吧？我去温州的文成，早上看到一种长着长身子的白菜，绿叶的绿是那种墨绿，稀奇啊，我买了两颗，也是坐飞机走了上千公里。

在以往，人的活动范围小，见识受到局限，对于许多吃的用的，别说亲眼见，听都没有听过。

芒果烟是老牌子，不知现在还有没有。这其中有故事。当年，产芒果的地方，为了表达对毛主席的爱戴，把芒果送到北京，毛主席舍不得吃，转送给一个工厂的工人。工人们激动啊，把芒果珍藏起来，国庆游行的时候抬了出来。我年少无知，第一次知道芒果这个词汇，连芒果是长在土里还是结在树上也闹不清。其实在街面上展示的，是芒果的模型，我竟然当成了真的。

我还看到介绍，说云贵一带的人喜食一种汤：牛瘪。就是把牛的肠胃里未消化完全的草汁和残渣提取出来，在锅子里煮，还加进去牛肉，牛肚。那种味道，想想都觉得恐怖，要不是电视上有画面，我都怀疑是有人居心不良编造出来的。

人的流动不断加快、加密，物的流动也活泛、活跃起来了。芒果我见过也吃过，味道别致，有吃头。不过，吃起来黏一嘴，手指头也糊得姜黄，看着不雅观。牛瘪送到跟前，我敢尝试吗？也许我会吃上瘾，也许躲远远的。

如今，只要有钱，又舍得花，想吃啥就有啥。这里不出产的，那里发快递，没几天就能到货。

回想起物质短缺的年代，特别是颠簸于大山深处的经历，总是会和吃的联系起来——如果往事是一件大褂，吃的就是一枚枚纽扣，紧紧系住每一个要害点。那时候的我人正少年，对于出门谋生，既充满了期待，又深感茫然。一个人的长成，不就是以生活的独立为标志的吗？我不能抱怨。离开家，日子怎么过，就得靠自己了。吃饭在哪里吃，这个很重要。我也是有单位的人，参加工作的头七八年，都是在职工食堂吃。那能叫伙食吗？现在想起来，我都有怨气。那是用最简单粗暴的方式来对待粮食和蔬菜。就说稀饭吧，不是熬的，而是把剩米饭加上水。水烧开了，结成疙瘩的米粒却还没有散开，也就是说，炊事员都懒得搅动几下，就这样盛到碗里递给我了。我能吃下去吗？放心，我吃得欢实了。人年轻，肚子是一口井，我从事的又是重体力劳动，对于饭菜的质量没法计较，都被饥饿抵消了。后来成家，哪怕是手指头粗的拉条子拌进去土豆丝，我都吃得满足。那些年，在家里吃饭是幸福的同义词，最让单身汉羡慕。最令我满足的，不是能吃上大鱼大肉，而是能吃上刚出锅的、热乎的、咸淡能掌握、稀稠在自己的饭菜。又能省下钱，攒着，攒上一年半载，就能买回来一台电风扇了。

我上小学写作文，爱用华丽的词汇，还特别为之陶醉。翻词典寻找张扬的成语，看到夸张的句子就摘录在小本本上，若有机会混搭进文章里便觉得出了彩。当我写作到了一定阶段，对于语言有了更多感悟，才意识到：朴素的美才是大美，简单直接的表达，才是高级的写法。而要做到这一点是有难度的，仅凭自觉无法实现。

烹饪出满汉全席固然本事大，可又能有几个人欣赏得来呢？何况满汉全席更多的是依托食材的稀有，多是纯粹为摆设而费工夫的菜品，简直就是反动。民间吃饭上菜，也见样学样，有一道菜叫看盘，不是吃的是看的，一桌子的人都知道，谁也不会伸筷子。更有甚者，看盘是一条鱼，又或者是一只鸡，总之是木头刻出来的，那更不用担心谁会咬上一口了。

厨师比试厨艺，常常比最普通寻常的：炒土豆丝，这都会，可是，偏能分出高低来。我炒土豆丝有五六种变化，有的是自己摸索的，有的是听别人说了自己回去试验的。到今天，我也不敢说自己炒的土豆丝有多好吃。在外面、在朋友家里聚餐，我品尝过的土豆丝，有时会遇到惊喜：看上去刀功、用料、火候都差不多，为什么这盘土豆丝就这么与众不同？我琢磨，也许就在这个差不多上，就多那么一点，或者少那么一毫，境界高低就区分出来了。

我也是吃过大餐、见识过排场的人。以前，羡慕有的人咋吃得那么富贵，有机会吃一次，感觉很是紧张，怕不会吃被人笑话，也顾虑一旦吃了忘不了，再想吃又办不到，幸福指数因此降低，就有些得不偿失。不过真心讲，许多台面上的吃喝，吃饭的人，心思既在吃饭上，又不在吃饭上。那就是一个平台，一个利益交换的场所，围一圈的人，通常称之为饭局。要我说，吃下去最舒服的，一定是家常饭，是天天离不开的，是经常吃的，自然也是最普通的。

有一正，就有一反。人在吃饭的选择上，也是会转换的。一些饭馆卖手工面，案板就支在大堂，一个人身子一顿一顿，弓着腰身在擀面。这是让吃面的人亲眼看，面是现做的、现下的。这样做，主要是人在外面的日子久了，对于家乡的怀念，有一碗打小就吃的面食就能安慰。吃饱穿暖容易想家，回家其实是容易的，可是，回去了，又舍不得城市的光亮和热闹，还是又折回来了。一顿貌似熟悉的饭菜，真的就能吃出妈妈的味道吗？现在，就是在家里吃饭，工序也都简化了。超市里啥都有，谁还自己蒸馒头啊。吃饺子，如果不愿意吃速冻的，还有半成品，饺子皮、饺子馅都是现成的。因此，所谓回家吃饭，更多的意义是和家人在一起，是团聚，是陪伴。那种自在和温情，是外面没有的，就是和家人拌嘴争执，也少了顾忌，不会生分。我想，如果生活越来越好，就算对既往的方式有颠覆性的改变，也不要过于惋惜。有得到就有失去，回到过去是不可能了。我估计大多数人和我一样，有时候说到从前，会觉得过去的日子虽然颇为艰难，却也蕴含了温暖。可是，到底是回不去了，人都是朝前走的，新的社会形态的形成是必然的。父母和儿女的关系，工作和家庭的关系，必然会变成现在这样状态。如今，多少刚成家的年轻人自己不做饭，要么在外面解决，要么订外卖。饭点儿的时候你看吧，电梯里十有八九会有一个提着吃的、看着手机的外卖小哥。

故乡不在，亲人离去。记忆如果有追索，父亲从黑市买回来一口袋玉米进家门的场景、母亲在灶火旁忙碌的身影、一家人灯前端着碗吃饭时筷子拨拉的声响就愈发鲜明。那是童年，那是养育了一个人的土地，其中有感情，有亲情，任何事物都不可替代。

我滋生出这许多的感慨，人上了岁数偏爱怀旧是一个原因，还有就是近来我整理这些年写下的文字，很多篇什都写了食物：小时候吃过的，家乡人离不开的，出门在外经常去吃的。这些食物都普通，寻常，甚至不值得描述，却被我珍惜，让我钟情。这也注定了我的这些文章不是美食指南，也没有示范厨艺的意思。那样的文章，世面上随处可见，我也喜欢读，但我的文字不承担这样的任务。我看重的，要表达的，是食物背后那些具体的，或者虚无的内容。我写的是人，是我内心的曲线和直线。

我17岁告别家乡，挪动了许多地方，我的生活是不稳定的，虽然不再为吃不饱发愁了，可我的精神世界常常虚空。吃饭真的让人踏实吗？那得看吃什么、和谁吃。我以前多爱吃面啊！现在，一个月的米饭，我也能吃，还吃得香。人的胃口会退化，也会变化，吃不动了的时候，人就走向衰老了。我在网上关注了上百个自媒体，都是教人做饭的。这里头，大部分都是关于面食制作的，各种各样，做法不同，味道不同，都有诱惑力。离开家乡几十年，我的饮食杂乱了，可我的潜意识里，还是顽固地记挂着自小养成的饮食习惯。这是刻在舌头上的、独属于每一个人的记号。

我的胃里有一张地图，无论去了多少地方，有一个地方始终是世界的中心，是我人生的中心。我在那个地方长大，我故去的亲人就埋在那里的南山上。每年清明，路程再远，我都会回去上坟，也会再吃上一碗家乡的饭。大口吃着饭，热气笼罩了我的脸面，人看我是模糊的，我看眼前也是模糊的。可我的心里分明清清楚楚：我回来了。待上一两天，我又得走。一年一年这样的往返，让我像候鸟一样。一年一年往家乡走，往我现在安身的城市走，对于我，都是归程，都是回家。

原载《岁月》2019年第1期

仰望一棵草

沈俊峰

一

去年底，天寒地冻的时节，我从北京辗转回到位于大别山的霍山县，去单龙寺镇双龙村采访精准扶贫。之所以说回，因为那是我的第二故乡，我成长的地方。驻村扶贫工作队队长张远来是我的师范同学，他说王先虎、何祥宏、郑光弼就在镇中学执教。于是，兴奋相约，三位同学请我在镇上一家最好的酒馆喝了一顿酒。

这三位兄弟，一直坚守三尺讲台，从没有离开过。

看过这样一句话：他们是最早被"掐"的那一批嫩芽儿，他们用稚嫩的肩，过早地扛起了国家赋予的沉重使命。记得当时，像有一记重拳捣在心窝，震撼、酸楚、委屈，却又是疼痛的欣慰。

当尘埃即将落定、云飘烟散之时，才意外地发现，有这样一批人，在自我救赎的同时，也益了他人、兴了社会，如一滴水，永生地融入了江河湖海。

我、我们，是"他们"中的一分子，也是"这样一批人"，自然是息息相通。

20世纪八九十年代，中国历史上最后的，与国家发展同脉相承、密不可分的中师生，是一道抹不去的风景，注定会成为永远的国家记忆。一代中师生们，骄傲过、自豪过、喜悦过、欢乐过、拼搏过，也彷徨过、失落过、迷茫过，更有过撕心裂肺的疼痛和欲罢难已的泪。改革开放40年来，他们像一棵棵平凡的草，散落于偏僻落后的乡村，教书育人，默默耕耘。在即将职业谢幕之际，才听到了掌声，才听到了将他们超拔至高尚的掌声。虽然掌声寥落，却足以温暖余生。毕竟，许许多多的人受过他们的教育和恩泽。

这是一代中师生的命运，平凡，却铸就了别样的辉煌。可有谁知晓，这迟来的似乎是民间记忆的赞誉，有着他们心中怎样无法抹去的隐痛？

从大别山归来，仍沉浸于过往的记忆，久难释怀。南方开始了连续多日的漫天飞雪，北京却没有见到一片雪花儿，这让人遗憾和失望。

坐在古老的通惠河边，看森林一般的高楼，看飞机大鸟或蝗虫似的降落或拔升，看浑浊的河水，看浊水中的夕阳，看夕阳在浊水中的跳跃、扭曲、变形、流淌，然后变成洒满了一河波光鳞鳞的碎金花儿。

命运，真的说不清，是否就像眼前的此景，飞翔、匍匐或者随波逐流……

二

霍山县的崇山峻岭中，新中国第一坝——佛子岭水库大坝坐落于此。该坝是新中国创立之初"156项"重点建设项目之一，是中国第一、亚洲第一、世界第三座钢筋混凝土连拱坝。2018年初，佛子岭水库大坝被中国科协列入第一批中国工业遗产保护名录。

水库大坝下游七八公里处，辽阔的淠河岸边，黑石渡桥头，"文革"期间创建的一所"五七大学"摇身一变成了县师范学校。

站在黑石渡桥头，可以最佳角度观赏到著名景点"睡美人"。蓝天白云下，一个黑发如瀑的古典美人静静地仰卧于苍茫天穹，妙容如生，动人心魄。

1979年秋，霍山师范招了四个班，高中班、普师班各两个。普师班学生多为十五六岁，来自于周围几个县，是初中毕业生中成绩最好的一批。两个普师班111人，其中女生5人。我在的那个班56个皆为男生，大家自嘲"和尚班"。

时间仓促，条件简陋。学生宿舍是用毛竹、麦草、黄泥盖成的草棚，远远望去，像历史教科书上原始人后期搭建的草屋。一个大草屋能住二三十个人，上下木板床，夏热冬寒。

每周上课六天，四顿早饭每人发一个二两的馒头，两顿早饭每人发两根油条。馒头或油条无法让人吃饱，于是拿饭票去食堂打稀饭。稀饭熬得黏稠，堪称一绝。喝稀饭成了亮丽而难忘的记忆，以至于同学们至今还以"喝稀饭的"自嘲"霍师范的"。

唯大门口那块白地黑字的招牌，那六个遒劲有力的大字，让这座破旧的校园弥漫出了文化味儿，显示出它的与众不同。

老师、学生都呈精神焕发状态。老师更显迫切，行走如风，一副时不我待的样子。十年浩劫，教育现状令人悲哀，大量缺正规教师。学校恨不得拔苗助长，撒豆成兵，立马把我们撒到各个偏僻的学校去。比我们早一届的中文班、数学班，初中、高中生混招，学校真的让高中入校的学生提前一年毕业，剩下的便合成了一个班。

在那个激情燃烧的年月，我们那批幼苗，灵魂如洁净的天空，看不到邪恶的皱纹，也少有一星半点的心霾。有人说，60后多是复杂的混合物，理想主义、英雄主义、浪漫主义、现实主义、批判现实主义，交错纠缠，繁杂撞击。于我，却是理想主义影响了人生。

如今已年逾九旬的李道生老师根本不会想到，在离教书40年的目标还有很远的时候，现实的变化就已经远远地超越了大家的想象，师范学校改名为教师进修学校，只培训不招生，后来，改为高级职业中学，再然后，搬到新开发区，建成了职业技术学院，与师范更是风马牛不相及了。

母校，只能活在记忆里，连同我的大半辈子光阴。

这或许就是沧海桑田吧？

三

第三学年开学，许多人心里已然难以平静。当初，成绩远不如自己的初中同学，两年高中之后，有人接到了大学录取通知书，有的还是重点。十七八岁，正是做梦的花季，怎能不受刺激？但是，又不得不承认，我们的梦提前终结了，像花的提前凋零，而人生的果，却过早地吐浆结实、过早地成熟了。

遗憾的是，这个世上没有如果，只有结果和后果。

无法飞翔，那就漂流吧，如果顺风顺水，或许也能抵达一个如花的彼岸。许多时候，我这样安慰自己。梦想和抱负就像跳高，在达到某个巅峰之后，唯有一再地降低自己翻越的标杆。生活，终会让你心甘臣服，也会让你心悦诚服。

临近毕业，我突然很想分配到大山深处的某座学校，一个僻静之地，教书育人，不想陷身尘世的烦杂。家人希望我分回到厂里，我以沉默相拒，心绪绝望。回去，就是为了展示自己在一番热火朝天之后，最后落魄于子弟学校当一个孩子王吗？

最要好的一个发小让我悬崖勒马，认为我的想法天真幼稚，极不现实。军工厂虽说在山里，但说不定哪天就会搬进城。城市，是人人向往的地方。况且，高山之上，如何抵挡得了没有朋友的孤寒？进山容易，出山难。暖情之语，彻底让我的不实之念轰然坍塌。但是，我还是没有满足父母的愿望，而是去了另外一家企业子弟学校。

那个发小，一年之后因为一场小病死在了医院。永远19岁的他，就埋葬于工厂附近的山坡上。

考完最后一门课的那天晚上，许多人聚在礼堂看电视，不时传来阵阵欢呼。那里有学校唯一的彩色电视机。我独自坐在空旷的教室，听镇流器发出咝咝的声响。留恋、欣喜、茫然？说不清楚，只想在空空的教室，静一静灵魂，默默地告别，向梦想、向浪漫、向天空、向大地，也向自己，从此脚踏实地，心缩成团，让飞扬的粉笔灰染白人生。那个寂静的夜晚，我向自己的19岁招手，笑，苦笑。

如果不是半路受到重创，我一定还在坚守三尺讲台。

刚进校，当了四年级班主任，比学生大不了几岁。班上年龄大的女生，情窦初开，见到我便有点不好意思，总是低头一闪而过，从来没有打过招呼。为人师表，像一根弦绷在脑海里。人类灵魂的工程师，这说起来有点大，但确实挺让人虔诚、自豪和敬畏。

我一直记着父亲的话，工作两年后报考教育学院。我和一位同事分别递交了申请，学校、组织部、厂党委层层研究，一路绿灯，同意报考。这让我感到脚下的路宽阔平坦，天空流金溢彩。人生能有几回搏？

暑假，我接到了录取通知。此后是满心的憧憬，悄悄准备，等待着一个激动人心的时刻。

然而，有惊喜就会有意外。厂里突然不同意我们走了，理由是缺老师。实在是、真的是不敢相信，一个几千人的大厂，那个大红的印章，说变就变了，说扼杀就扼杀了，而且是轻描淡写的扼杀，扼杀得不见一丝血色。

为什么会这样呢？那时候，想不通，现在，仍然想不通，唯有一声叹息，风轻云淡。

有谁能告诉我，昨天还能再来吗？

和同事做了各种各样的努力和争取，也无法撼动那个大红印章盖出的最终决定。从此，那成了一个无法触摸的隐痛，一个无法打开的死结。

这么多年来，蛰居京城，或行南走北，遇到许多朋友，谈到经历，竟有许多中师生，这些当年的"漏网之鱼"，经商、从政、搞科研、大学教书，或者成为作家、诗人，各行各业都有。说起那段共同的经历，才知道当年天南地北有着五花八门的规定，中师生不许改行、不许当兵、不许进修、不许考研……只能教书。

什么叫奉献，什么叫牺牲，这便是吧？痛苦中挣扎，泪水中匍匐，欣慰中前行，构成了一个平凡而完整的人生，却垫起了国家基础教育的大厦，培养出了一茬茬的学生，放飞了一代代人的梦想。

个中滋味，唯亲历而自知。

脑海中，时常会浮现出一位温文尔雅的长衫先生。寂寞乡道，阳光灿烂，山河静美，长衫先生从历史深处的云烟中静静地走来，无声地走来。那不变的乡道，长衫先生已行走了几千年。

我为这个意象莫名地感动。它浸润着许多我熟悉的影子，孔子、老子、孟子、庄子……一代代的乡间知识分子，有名的无名的，高的矮的胖的瘦的，有胡须的无胡须的，走成了一条望不到尽头的寂寞也热闹的长龙，清晰坚硬，接续延伸，撑起了华夏文明的精神核心。

自学考试政策甫出，便有了一个非常壮观的情景——一届届累积起来的中师生，从全县各个角落、各条乡道上走来，成为浩荡的自考大军，唯独，没有了长衫。若给学生一碗水，自己得有一桶水。面对这个虔诚的信念，大家想尽办法提高自己。自考，或许是最好的办法。曾经的好苗子，此时只能边工作边学习，才不至于被时代的浪潮拍到沙滩上。

那天在县自考办报名，碰到一位从教院毕业的同学，他说我的名字挂在教院的黑板上足足一个学期，催促前去报到。听罢，我终于无法抑制，一怒扔了五六门合格证，从此不再考。没有那一纸毕业证，难道就不吃饭了吗？一颗年轻的心，不知道是在与谁置气，与自己，还是与那看不见的对手？然而，意气用事，受伤的终是自己，因为自身太微弱伤不起。

后来，厂里调我去写厂志，再也没有返回讲台。而我的同学或者学友，绝大多数仍然坚守在教育的一线。

像一茬茬的庄稼，学生们飞出乡村和城镇，成了各行各业的人才，而教他们的中小学老师，还是中小学老师，还在给孩子们上课。唯一的改变，是老师越来越老，粉笔灰让青春飞扬无影。垫脚石、燃烧的红烛、瘦削的人梯，这是社会和大众的评说。其实，他们更像一棵棵小草，默默无闻，扎根土地，有的开花，有的无花，却都是阳光的追求者。它们自身的苍翠，昭示了生命的坚韧和顽强，岁岁枯荣，百折不挠，染绿了一个又一个春天。

有那么些年，有些地方教师的工资被拖欠，有时候竟以食用油、肥皂、洗衣粉等充当，甚至，工资被强行扣下订了报刊……有委屈、不平、怨愤，却无悔。站上讲台，便绽放出一张慈祥笑脸，绝不把不良情绪带给孩子。

那是一代人的品质，一代人的时代印记，像那个年代的大地、水和空气，有着洁净和清纯。

四

说不清从哪天起，教育变得不再纯粹，这让人心痛，心痛便会痛苦。世态人心都在变，有的变得温暖，有的变得寒凉而苍远。那么师呢？

不敢想，想来难安，甚至是不寒而栗。颤抖中，幻想着重拾一些丢失的晶莹剔透的东西，幻想着重整灵魂的山河，幻想着焕发一个精彩的世界，让世界安宁如春，遍布生机、活力和希望。

有一天，沉睡的梦突然被唤醒了。有人从微信转我一则新闻《一个教师一个娃，大山深处的坚守》，读罢，大吃一惊。

霍山县大化坪镇王家河小学，54岁、有着30余年教龄的俞宗江正在为4岁的杨鑫钰上幼儿游戏课。这个村级教学点，唯这一师一生。

看到这里，我愣住了。

这个教学点，除了一间学前班教室、一间教师办公室外，其他房屋均处于闲置状态。"七年前学校专门翻修，教育部门还给我们配了班班通、在线课堂等设备，但就是没有学生，没有学生也就没有老师愿意来。2013年，曾经分来一名特岗教师，因为交通不便、生活孤独，一周后就走了。"

每年，村里一年级适龄学生有十人左右，为了挽留生源，俞宗江会上门做工作，尽可能给予家长方便，比如，可以代接代送，雨雪天气免费给家远的学生提供住宿，即使这样，依然挽留不住。"农村家长很重视教育，有时难免有攀比，家庭条件好些的，都去县城上学了，条件稍微差些的，也要想办法让孩子去中心校或县城上学，家长担心孩子成长发展受到限制。"

俞宗江？不是低我一届的学弟吗？当年意气风发、决心为教育奉献40年的青年教师，现在竟然无生可教了？

上网搜，发现竟然有那么多关于教师坚守的报道，几乎每个省都有。打电话去问，俞宗江倒是豁然，现在的城镇化、现代化，说明我们国家在进步、在发展，该高兴才是，毕竟城里的条件比乡村要优越，对于个人来说，只能自我消除阵痛，对吧？

但是我相信，俞宗江的心里一定不会好受。

乡村教育会就此萎缩与沉寂吗？乡村需要人，需要活力，需要建设，需要有识之士。这个发展中的阵痛，啥时能愈呢？

心中突然惆怅起来，一代中师生，从辉煌开始，却以黯淡与光明并存而结尾，所幸的是，这个结尾被一个辉煌的新时代所衬托。如今，一代中师生的职业生涯即将走向终点，即将完成历史使命，心中无憾，却是否落寞呢？

当风云散去，万物归于平淡，一切也就成了云烟。换一个角度，个人的姿态已不那么重要，重要的是，世界是否明白，是飞翔和匍匐共同构成了这个完整的世界。那些不得不为的匍匐，其实是别样的飞翔，别样的升华，应该受到时代的礼遇和尊重。

所幸的是，即使卑微如草芥，也仍然会被时光塑成金身，有了一层薄薄的光泽，留待历史去慢慢倾听和解读。

痛和爱，都将落入历史的花间深处，再也无法触摸。然而，一棵飞翔的草，却值得历史的仰望，对吗？

原载《天津文学》2019年第2期

唐山母亲

刘云芳

我不止一次去过唐山地震遗址公园，园区内，原机车车辆厂的残墙还记录着 1976 年那场灾难恐怖的表情。一旁的铁轨扭曲着，这看似简单的线条似乎是对那段历史最简单、最有力的概括。这场地震导致 7000 多个家庭罹难，上万家庭解体。我从老照片里看到过当时大地的裂痕，那深深的鸿沟在震后逐渐愈合。站在时间的厚土之上，我常想，那些家庭以及每一个人心上的鸿沟是如何一点点愈合的？而作为每个家庭里最柔软的支撑——女性，她们到底是怎样从废墟中走出的，又是怎样一点点抚平身边人的恐惧，把一个个家庭牢牢黏合在一起的？

一

在距离那场震惊世界的灾难40多年后的一个夏日，虽是早晨，阳光已经很炽烈，光线如细针般在大地上刺出我的影子。腹部突出的轮廓，昭示着一个生命正在不断成长，我即将第二次做母亲。这个生命的意外到来，让我觉得，以孕育者的身份与那些从地震废墟中走出的"唐山母亲"一起打开时间之门，或许是一次重要的洗礼。

我坐公交车辗转来到一个叫"小王庄"的村庄。那里的房屋整齐排列着，街道宽阔整洁，一派新农村的景象。我与边秀红阿姨相约在村委会见面。她转过身去，掀开衣服，腰部露出一道伤疤来，这伤疤像是压制时光的一道锁链，将那一日大地的震颤、毁灭以及种种迹象封锁起来。

我试图从她的描述里窥见那一夜的恐慌。然而，那恐慌从她的神情里是找不到的。当时虽然已到凌晨，天却黑得要命，他们全家被一声巨响惊醒。外边响起撕心裂肺的呐喊：地震了！这声音还没落地，房屋便轰然倒塌。边秀红刚想爬起，却被一根房梁压在床上。她和丈夫对着爬出墙外的儿子喊，赶紧跑，去麦场！丈夫费了好大力气才把她拉出来。她顾不得身上的伤，急忙跟丈夫跑到邻居家救人。

到处是伤亡者。边秀红是村里的赤脚医生，她一看这状况，赶紧去自家倒塌的房屋里扒药。当时是夏天，无比炎热，又是凌晨，人们大都衣不遮体。村民从废墟下找出件衣服递给她。那是一件12岁少女的衣服，紧紧裹在她身上。后来，她又找来一条肥大的裤子。心想，能有衣服穿就不错了。她完全成了指挥者，让大家把重伤人员抬到安全的地方，又为轻伤者快速处理伤口。

脱脂棉没有了，怎么办？时间紧迫，这个时间能去哪里找？情急之下，她把自家的被子抱过来，三下五除二拆了被面，一大团白棉花裸露出来。她招呼大家过来帮忙撕棉花，自己又跑去扒墙角里的一坛老酒。那坛酒全家珍藏多年，一直也没舍得喝。她庆幸这坛子没有被砸碎。人们把棉花撕成一小团一小团的，放在酒坛里制成酒精棉。这软软的棉团像边秀红的话一样，让人心安。

有孩子疼得直叫唤，她急忙赶过去，一检查，才知道是胳膊脱臼了。可她从未给人接过骨，但如果不及时接上，留下后遗症就严重了。她大着胆子，回想着之前见过的接骨场景，尝试着把孩子的胳膊举起，旋转，再用力，竟然真的接上了。她一个接一个地处理，一处一处地跑，消毒、喂药、接骨、包扎……余震不断，她却在与时间赛跑，希望能够救助更多的人。这时，忽然有人跑来说，有个人尿不出来，难受得要命。她过去一看，伤者的肚子已经胀成了一面鼓。原来是尿道被砸坏了。边秀红意识到，他需要导尿，可这件事她完全没有做过。情况危急，看着伤者痛苦的神情，她只能硬着头皮从医药箱里翻找出导尿管，简单消毒以后，准备导尿。人们见她一脸淡定、自信，却不知道她心里也是没底的。她勇敢尝试了好几次，终于成功了。这位伤者得救了。

边秀红顾不上休息，她一个人守护着几百人的安危，真是连眼睛都不敢眨一下。腰上的伤一再疼痛，提醒她该休息了。她累得走不动，便拄着一根木棍，咬牙坚持。婆婆看在眼里，心疼极了，特地送来一碗热粥。她这才意识到自己已经三天三夜没有休息了。

边秀红把自家的存粮也拿出来给大家吃，在那样的年代，那样的时刻，粮食比什么都金贵。可她说，哪顾得了想那么多，大家一起把眼前的难关闯过去才是最要紧的。家里的排子车，在当时算是大件了，她也毫不犹豫地贡献出来，用于运送重伤员。

几天之后，人们开始修建临时的简易棚。而她和丈夫却忙着救助别人，奔波于各处，家里的事情根本顾不上过问。婆婆在外边因为风餐露宿，心脏病发作，晕倒了。村里人过意不去，这才为他们建起了临时的"家"，那个仅有几平方米的临时居所，不只是他们一家五口的容身之地，还成了临时的医院。广播站的一名女广播员和两名村民都住在这里。边秀红让他们住在最里边，她自己睡在最外边。每天晚上，她的上半身躺在"家"里，腿脚却只能伸到外边去，好像这房子长出了腿脚似的。

解放军的救援队是第九天到达村庄的，边秀红帮着把救援物资发给大家，把重伤员转移出去，这才安了心。在她的努力之下，整个村庄的救援工作井然有序，所有的伤者都得到了及时处理。

她以一颗慈爱之心看待整个村庄的生命。之后的许多年里，她依旧为人们输液、打针，守护一村人的健康。后来，她还当上了村里的妇代会主任。现在，70岁的她，仍在村委会担任委员，为新农村建设发挥余热。不管在哪个岗位上，她都尽职尽责。

现在，她每天从街上走过，看到曾经救援过的人在路边扇着蒲扇看孙子，而她在地震时接生过的孩子如今也已经人到中年，过着幸福的日子……这一幕幕场景令她欣慰。

二

地震前一天的傍晚，天气热得要命，病房里来的人也都议论纷纷，说天上的云着火了，又说哪里的鱼都跳上了岸，青蛙也成群地跑到马路上，好像要远行似的……人们议论完之后，也会看一旁的高继贤——这个31岁的年轻女人，偏偏就摊上了身患癌症的丈夫，家里还有三个孩子等着抚养。

凌晨3点多钟，悬在房顶上的电灯闪了几下，便灭了。楼道里黑成一片。有医生打着手电来回巡视，叫大家赶紧休息。高继贤似睡非睡，迷迷糊糊中，感觉房子剧烈地摇晃起来。她赶紧站起身，想往外跑，却怎么也迈不开步，人站在那里，像是簸箕里的豆子一般，被颠来颠去。人们已经乱成一团，医护人员打着手电筒领着大家逃生。等到了门口一看，外边已经是一片狼藉。前一天还繁华的城市，已经满目疮痍。她转过头，想跟担架上的丈夫说话，才发现他已没了鼻息。在这场灾难的混乱里，他走了。她抓起一条旧毛巾，盖住了他的脸，脑子里交错闪现着三个儿女稚嫩的脸。

原本的房子塌的塌，裂的裂，到处是残缺不全的肢体。大自然的一双魔手把所有的东西都撕碎了，踩躏着。她觉得自己像被擦除了路线的蚂蚁，要一遍遍尝试才能走上回家的路。等到了家，已临近中午。邻居大婶抱着儿子送过来，一脸歉意地说，闺女们……已经埋了。她抖着嘴唇，好久说不出话，最后，只问了一句：咋就埋了呢？

就在前一天晚上，婆婆带着三个孩子还有小姑睡在炕上。半夜，房顶砸下来，全家人都走了，单单留下了智障的儿子。可满大街哪个不是家破人亡？那突如其来的痛苦一下子抻平了每个人的表情。

孩子的大伯、大妈也都没了，两个半大的小子投奔过来。她一个人领着三个孩子。日子本就艰难，已经改嫁的养母忽然病倒，继父辞世之后，养母一直受着对方孩子们的排挤。高继贤一看这情形，只好把养母接回家里，娘儿几个相依为命。

等解放军一来，给各家搭起帐篷，后来又盖起简易房，生活才一点点好起来。儿子一天天长大，与其他孩子的差距慢慢凸显出来。许多次，当她拖着疲惫的身子下班回来，在街口看到儿子被几个调皮的孩子围住，高喊着，叫爸爸！儿子吓得不知所措，她的心顿时就碎了。

很多时候，她不愿意回家，后背趴着的儿子一看她往村口走，便哭着摇头。即便迟钝如他，也能感受到母亲掩藏在身体里的情绪。

是的，她又要去葬丈夫的那座矮山上。她多想大哭一场，把心里的憋屈对他说一说。可是有太多生命死于那场灾难，她丈夫不过是顺道跟着去的。很多话到了那里就变得无力言说了。

两年后的某天，哥哥匆匆来了，当时，她娇小的身躯正负担着两大桶水。哥哥一见这情景，眼睛都红了，接过扁担，便说要她回趟娘家，去见个人。地震之后，重组家庭的很多，这一年里，上门说亲的人也不少，但她很长时间里都是拒绝的。哥哥硬要拉着她去。她洗了把脸，便坐在哥哥自行车后座上去了。

她穿过堂屋，先进了母亲的屋里。母亲说，一个人多难！一听这话，她的眼泪便汹涌而出。她不知道自己为什么会哭成那样。从丈夫查出癌症再到大地震，她的泪水好像被封锁了一样。但在这一刻，她再也绷不住了，往日生活里积攒的压抑、艰难全都顺着泪水流了出来。

对方是人民教师，在那场地震里失去了妻儿。她心想，这样的条件，人家怎么可能接受她的傻儿子？而且，他们还相差 16 岁，如果不能一起到白头，以后自己还不是孤独终老？

当她红肿着眼睛去哥哥屋的时候，一抬眼，才发现那张脸是那么熟悉。早在十几年前，养父在世的时候，这张脸就常常出入于他们家。对，他是养父的学生。对方早知道是她。这一下子，很多话都省略了。

两个被天灾震裂的家庭很快黏合到一起。如果把一个个家庭比作一个个几何图形的话，地震之后，你可以看到，那半个圆形粘着一个角，这个碎了一角的方形粘着一个残缺的梯形，这些相互黏合的图形需要在时间里慢慢消磨掉损坏的边缘。而他们是幸运的，在相守的 28 年中，他们没红过一次脸。他将她的儿子视如己出。哪怕孩子因为好奇心重到处惹祸，他也跟着一起去别人家赔礼道歉。在她的暮年，想起这个男人，内心是感恩的。这也许是她生命中最温暖的一段时光了吧。

高继贤是个要强的人，即便丈夫收入稳定，50多岁的她也依然出去做小买卖。有段时间天不亮就起来，弄一口大锅煮玉米棒子，再用一辆二八的自行车驮上100多个出去卖。有一天，她把手机忘到了家里，等回到家，才知道丈夫出了车祸，双腿骨折，正躺在医院里。她急忙把家里仅有的几千块钱带上去了医院。这个老实善良的男人告诉她，肇事者说要回家拿钱，结果多半天过去了，却不见踪影。显然，他被骗了。高继贤赶紧凑钱为他交上手术费。她放下手里的一切，全心护理丈夫。她每天推着他出去锻炼，可没想到，他双腿刚刚痊愈，髋骨又脱位，等髋骨好了，却又瘫痪在了床上。她那么悉心照顾，也没能留住他。

她细数这一生送走的亲人，养父母、亲生父母、两任丈夫、两个女儿……这些痛苦的日夜都已经被时光磨得圆润，每一次变故，从突如其来到全然接受，这个过程只有她自己知道。她说，我对他们都尽心了。

儿子那愈来愈苍老的身体里，藏着一个三岁左右的孩子。50岁以后，他见了二三十岁的年轻姑娘依然会开口叫阿姨。他时常在口袋里装一两块钱，买一把劣质玩具手枪，对着天空、树木一阵乱抖，如此便快乐得要命。生病了，他拒绝吃药。他只听某个医院院长的话，他认定那个有耐心的老院长是他的舅舅。所以，哪怕一次感冒、发烧，高继贤也要时刻关注着，并且不住地在心里祈祷着，希望他能快点好起来。

有人说，她这辈子被儿子拖累了，但她从不这么觉得。这孩子是她的骨肉，既然带他来到了这个世界，就要负责到底。每天，儿子都会搭上某一辆家门口的公交车，去往不同的地方玩耍。他断断续续地向她描述这城市的变化，这儿又多了什么，那儿又不一样了，今天，他又遇到了什么样的人，对他说了什么。她总是要连蒙带猜，才能弄明白他要表达的意思。但她很享受这个瞬间，亲情之光也是照耀着他们母子的。

可是有一天，已经晚上9点多了，还不见儿子回来。几个相熟的老姐妹帮她在附近找了一大圈，也没见着。她们赶紧打了辆车，顺着公交车站，一站站往前找。终于，在灯光闪烁的街边看见了儿子。他抬起头，兴奋地跳起来喊妈妈，说自己一直等不到公交车。司机问他，你找得到家吗？他却很迷茫。他可能永远也不知道母亲为什么会在这一刻紧紧握住他的手。

她有时会叹气，如果我死了你该怎么办？儿子似乎并不知道什么是死。他一脸天真地说，没事，你死了，对门的阿姨会给我做饭吃。她笑起来，笑得让人心酸。她时常想，假如地震没有把两个女儿带走，会不会是另外一番情景？

在小区里，人们都喊她傻子妈。她早已经坦然接受这三个字，她相信大家并无恶意。她教育儿子要做好事，教给他做人的道理，出去要注意形象。她这样吓唬他：街上有很多摄像头，连着各家各户的电视，他如果表现不好，所有人都能看到。这一招是有效的，他出去真老实了。她多次告诉儿子，在小区乱贴小广告是不对的。后来，她发现，儿子见了小广告便会撕下来。这小小的变化也让她欣喜。哪怕他看上去已经是个小老头儿的样子，她也要不厌其烦地告诉他什么是错，什么是对。

命运在她人生中设下了太多的暗沟和荆棘，而她却丝毫没有怨气，她平和地讲述着，告诉我，她自己也与死神打过交道。她得了直肠癌，2015年，她先后经过了两次手术。她以乐观的心情看待一切，那些该来的本就是她该承受的。她从未觉得自己是应该被同情的弱者。现在，她是小区里的楼长，是所在区域的热心居民。她感恩于国家对她这样的家庭予以政策上的关照，感恩每一个帮助过她的人。这位可敬的老人，可能是命运给予她的甜蜜太少了，所以，哪怕别人对她的一点点好，都会牢牢记着。

三

地震来临之前，张敬娟正在学医，在乡间辨认各种草药。

1976 年 7 月 28 日的凌晨，等她从废墟里爬出来，看到的是坍塌的房屋，变形的街道。人们陆续从揉碎的梦境里，从房屋里逃出来。张敬娟安抚那些老人、孩子，在余震一次次来袭的时候，握住他们的手，说，没事的，没事的。这个年轻姑娘的淡定让在场的人都刮目相看。

她很快就冲到废墟边，跟着大家扒人救人。伤者出来之后，又急忙去护理，一分钟都不敢耽误。从废墟之下扒出的伤者什么情况都有，并且人数越来越多，没多久，她储存的药物就用光了。天气炎热，伤者的伤口如果得不到及时处理，很快就会感染。此时，距离大地震刚刚过去四个小时，后边还有很多人等着治疗。正在大家着急的时候，张敬娟灵机一动，想到了一个主意。她说，我知道哪里有药！当时，天阴得厉害，还有轰隆隆的响声，去哪儿都不安全，但她拿定了主意要去找药。

张敬娟跑到自家院子里，在曾经放自行车的位置一阵扒拉，终于找出了一辆自行车，她拍拍车座上的土，正准备出发，忽然听见有人叫她的名字，一回身，看到后边追上来个人，走近了看，才知道那是同村一个小伙子，他也推了辆自行车来，说，我陪你去。张敬娟感动坏了，虽说她是有独自去找药的胆量的，但毕竟是个女孩子，有人能跟她做伴，当然是最好了。

她曾去过丰南城区的医药公司，看到过那些药片装在一个个深色的大玻璃瓶子里。可医药公司远在十几里地外，当时余震不断，又下起了雨，道路两侧的建筑很可能会出现二次坍塌，可想而知，这一路是非常危险的。想到这里，她又觉得不应该让小伙子跟她去冒险，她甚至劝他，你别去了。可对方非常坚定，说，没事儿，我陪你去！

在处处塌陷的道路上，他们只能凭着记忆和感觉艰难地、小心地往前走。有的地方已经断交，只能绕着走，有的地方多了很多砖石，只好搬着自行车前行。抬起头，两边的村庄也都陷入黑暗之中，他们隐约听到那里有大声喊话的声音，也是在救人吧。

跟她猜想的一样，医药公司那条街上的房屋都倒塌了。她踩在乱石堆上指认出存药的那间房子，两个人从一片乱石残墙上跨过去，费尽力气把房顶扒开，又一块块把砖石移开。她从旁边找到一根长棍子，又是扒，又是撬，终于，看到了那些瓶瓶罐罐。她擦拭掉在上边的厚土，幸好它们没有被砸坏。她快速地清点着需要的药物及脱脂棉，像寻到大批宝藏一样欣喜。

回到村里，她赶紧去护理伤员。一有空闲，她就跑去扒人，没有工具，就双手扒，磨得净是血泡，脚上也磨出了伤。余震再次袭来，原本摇摇欲坠的墙体又开始晃动起来。在这危急关头，村大队组织大家赶紧转移。但是，张敬娟却往回跑，村民们拦住她，她说，我听见有人在喊救命。大家当然不能让她再回去，她坚持说自己听到了呼救声，竟"扑通"一声跪下，说，就让我去那边看看吧。可是话音还未落，不远处的残墙和房屋就"哗啦啦"全都倒了下来。

有次，她跟大家一起救出了三个姑娘，当时已经呼吸微弱。她急忙冲过去，在没有任何防护的情况下，为她们做了人工呼吸。终于，其中一个姑娘醒了过来，有了意识。她不光护理人们的伤口，还保护着他们的自尊，很多时候，她都会从废墟里扒出衣服，给那些刚被救出来的衣不遮体的人穿。

张敬娟三天三夜没有休息，终于累得晕倒在地。醒来之后，村领导下令，让她不要去扒人，安心护理伤员就可以了。当时，很多伤员被压在废墟之下，不得动弹，天气又热，必须要提早施救才能保住他们的生命。这样的时候，旁边常会躺着几具尸体，不断散发着恶臭。她顾不得那么多，心里只有一个想法：能多救一个是一个。

食物稀缺，她先把自家的粮食扒出来，分了。又跑去挖野菜。她调侃，学习辨认中草药的本事，竟然这样派上了用场。

几天之后，伤员们的状况基本稳定了，重伤者也转移走了。她去村口一户人家换完药，出来看见一条水沟，借着夜色，她照见了自己的影子。这些天在雨里泥里跪着爬着，连洗脸的时间都没有，她都快不认识自己了。她"扑通"一声跳进去，任冰凉的水冲刷着疲惫的身体。她那条迷人的大辫子因为许多天顾不上梳理，已经纠缠成一团，怎么也梳不通。回到家，她拿起剪刀，把那条让人羡慕的大辫子从根剪掉。

那年的 8 月 8 日，她就顶着那一头短发去了北京，那是她第一次去北京。作为所在地公社的代表去参加全国抗震救灾英模表彰大会，还受到了当时国家领导人的亲切接见。她是大家公认的英雄，回来之后，很多地方邀请她去做英模事迹报告。40 多年之后的今天，想起这一段，她脸上却显露出羞涩来。她说，我懂点儿医，那样的状况下，做那些事儿都是应该的。

连她自己也想不到，在那场地震里，她收获了一份美好的爱情。那个陪她去扒药的小伙子后来成了她的丈夫。大约是那段时间，张敬娟表现出的坚韧、聪慧、担当打动了那个小伙子，他们顺利地走到了一起，陪伴与守候一直延续了大半生。

此后，她担任村里的赤脚医生，电话 24 小时待机。冬日的深夜，天气冷得要命，而她爬起来去看望某个患者是常有的事情，但她从不收出诊费。丈夫总是默默地帮她拎着医药箱，陪在身旁。在许多个夜晚，他们相伴左右，手电筒的光束在前方探路，好像所有的路程都是大地震那段路程的延续，这辛苦竟有了浪漫的滋味。他们夫妻和睦，一起把日子过得红红火火，虽然其间也出现过一些变故，做生意赔了钱，但张敬娟一直陪伴在丈夫左右，哪怕再苦再难的日子，也要携手挺过去。

非典肆虐的那一年，大葱、萝卜都被当作预防良药，贵得离谱。原本几块钱的来苏水也一下子贵到了50多块钱一瓶。她觉得这太不可思议了，赶紧联系几个同为村医的老朋友，把他们手里的来苏水搜集到一起，全部对村民免费发放。她还主动宣传起预防非典的各种知识，破除了不少流言。

受她的影响，两个女儿都继承了她的事业，一个去学医，一个在村里做计生工作，也都热情善良，喜欢帮助别人。在她们眼里，母亲是位真正的英雄，是她们学习的偶像。

那天，张敬娟送我出门，路边的人不住地跟她打招呼。她家所在的村庄已经进行过规划，与城区连接成一片。临别时，我看到这一片耸立着的高楼，心里想着，某个夜晚，他们夫妇随着一束光爬上某一栋楼，在高楼之上，那些身陷病痛的人盼着她的到来。她抱着发烧的小孩，拍着他们的后背，哄他们，说着，不怕，不怕。那样子格外慈祥，让人一下子想到了40多年前的那个夜晚。虽然她年龄尚小，还未成婚，却已经闪耀着母性的光芒，温暖着每个人。这么多年，这光芒从未减弱过。

那个夏天，我走访了多个从地震废墟走出来的女性。许多天里，我的脑海中总会浮现她们的面容，以及那些掩埋在时间褶皱里的细节。我像吸铁石一样，在报纸、书籍、网络以及人们的聊天中吸附着类似的故事。她们中的许多人，把幼小的弟、妹抚养长大，还有的人忽然就成了另外一些孩子的"母亲"。她们尽自己所能关爱着周围的人。当世界暗下来的时候，她们便自动闪耀起女性之光，照耀着别人。

我常去抗震纪念碑广场，现在这里几乎是这座城市最热闹的地方。纪念碑耸立其中，上边雕刻着的唐山人民重建家园的图谱与此刻周围人们的笑脸相映，一个城市的过去和未来以这样的方式呈现着。我回望街头，车流涌动，人影刷新着人影，好像一段时间覆盖了另一段时间，便不由得对那些支撑起这一切景象的所有力量肃然起敬。

原载《当代人》2019年第10期，收入本书时略有删节

此岸或彼岸

吴佳骏

燕忆

燕子飞回来的那天，春天正带着忧郁的面孔，在追赶门前的流水。燕子不知道春天为何要追赶流水，它们只知道自己赶了很远很远的路，才疲倦地飞回到故乡。这是一对恋旧的燕子，自从去岁离开老巢后，它们就被乡愁和寂寞所困扰。它们把孩子带去了远方，也把自己的记忆带进了炼狱。它们在冬天里盼望春天，在流浪的不安中想念弥漫在旧屋内的橘黄色的灯光——那灯光曾温暖过它们的睡眠，也曾镀亮过它们的梦想。故在返回的途中，它们都在幻想与灯光重逢的那份美好。或许是幻想过于用力和沉重吧，它们都怀疑自己失忆了——竟然在蓝天和白云之下迷失了方向。它们将太阳飞成黄金，将炊烟飞成月亮，也没能找到去年离开时的那座小山岗——那座小山岗早已被刨成了平地，盖起了楼房。它们失去了记忆的路标，只能在记忆的原地打转，在故园的上空盘旋，却不敢与故园相认。后来，它们还是跟随了风的乡音的指引，才找到去年筑巢的地方——那地方已经被一座崭新的预制板楼房所取代。

燕子认得那座新房的主人，他们比去年又老了许多。白发像往事一样缠绕在女主人的头顶，皱纹像枯藤一样爬嵌在男主人的前额。它们在新房内飞了几圈，好似闯入了一间铁屋子里，沉闷和压抑使它们窒息。它们多想看看房梁和青瓦，看看墙角的绿苔和窗框上的蛛网，可这一切都消失了，剩下的只有四壁的惨白。月光照不进来，灯光透不出去。即使在白天，也是一间暗室，藏满了发霉的旧底片。燕子很失落，它们深知，自己和时光都再难回到从前。

它们窃窃私语一阵，商量着想到村里的其他人家里去筑巢。它们挨家挨户地选址，发现大多数人家的房屋也都变成了楼房，似一个个的城堡。即使尚有未被改造过的老房子，也都门扉紧扣，没有人住了。它们从窗孔钻进去，像两个光阴的偷盗者，试图盗出那本泛黄的族谱和压在香案下的那册老黄历。遗憾的是，族谱和黄历都被房主的后人投进了炉火，就连祖宗的牌位也变成了黑色的焦炭。

燕子议论纷纷，像两个异乡人在谈论春天的花季和细雨。它们决定唱一支歌就离去，永不再归来。它们唱黄土是黄的，唱黑夜是黑的，唱叶子飘落地上，唱露水挂在草尖，唱夕阳染红暮色，唱山风催老黄花……

唱完了歌，燕子去跟它们的旧主人告别。它们再次来到那间"铁屋子"，却看见一个少女坐在屋外的阳光下，用树枝在给春天写信。她很瘦，气色也不好，脸上敷着悲伤。燕子认出了这个女子就是旧主人的女儿，它们去年就知道她病得不轻。一入夜，她就喊疼，跟自己的影子说话。她的母亲想帮帮她，每晚吃了饭，就跪在堂屋的香案前念经。念着念着，少女就安静了，比长夜还要安静。少女有个愿望，想去一趟远方，但命运没有给她这个机会。她很喜欢燕子，时常望着燕子发呆。燕子知道少女在偷偷地看它们，就故意唱歌给她听。少女是燕子歌声里的一朵洁白而芳香的花；燕子是少女眼中的一对纯洁而迷人的天使。她们在同一个屋檐下守望过黄昏和黎明，寒流和春讯。

燕子以为少女的病早就好了，不想却越来越严重。它们想陪陪少女，不让她太孤单，就临时改变主意，暂时在新屋里筑巢，等少女的病情好转再离去。少女见去年的天使又来到家中，高兴坏了。她每天都穿着一条黄色碎花布裙子，把自己打扮成新娘的模样，在三月里走来走去。燕子见她爱臭美，就趁飞出去啄食的间歇，用尾巴上的剪刀将野花和嫩芽的标本剪回来，送给少女做书签和窗花。少女很感激燕子，把每一天都当作最后一天来活。她不想辜负春天，不想辜负燕子，也不想辜负自己，更不想辜负命运的馈赠，她把每一刻钟每一分钟每一秒钟都活得从从容容，绝不拖泥带水。

然而，在这个三月，春意正浓的时候，少女还是走了。她的离去加重了一个春天的痛楚。燕子含着泪，驮着少女的芳魂飞向了远方，从此再也没有飞回来。

飞虫

春夜，我坐在乡下的老屋的窗户边。那是一个木格子的窗，不大，落满了尘灰。我抬起头，能望见夜空上高挂的星辰。那些星辰有的明亮，有的暗淡。明亮的星辰离我很远，暗淡的星辰离我很近。

比暗淡的星辰离我更近的，是屋内熄灭了的灯火，和一只细脚长腰的小飞虫。我叫不出这飞虫的名字，它也叫不出我的名字。我们都是这个春夜里的失眠者。我坐在窗前，是因为春夜太过孤寂；它在春夜里飞，是因为春夜倏忽即逝。我们都是被黑夜喂养大的，只有在黑夜里，我和飞虫才能看清自己。

外面没有夜风。院坝里的一棵橘子树和一棵李子树都睡了，李子树上的白色小花也睡了。我在屋内听到李花在说梦话——它说它开花，不是为了结果，而是对黑夜的承诺，对夜雨的守候，对一棵树的年华的记录；它说它的盛开，是异乡人的一个梦，是黑夜里的一缕香；它还说它的寂寞的开放，是为一个常年坐在树下的抽叶子烟的老人，和一个在春天的田野上割草的孩子，以及一个蹲在池塘边垂泪的洗衣裳的女人，和一只年年都在春夜里飞来盗取它的花香的小飞虫。

这只小飞虫，正在我的窗前飞。飞累了，它就爬在窗棂的木条上歇歇，仿佛黑夜里的一个寄居者。我凑近它，看它那薄纱似的羽翅，也看它那被夜色掩盖的凄惶和不安。这是一只等待花开的虫子，它几乎夜夜都要从木窗前飞过。几十年前，我的母亲栽下那棵李子树的第一个夜里，它就飞来了。它每次飞来，都要在窗前停留一阵子，先看看我的母亲在屋内干什么，再飞去看看李子树又长高了几许。那时我的母亲还很年轻，每夜都坐在屋内昏暗的灯光下缝缝补补，煤油灯跳动的光焰焚烧着我母亲的孤寂。当然，它也可能看到了睡梦中说梦话的我，和靠在床头的墙壁上打瞌睡的父亲。只是我们都没有注意到它，它太小了，小得跟我们的幸福相似。

也不知道是哪一年，李子树忽然就开满了小白花。我和母亲都感到欣喜。它亲手栽下的树听到了春天的呼唤，就像我身体内的骨骼听到了命运的呼唤。我和李花同时在经受属于我们的季节，也同时在向着阳光和月光生长。

那只小飞虫绕着李花飞来飞去，它等待这一天等得太久了。它知道这棵李子树经历了什么，我也知道我的母亲经历了什么。我其实是另一只小飞虫，历来都在母亲的白天和黑夜里飞，在她的睡眠和眼泪里飞,在她的失望和希望里飞……

只是,我不是一只惜爱的小飞虫。我没有窗前的那只小飞虫心细,也没它有耐心。我每次从春天的田野上割草归来,都只顾站在李子花下朝上面望。我望李花的洁白,也望比洁白更高的天空上的蓝。我是个爱幻想的孩子。我在仰望我的幻想的时候,我的母亲正在池塘边洗衣。那一池子的水,都是我母亲的泪。

仰望过后,我感到了困倦。往往天还没有黑,我就躲进被窝里睡觉去了。我熟睡后,那只小飞虫就开始在窗外徘徊,有些凄惶,有些不安。它在第一次看见李花的同时,也第一次看见了我母亲头上的白发。它飞入我的梦中,想唤醒我,像春天唤醒李花,命运唤醒骨骼。但我没有听从小飞虫的呼唤,我睡得很沉。第二天清晨,当我从迷梦中醒来,我发现李花已被昨夜的风雨打落了一半。父亲坐在李子花下,叼着一杆长长的烟斗。那在他的烟锅里即将燃尽的烟灰,像贫穷的霞光和在霞光下垮掉的季节。后来,我沿着父亲吐出的烟雾朝外走,去了一个没有李花,也没有小飞虫光顾的地方生活。我走的那天夜晚,李花就落光了枝头。

今夜,我又坐在乡下的老屋的窗户边,我又看见了那只小飞虫。若干年来,它夜夜都在等待我的归来,像等待那棵李花重又盛开一般。它叫不出我的名字,但它认得我。它在我的窗前一阵徘徊后,就朝那熟睡的花丛飞去了,带着欣慰的暖乎乎的心情。

甘雨

夜里终于下起了雨。这场雨似乎早就该下了。

他从清晨起就开始坐在屋檐下等雨,眼睛痴痴地望向天,像望向一个深邃的、迷离的梦境。天上阴沉沉的,没有一丝太阳的光线,也没有一朵白云。这很符合他的等待的常态，虚空中浮动着一层阴翳。他被这阴翳包裹着，也被守候和等待包裹着。他渴望等来一场雨。从青年时代起，他就是在对甘雨的盼望中生长的。

尤其是每年的春天，雨水一来，他的睡眠就少了。天刚亮，他就扛把锄头在田野上慢走，他走路的速度跟雨滴坠落的速度是一致的。他们约好了要去一个地方，看望一个早在雨水来临之前的若干年就去了另一个地方的人。那个地方无比荒寒，没有春天，也没有雨季；但也没有悲伤、绝望和叹息。那个人在临走的最后一刻，躺在他的怀里告诉他，只要每年春天的第一场雨来的时候，就去看看她——看看她坟头的青草长深没有。如果长深了，就请求他用锄头将草铲掉，栽上一株小白花或小黄花。她喜欢看春雨静静地落在花朵上的样子，也喜欢听雨水落在花朵上发出的声音。他是个孝顺的青年，他照着她的吩咐去做了。只是，他每年在春雨浇灌下栽在她坟头上的花朵都不易存活。他曾责怪过雨水，怀疑雨滴里藏着盐和碱，使他的爱和愧疚之花枯萎。雨水为证明自己的清白，就每年都邀请他一同去往坟上种花。雨的意思是要让他明白，为何野地里的其他花都开了，唯独她坟头上的花朵却迟迟不开。去了多年之后，他总算搞清楚了，这不关雨的事，是她自己太贫瘠了，她的白骨变成的腐殖物质，根本养不活一朵小花。就像一场雨养不活一个春季，一个梦想养不活一个人的肉身。

但他还是想试着将她坟头上的花种活，哪怕自己种到老死，也不放弃这个努力。故他一直在等待一场雨。从青年等到中年，又从中年等到老年。雨年年都下，他年年都跑去种花。有一年，也许是雨水来得丰沛，他种下去的花开出了一朵。他兴奋得在雨里狂奔，雨水也替他感到高兴，噼里啪啦地朝他脸上打。他闭上眼，给雨水下跪，给花朵下跪，给睡在坟堆里的她下跪。可没过多久，那朵小花就凋零了，像她的命运一样，比春季本身还要短暂。

他不知道如何是好，他已经越来越老了，正在一天天走向她去的那个地方。可他仍在等一场雨，仍年年都盘算着去她的坟头上种花。他不想辜负她的嘱托和信任，也不想辜负那一年一度的春雨对他的信任。假如他的种花的梦想不能实现，那她的梦想也不能实现。一个人怕的不是死去，而是在梦想还未实现时死去。他要替她弥补这个遗憾。因为，她一直是他人生最大的梦想。他希望她能好好地活着，当哪一天她老得再也走不动路的时候，他就在院子周围种出一片花圃，将她背到花丛里，看阳光照在她那慈祥而又安静的脸上，看花的繁杂的颜色点缀她的疲惫和忧伤，看花香染绿她的白发和染红她的笑靥。如果恰好遇到天下雨，他就将她带到屋檐下，陪她远远地看着花圃。听细雨和花朵的低语，听回忆和岁月的呢喃，听幽梦和彩虹的话别。

然而，他没有等到那一天的到来。他的福分太过浅薄，她的福分也太过浅薄。他们原本是春季里的同一滴水珠，只因在流动的过程中，分离成了两颗水珠，一颗被黎明领走了，一颗被黄昏领走了。他们中间，永远隔着从黄昏到黎明的距离。

如今，又是一个新的春天了。他从清晨起就开始坐在屋檐下等雨。他料到那场雨会来。这或许是他等待的最后一场春雨了。过了这个春天，他就再也不会有春天了。他已经没有力气种花，他的那把种过花的锄头，也早已扔掉了，连同他的那些忏悔和祈祷。他现在什么也不再去想，只愿安心地等待一场雨，像安心地等待一朵小花的盛开，和一个死去多年的人的复活。他从清晨等到中午，又从中午等到晚上，他终于等到了那场雨。他坐在午夜的屋檐下，喜极而泣。他说，那场雨跟他今生看到的第一场雨和最后一场雨一模一样。

那第一场雨和最后一场雨，都是他母亲的泪滴。

和风

　　也许就要起风了，在这个三月的荒凉的寂静的上午。野地里一个人也没有，只有几朵黄色的小花低着头。小姑娘放下手里自制的风筝，走到花朵的旁边，蹲了下来。她想摸一摸那几朵孤零零的小花，手刚伸出去，又忽然停住了。她发觉那些小小的花朵一直在躲避她的目光，就像她躲避着村里的其他人的目光那样。

　　白云依旧是去年的样子，在天空悠悠地飘动。小姑娘故意将目光从小花朵的身上移开，望向天上的云朵。她这么做，既是在保护花朵，也是在保护自己。她们都太弱小了，淡淡的一缕阳光，便可轻易地将她们灼伤。或许是白云知道小姑娘在望它，也顿时害羞起来。不多一会儿，就变成了稀稀拉拉的泪珠，坠落到野地上和她的嘴唇上。小姑娘伸出舌头，舔了舔，这天空的眼泪竟然跟她那清澈的、明亮的、干净的、忧郁的眼眶里流出来的眼泪一样咸，一样苦涩。她终于明白，为何那些黄色的小花和洁白的云朵都要躲避她的目光了。它们经受不起她那目光的长久的抚摸和凝望，她的泪水里含有太多的盐分。凡是被她注视过的事物，都会结上厚厚的碱。故多年来，她都习惯了把自己藏在生活的暗处。即使偶尔遇见明亮的事物，她也会悄悄地绕开，像绕开那些总也绕不开的疼痛、孤独和惧怕。

　　可小姑娘这次到野地里去，不是要观赏一朵小花，或凝望一朵白云，而是想放飞手里的那只风筝。那是一只小小的，写满了心事的风筝。小姑娘花了整整一天的时间才将它做成。她先是去后山挑选了一根金黄色的竹子来做风筝的骨架，又偷偷地撕掉了自己的作业本来做风筝的皮肉，再熬了半碗糯糊将风筝的骨架和皮肉粘牢。最后，她又拆了一件母亲离开家乡之前给她织的旧毛衣来做放风筝用的长线。她期待这只亲手做的风筝能够顺利地飞上天，这是她长这么大以来的头一个梦想。她想像风筝那样飞，飞到白云之上，飞到村里人都不再能找得到她的远方；她还想骑上风筝，去看看母亲到底在南方的哪一个角落里熬夜和哭泣，看看父亲到底在北方的哪一个工地上喊疼和打鼾。她不想再在低处生活，她要飞到高处去，飞出贫穷对她的压榨，飞出亲情对她的冷漠，飞出对死去的奶奶的思念，飞出对活着的爷爷的谎言……

　　小姑娘在野地里走来走去，她手里的风筝也在陪她走来走去。这是一个三月的荒凉的寂静的上午，她想快快地将风筝放飞。然而，那能够使风筝起飞的风却迟迟不来。小姑娘焦急地等待着、盼望着，也祈祷着。在这之前的许多天、许多年里，她在野地里遭遇过无数场风——在她割草的时候，种地的时候，静坐发呆的时候，守望落日下山和炊烟升起的时候，坐在奶奶的坟堆前说着悄悄话的时候。那些风时大时小。风大的时候，她听到风在唱着悠长的不倦的悲歌；风小的时候，她听见风在发出微弱的沉闷的叹息。她太熟悉那些风了，那些风也太熟悉她了。她是风的唯一的听众和知音，风是她的成长的馈赠和磨难。

　　或许在风的眼中，这个脸盘圆嘟嘟的，眼睛清澈的、明亮的、干净的、忧郁的小姑娘就是一朵永远低着头的小花，或一朵蓬松的蒲公英。风只要轻轻一吹，就会将她吹散。故只要小姑娘每次到野地里来，风都要避着她刮，这大概也是她在遇到那么多场风后都还能安然无恙的原因。

　　小姑娘越来越焦急，站在野地里瑟瑟发抖，她手里的风筝也在瑟瑟发抖。那只风筝的脊背和胸腹上都写满了密密麻麻的娟秀的字迹。那每一个字迹，都是从她的心窝子里流淌出来的，既浓缩了爱，也浓缩了恨。在等风的间歇，小姑娘重又将那些字迹认真地看了一遍。那几朵孤零零的黄色小花和天上的白云也将那些字迹看了一遍。

小花看后，头垂得更低了。白云看后呢，更是忍不住大颗大颗地落泪——白云的泪把风筝和风筝上的字迹都打湿了。

　　这一切，风都看在眼里。它想刮一场大风，将风筝和小姑娘一起送上天，但它到底还是没有刮，它只吹了一阵和风——它看见小姑娘的手紧紧地抓着风筝的骨架，眼泪在和风里飞。

原载《天涯》2019 年第 5 期

秘密

向
迅

2015 年 9 月 14 日，我和父亲正式开始了在旅馆和医院这两点一线之间奔走的生活。我们每天都会挤同一路公交车，两次途经那道烟波浩渺的江水，两次路过立着一座大理石牌坊的中山公园……没过两天，我就把那条需在途中经停十来个公交站台的路线熟记于心了。

那是一种准确而又模糊的记忆——我记得公共汽车该在哪个地方拐弯，该经过多少个十字路口，却说不出那些分立于街道两侧的建筑物的名字。每当我挤进人满为患的公共汽车的车厢时，总是会产生一种如置时空隧道的幻觉。

身处于这个空间，街道两侧的建筑物，在我眼中与那些不断在我眼前消失的陌生人一样虚幻。很多时候，我甚至觉得站在我身旁或坐在我对面的父亲，也是虚幻的。他的在我望向他时尽量显得自然与平静的脸，也是虚幻的。好像他和他的脸也会随时随地从我的眼前消失。

但也有例外，譬如同济医院门口的那座天桥——每天，我们都会穿越天桥到马路对面乘坐回旅馆的公共汽车。我记得桥上有时有乞讨者。但凡遇到我认为值得同情的对象，我都会不假思索地往他们的不锈钢碗里丢一个面值一元的硬币。我记得父亲的反应。记得他欲言又止的脸部表情。

我知道他想说最终又出于某种顾忌而没有说出口的话，却从未对他做出过任何解释。很多事情，我都认为是无须解释的。但是我很清楚，他不会懂得我的心思——我丢出那个硬币时，其实是怀有私心的。

这周，他已不止一次要求住进医院。他还是嫌住旅馆太贵。实际上，我到达武汉的第二晚，就与旅馆的那位年轻的女老板重新商议了价格，两个房间一天130块，已经足够便宜了。可父亲从患者那里打听到，医院的床位费是20多块钱一天。即便加上陪护费和护理费，也才40多。

然而事与愿违——医生每次都以不容置疑的口吻回应了我们恳切的请求，"现在还没有床位，一旦有了，我会优先给你父亲安排"。

或许正是因为此事的刺激，父亲开始记账。每天晚上，当我们回到住处后，他都会戴上那副廉价的老花镜，在灯下把这一天的开支明细，详细地记录到随身携带的一个封面早已磨损不堪的笔记簿上。偶尔忘记了，第二天准会补上。

这个习惯，他一直保持到最后一次住院，那时，他通体冰凉的右手因为剧烈的疼痛已经不能做任何事情，既拿不起筷子，也拿不起笔，即便如此，他依然用左手来继续做这项在他看来必不可少的工作。

"事实果真如此吗？"我再一次忍不住自我怀疑起来。

当我回过头来反观整个事件乃至他的整个如同大陆般丰富的人

生以及河流般曲折的命运时，真相立即浮出了水面。

正如你所知，父亲这个看起来多少显得有些锱铢必较的习惯，并非在医院才养成，而是早已有之，不然他不会随身携带着那样一个封面受损，页面边缘卷曲的笔记簿。我甚至记起，在好几年前，他就将这个居家过日子的方法传授于我了。

我们都预计到最终的检查结果在本周应该会出来。我和妹妹一直在默默祈祷，祈祷最终的结果并非县人民医院给出的结论，祈祷它在此前带给我们的种种担心只是虚惊一场，却又无法阻止另外一个完全相反的声音，幽灵一般出没于我们时时处于高度紧张状态的脑海。

事情似乎确实是在朝着我们期望的方向发展——上周所做的几项检查的报告单先后出来了，心电图正常，血液检查正常，腹部彩超也没有任何问题。就连魏瑶医生也说，"都还好"。我已经开始怀疑县人民医院的结论了，认为是他们出了差错。我迫不及待地把这个带有强烈主观色彩的判断分享给了父亲。

那时，我们正行走在同济医院胸部肿瘤科光线并不是十分明亮的半个过道上。父亲显得颇为高兴，甚至露出了一种久违的只有在这年4月份之前才出现过的笑容。他走路的步伐，明显轻快了许多。

瞬间，我获得一个十分模糊的感觉：父亲在听取了我那番话后立即变了一个人，变回了生病以前的他。他仿佛被一团春光笼罩。

我差一点就被这短暂的感受所欺骗，也差一点忘记我们身在何处以及父亲真实的精神状态。我当然期待我们的祈祷都会变成现实，也相信奇迹一定会在我们的生活中出现，但是一些客观存在的事实，终究让我们无法忽视和回避：父亲的身体似乎越来越糟糕了。我们都觉察到了发生在他身上的显著变化。

在那一段漫长且让人烦躁不安的日子里，为了消磨时间，我们在用过晚餐后都会坐在妹妹和她闺蜜居住的房间看一会儿电影。由于父亲对电脑知识一无所知，我便承担起寻找影片的职责。好在这并不困难。我把最近几年拍得比较精彩的功夫片都找出来，重新温习了一遍。父亲最爱看这类影片。

我刚去的那两天，父亲还有些兴致——在一部电影播放完之后，他还把饱经风霜的脸凑到电脑前，伸出指关节异常粗大、皮肤粗糙、显得笨拙无比的右手，握着鼠标在桌面上前后左右地滑动，试图自行更换影片。可是两天之后，他对电影所有的兴趣似乎就戛然而止了。

那几个夜晚，只见他蜷着身体靠坐在椅子上，双手抱在胸前，神情忧戚地望着光线不断变幻的电脑屏幕。可拳拳到肉的打戏，并不能抵制他身体里如同潮水一样奔涌的倦意。还没坐一会儿，他就把脑袋靠在窗栏上打起了瞌睡。

当他被某个刺耳的声音抑或是幻觉猛然惊醒，从极度困倦的状态中睁开混沌的双眼时，他总是会下意识地从别在皮带上的手机套里掏出土豪金手机，瞄一眼时间，然后对我们说道，"坚持不下去了，回旅馆睡觉吧"。

而那时，不过10点钟的光景。我总有些不愿意。时间尚早，回到旅馆又无事可干，只能躺在肮脏的床上胡思乱想，然而父命难违。他实在是需要休息了。他那张因为布满油污而显得暗淡不堪的脸，交织着憔悴与痛苦。

我们都注意到，他需要用手撑着椅背才能顺利地站立起来，有时候妹妹会扶他一把。他的上身显得特别沉重。他的两只大腿尽管绷紧了肌肉，可使不上多少力气。偶尔，他还像醉汉一样迷迷瞪瞪的，在站起来的那一刻，神色恍惚。那副迷茫样子，好像整个房间都在他眼前晃动。

相对于上楼，下楼是件轻松事儿，可对父亲而言，也是一件需要小心翼翼对待才能完成的事情。他总是会紧紧地抓着左手边那架锈迹斑斑的扶梯，迈出去的步子缓慢无力——每下一步台阶，他的嘴巴里都会吃力地发出一个奇怪的声音，如同一个休止符——仿佛前方没有被灯光照亮的台阶是一道悬崖。

整个黑咕隆咚的楼梯间都回荡着自父亲嘴巴里发出的奇怪的声音。这个声音，有点像早年他与我的叔叔们在逼仄的山路上用肩膀抬木材或石头时为了步调一致而喊出的"哦——嗬——哦——嗬——"的号子声。虽然少了抑扬顿挫的旋律和激昂澎湃的力量，但听起来，他也像是在抬着重物赶路。

在灯光的一亮一灭间，望着父亲像秋天的山峰一样凹陷下去的衰老背影，我也会产生这样的错觉：向黑暗深处迈过去的父亲，离我们越来越远了。我想伸出手去拉住他的手臂，好让他停留在灯光能够照及的光明之处，却又总是犹豫不决。

注定了在以后的日子里，我会无数次回想起这个画面。画面里的父亲，正如歌手许飞在一首歌里所唱：已经老得像一个影子。

与不能如愿住进医院一样，父亲那个简单得不能再简单的愿望也不曾实现。

自从这年4月份开始，直至次年6月，他就没有摆脱过疼痛对他肉体和精神的双重折磨。尽管他在此期间没有间断止疼药的服用，而且药量越加越大，药品的价格也越来越昂贵，但收效甚微。网状般密集的疼痛，如同尖锐喧嚣的往事，总是会在安静的夜晚变得愈发清晰、明亮。

于是，我们在每个早晨碰面后的第一句话，不是我询问他昨晚睡得怎么样，就是他若无其事似的向我低声诉苦，"又是一宿未睡"，或者是"仅仅在天亮之前睡着了两个小时"。说话时，他像个未老先衰的孩子一样无助。

可是像父亲这种情况，我实在是爱莫能助。再漂亮的安慰话，都不能减轻他的痛苦。因此，每次面对他若无其事似的诉苦，我要么装作没有听见而沉默不语，要么背过脸去长长地叹息一声。我不知道该说点什么。

我们都担心如此永无止境地等待下去，父亲的病情会恶化到不可控制的地步。这可不是我们让他前来武汉的初衷，却又毫无办法。表哥说，如果认识医院里的领导或者医生，托他们打个招呼，或许就不需要像这样遥遥无期地等待了。可在武汉，除了没有什么人情往来的姨妈外，我们可以说是举目无亲。

那些日子，留守在家的母亲几乎是一天一个电话，然而不论是打给父亲，还是打给我，唯一的话题，就是询问检查的最新进展，结果何时才能出来云云。被蒙在鼓里的她原以为最多不过三五天，父亲就会回去的。

一个天气阴沉的清晨，在父亲给我见识了一个怀揣多日的秘密之后，我变得更加不安。那个清晨，我和父亲在小区的过道上等待下楼来与我们会合的妹妹时，我询问他除了疼痛之外，身体还有无其他不适。他思索片刻，犹豫着解开了下巴下方的两颗纽扣，指了指胸口，然后对我说道，"这里有些肿"。

我抬起头朝他的胸口瞄了一眼，便习惯性地把目光移开了，却又在巨大的惊恐之中，受着某种力量的驱使，在转瞬之间把目光飞快地移了回去。我被眼前所见吓住了，心中沉重如有大厦坍塌。一种不祥的预感将我牢牢缚住。

父亲肋骨暴露无遗的胸口高高隆起一座圆圆鼓鼓的小丘，犹如倒扣着一个圆形的碗底。他的身体莫名其妙地膨胀了。

我意识到事态远非我们想象的那样简单——尽管我们已经知道了县人民医院给出的检查结果，可我们依然对父亲的病情心存幻想，以为还有扭转乾坤的可能——而事实却是病情严重到不可思议的地步了。

说不清来由的，在这本该安慰父亲的时刻，我却变得异常生气，声音也跟着变得极不友好，有些冲。我至今记得我站在空荡荡的过道上责备父亲的样子。

"为什么不早把这个事情告诉我？"我使用着多年前父亲质问我们时的语气质问他。

"它又不疼。"就像是为了推卸某种责任似的，父亲蹙着眉头告诉我。

"几个月了？"

"7月份出现的。"

"您7月份不是去过州中心医院吗？没有把这个情况告诉医生？"

"当时……"

直到此时，我才在父亲吞吞吐吐的叙述中知道了一件事情的真相。这个真相，让我在忽然间变得异常复杂的情绪久久不能平静。

两个月前，父亲确实应我的要求去过一趟州府恩施，也去了州中心医院，可他并没有完全像我要求的那样在医院办理住院手续，对病情进行全面检查。

那个炎热的上午，据说他仅仅做了一项CT检查，那位送他到医院的司机就不停地给他打电话，催促他返程。而他也糊涂得很，居然就抱着一颗忐忑之心跟着司机回去了，就好像再也没有车可坐一样，就好像再也回不到那个每当在他和我们的母亲吵架时空气都会窒息得叫人想一辈子逃离的地方。

当然，他还没有完全糊涂。在上车前，他匆匆忙忙地把片子递给胸部内科的医生看了一眼。或许是看见父亲并没有认真检查的意思，医生也看得相当仓促，而且很快就给出了判断：多半是肺结核。

这就是7月我刚刚到达北京的那个下午，父亲在电话里告诉我的答案：与建始的检查结果一样。而我一直以为，那是他在州中心医院做过全面检查，医生在对各种数据和图像经过认真分析之后得出的确切结论。然而不是。

妹妹当时身在何处呢？我忽然想到了这个问题。她那次回家，最重要的事情难道不是陪同父亲去看病吗？可她为什么不在现场？

无数个疑问，在刹那间蜂拥而至。

事情的原委，很容易就能问个明白。那个时刻，我在内心里一个劲儿地埋怨妹妹不懂事，只顾带着同事游玩，却不管父亲的死活。可不可思议的是，当我见着妹妹的时候，我并没有怒火冲天，也没有对她进行任何责难，只是沮丧地把发生在父亲身上的这个骇人的变化转告给了她。

可我一直不能宽恕自己。即使是在一年多后的今天，当我回想起整个事件的来龙去脉时，我依然还会这样设想：假若在这个 7 月，我没有去北京学习，而是回家陪同父亲到医院进行检查，事情会不会朝着另外一个方向发展？假若在四个多月前，我没有擅作主张，而是听从了医生的建议，结局是不是与现在迥然有别？

我当然明白，所有的假设对于已经发生的事情，都是没有意义的，我也了解到，由于肺癌早期症状不明显，公众对肺癌早期发现意识不足，近八成肺癌患者到医院检查时已经是中晚期，可我总是觉得，正是因为错过了这两次至关重要的彻查病因的机会，父亲的病情才会在短短的几个月时间里就恶化得不可逆转。

这是一道永远也逾越不了的坎儿。尽管很多时候，人们——也包括父亲在内，都习惯或擅长于用"命运"或"命运的安排"这类理由来为自己在某件事上因没有付出全力而导致的过错开脱；尽管父亲之所以会一步步走到 9 月这般田地，譬如说在检查过程中出现的失误，偶尔看来确实也像是"命运的安排"。

如上所述，"命运的安排"在此时还没有显露出特别明显的迹象，但其他的安排已经开始运转了——自周二开始，余下的三个检查项目已在相关科室陆续进行。最先做的是核磁共振检查。

　　我已记不清究竟是在事前还是事后——但可以肯定，这件事千真万确地发生过——父亲曾给我分享过他做这项检查时的切肤之痛：耳朵里虽然塞了一团棉花，但检查仪器发出的呜呜呜叫声依然能够穿越重重障碍，令人心悸不已。

　　这天下午，我们在候诊区域枯坐了将近两个小时，才在电子显示屏上看见父亲的名字。检查室外站着不少神情焦灼的病人家属，过道上还横着一张病床，白色被单下躺着一位奄奄一息的病人。张贴在墙壁上的警示牌，让人心存警惕。在这样的地方，我总是莫名其妙地担心自己的身体会在无意间受到伤害。

　　终于轮到父亲检查了。按照医生要求，他很自觉地解除了全身上下所有的金属设备：一部拥有土豪金外型的老式手机，一副廉价的老花镜，一条带有金属盘扣的皮带……出乎意料的是，还有一把不锈钢水果刀——当我从父亲手中接过这件物品时，心中不禁大为疑惑，他随身携带着一把锋利的水果刀做什么呢？

　　我用一种审视的目光把父亲打量了一眼，正要张口向他讨释心中的疑窦，医生叫起了他的名字，而且接连叫了两遍。我目送惴惴不安的他向灯火通明的检查室走去。刚刚跨入室内，那道自动开合的厚重大门就在他身后徐徐合上了。

　　几乎是在同一瞬间，也就是在大门合上之时，就像有人飞快地按了一下快门，父亲那个迟疑而蹒跚的背影，被定格在了我的脑海里。

　　我转过身，抱着父亲的外套和金属物品，准备开始漫长而无聊的等待。可半分钟不到，随着一道蓝光闪过地面，那道厚重的大门又徐徐开启了。一位戴着医用口罩的女医生望着过道里的人群生气地大声询问："谁是病人家属？"

我心里一惊，以为出现了什么紧急状况。只见父亲站在核磁共振的检查仪器边，手舞足蹈的，急得有些不知所措。我赶紧举手示意。

"病人是不是有精神病？"医生依然用生气的口吻问道。

"没有，没有！"我十分肯定地回答了她，同时对她的问话感到不解。父亲挺正常的呀，怎么在这么短的时间内就表现出了精神病的症状？

"你的身上有没有金属物品？"医生转而问父亲。

"牙齿？我的牙齿没有问题。"父亲竖起耳朵，连猜带蒙地回答道。但看得出来，他的态度特别诚恳。

"你的身上有没有上过螺丝或钢板？"医生不仅提高了说话的分贝，而且眼神里满是厌恶。很显然，她已经很不耐烦了。

父亲犹豫了半响，脸上满是疑惑，讨好与焦灼兼而有之的目光里打满了问号，表示没有听清楚。医生又加大音量把刚才的问题重复了一遍。

"我的脚，动过手术。"父亲指了指右脚，继而望着医生小心翼翼地说。他的样子，像极了一个生怕回答错问题而遭受批评的小学生。

"这样的情况，根本没法检查。"医生嘀咕完这句话，转身对我说，"你去告诉主治医生吧，说病人的情况不适合做这项检查。"

我总算明白了医生打开大门寻找病人家属的原因：两个人因为语言问题而无法完成正常的沟通交流。在我的翻译下，父亲终于向医生交代，他的右脚以前动过手术，也上过螺丝和钢板，但都取出来了，检查无碍。这才过了关。

那道似乎连接着两个完全不同的世界的大门，再一次徐徐地关上了。可是退出门外的我不仅没有长舒一口气，反而感到一阵从未有过的难受。

这就是我们的父亲。他因答非所问面对医生的指责时所表现出来的那种焦灼与无助，一直在我眼前闪烁。还不知道他在过去将近20年的时间里在这个国家走南闯北时，都经历过什么样的事情呢。

我同时也在思考，父亲一向还算正常的听觉系统怎么忽然就停止运转了呢？是真的听不懂女医生的普通话，还是半月前在县人民医院做这项检查时因为难以忍受刺耳的鸣叫声而留下了后遗症？

这个问题一直困扰着我，直到一年多后的今天，我仍不能确定自己是否已经找到了真正的答案。唯一可以确定的，大约只有一点：父亲在一个完全陌生的封闭的环境里敏感地捕捉到了来自他人乃至检查仪器的压迫——文明的压迫。

过了半晌，父亲从那道大门里走了出来，背佝偻得厉害，步子迈得异常缓慢，甚至有些瘸。整个人显得异常疲惫，仿佛刚刚经历了一场难以应付的战事。看见我了，也只是默默地从我手中拿过属于他的东西。自始至终没有说一句话。

随后两天，父亲又做了支气管镜手术和核检查。

记得做完支气管镜手术后，医生通知我前去扶他时，如同前面叙述的那样，我注意到他毫不掩饰地用手揩了好几下血红的眼睛。穿过手术室时他步履踉跄，胸脯剧烈起伏，既像是摸黑赶路，也像是有人在身后十分粗鲁地推搡着他。

我们在那个光线跟阴雨天一样昏暗的过道里坐了好一阵子，他都没有缓过神来。他瘦削的脸因无法形容的痛苦而扭曲变形，眉间和鼻梁两翼的几道沟壑更加显著，有如刀刻斧凿；他不停地往垃圾桶里吐着鲜红的唾沫——仿佛肺部被捅了一个大窟窿——眼角闪烁着破碎的泪光。

在此后住院的日子，他多次伸出两根指头，咬牙切齿地与人讲述这段非人经历：半个月内，我把这个要命的手术做了两次；半个月内……

　　做核检查时，一向以胆大著称于世的父亲更是表现出了某种恐惧——或许仅仅是这个检查项目的名称，就已让他感到无端的不安。我不会忘记在前往核检查科室的途中，他曾问过我一个近乎天真的问题——"为什么要做这样一项检查？"

　　虽然他的问话听起来有些漫不经心，但我还是觉得，他是鼓足了勇气的。就像四个月前，我打算给他按摩头部时也需鼓足勇气才敢征求他的意见一样。

　　果不其然，在他闪烁其词而又显得异常迷茫的眼神里，我不仅证实了自己的感觉，还意外地发现了他竭力掩饰的秘密。

　　那是属于男人的秘密，父亲的秘密。

原载《满族文学》2019 年第 1 期

跟山水　李迪

　　吕梁山脉的南端，黄河中游晋陕大峡谷的东岸，永和县静卧在这里。作为一座人口不足六万人的小县城，永和留有沿传多年的生活传统，也在当下脱贫攻坚工作中展现新颜。在两个月的深扎采访中，我走访了60户永和人家，记录下他们原汁原味的生活记忆。

<h1 style="text-align:center">1</h1>

　　老话说，靠山吃山，靠水吃水。

　　黄河在永和拐了七道弯儿，这在别处是没有的。哪七道？我给你数数啊，英雄湾、永和关湾、郭家山湾、河浍里湾、白家山湾、仙人湾。还有一道呢，挨着我们于家咀村，就叫于家咀湾。

从老一辈起，我们于家咀人就靠水吃水。除了打鱼摸虾，还有一个重要行当，就是打捞河里的东西。洪水一来，上游就冲下各种东西，鱼，羊，木炭，木头，吃的用的，捞都捞不完。捞鱼主要拣大的，大鲤鱼，大鲶鱼，小鱼一般不要，捞多了也吃不完。木头在当时也算抢手货。捞出来晒干了，一是劈了当柴烧，再有就是做家具，桌椅板凳衣服柜。说了你别笑，还有捞着船的。有一年发大水，把船都冲下来了。水面上漂着一艘一艘的，像下饺子，谁愿意捞谁捞，捞了当时就划上了。过后要是有人来认，没问题，拿走不谢。

这个行当，我们叫跟山水。

形象吧？山上水一来，我们就跟上。

水急浪高，要捞河道中间的东西，必须划船。

老一辈是划羊皮筏子，或者是一种叫"浑脱"的渡河工具。"浑脱"是用整只猪皮做的，扎起三脚留一脚，从这脚里吹气，整个猪皮就鼓起来，浮力很大。单个使用如救生圈，连起来威力更大。

我们呢，先划木船，后驾快艇。木船呆板，没有倒挡，也不容易转弯儿。有时候看见好东西了，眨眼儿就被水冲走，追都追不上。还是快艇厉害，速度快不说，进退两灵活，看见啥东西都跑不了。

当然，大多数人就在岸边等着，看见有东西冲过来，喊着叫着，追着跑着，纷纷下水去捞，多少都有收获。

我跟山水30多年了，从离开学校就下河划船了。看风使舵，激流勇进，捞的东西不计其数。当然，我父亲更是老把式。他是从事水上运输的老船工。他们那一代，运人也好，运货也好，都是用羊皮筏子，有时候也用"浑脱"。前面说了，"浑脱"一般是用猪皮做的，也有用羊皮做的。把八个或者十个羊皮"浑脱"连在一起，就叫羊皮筏子。现在，羊皮筏子已经被淘汰了，"浑脱"也被淘汰了。但我家里还挂了几个，背上它不费力就可以游过河。平时挂着，用的时候摘下来，先放水里泡，泡绵后把它吹起来，还看跑不跑气。时间放长了，褶皱跑气了，那就不能用了。不跑气的，就用绳子扎起口来。一定要扎牢，扎不牢，人到了河里就跟石头一样。

早年，用"浑脱"送人过河是有讲究的，特别是送单一的客人过河。过河之前先要向河神磕头，嘴里要说，河神保佑我们平平安安渡过河去。听我父亲说，在他们那个年代，把农历六月六作为祭河神日。每年这一天，他们都会举行祭河神的活动。祭品为猪头一个，还有饼干、点心。点几炷香，磕几个头。父亲说，我们草木之人，祭河神就是一片心意。上贡人吃，心到神知。河上行船是上天给我们的一条生路，河边人一定要心存善念，渡人也渡己。父亲说他用"浑脱"送人过河，到了河边，把客人一推，客人就吓得半死了，到了河对岸，拎着衣领提，他才能站起来。其实，他真不用害怕，不管是运人运货，还是跟山水捞东西，在永和没人能超过我们父子。

2

我从小就记得，河里发不发水，捞不捞东西，全村人都听我父亲的。父亲又算日子又看天，差不多了就跑到山上去望。一听见远处水响就喊起来，山水来啦，快捞河财吧！

这时。全村男女老少都跑到河边等着。

那时候，村里人主要捞木炭，因为日常生活需要。下船的下船，下水的下水，不分男女老少。只要有木炭漂下来都去捞。但是，有个规矩，只有18岁以上的可以下河，18岁以下的就站在岸上接应。一般都是男人捞，也有女人捞的。一下去都成了泥人，谁也认不出谁。捞到高潮，乱成一锅粥。两人同时抓到一块木炭，一出声才知道是自家人。不下水的女人，就在家做饭。饭熟了，送到河岸上，女人还要问，是你吗？在泥人里，她找不到自己的老公了。找到以后，一家人就围在一块儿吃饭。男人边吃边说自己捞了多少，女人就笑，过后又偷偷抹泪。

捞出来的木炭，以家为单位摆在岸上，一家一堆。整个岸上都是木炭。每堆木炭上，不是插一根棍，就是压一块石头，表示这东西已经有主了。谁也不会动，都知道这是人家用命换来的。的确，捞的时候不顾一切，捞完以后累半死，睡三天缓不过来。由于捞的人太多，一忙起来就乱了。岸上接的人，一倒就倒在别人家堆里了。没事，错就错，都是同村人，一笑了之。有时候忽然涨水了，岸上堆的木炭一下子又冲回河里了。得，又得重新捞。不管原来捞得多的，还是捞得少的，都回到同一条起跑线。

捞炭高潮过后，剩下的任务就是把炭由低处转移到高处，然后再往家运。如果不及时转移，像刚才一样，水一涨又冲走了。于是，全家总动员，手提、肩背、驴驮。

打捞上来的炭，是从上游的炭窑里冲下来的，都是好炭，用起来没有烟，着火点又低，拉回家一年都烧不完。有一回，我捞到一大块精炭，有桌面那么大。我用三轮车往家拉，那家伙太重了，半道儿翻了车，叫了好几个人才抬起来。我说没啥谢的，这块炭大家分分吧！

除了捞炭，还有淘炭。退水以后，有些木炭会埋在岸边的泥沙里，我们就用铁棍逐段探着找，这就叫淘炭。有单淘，也有组合淘。单淘就是一个人干。组合淘就是两三个或者更多的人一起找，找到了平分。不在分多少，就是一乐儿。有时候沙坑里还留下了鱼，算是淘炭的意外收获。还有的时候，沙坑里还能捞着鳖。鳖这东西和鱼不一样，黄河边的人一般不吃，认为它有灵性，捞到就放生。

有一次，水退了，村里几个人找到我，说咱们到对岸的河岔里去看看，说不定会有炭。我就划船过去。到了地方，却怎么也靠不了岸。我低头一看，哎呀妈呀，只见岸边都是一条条的大鲶鱼，整整齐齐地排在浅水里，每条都有十几斤。山水太大，泥沙把它们冲昏了头，找不到方向，就堆在岸边了。突然看到这么多大鲶鱼，我感到瘆得慌，心口直跳。可去的人都疯了，拿起船桨就挑鱼，一挑，咔吧！桨就断了。当时船上正好有几根木棍，他们就拿木棍打，把鱼打懵了抱上船，不一会儿就打了半船。我连声叫，别打了，再打咱们就回不去了。这时，天下雨了，我赶紧往回划。顶着风，冒着雨，要不是我识水性，一船人也成鱼了。

回到家，我马上打电话让朋友来拿。家里没冰箱，不拿就臭了。就是有冰箱也放不下这么多呀。朋友们个个高兴得咧大嘴，说从来没见过这么大的鲶鱼！

这是我跟山水以来，干得最漂亮也是最可怕的一次。

不过，要说可怕，下水救人才可怕。先要把他打昏，然后再救。有一年，村里有几个小孩去河边游泳，游着游着，游到了一个洄水湾。虽然他们都背着"浑脱"，但进了洄水湾就由不得掌控了。当时巧了，我就在河边，一看大事不好，赶紧叫人一起下去救。这些孩子还小，也就十来岁，他们在洄水涡里摆溜来，摆溜去，就是游出不来，这是最危险的。旋涡要是往回旋，就把他们甩到岸上了；要是旋出去，他们就会被卷到河心，那就完了。我跟着旋涡走势游，慢慢接近了一个孩子，一把抓住他，又顺着水势往回游。如果他是大人，我肯定要一巴掌先打昏他。还好他是个孩子。我顺着水流刚把他拖到岸上，想不到水势猛然加大，一下又把我推了出去，一直往河中心推。我沉住气，顺着水势又游了回来。这件事到现在我还记忆犹新。如果水性不好，或者腿抽筋了，我就回不来啦。最后，其他几个孩子，也被救了上来。

我不怪这些孩子，在黄河边长大的孩子，一定要学会游泳。

3

那一年，村里有个好打野兔的人，打了送给我家一只。大中午的炖在锅里都出香味儿了，村口突然传来喊声，出事了，出事了！两个孩子掉水里了！当时，正是我家上小学的孩子回家的时候，我一听就急了。天热，孩子们放学会偷偷下到河里玩。我像疯了一样往外跑，跑到河边，好心人已经把两个孩子捞上来了。我还没看清人，只看见小手，腿就软得走不动了，连站都站不稳了。我的妈呀，这谁受得了啊！后来，人家说不是我的孩子，是邻居的。两个孩子，一个救活了，一个没了。我吓坏了，回到家兔肉都炖成了炭，就是不炖，也吃不下去呀。从那以后，那个好打野兔的人再也不打了。我对媳妇说，咱孩子回来你不要打他，媳妇答应了。

害怕归害怕。但我想孩子必须要学会游泳。我把"浑脱"从墙上摘下来，吹好了带他去游。然而，来到河边，我咋拉他也不下水。我心想，完了，孩子被吓着了，这辈子他都不会学游泳了。可是，过了两三年，他还是没有经住黄河的诱惑，终于下水了。他是黄河边的孩子，他必须会水。这是他生存的基本技能。

回想起我小时候，早早地就学游泳了。后面有一年，对岸一个小女孩就发生了危险，她过水渠的时候，不小心掉了进去。当时，我正在岸边修船，突然听见对岸有人喊，救命啊，救命啊！我立马开船过去。想不到那水渠里全是稀泥，我一脚踩下去就没了腰。这咋办？没办法，我只好躺在稀泥上，滚到小女孩身边。我对她说，你别怕，有我！就这样，我把小女孩从泥塘里拔了出来，交给了她父母。她父母千恩万谢，给我买了一包饼干，还买了两盒不带把儿的烟。我也记不清是啥烟了。我说啥也不要，他们硬塞给了我。

今年，我去对岸陈家大院看新鲜，正转悠，大院的老总拉住了我，走，今天你一定要跟我见个人！这老总搭过我的船，所以是熟人。我感到很奇怪，为啥让我见人呢？见谁呀？他带我来到一家人门前，领出来一男一女，穿戴得非常整齐。老总说，你记不记得那年你救的女孩，就是她！哎哟喂，我这才看出来，当年的小女孩已亭亭玉立。她和她丈夫非要感谢我，拿了厚厚的一个红包给我。我说不需要，小事情。他们硬硬地把红包塞我兜儿里，说叔你买两条烟吧！

30多年来，我救人不是一回两回，都没当成事。跟山水捞的东西，也多得数不过来。捞东西有高兴的时候，也有生气的时候。那年发大水，我看到水里推下来好大一个家伙，就约了两个人，划船过去捞。哎呀，幸亏我带了人，不然还真拿这大家伙没办法。你猜是啥？一个大型水泵，可好使了！一直使到现在，也没人来认。还是这次发大水，河里冲下来许多油桶，一起下来的还有煤气罐、松木条。我就冲着油桶去了。好不容易捞着一个，可沉了。弄上岸来赶紧打开，不管是柴油还是汽油，都够用一阵子的。可打开一看，嗨，哪儿是油啊，满满一桶水！我气得踹了一脚，又跑回去，看还能捞点儿啥。

我说，没错吧，只要我看见的东西，跑不了！

李老师，如果说这也算跟山水，那就是我最得意也是最惊险的一次！

这个给我讲跟山水的，叫于直环。

他开创了于家咀村的几个第一：第一个买快艇，第一个开农家乐，第一个响应县委号召旅游致富。

李老师，我讲的跟山水，都是以前的老皇历啦！现在，于家咀村脱贫了，谁还去河里捞东西？再说，河道治理也好了，天气预报也跟上了，啥时候发水，上游早都知道，早都预防了，河里也看不见东西了。过去岸边的羊肠小道，现在已经修成柏油马路。当年我们运木炭时，还说啥时候这道变宽就好了。现在道变宽了，我们也不捞木炭了。不瞒你说，以前捞的还没烧完呢！

原载《文学报》2019 年 10 月 18 日

与海为邻

一

　　日出之前，大海仿佛深藏着某种不安，潮水一波一波地涌到脚下，又适可而止地向后退去，之后涌起下一波潮水。我只是偶尔会赶在日出之前来到海边，与早就守候在这里的人们一起，像经历一场盛典，以难得简单而纯净的心灵，迎迓光辉灿烂的太阳，在海面上喷薄而出。海平线在日出之前就已经涨得通红了，此刻的大海，更像一个伟大的母体，她孕育了日出这神圣而辉煌的时刻。

　　我们可能永远也读不懂大海，可是，此刻你仿若平静的心中，也忽然充满了某种期待。日出只是瞬间的事情，太阳以一种无法遏止的力量，在海平线上渐渐隆起，然后，顷刻间被弹出海面。于是，万道霞光铺满了大海与天空。此刻，你的心中忽地涌入无尽的温暖，海面上蒸腾着的水汽，也被阳光染成了迷离的橙色。这时候，我的眼前，忽然有几个只穿泳裤的男人，迎着初冬的寒冷，奔跑着，冲向大海。他们先是小心地蹚进水里，轻轻往身上撩一点水，之后，便义无反顾地喊叫着扑向大海，他们在潮水与雾气中跳跃着，喊叫着，脸上洋溢着无限的快乐与激情，太阳在他们的身上洒下梦幻一样的光芒。

这一刻，我相信他们是回到了生命的原初状态，简洁，透明，他们或许把自己也变成了海浪，变成了水汽，变成了阳光。

而这一刻，我只是站在岸上。

二

人类的历史，常常在物证几乎散佚殆尽的时刻，才被零零碎碎地收集到博物馆里。但是，也幸亏有这些博物馆的存在，我们才能将岁月的遗存，在内心还原出已然遥远了的某些时光。我所居住的这座城市，有些事情也被放在博物馆里了，比如港口。虽然当下的港口已然壮大了许多，但最初的港口也是这座城市的发端，有了港口，这里才有了城市的端倪，然后才逐渐清晰起来，人们也渐渐从四面八方聚拢而来。这里原本只是一个小渔村，对于一座城市来说，一个小渔村的繁育能力远远不够。

我曾经见过一位小渔村时代的渔民，最早的时候他跟着父亲摇船出海，后来换了机动船，之后又承包了几条机动船，他的人生几乎都是在海上的，我相信他的皮肤肯定是腥咸的，连他的呼吸也会带有海风的气息。但是，多年以后，我见到他的时候，已经是古稀之年了，他的身份还是一个渔民，而他身边的渔村却忽然改头换面，融入了这座让他几乎摸不着门路的城市。他老了，老得只记着他曾经的渔船和出海的岁月，而他曾经努力生育并抚养成人的子女们，也都渐渐消弭在这座城市之中。他身边的城市，更像一个巨大的旋涡，让他目眩。

当我在那个雾气弥漫的下午，走进坐落在南山的港口博物馆的时候，我的脚下，是曾经铺在这个城市街道上的米色缸砖。那条100年前就有的街道，现在已经没有缸砖了，它早已经变成了水泥或者柏油的路面。铺在这座博物馆地面上的缸砖，是我们唯一能见到的幸存者了。我不知道那整条街道上的缸砖都去了哪里，但是我坚信，它们都还在这个城市的某个角落里存在着。因为在我的脚下，这些100年前的缸砖，还依然完好如初，它们厚重得几乎超出了你的想象，并且每块砖面上都刻有三个大写的英文字母KMA，这是它们的身份标志。

用这种缸砖铺就的街道当年就叫缸砖路，那曾经是一条很豪华的路，是这座港口诞生之后，从码头通向城市的路。我相信这条路上曾经走过形形色色的人，有富人，也有穷人，有西装革履的洋人，也有脑后垂挂着小辫子的大清子民。那是一个王朝摇摇欲坠的时刻，于是，便有各种雄心与野心疯长，将一片千年田园葳蕤成了一座狼烟四起的荒野。传说中始皇帝曾经面海而拜的这条弧形海岸线上，在内忧外患中诞生了这座连通外面世界的港口。港口就像城市一样，是个很现代的名字。

这座港口博物馆，曾经是港口高级员司俱乐部，所以它的建筑风格是欧式的，红砖外墙，间或装饰有水泥甩毛工艺，大厅里有壁炉，它已经成为名存实亡的装饰，但外墙的红砖依旧完好如初，虽经百年时光，却无一丝被风化而破损的痕迹。院子里有一组水泥桌椅，是意大利佛罗伦萨市一位议员来此考察港口时留下的，椅子上刻有"ERECTED BY FLORENCE LADY WALSHAM JUNE.1915"的英文，即"1915年6月，意大利佛罗伦萨沃森姆女士建立留念"。一位欧洲议员漂洋过海，来到遥远、陌生而神秘的东方，肯定也是一件很隆重的事情。这里，或许曾经趾高气扬，或许曾经歌舞升平，但它确实带来了许多属于另一个世界的东西，比如音乐、电影、香水、高跟鞋，等等。

与此相对应的，是博物馆院落里的几组统称"锅伙"的人物雕塑，这些当年的码头工人，大多是河南、山东以及河北闯关东途中滞留于此的劳工。"锅伙"就是在一个锅里搭伙的意思，也是这些码头装卸工人最基本的生存单位，他们吃的是一个锅里的饭食，干的是一个码头的活计。这些外乡人在此承受着繁重的体力劳动，过着简单而艰苦的生活。但是我相信，每一个人有自己人生烦恼的同时，也会有各自的生命期待与幸福。就像这些"锅伙"们，在繁重的体力劳作之余，也会有自己的人生乐趣。这里就有几个人在玩纸牌的一组雕塑，那是一种完全东方式的娱乐。他们当年因为有一座港口而流落于此，生存于此。之后，也在此扎下根来，娶妻生子，变成了这座城市的一分子。

在港口博物馆附近的一个小区里，有一位老先生就是当年这些"锅伙"中的一员，他从山东老家出来，本来是去闯关东，但是有老乡在这里的码头上干活，于是就一起留下了，直到在港口退休。至今身体还一直很结实，也一直是参与社区活动的活跃分子。

在南山一带，除了这座高档娱乐场所外，港口当年的其他建筑，也大部分保存完好。距此不远，就有港口的办公用房、高级员司生活用房，包括中方经理与外方经理基本一致的私人住房，它们或坐落在海边，居高望远，或隐匿在山脚绿荫中，安详静谧。这些老房子有些至今还是办公、生活场所，偶有个别闲置，也有的透着几分神秘，被保安很隆重地看守着，常人无法靠近，我只能远远地用长焦镜头将它拉近，拍下几张亦真亦幻虚虚实实的照片。

三

我一直很好奇停泊在锚地上的那些大船，它们离岸很远，站在岸上，只能看到它们朦胧的身影。它们停泊在那里耐心等待着进港的时间，它们那庞大的身体只能进入港口才能停靠到岸边。每天都有一些大船停泊在那里，我不知道它们在那里停了多久，它们或许在大海上经历了漫长的旅程，当它看到陆地的那一刻，船上的人该是怎样的兴奋？我想每一个在海上漂泊的人，心中都在期待登岸的那一刻。那些大船等待进入港口，或许就像等待一个拥抱，一个亲吻。那些经历过大风大浪的船，该有一些怎样惊心动魄的经历，该有一副怎样沧桑冷峻的面孔？远处那些我永远都无法登上的大船，总会给人海盗一样神秘的联想。它们离我很远，我只能在海边遥望它们，心中充满向往。

离我最近的只有这些渔船，它们三三两两地停泊在海边，用一根长长的缆绳抛锚在沙滩上，偶尔有三两个渔民站在浅水里，在这些船上搬弄一些物品，或者将船缓缓推向深水区，然后驶向大海。这里还经常停泊着一些大大小小的木船，它们在潮水的涌荡下，起起伏伏，每条船上都有一根不太高的桅杆，我相信那已经不再是真正能扬帆的桅杆了，因为它们都装备了机械动力，桅杆仅仅是一种象征，或者改作了他用。常有海鸥在船上盘旋或栖落，这些船在晨光或者夕晖中是很不相同的，日出时刻，大海被阳光染成橙黄色，这些渔船就是倒映在水面上的逆光剪影，它们仿佛还沉浸在睡梦里，大海只是它们的摇篮，悠悠地摇着漫长的岁月。而夕晖中，阳光从侧面映照在这些船上，海水中的船身格外明亮，它们常常被漆成暗红色或者蓝色，此刻的大海，白色的浪花和蓝色的海水也格外清晰明澈，我常沉迷于这油画一般色彩分明的画面里。更有海鸥低低掠过海面，或者在船边盘桓。

我觉得这些海鸥是世间最快乐的生命，它们只在大海上无忧无虑地飞翔，我也常常看到它们蜂拥着，不懈地追逐一波波的海浪，我不知道它们仅仅是在戏浪，还是在追逐浪花里的食物。我们或许永远也无法知道它们在浪花里看到了什么，或者在追逐什么。人的视角无法理解所有的生命，我们常常一厢情愿地去揣度它们。这让我想起，据说某些国家的法律规定不允许在弧形的鱼缸里养鱼，理由是鱼在弧形的鱼缸里所看到的会是一个变形的世界。但是我们从来不知道我们自己的世界，会不会也是一个弧形的鱼缸，我们所看到的世界，一定是真实的吗？

一只误入室内的鸟，总是惊慌失措地一次次撞在窗户上，它们或许只看到了外面的世界，却不知道眼前还有一面玻璃。或者，它们明知道有一面玻璃，但是仍然在试图冲破它而逃生。然而，谁知道我们的面前，是否也时时有一面无形的玻璃存在呢。

四

无论人世间有多少纷争，无论城市有着怎样快速的变化，但是大海不变，每当你静静地伫望着大海，你的心跳也会随着大海的波涛而律动，你的心情也会随着大海的辽阔而放逐。或许一切生命，都可以与大海气息相通。那个春天的午后，在海边，我曾经见到无数海鸥，它们在海边的浅水区静静地站立着，安静得仿若雕塑，它们就那么一动不动地站立着，水中的倒影清晰得如同另一只与它对称的鸟，它们白色的胸腹与米色的羽翼在阳光的映照下，亮得有些耀眼。而不远处的海面上，则是另一番情境，蔚蓝色的大海汹涌澎湃着一波又一波白色的浪花，也有许多不安于寂静的海鸥，展开长长的羽翼，在海面上敏捷地追逐着翻卷的浪花，用翅膀在海面与天空划出各种优美的弧线。更远处的背景，则是城市与远山，那是我们作为生命依托的城市与远山。

城市以现代的方式包容了一切。无论是曾经的海上渔民，还是山里农民，他们的子孙在这座城市里焕然一新，以城市的标识顷刻间否定了曾经的一切，仿佛只有城市，才让自己获得了新生，只有城市才肯定了生命的价值。然而在城市里，我们又时时被湮没，不知何时，我们忽然失去了生活中的从容与安静，失去了内心的坦然与淡定。

每个人终归是活在自己内心世界里的，你的内心快乐你便快乐，你的内心忧伤你便忧伤，你的内心狭隘你便狭隘，你的内心宽广你便宽广。生活在海边，我们真的应该常常到海边坐坐，一个人，以自己的内心面对大海，感受大海的律动与安宁。其实大海是有着各种不同面孔的，我曾在雾霾的天空下，看到海水也是无边的昏黄，就连潮水的涌荡都是沉闷的；我也看到蓝天白云下的大海，海水是湛蓝湛蓝的，每一朵浪花都纯净得没有一丝杂质；早霞中的大海，是温暖的橙色，那橙色中透着生机勃勃的亮丽；夕晖中的大海，则是暗红的，当红色渐渐褪尽，眼前则只剩了由暗而黑、由远及近的涛声。

有一些日子，我们常常在夜晚沿着滨海大道暴走，当我们忙于行走的时候，便忽略了大海的存在。后来，大家把路线改到了海边的沙滩上，月光下的大海传来阵阵涛声，那涛声里仿佛带有某种神秘，月亮与大海是有着某种神秘联系的，月圆月缺，潮起潮落。还有，人也一样，不仅仅是女人，甚至我们每一个人，或许都与它们有着共通的生命周期。走在沙滩上，与大海相伴，我们的脚步，经常不得不慢下来，甚至忘记了行走的初衷，而转向月下的涛声。

五

在这座城市里，我认识一位专门画海的画家，他以传统笔墨画出了身边的大海，也画出了他心中的大海。我坚信，海肯定是藏在他心中的，他是在海边出生海边长大的画家，在他的记忆里，有着太多与大海相关的画面。他的童年，就是踩着海浪与贝壳走过来的。

就我所知，以中国画的笔墨画海的画家寥寥无几，只有生长在大海边，每天与海为邻，才会让一个画家有专事画海的艺术冲动，才能以画花鸟、山水的笔墨终生画海。每每面对他的作品，虽然大多只是简单的墨色，但依然会让我感受到大海的辽阔与磅礴，大海的多姿与多彩，大海的潮起与汐落。这便是大海神奇的存在。

我曾经把一只皇冠螺寄送给一个远方的朋友，朋友说在海螺里听到了大海的涛声，那一刻，忽然莫名地流下了眼泪。我相信这是真的。每年夏天都有许多外地人来看海，大海边总是人头攒动，但这时候我几乎从不到海边去。

我更喜欢暑期之后退潮的海滩，海边忽然安静下来，寂静辽远，空旷无人。潮水在沙滩上留下的波纹，清晰而均匀地向远处漫延，仿佛无边无际，偶尔有一两个人走过，渺小得只像一颗沙粒。海滩上，不仅留有潮水漫溢的痕迹，我更相信有大海的涛声。我觉得，海滩上漫延的波纹，是大海书写的历史。我喜欢历史，它让我感受到时间的宽度与深度。

原载《散文百家》2018年第 12 期

军大衣的绿，留给了油田的春天

孙德贵

　　我写过不少老标兵，随着时光的流逝，很多人已经渐渐淡忘了，唯有一位军人出身的老会战，始终在我的记忆里铭刻。记得在 20 世纪 90 年代中期我去采访那位老会战时，无意间在他的卧室里发现了他穿过的一件布面已经完全变白的军大衣。那军大衣在一个一米多高的玻璃柜里珍藏着，它的外面还包着一层透明的塑料布，给人的第一印象就是，这件军大衣是他心目中无比珍贵的"圣衣"。于是我与老人之间便多了一些采访之外的话题，这些话题虽然好像都与我写的材料无关，可它拓宽了我的思路，给我今天写这篇文章提供了文眼。我似乎从一件褪了色的军大衣上面，看到了千千万万个参加石油大会战的老兵们的青春本色和石油的底色。

　　当年采访时我问老人，你这件军大衣的绿色完全变白了，它那最初的绿色都去了哪里？你能具体跟我说一说吗？老人笑了，他说军大衣的绿色肯定是留给油田了，油田的起步与发展都与军大衣的绿色有直接的关系。老人越说思路越开阔。他说，当年为响应党中央和中央军委的号召，我们几万名官兵摘下领章帽徽集体转业，一批一批来到东北松辽雪原参加石油大会战，我们的队伍中有南方人、巴蜀人、中原人、西北人，还有东北人。不管是哪里人，只要是参加石油大会战的，每人都发一件军大衣。当时我们来的四五千人一下火车，走出漫天皆白的萨尔图小站，大家就自动排着整齐的队伍浩浩荡荡地向雪原深处进发。这些在风雪中站立并移动的军大衣，整齐有序的浩大阵容，格外壮观，真可谓是"大雪压青松，青松挺且直。要知松高洁，待到雪化时"。后来这些向雪原深处进发的会战大军，被当时的油田《战报》报道为"雪原深处划过的一抹新绿"。

我听了之后特别激动，当时就产生了不少创作灵感，我写的第一首反映石油会战历史的散文诗《黄棉袄林》，就是那时候在我心中悄悄成形的：一列一列的火车开来了／卸下一群一群穿黄棉袄的小伙……一群一群穿黄棉袄的小伙，是祖国卸给东北松辽雪原一大批青嫩青嫩的树苗……这是一大片处子的雪原，他们整齐的脚印正正规规地写在雪原这张白纸上，它替代了那些"个"字的仿宋，它改写了那些篆体的"梅花"，它深邃了那些远古的象形，这是一大片防风防沙防寒不凋不倒不朽逆时令而生的神奇之林。

我问老人，这些军大衣在石油大会战中，一直有轰轰烈烈的表现，可它们在日常生活中又有哪些让人难忘的记忆？老人说，当时大庆还没有杠杠服、杠杠裤的时候，这些军大衣就是我们的工作服，白天，我们穿在身上同风雪搏斗；夜晚，我们盖在身上同严寒抗争。那时没有固定的岗位，前线、后方哪里需要哪里去。老人说，当年最初的居住地特别简陋，我们基本上都住在牧民家的牛棚、马棚和废弃的羊圈里。一次在牧民家居住，半夜里牧民起来照看新出生的小羊羔，牧民用草严严地盖住小羊，怕它冻死。老人就住在羊圈隔壁，他听在耳里，看在眼里，为了帮助牧民让小羊度过寒冷的冬夜，他把军大衣盖在小羊的身上，第二天活蹦乱跳的小羊一出现在牧民的眼前，牧民的心一下子被军大衣的暖流暖透了，彼此的感情加深了许多。我们像当年住在老百姓家里的八路军一样，得到了多方面的帮助和关爱。我想这是因为小羊活过来了，牧民才有了对春天的期盼，有了对绿的向往；小羊——春天——希望，那是牧民坚实的生活链。现在看来，它虽然是一件小事，可它是大庆油田最早、最融洽的地企关系，它的意义无比深远。

老人还对我说，他住帐篷时，有一位搞设计的工程技术人员感冒了，带着高烧趴在灯光下制图，他知道后，毫不犹豫地将军大衣披在工程技术人员身上，让这位工程技术人员靠着军大衣的温暖整整干了一个通宵，完成了指挥部交给的任务，随后五座井架凌空崛起。当这位知识分子胸前戴上标兵的红花时，老人心里无比高兴，也暗暗为自己的军大衣而感到自豪。

如果有人问，大庆油田当年那些数不清的军大衣的绿色都褪到了哪里？我会斩钉截铁地告诉他们：军大衣的绿一点儿都没有流失。大庆竖起的第一座井架，是一棵参天大树，军大衣的绿色一定是褪到了它的枝干上，才有了成片的钢铁森林孕育出的宜人的空气、鸟鸣、雨露和阳光；大庆地下的第一根输油管线，它是伸向远方的藤蔓吧，军大衣的绿色一定褪到了它的叶脉上，才有了万千纵横的春色爬向荒芜的天边；大庆绿树掩映的第一幢楼厦，它是草原上崛起的第一座山峰吧，军大衣的绿色一定褪到了它的山上，才有了一座座、一片片起伏连绵的绿水青山；大庆长出的第一块草坪，它是城市的一片叶子吧，军大衣的绿色一定褪到了它的纹理上，才有了无数晨露、朝霞、蝴蝶和轻风伴着它颤动；大庆第一泓清亮的湖水，它是油田面向天地、面向未来的一面镜子吧，军大衣的绿色一定褪到了它的干净和清亮里，才有了百湖荡漾、碧波深邃、清甜透腑的美好时光；还有大庆的湿地、铁路、林带、小区、铁路、广场、体育馆、科技馆、球馆、商场、剧场、火车站、汽车站、飞机场，等等，它们是时代的枝枝叶叶，军大衣的绿色一定是它们生长的沃土和春色。总之，有了军大衣的绿，才有了它们茁壮成长的好季节和充满勃勃生机的未来。

军大衣的绿——是大地草木繁茂的基本颜色，它是阳光、雨水、泥土和风融会贯通产生的颜色，它代表的是自然、生机和旺盛。

军大衣的绿——是人民军队着装的基本颜色，它凝聚了党和人民对春天、温暖、和谐、美好的愿望，它代表的是和平、安宁、胜利和幸福。

军大衣的绿——是中华民族的基本颜色，当年开展的举世闻名的石油大会战的号令，是从中南海传出来的，中南海是深邃的碧波，是军大衣葱翠绿色的源头。

原载《石油文学》2019 年第 5 期

牵牛花的心事

东珠

1

圆叶牵牛，数它最会哄人了。

不过，刚出生时，它们可不怎么讨人喜欢：它们喜欢用小屁股顶土，当它们猫着曲别针一样的小花腰从土里费劲地钻出来时，第一对叶子，个个都是呆呆的。磨秃了的双齿木叉子啥样，它就啥样。可傻了。

出生没有几天，就哄得我一天下楼看它好几趟，腿都不是我的了，是它的腿了。它一会儿长出一颗心。还没开花，就开心。所有心形叶的植物都是这样吧？处处表白着：我长心了呢！一开心，蔓，就爬得风快。我常常想，美发店里，怎么没有这一种牵牛花烫？我找来秋季装修剩下的细木条，架上。

这时，正是牵牛花的青春期，我要是不帮它们一把，它们非得把不远处的虎皮兰绑架了不可。架上，我悄悄做了标记。我才知道这家伙是能吃能喝的：一夜就能长出两寸，一天就能长出一尺。心叶，3天就能长过月饼。从这个尺寸，我就知道，这家伙晚上睡眠很好，根本不缺钙，也不做噩梦，肯定，也没有学校留下的作业。我一直很想知道植物的学校在哪里呢？

它们太聪明了。因为，我发现它们出生时，都是不睡觉的，都是晚上趁我睡着时，偷着长，快长。往往，我睡前盆子里一个芽都没有，土也没有起鼓，都是静悄悄的。可是，等我早上起床，那家伙，花盆里，一窝窝的，都顶着小黑帽子等着我呢！低头偷笑，土头土脸的，个子都两寸高了，天知道它们是怎么闹腾着钻出来的。我想，太聪明了，婴儿期，怕小命呜呼，所以一定要隐蔽，要快。这家伙还有更聪明的：很会察言观色。比如，头天突然下雪了，第二天，它保准能从不出众的胳肢窝里抽出花朵。尽管在此之前，一个花苞也没见露红，还被萼片抱得紧紧的。

还好，老天没有辜负它。老天疼它。花期里，老天放晴了，它跟着阳光，足足奋斗了一个小时，才把花伞打开。那个慢，就别提了。这期间，我洗漱、煮粥、到香堂上早课，又给孩子梳头，楼上楼下跑断了腿。我时常用一种断裂去追补另一种断裂。如此花心不断。它依旧慢悠悠的。它住在楼下。那样子，好像是后悔了，或是没有力气了？为争那一时的天时，就累下世了？都怪我们，把它种在冬天里。它可能还不认得什么是玻璃窗，它的父母也还没有学会这一课，见到雪花，总以为是末日来了，想尽一切办法开花吧，啥念想也没了，它累世的积学和长辈的嘱咐，都是用来远离雪。可是，今天，总得开花，哪能半路退回去，开花没有回头路。很被动，一个小时后，花开了。这时，我上班。我们一天都不能见面。晚上，我回来，花伞变成了小拳头，它的花期结束了。最难不过花前雪，就这样过去了。

想想也怪好玩的。

假如，我逗它玩，我用墙壁一样大的屏幕给它播放雪花纪录片，它是不是能把花开出赛马的范儿？

还有一种聪明：假如，我给它的盆小了，土少了，没有架条，唯有自来水是管够的，总之，标准的穷二代的样子。这样，圆叶牵牛也不怎么难过。它是不会发那无法落实的大志了，它甚至连爬蔓的心都藏起来了。它就长个一尺高，就开一朵花。再冒险一下，最多开两朵。这时，它什么也不想了，就想抓紧时间和营养哺育下一代了。这时，我想，蔓，其实就是它的心长毛了。这时，也会弄得我很抱歉，很想让它们过上富二代的日子。我家的土太少了，买土又太贵了，土跟面粉一样贵，又贵又沉又远。我要是让牵牛都有大房子住，一株牵牛，我得花上百元。目前的土仅够做它们的婴儿床。它们一下子钻出地面那么多，我舍不得拔掉任何一个。我觉得这都是命，快快乐乐地来到世上了，没病没灾的，让我拔掉？于心不忍。当时下种的时候，也是数了种子的，也是预算了株距的，可是我的孩子，心小，就怕它们在地下有个三长两短。都是多余。牵牛花的种子，个个都能钻出地面。如同孩子在母亲的子宫里，是最安全的。一旦出生，这费事的生就难以操作了，就长蔓了。

于是，我把一部分移植到了橘树盆里。

2

我的婆婆早就跟我说过：花，得常夸它，才能开得更好。夸，是山东话，就是表扬的意思。

我现在觉得，圆叶牵牛，它们除了有耳朵，还有眼睛。蔓，还是探测器。因为，它们还有一种聪明。我的橘树盆里，我把五个小家伙移了过去。我一直很犹豫，怕它们缠着橘树不放，把它勒死，就赶紧架架。从榻榻米床下，扯出一尺的杆、两尺的杆、一米的杆，都是洁白的松木条，私藏的。我再也找不到更长的架条了。这回，可热闹死了，它们开心得不得了，闻着松香，搂脖抱腰，几天就爬上了杆头。

我的孩子，一直没有牵牛花起得早。还好，她的耳朵，对牵牛花的事一向灵通。叫她起床，我只需说：宝贝，又一朵牵牛花开了！她很快就爬起来了，哪怕天还黑着星还挂着，可比闹钟管用。

不过，从童年起就迁徙到橘树盆里的圆叶牵牛，开心归开心，绝不心歪，肯定心正。把歪心纠正的，是太阳。让一颗颗心自愿排队的，也是太阳。也不知这队形操练了多久？肯定不超过 1.3 亿年。因为，目前我们能从化石里见到的世界上最早的花朵就生长于 1.3 亿年前。可真早啊，那时地球上可能还没有人这回事吧？

这五棵牵牛，高矮不等。

老大，个子最高。我往它的脚下插架条的时候，它已经爬出蔓了。这家伙心眼多着呢！整整一天，它都很犹豫：我爬还是不爬呢？有没有危险呢？橘树，你说呢？我可等不了它回答我。我知道，它们还要开个通宵的会，才能把这事定下来。它可是老大呀！我睡了。第二天早上一看，它居然死死抱着架条，比谁都贪心。老二呢，我给了它一根稍短一点的架条，它一开始也爬得兢兢业业。可是，当它看到哥哥的比它高时，它不干了，它费了很大的心思，足足琢磨了两天，研究怎么爬上哥哥的架条。它伸着长长的蔓，横在空中，一副呐喊的样子。这时，我就站在旁边说风凉话：我看你往哪去？花如孩子一样，我是要时常规劝一下的。说完，我要开窗放风。这家伙，居然就跟猴子一样，预备，跳，借着我开窗时跑过来的一阵风，一下子就爬上了哥哥的架条。要知道，这中间，一尺的距离呢。这下子就更好玩了，老三，见二哥哥攀高枝成功，也是心小，生怕二哥哥太贪再占了它的架条，眨眼间学会了守家，也不管这架条上有没有毛刺了，只是又来了一阵风，它又蹿高了。

现在，只剩小四小五了。小四，一个孤独自闭的孩子，自爬自的，也不怎么开心。它很明白，它离大哥二哥太远了。可是，小五，眼瞅着被老大老二带坏了。小五，它的个子一直长不起来，我只给了它一根淘汰的筷子。这家伙气性真大，理都没理，直接吐出一个长蔓扑向小四的怀抱。想想就好笑，也不管它，哥两个就这样抱着长吧。

架条，可以助长牵牛花的胆量，好似能上天。可是，再长的架条也有爬到尽头的时候。

老大，老二，这两个胆大包天的家伙，很快把路走到尽头。仅仅休整了一个早上，吃饱喝足，又开始四处打探，哥伦布一样壮志全球，又把蔓甩出一尺长，又横在半空中。它可真有劲，我学着它的样子，做个马步下蹲，再平展手臂，最多也就坚持十秒。它一横就是一天。晚上，新情况出现，老二半路玩去了，老三跟上来了。老三在自己的架条上一直等候逃离的机会，虽然我听不见，我想也许是它哄骗二哥哥说：向下，橘树更好玩呢。二哥哥低头赏橘树，忘记了生长。老三相当出息，就这样，与老大呼应着，老大什么姿势，它就是什么姿势。老大把胳膊端得平平，它也如此。老大扬头，它也扬头。都是左旋，要起兵的样子。我的孩子很淘气，趁我楼上跑步热身的半个小时，自立成将，指挥这两个兵，让它们改变方向，右旋。并把另一盆牵牛花从架条上一圈圈撤下来，我下楼时已是满盆披头散发。这活，可没有拆旧毛衣省事。她一定累得很。还好，她没有直接撕下来，那将心碎一地。

我的孩子总想让牵牛花听她的。

实际上，她也只能做种子的幼儿园园长。一首她原创的小诗可以记录她的凯旋：小种子，快发芽，就像我的牵牛花。牵牛花的种子最听她的。其实，她不知道，那是土的功劳。没有土，种子就是种子，种子是不能画饼充饥的。种子还是跟土最亲。我的孩子最喜欢种，她还把能开出冰白蕾丝边的玫红裂叶牵牛花种子都悄悄藏起来了。她通过长达三年的种植，种子的秘密，略知一二了。分清凋零与含苞，她用了一年。骨朵是毛笔的样子，凋零是顶着拳头的样子，远远的，好似是一个样子。所以，等到我种的时候，就是清一色的水粉了。这事，我知，也装作不知。这样日子过起来更好玩。被她强行改变前进方向的老大老三，还算给她面子了，没有马上翻脸转身，只是趁她睡着时，又原路返回，模样照旧，继续起义。

3

种了牵牛花，我就起得早了，我就是勤娘子了，我就不想上班了。就这样守着花多好啊。我一直想亲眼看看一朵花是怎么开放的。但终不成行。我也曾一次次盯着一朵半开的牵牛花长达半个小时，像个馋嘴的小猫等着鱼苗长大。可是，花朵总能躲过我，忽地闪开。花开没有声音。假如我反应快，也仅仅是抓到了一缕小花风。

早上，我煮粥，大米小米，还有枣，还有草籽。

草籽，可能是谷莠，还可能是稗子。我都称草。我过着吃草籽的日子。母亲特供。村里牵牛的事，是牛拉着石碡子脱粒，等风扬过，再用老电磨粗法去皮。草籽是干瘪不圆整的，得以带皮活着见我，皮又飘轻，留也留不住，我淘米，它们就跟着淘米水跑到花盆里了，不久，油油的小针叶一立，它们就开始过日子了。这就是草。

早上，我浇水，把各种灯叫醒。这都跟牵牛花没有关系。它只等太阳。我的孩子说：太阳就是它的面包。说得太好了。不过，太阳也有半路搁浅的时候，这就很麻烦。一次，我亲眼看见一朵牵牛花，它扛着松散的草草系着的花伞，它早恋了，像一个刚知情事的小女孩，悄悄地传信给太阳：我的扣子都是开着的，快来抱抱我呀。太阳，也真来了，老远的，就见它走得浑身金黄。可是，它们遇到云了。云说，这花伞，总挡我的路，我们下雨时，就是它挡着。这回，咱也挡挡它吧。这回，空跑一夜又饿急了的云，一起跑向太阳，几秒钟的工夫，就把太阳拖入云海。里三层外三层，苦大仇深的样子。这回就看吧，这花，沮丧极了！可能扣子都没了，想收回花意，说什么也是来不及了。只能开吧。它一天都是不开心的，一天都是不精神的。一天都没有把花伞撑圆过。这样，到了晚上，它的花期过去了，也照样会生个种子。只是，没有得到太阳的亲吻和欢抱，这粒种子也是没着没落的，心自是不甘的，褪色的花伞迟迟不落。我一天天守着它，它也不开心，可能还埋怨我：为什么不把云赶走？这一生就这样完蛋了。或说：阳，来世可得好好亲吻我啊。

凋零和枯萎是花的事。叶子，依旧开心。

跟着蔓尖小跑的心尖，匀速，照样按时对折着挤出一颗颗心，舒心，如同剪刀修过一样。我才知道，做片叶子如此轻松安好。没有生育压力，远离惊艳，也很少大惊小怪，活得开开心心。叶子，其实对花也没有什么承诺。叶子，把花夹着，捎带着花上路。能捎上几朵就捎上几朵。路近，一片叶子只捎一朵花，路远了，就两片叶子共捎一朵花。要是叶子一朵花也不肯捎，也没有谁会责怪它。路上，花也绝对不拖累叶子，觉得叶子快老了，快要供养不起自己了，就一声不响地开了。这样说，花开是衰败的迹象？而我们，这么喜欢花开。花的路，早就是注定的了。

如许的花，都是过早地感受到了活着的压力、危险、艰难、狭窄。

早上，我数花，从根部开始数。数着数着就乱了。从头再来。

这时，叶子还没有被阳光端平，都护着花，数花就更难。我是很乐意做这件事的。数花，数花骨朵，跟数落花不同。一个清瘦的早晨，被一个个盛满花意的骨朵塞满，这个早晨也就出凡了，也就丰满了。我已学会留心骨朵的小动静，是笔？还是五个顺褶的清闲的伞？生怕它们一夜之间胡乱蹿出来吓我一跳，以至于让我怀疑，那花好像是偷来的。这样，我就发现了一个骨朵，精小的，它刚冒红尖，这就是最精准的花信了，它马上就要开花了，12个小时之内。这家伙，像个淘气的婴儿，还顽皮地吐着小舌头：稚嫩的柱头，顶珠，整个暴露在骨朵尖上。我又好笑，又好气，真是个不知世事艰深的傻孩子，这要是一不小心被小风刀割了舌头可怎么办？可当我从家走到单位，步行20分钟，一路的雪，一路的风，当我喝上一杯水暖和下来以后，我一下子就明白了，它不是淘气，而是求救。它的小舌头有甜味，希望蝴蝶小虫子快来呀，传粉呀。它是着急了。它生活在最底层，跟第一片真叶相依为命。近来，天一直白着脸，雪就是它的白面阎王。它知道自己要开花了，可不能让雪糟蹋了，就急了。它可能也不认得玻璃窗是什么。我想，我们是否要向植物讲述玻璃窗的事呢？让我如何是好呢？我没有刻意慢待它，它已经感觉到委屈了。这一生它就这样了。

4

牵牛花爬上古琴。我的孩子这样自弹自唱：小种子，快快发芽，就像我的牵牛花。

赏心乐事，我家院。

我把她弄成花仙子的模样：一个野花花环，花与裙，都是黄绿。还要露着毛毛的小腿，光着脚丫，散着头发。这样，让野味与小儿科的人味，悠悠然抵达琴弦，隔世又隔尘。时光静美，一百遍我也听不厌。她只是学了一堂琴，如今，却也弄得满屋子都是琴了。好似，一生都是琴了。我不知道她是怎么弄通琴的。总之，她用一个小时的简短试课时间，迅速搜刮来的指法，在牵牛花的召唤下，一个指法也没弄丢，还生长了，一个个安抚到琴身上，和美异常。我因此背着牛郎悄悄答应她：再学上一年的琴吧。那个琴师，可能是不想教小孩子吧，曾捏着自己精细的琴指吓唬牛郎说：这么小的孩子学琴，会把手指头磨秃的。可把牛郎吓坏了。

5

惊喜总在花盆里。

一天，下班回来，突然发现，两朵两寸长的骨朵急着演出，两条凤尾长裙早已制作好了，居然还是宝石蓝色，居然用了这么珍贵的布料，这可是从来没有过的事。我急忙把牛郎从厨房里揪出，问他：它白天什么样？它是什么时候变成这样的？

牛郎说：我管它什么时候呢，扒根葱吧。

一个家，女人喜欢育花，男人喜欢厨艺，稍有不睦，葱花也可以跑到油锅里劝和。

这些蜷缩在一次性黑塑料杯里的一大把牵牛花，我实在是没有长相憨厚又宽敞的盆子接待它们了。我就等着老的们下架，再把小的们换盆上架。就一直把它们委屈在这里。实际上，我家不是缺盆，而是缺土。很多次，老家有人来，我都想让他们啥也别带，就带土。忽而，又觉得这很不吉利，就忍了。它们，长得也不怎么欢实。都满月了，还不足一尺高，瘦得皮包骨的样子，蔓，劲劲的，细得风都能扯走。只是根部的茎红红的。居然，我慢待的它们，我忽略的它们，是宝石蓝色。这意味着什么？它是变色牵牛。它是跟着月光走的。我们也可以叫它夕颜。中国人是不管什么朝颜夕颜的，这么皮实的花，爱啥时开就啥时开，啥时开都是为了活命。好似，牵牛花没有精神生活，生性婆婆妈妈爱扯花。中国人一向认为，牵牛花就得早起，晚上开的，就是意外，就是太懒了。可是，日本人是很会区分的。日本人的处境，大概一如现在的我：上千亩的园林计划，都要一步步走向现实，龟缩到一个个窗台上来演绎。于是，他们才能分出，同是牵牛，一个喜欢月亮，一个喜欢太阳。

次日就是丽人节了。雪正大，一高兴，就给它浇了水，用我自己的水杯，凉白开。其实，我也不知道它到底渴不渴。总之，亲水伺候，抱愧喂花吧。我已知道，开花是很慢的事，至少它也要一个小时的时间。再说，它还要变色，就需要更长的时间吧？吃完饭，检查孩子作业，一个小时长跑，听 F. Be. I 的音乐，就听十二花神之白芍。古风，香风，花风，还是不错的。再找那十一朵花，就很难了，这一朵，那一朵，花神们总是不能聚到一起让我朵朵连续听。我想，这几个音乐人，也是如我一样吧？惜花到痴，纯粹到把心事倾诉给花蕊。这时，我的孩子已没有动静了。当我跑到楼上看她时，她已躺在秋千架下睡着了。我可知道怎么叫醒她，我说，还不知道吧？楼下又有两朵牵牛花要开呢。这时，她就像吹了大风一样，一骨碌爬起，跑到了楼下。接下来的事就好办了：洗漱，梳头，一朵花就能改变她。我又跟她说，今晚，咱们搬到楼下来住好不好？这样能看到牵牛花晚上开放。

我抱着被，牛郎抱枕头，她于扶梯口接应。两朵花，还不足指头长，就把我们全家指挥得上下翻动。这时，牵牛花的裙子已是可以扫地的样子了，又开阔了一些，褶皱开了。我们就睡在它的隔壁。这也是月光花呀。它的隔壁，一直都是月光住着，我家的屋子太多了，我知道都没有空着。有一天，我很早起来，推门一看，满床都是月光，白亮白亮的。我躺下，这天的月亮十分喜人，一直等到天亮太阳出来，它才走。今晚，没有这样的月亮，只有一颗星。我们很快睡着。其实，我知道，我们都是睡不着的。迷迷糊糊的，做了很多个梦。没有一个牵牛花的梦。

醒来时，已是凌晨4点了。这时，牵牛花正在变色，已接近尾声了。它好像一直在等我，它留着一缕醒目的蓝色，告诉我，这一夜，它工作得很辛苦，就要收工了，把宝石蓝色改成玫粉色，多难改。它也不是很高兴，弱弱的样子。我突地想起昨夜睡前给它喝的那杯水，这杯水，让它改色难上加难。以前，我就犯过此类的错误。我总是记不住，花开时，它早已把给养准备得足足的了，千万不要打扰它。天渐渐亮了。我还是用老方法叫醒孩子：牵牛花都变色了呢。我像一个永不知疲倦的保姆，把水凉一半热一半兑好，端给她，我说，快喝下它清清肠道吧。这时，我想都没想，转身就又给牵牛花接了一杯凉白开，亲自浇上，我觉得它也渴了。这样，两杯水下去，晚一杯，早一杯，它简直没有花样了。它托着沉重的花裙，落水的样子。另一朵花，直接气得攥起拳头了。我知道，每当它们攥起小花拳头，它的花期马上就要结束了，这一生也就快结束了。哄孩子很难，哄一朵花开心其实更难。这一朵花，由于我的意外帮忙，它的童年和晚年都是很糟糕郁闷的。

6

我终于打通了母亲的电话。这是过了三月三的事了。母亲，日日侍弄我那嗜酒的父亲，37年如一日，都长出我这么大个人了，都长出五串儿孙了。我的父亲，一日三餐，必须喝酒，一天一斤的量，稍不留神就要突破——一顿半斤。母亲这个酒监当得辛苦，还无人可接替。我在电话里嘱咐母亲，父亲喝了酒，可千万不能把孙子交给他呀。我又想，假如父亲喜欢花草，不只是喜欢酒多好啊。可是，我又想，我们就是父亲的花草呀。他很疼惜我们呀。我和母亲通电话，枝枝蔓蔓，凌乱着爬满了村庄，比牵牛花的大婚还热闹。一不小心就是一个小时过去了。

这是像父亲一样的人写的歌谣，我始终不能忘记。歌谣的名字更是难忘——《牵牛花的大婚》。

秋傻子时太阳懒洋洋

芦花鸡一遍一遍唱

早已抽穗的玉米当伴娘

扶着牵牛花这朵朵妖艳的新娘

它们举行着集体大婚

它们等待着露珠新郎

是在昨天睡熟时收的请帖

是飞来跳去的萤虫递上

听说蝉已醉得不"知了"

听说风也"上头"感觉轻飘没方向

早早置身在这喜结姻缘的山场

一串一串的红偏洒上一层一层的蒿香

一声一声的鹊鸣偏交一阵一阵的山响

此时的心像负责支宾的小溪一样欢畅

簇拥着幸福的牵牛花和露珠新贵

共同分享大自然赐予它们的大婚时光

……

我日常中的很多怒火，都是被花朵消解的。我与花朵，它开花，我败火。有时，秋深，尽管它们已是破衣烂衫、挂棍乞讨的样子，或是满目皆黄、全家败落的样子，也能让我欢心。就算是偶尔不欢心，也不再是怒火。我从它们的枯寂中学会了静守。

11月份，牵牛花，它正举着灯笼等我。小灯笼，只如大个的黄豆粒大。白灯衣，艺术的哑光，里面装着黑黑的种子，都是四粒。灯衣都被风吹破了。破了的，种子落到地下，睡上一冬。我捡起那完好的灯，一大把放在手里，取籽，揉搓几下，再用嘴一吹，掌心里就全是种子了。我曾想用这种子做个牵牛花枕。它们的种子真的太多了。牵牛花的枯藤上，一串串，尽是透明的小白灯。我不来，这是风的活。我来了，这就是我的活。三年前的11月份，我的身体里，有很多火要发，我已于家里干躺了两个月了，我总是拿身边人泻火，没有由头跟牛郎吵了嘴，又小题大做把孩子骂了，直到再也没有什么人了，披头散发，暴跳下楼。可是不一会儿，我就兴冲冲地上楼了，我取了杯子、小盒子、糖果袋子，穿上更厚的衣，又兴冲冲地下楼了。这是我第一次被牵牛花的小灯笼打动。它们就挂在小区里废弃的篱笆上，就生长在一片工业污染过重的碎石土上。灯挂得不高，我能够得着。我抓灯吹籽，一直弄到月上天。手都冻红了冻痒了。第二天，我又跑到不远处的一个幼儿园外收籽。这根本不用我忙活，一园的孩子，他们可比我手快多了，藤一把叶一把的，一会篱笆就秃了。花灯碎了一地。我隔着篱笆给他们上花课，也不用大喊大叫，种子的事，他们都爱听，都想冲出篱笆外。这些可爱的小模样，他们的父母可能一生都不会知道吧？他们叫我老师，还撒娇，让我帮着摘下个子更高的豆角的荚。这时，我才知道，小孩子还可以这样给我败火。收完了籽，连夜种上，我就到医院去了，隔离去了。几天后，我的孩子电话告诉我，牵牛花都开了。她实在太小了，还分不清什么是芽什么是花，我笑得不行了，也哭得不行了。

如此，我年年采种子都带上她。拾荒一样，带上零食，带上水，带上稍厚的衣服，带上电话，随时向牛郎报平安。种类，跟着我们的脚步猛增。白色的、浅蓝的、深紫的、玫粉的、变色的，当然，最多的还是能开出水粉色小花的圆叶牵牛。

如此，牵牛花爬上了我们的身。

一天，我和孩子突发奇想，想要编排一套牵牛花操。一楼花厅里，我们学着牵牛花，屁股顶土、弯腰、舒腰、开心、吐蔓、抽花、爬架、开花，又反复，又长高，又探路。我们哈哈大笑，再也没有什么比这更好玩的了，世界独一份。顶土容易，舒腰容易，开花容易，爬架也容易，吐蔓更容易。吐蔓，那只是我们甩甩长发的事。探路，我们学习橘树盆里的老大老三。最难的是开心了，开心一次两次三次，还尚可。最难的是一次次开心、一直饱满开心到架条上灯笼高挂。这一个动作把我们累得浑身是汗。开心是力气活，还是长久大计，它几乎从第一个下蹲就开始承重了。我想，我还是错怪叶子了。活着，一直开心，美成在久，从不失落，真的比开花更难。

7

想开心，就种圆叶牵牛。一准，天天开心，心很大，摸得着，不会变。

想衣穿，就种裂叶牵牛。它的藤蔓，就是天生的晾衣架，叶子，就跟小衣服一样挂在上面，裁剪都一样。

圆叶牵牛与裂叶牵牛，如果单从种子的长相上区分，是不可能的。不过，勿急，种下它，泥土是我们的鉴定师。第一片叶子，它们的身份就开始暴露。圆叶牵牛的第一片叶子，是磨秃了的双齿叉子。裂叶牵牛的第一片叶子，是很锋利的双齿叉子，也可以叫作剪子。这就是它们的区别。还有，圆叶牵牛，假如它的茎是白的，开出的花必是水粉色的。假如它的茎是绛紫色的，开出的花就是变色牵牛。这是我观察了很久才知道的。

牵牛花的事，其实，只是一句话的事，只是一眨眼的事，我把这一句话弄得这样长，把这一眼望得这样久，因为，这是牵牛花一生的事。还因为，我喜欢这两个字：牵牛。

世有朝颜，也有夕颜。

为了证明夕颜的真实存在，为了证明日本人心中的夕颜，指的不仅仅是中国的葫芦花，一天，我又搬到了楼下，又跟两朵变色牵牛花做了芳邻。这回，我读着匈奴人的马背旧事提神，每隔两个小时爬起一次。这回我没有给它们喝水。我只是悄悄给它们拍照。真实的情况是这样的：它，晚饭后，初怀花意。10点，褶皱松动。夜半12点花伞五褶始开，玫粉初围花边。凌晨4点全开，通体宝蓝渐浅。早晨6点盛开，玫粉欢沁，周遍花体。早晨8点花冠始倦怠，变色终成。上午10点花朵始枯。中午12点，一小拳头现，它的花期结束了。这次我仔细赏了它的枯萎过程。它是有手指的，它的拳头，是一指一指地攥起的。来时丽整，归时也丽整，它绝不是草草收场。我仍记得，它最晚收起的那一根小手指，最是勾魂，让我不舍。

原载《红岩》2019年第5期

候诊区

王晓莉

一

　　有几年，因为生了场不小的病，去的最多的地方就是医院。开始是固定在一家专科医院。后来身体略恢复，有些精气神，可以跑得动了，又奋力自学了些就医就诊常识，其中有教病人若是拿不准治疗方案或是确诊不了病情又或是对医院某诊断有怀疑或困惑，病人不妨多跑几家医院，多听不同建议这一条。我觉得这个说法大体是对的，对于渴望全面了解自己的病情却又往往所获甚少的病人来说，将不同医生的不同说法互为参照，从中判断、寻找自己觉得最为靠谱、最为信任的治疗，还真是一个比较好的选择，虽然这是比固定跑一家医院看一个医生要多花费一点体力、财力以及智力的。

在这样的指导思想下，市内几家大医院我都去过，并随着一次次繁复看诊而对各医院渐渐熟稔起来。我熟悉它们回廊的旋转通向，每个楼层的功能，挂号处哪个收费员手脚最为麻利（这样我便每次都到她那个窗口排队以便迅速一些），甚至连清洁工的职责分工（医院清洁工与他处略有不同，有些司职打扫，有些则专门收集医疗垃圾）我都一清二楚。一进医院大门，我便产生一种熟门熟路的感觉，连一个门墩也可快速绕过。我穿行在医院各处，挂号、候诊、看诊、缴费，以及取药。每个医院每个部门的规定都有细微的不同。初初进去的人往往要蒙。他们慌手慌脚，四处找人打听这咨询那，身体本身就病得厉害，脑子还要为这些病之外的事情操心，也是没有办法。但是我因为去得多了，就几乎没有这些问题的困扰。这是成为医院常客的一个好处。

最为熟悉的，还是医院的候诊区。为了能进到医生看诊的那间小屋，有时得在候诊区待上一上午。逢到挂号稍晚或春节过后的看病高峰，在候诊区待的时间则更长。上午走一趟，下午再跑一趟的事也是有的。有一次中午11点半才轮到，我的号是89号，也就是说，这个医生一上午几乎要看100个病人。如果她全天坐诊，她至少要看200个病人，光是开化验单写方子也是要很紧凑啊。我被这庞大的数字与工作量吓着了。于是在候诊区坐得再久也没有什么怨言——好歹我还是轮得上的，好歹我也无须像那些从县乡来看病的人，他们因为舍不得再花钱添置各种日常必需品而往往拖带着方便面、水桶、暖瓶等，滴里嘟噜一大堆。我看惯了他们愁眉苦脸地在候诊区等待的样子，两相对比之下，觉得自己简直是幸运的。因此每次我几乎都是无怨无悔地在候诊区坐着，等再久也没有什么忧愁与不耐。

在契诃夫的作品或是另外一些古老小说里，总是出现"候诊室"的字眼，洁白的墙面，来苏水味弥漫，以及三两个静寂的为病所苦的人。然而我发现，在我所去的这些医院，"室"是不存在的。候诊的人太多了，一室一屋不可能盛得下。于是候诊处多为一个敞开的区域，有大有小。大者颇壮观，有一次我从医院二楼俯瞰下面一个大的候诊区，乌泱泱几百号人头，乌泱泱一片嗡嗡嗡的声音翻上来，与自由市场没有两样。稍小的候诊区，则多设在专科病室外，神经科、骨科，或是中医科，几条经得起各种摔打的椅子前，是小小的 LED 屏，上面滚动着病人号码及要去的医室房间号。病人歪在椅子上，家属则都抻着脖子痴盯屏幕，生怕一个不留神就错过了。

椅子可称"一位难求"，永远不够坐。大约要到上午 11 点或是下午 4 点半以后，才有空位像积雪化开一样渐渐露出。其他时间则往往是一堆人安静坐着，周围的地面是另外一堆人坐着，上面铺了报纸、塑料纸，有的把只鞋脱下当垫子。还有一屁股坐到地上的，并不顾忌脏。有后来者偶然看见人缝里竟然有张空椅子，他心生暗喜，不带表情不惊动他人地悄悄走去，然后一屁股坐上。却听"哗"一声，他摔了个空，要不是手撑着椅边的扶杠还不知会摔成怎样呢。原来那是一张千锤百炼之后已经被人坐塌了的坏椅子，不然哪里还能够空出来？！周围人被惊动了，为他的摔姿暗暗发笑，心内却也理解，又庆幸自己早早得到一个位置。又有早到的女人会拿包或用腿为自己的家人占住一个位置，但当她看见病恹恹的人来到面前时，往往也会把包悄悄拿起，或是暗中缩回自己的腿——谁都会有不忍。在候诊区，恻隐之心就这样很容易生起。而"势利"这一种东西我见的比在外间见到的要少得多。

二

为了能够顺利坐到这样一个候诊区，前面其实要做许多事。准备头天就开始了。医保卡、就诊卡、病历、光摄片、还有足够的钱，都要事先装好，免得第二天慌手慌脚遗漏某样。闹铃是必需的，医院7点半开始挂号，实际上早晨5点就有人排队了，都是为了挂到一个专家号。出门时候天总是灰蒙蒙的，拉开的士车门，油条包子的气味扑出来，还没有开始第一单生意，司机正在慢吞吞地吃早点。"去一附院。"这样简短地说。司机迅速点一个头，把装着半拉包子的塑料袋放到一边。这么早打车的人，除了旅行，就只有去医院的。双方都无心多言。车内气氛寂寥。车窗外，路人寥落，白天大兴土木的那些城市改造处，现在左一坑洼右一篷布、前一水泥堆后一脚手架地袒露着，像正在做手术，却又被医生临时撂在手术台上的病人，看了令人沮丧。

　　到了医院，立即去挂号。秩序倒是比别处都好，况且一些大医院还有穿制服、戴了袖章的保安在维持。一家若是来了两人，多半分站两个队列，这样谁先轮到，做个手势，另一个就撤——都是为了保证时间的有效和高效而想出来的办法。专家号往往很快就"售罄"，窗口扩音器便会有一个经放大之后已变得尖锐、犀利的声音来问，"副主任号要不要？还是要普通号？"给窗外的人思考选择的时间往往只不过两三秒，因为他再迟延，后面排队的人就会发出催促的声音。专家号26元，副主任号15元，普通9元。他瞥一眼窗口醒目贴着的价目表。"要副主任号吧。"迟疑却又快速地说出，把钱递进去。快速是受不了后面的催逼，迟疑则是把不准会分配给他怎样一个"副主任"。

　　一张薄滑的小纸片，随着就诊卡、医保卡及找零递了出来。三厘米见方，比水果糖也大不了多少。上面有患者名字与号码，又印着医生名字与房间号，边走边看了又看，揣兜里怕弄破，捏手上怕丢，细心的人便会把它夹到钱包里，心里牢记着上面印的号码。号这样才算拿到了。

拿号是看诊的关键一环。要安心坐到候诊区，就得有号。号有着临时身份证的意味——疾病是种在大多数时候都秘而不宣的、特殊的身份。"我是一个演员""我是一个作家""我是教育局领导"……当人们在大庭广众之下如此宣称自己的身份，总是带着自豪甚至炫耀。身份往往自带光环。而"病者"这一身份，自带了消音、消色功能。病者忧心忡忡地隐于人群当中，几乎是小心地看护着、隔绝着自己的身份，无心或羞于示人。

只有在医院，在候诊区，你手捏一个小纸片，这个身份才得以堂而皇之地亮出来。你我都是疾病的子民，你我都是默契的同类。

三

候诊区这个地方，有点公交站台的意味。彼此目的都是同一方向，彼此又是陌生人。乱虽乱，却又按照某种看不见的流程在走。坐着的，看见有人捏了号去推医生的门，便羡慕地看几眼，心内推算还要多久方轮到自己。也不时有人不耐，起身去到医生紧闭的门扉前，轻轻推开一条缝，多半只是瞥见一件白大褂，为几个人所围，并没有什么进展，只得又匆匆退回来。

剩下可做的事，除了打盹，刷手机，想心事，便是陌生者之间的交谈。

除了车站与机场，医院应该是城市人口密度最大的地方之一。但是在机场与车站仿佛更容易偶遇熟人些。我就曾经在机场碰到过两次朋友。那样一种浅淡的惊喜与推着手推车各赶各路的匆忙，令人觉得意外且这意外透出种生活的丰富。而我去了无数次医院，长时间地坐在候诊区一动不动，却从来没有碰见过一个熟人。有时我对此感到奇怪，有时我甚至希望能够碰上一两个，跟他们打个招呼然后转身分手各看各的病也好啊。然而，从来没有过。难道熟人里只有我一人生病吗？这样想便有些异类的孤独。但在这个地方，陌生人这个概念似乎又是不存在的。不要三句话，大家就可以聊得非常开了。主题当然是病。较小的候诊区，大家得的几乎是同样的病。同一器官，同种治疗程序，服用同样的药，甚至聊着聊着会发现是同一个主治医师。这时简直就有点彼此是师兄弟、师姐妹的感觉，可聊的就太多了，多到非常专业非常琐细的程度。不要吃发物、不要骑车、不要熬夜……寻常看来极易忽视的东西，在这里彼此传授时却郑而重之。新得此病的人，只要不吝向身边的资深病友请教，他所获得的常识及禁忌，并不一定会比从医生那里得到的少。若是一个好学之人，在如此聊过之后，进到医生办公室，几乎就可以和医生对话而不是只听医生一人说道了。即使较大的候诊区，彼此病种、病态都不同，但只要认真听，依然可以快速了解到诸多医学常识及各样病理特征，又能听到无数医学名词：并发症、交叉感染，又或是纤维瘤、缺血性血管病、尿流导引……这些名词，一方面令人深感疾病的高深莫测，我们寻常对于自己身体的那些了解简直就是盲人摸象一般；另一方面就更是令人感到了医院以及医生那种有如工兵之于地雷般的存在的不可或缺。

又有一个聊得多的话题是药价与治疗费用。县乡来的人会比较这里与县里的价格差异，住过院的则彼此打探，国家出多少，个人又要花多少。男性大多谈论得较为宏观，如探讨医改成败、医风医德，女性之间则会问得更细致，诸如医院食堂贵否好吃否，若是找人护理护理费该怎样算。又有俭省惯了的老人，听了某药价或是某化验费的昂贵，表面不作声，心里却打起了主意：若是医生也要给开同样的药或同样的化验，该如何辞拒或是尝试换便宜些的方。这类话题无一例外地用"真贵啊""快要看不起病了"作结。然而也就是如此叹一回。

更令人思虑的，还是疾病本身。

<h1 style="text-align:center">四</h1>

　　若是你在候诊区看见一个若有所思的人，那个人也许是别人，但也许就是我。我想我是病得太久，有些寂寞了。我竟然断断续续地写起多年未写的诗歌来。我感到"诗歌"这一体裁竟然与候诊区十分匹配。病令我触到生命某些平时隐而不显的深邃层面，亦知道为什么死与生只隔了层牛奶皮似的薄膜，用筷子一挑就可掀开。我见到许多病如猛虎来袭然而他们并不忌惮，总是乐观迎上的人，他们坚强的样子总是激励我；也见到不少为病所苦所忧，因而于自身疾病之外又添一样"抑郁症"或"躁狂症"的人，我眼见着他们一步步迈向深渊的命运却毫无作为。这些人如一面面镜子，每一面都令我内在的情感变得更为激荡或更为忧愁。因为病着，体力精力都还是欠缺，加之医生护士也有可能随时召唤，也就写不了太长的文字。然而所遇见的这一切对于我，又是那么富有冲击力，情感积攒的速度、情感的力度都远比在寻常生活及舒适的家中来得要强大有力得多。我积郁太多，必得为自己寻找一个出口，于是随时写几行文字于我便非常合适。当然那也许并不能够算正宗的诗歌，我写得太急促，文字也不如平时那样讲究。但是这并不要紧。在那时，我写下不是为了给别人看，我只是需要写。

　　我在手机上下了一个叫"锤子便签"的 APP，类似于 word，可以储存、修改文字。当人内在有一股"写"的动力时，写作工具的好坏，写作环境的优劣，甚至写好之后有没有人看了叫好之类的事情，都统统不存在了。"锤子便签"成了我心灵临时告解之所。即使它只是个虚拟的软件。

我采取的方法类似于"人物速写"。写的几乎都是在候诊区遇见的形形色色的人：瘦得像非洲难民的老人，因为无法忍耐，因而看上去是在毫无禁忌地咳着；脸色苍白到比纸还白的孩子，不过四五岁，蜷在父亲的怀里，安静只是因为他没有力气不安静；也有声如洪钟的生意人，趴在长椅上（大约是生了痔疮或是前列腺的病），还在令人难以置信地打着漫长的电话谈价格或品牌；又有蒙了头巾，一望便知是化疗之后脱光了头发的女子，在她的眼眸深处你能看到昔日美丽留下的独属女性的矜持，以及未曾发出却分明存在的"又能怎样呢"的叹息。如果他们无意之中传达给我一些特别的、与生命或死亡有关的讯息，一些如塞林格所言"既有爱也有污秽凄苦"的细节，一些并不美丽，甚至称得上绝望的哀愁……所有这些又像气流一样在我胸腔的"太平洋"上空盘旋低飞，我便急急打开我的"锤子便签"。

　　有一首叫《风骤起》。是在候诊区，一个男人蜡黄的头搭了块破毛巾，枕在他媳妇的腿上，身旁是被子、包袱与一些简单日用品，日用品上面两三根香蕉已经发黑了，流着黏液和糖丝，也没有扔掉，也许一会儿还要吃。他们两人占了张三人长椅，边上也没有谁有异议。显然正在等待一张CT片结果的他们，已经花了太多的钱，不想再花钱住旅社了。不知为何，他们两人组成的是很大一块体积，这体积却安静极了，静得像一种消音装置，可以把整个候诊区的声音涂抹一尽。在他们的对面，我凝视他们再三，确定这"静"是来自于他们面部的一种表情。在这异地他乡，在这神鬼莫测的病中，他们脸上有种已经抗争却有点无用、已经打算放弃却又心有不甘的表情，有种一生也许只此一次的表情，有种叫作"听天由命"的表情。

　　为那表情所惊心，在他们的对面，已经没有座位，我倚着墙，拿出手机写：

秋风起，他们没有任何交谈

没有感觉冷，没有感觉不冷

没有哀怨，没有不哀怨

窗外病恹恹的冬青树丛一动不动

他媳妇一动不动

他也一动不动

一切的雄心、一切的坚强

都吹走了

他们组成一尊有着漫长无边的沉思的雕塑

又有一首是《来自吉安县的小个子女人》。是我在中医科门前的候诊区遇到的。小个子，40岁左右，绝不会超过45岁。穿套花色睡衣，斜倚门框站着。她的头用块毛巾包裹着，即使包了也看得出是没有头发的。她一直看人，又似乎一直在寻找什么。看见有人捏了医生开的中药方子出来，她总要迎上去，大姐，我在打化疗。吃中药有没有用？大姐，你这方子治乳腺癌吗？抄给我行吗？她逢人就聊几句。聊几句又要返回门框好倚着歇息一会儿。她显然是正住院，恰逢无治疗，便到候诊区来看看人透透气。

我看着她。她的眼睛是倦的，却又不甘；身上几乎没有肉，肉都供养给肿瘤细胞了。她的声音有点起伏不定，絮叨中流露出一种担心无人愿听的自卑。这使她看上去介于正常与癫狂之间。扫地的清洁工走过，她俩聊着天。"丈夫是小包工头，生意走不开，况且，可能已经麻木了。我32岁得这个病，又复发，现在都第三次手术了……"她有点掏心掏肺地把患病史与家世说给眼前这个握了笤帚、年龄与她差不太多的女人听。她自己也知道，她得的是乳腺癌中最凶险的一种。扫地女工则世故地看看四周又看看她，道，这样啊。你去庙里求求菩萨……

> "我去求了！我怎么会不求？！"
> 她的声音高起来，又低下去
> 仿佛知道，这抵拒的声音，既不能被神听见
> 也不能被死听见……
> 仿佛知道，不过是旅程越来越短，越来越被收回
> 不过是如此。

"不过是如此。"我写道，无力再抬起头。我仿佛看见，一个叫作"苦难"的神，分出了万千化身，在人世间四处逡巡。在医院，在候诊区，它们积聚更多，甚至可说最多。肉身之痛，心灵之苦，以及经济、人情之拮据与紧张，精神在此多重高压下产生的变异与分裂……都是苦难们一言难尽的影子化身。这神也许只是恶狠狠地踹了我一脚，对她却是以大棒击之头顶或心胸，令她了然此生或许已无多，令绝望同希望一样强烈地在她小个子身体里风狂雨骤，电闪雷鸣，却从来无人知晓。

神啊，我知道你从无恶意，那么你何不心生怜悯呢？你把这候诊区变成了一方名副其实的"苦地"。

五

然而，在见证太多肉身的苦痛与灵魂的不宁之后，我并不忌惮待在这里，我甚至有时在头一天就有种欣然前往的愿望。的确，苦难在"苦地"游荡，在一个个无名者身上，它们直观地显现自己的深度与威慑力。它们抓获大把人质，极尽凌虐与欺诈，并最终有可能还是

不饶过他或她。但是，苦难却也同样锤炼勇士与禅者，苦在这些"人质"身上被绕指柔般转化，化为"没什么了不起"的内心宁静与淡然。化为令人欣悦、令人勇敢的人性微光。我所不忌惮，甚至所欣然向往于医院及候诊区的，正是缘于这一切带给我在他地不可能获得的力量。为这力量所加持，我虽为病缠缚日久，内心却并不被它伤害。《为一位江西东乡老者而作》，正是我在"苦地"带一抹明亮之色的收获。

一个来自江西东乡的老人，在同一个候诊区，几乎同样的早晨 8 点光景，至少有四次，我遇见他。他需要搭乘早晨 4 点的火车来医院治疗，方可在下午返回家中而无须在南昌滞留一夜。他那样高瘦，腿长如鹤，他的外形就注定了他仿佛是要不歇奔波与流转的。在医生到达之前，他总是与我闲聊几句，声音低低的，语调是令人舒服的平和、谦逊——要知道，在医院这个地方，我听了多少语带焦虑与忧愁的声音啊！像冒火一样的声音。像呜咽一样的声音。像被劫匪威逼时不知所措的声音。有时候连我自己的声音也在不知不觉间就会变成这样。他却是恒定的，几乎不变的。是被清早 4 点钟的晨露洗涤过了吗？还是心灵的质地天生纯净？后来我不再去那块候诊区，想必他也结束了六个礼拜的周期性化疗。我们无意互通姓名，无此心力亦无兴趣。列车上、旅馆大厅里，邂逅的人有可能互生好感，有可能优雅互留日后的交流方式。而在候诊区滞留的人，就像难民滞留某个中转地，骨子里是希望越早脱离此地越好，脱离时不带一丝痕迹越好。所有人，所有家属都想快速离开，永不再回来。

然而后来我有时会想念这个老者。对疾病的悲观，对未来的渺然，时时会纠缠一个病者。这也是"苦地"之苦之一。我用对这个老者的想念激励自己，就像用一首歌曲一首诗或是朋友的某次问候激励一样。这激励是极为短暂的，却告诉我另外一个事实：每人内心都有一座能量库在冷藏。每次激励有如每次唤醒或化冻。力量来自内心，只不过有时需要外来的媒介助推。

我将对他的了解、对他的情感，都写进了这首诗里。唯一一首写于家中而非医院那嘈杂候诊区的诗。

为一位江西东乡老者而作

每周四早晨 4 点 17 分，你独自从江西东乡搭乘火车
5 点 41 分到达南昌
那时天尚未明
你坐 2 路公交车，再在人民广场转 10 路
到达第一附属医院
这时天已经放亮，天光照着
你手里简易的环保袋，里面装得鼓鼓囊囊
有干粮、雨伞、保温杯，以及药品

你做完化疗，搭乘下午 13 点 39 分的车返回
"3 点不到我就到东乡了。
老太婆瘫在床上，我还来得及照顾她……"
东乡的夕照是怎样的，能否照见你的环保袋
里面除了雨伞、保温杯
还增加了东乡车站旁边菜市所购的一把菠菜

聊到这一切，你始终都挺满意
满意于完美的、仿佛为你设计的列车往返时刻
满意于总是第一个到达医院，第一个治疗
满意于回家有一个老太婆可以照应

满意于病，并没有继续恶化

满意于生活，就像列车，继续运行……

后来有一阵我没有遇到你

后来我总是想起你

——是这样的，命运让人偶然相遇，却必然留下寓意

我想为你，也是为我自己写下点什么

可我什么也写不下来

我能说的就是

当西西弗推着石头上山的时候

并不像他人所理解的，是在服漫长无边的苦役

我想说的就是

一位江西东乡的西西弗，他欣然于他命运的表情

曾被我看见

　　在深广的生活面前，大段抄录、引用他人的语句来解释、证明正发生着的生活，是毫无必要的。生活本身比警句更震动人心；生活本身也比所谓金句更要闪闪发光。生活将"诗歌"与"诗意"以各种各样的形式、方式托到了我们面前——即使疾病，也有诗意的密度待挖掘。即使肿瘤细胞，也可以尽情领略其凹凸不平的丑陋，以求与之和平共处。这一位江西东乡的老者，当他出现在候诊区，他与人平静交谈，谈他的病，谈他平凡至极而又惊心动魄的生活，都令我想起年轻起就热爱的加缪所描写的不朽的西西弗形象。这个老者，他对生活苦难的深重隐忍，他对癌疾的无所畏惧，以及他对妻子那微细到一把蔬菜的爱意，只有用"西西弗"这一形象来指代才是准确的。

　　我将我遇见了一个"西西弗"这件事记录进这首诗歌。这是我

生命里苦中含甘的收获。而且，我知道，候诊区的每一个人，都有可能是一个穿不同衣服、怀不同心事、看似微小然而在他们的个人生活中以及在对他人可能产生的影响中都极为重要的"西西弗"。

我知道，"西西弗"是随处都可能有的。

原载《星火》2019 年第 6 期